ZHIHOUQING

分开固然难过
但永远更期待下一次见面

当我爱你时，你恰好也爱我

When I love you, you happen to love me too

滞后情书

ZhiHou QingShu

有爱的青春陪伴者

节后情书

覆马 著

江苏凤凰文艺出版社
JIANGSU PHOENIX LITERATURE AND ART PUBLISHING

图书在版编目（CIP）数据
滞后情书 / 覆马著. -- 南京 : 江苏凤凰文艺出版社, 2025. 11. -- ISBN 978-7-5594-9942-4
Ⅰ. I247.5
中国国家版本馆CIP数据核字第20256F2X98号

滞后情书
覆马 著

责任编辑 王昕宁
特约编辑 雪 人
责任校对 言 一
责任印制 杨 丹
出版发行 江苏凤凰文艺出版社
南京市中央路165号，邮编：210009
网 址 http://www.jswenyi.com
印 刷 天津睿和印艺科技有限公司
开 本 880mm×1230mm 1/32
印 张 10
字 数 360千字
版 次 2025年11月第1版
印 次 2025年11月第1次印刷
书 号 ISBN 978-7-5594-9942-4
定 价 42.80元

目录

Contents

目录
Contents

Zhihouqingshu

第一章
其实你已经死了

1 贺景的遗物

2032年9月15日。

李灿是在开会时收到了贺景的死讯。

这场会议需要她来决定方案是否通过，所有人的目光都落在她身上，等她回答。

她盯着PPT足足沉默了五分钟，脸上没有任何表情。

做这份方案的员工忍不住开始怀疑人生，思考自己是做出了什么样的垃圾，竟然能让一向风趣健谈的总经理表情严肃地沉默这么久。

李灿从贺景突如其来的死讯中回过神，用手里的笔轻轻点敲了下桌面，口吻轻淡：“这方案不错，做吧，下周我就要看到进展，散会。”

方案通过的员工这才松了口气。

李灿回到办公室，瘫坐在沙发椅中，举起手机，面部识别自动解锁，界面还停在那条消息上：灿灿，贺景去世了。

发消息的是她的好姐妹蔚岚。

葬礼办得很简单，因为贺景死得太突然。

他的父母坐了最快的航班飞去国外接他回来，但遗体带不回来，只能在当地火化，带回了骨灰。

墓碑前，贺景的母亲于芝晓抱着贺景的遗像哭泣。遗像中那张英俊成熟的脸上挂着浅淡的微笑，眉眼如初，与李灿记忆里的他相差不大。

于芝晓身边站着贺景的父亲贺逢宁，他西装笔挺，打扮得一丝不苟，还有一头同龄人少见的茂密黑发。

二人已经六十岁了，只有贺景这么一个孩子。

参加葬礼的人很少，加上牧师也只有不到十个人。贺景十八岁的时候就出国了，他在国内没什么朋友。

李灿站在最后面，穿着黑色长裙，踩着一双黑色高跟鞋，手举一把黑伞，黑色长直发披在薄而挺的肩上。

然而晴空万里，阳光明媚。

蔚岚不解地问："没下雨，你为什么要打伞？"

李灿望着前方说："我刚做了医美，怕晒。"

蔚岚有些迷茫："贺景死了，你不难过吗？"

李灿远远地盯着遗像上那张熟悉又陌生的脸，轻轻地说："怎么可能不难过，贺景这么年轻就死了，太可惜了。"

她的表情很平静，蔚岚感觉她一点也不难过。

蔚岚是李灿和贺景的高中同学，三人曾是班里的"铁三角"，贺景出国后，"铁三角"便解体了，只剩下她与李灿形影不离。

她与贺景真正接触过的时间加起来不过三年，但三年的感情足以让她为了贺景的死哭上几场。

李灿却一滴眼泪都没掉，她和贺景可是青梅竹马，两人在三岁那年就认识了。

吊车缓缓地将漆黑的棺材放在事先挖好的深坑里，牧师带领众人闭目祷告。

死亡本身足以让人感到压抑，李灿讨厌这种模式化的葬礼。如果可以，她想把贺景的骨灰做成鞭炮，让各位来宾听个响，起码别那么死气沉沉的。

这样人们想的就不会是贺景死了，而是贺景炸了。

想到这儿，李灿蓦地轻笑了一声。

笑声不大，正好可以被蔚岚听到，她忽然迷茫，觉得有些看不透李灿了。

祷告结束后，于芝晓捧着一个白色盒子走到李灿面前，红着眼说："灿灿，这是贺景的遗物，指定要交给你的。"

李灿一时没反应过来。十多年没见了，能有什么遗物给她？

"他好像早就知道自己会出事，和他在美国的同事交代说，要是他死了，身上的所有东西都要交给你……"于芝晓语调越发哽咽，忍不住掩面哭泣。

上一次见贺景母亲是在十一年前。那时的于芝晓刚刚治愈癌症，仍瘦得像一张薄薄的纸片，风一吹就能倒，腕骨、胸骨清晰可见，面颊凹陷，眼眶突出。

一晃十年过去，她的身材已经恢复了健康的状态，下巴上都有了些肉。

李灿接过盒子打开，里面放着一枚断开的戒指和一个信封。

据说，贺景是在深夜出了车祸，人和车都掉进了河里，几天后才被捞上来。

戒指难以取下，只能用切割器和钳子取下来。

那信封也是在水里泡久了，风干后皱皱巴巴的，抚不平，颜色都快掉没了，更不用说上面的字了，能看出是信封就不错了。

李灿不理解，这两样东西和她似乎没有任何关联，贺景为什么要点名交给她。

不仅她不理解，所有人都不理解。

那戒指……应该是贺景未婚妻的吧？

为什么贺景不将遗物交给他的未婚妻，而是给了很久都没有联系过的李灿呢？

除了贺景本人与贺景母亲，没人见过传说中的这位未婚妻。

就连贺景有未婚妻这件事，李灿还是从她母亲嘴里听到的，而她母亲又是在贺景母亲口中听说的。

据说，他未婚妻是国外某知名医院院长的女儿。

葬礼结束后，李灿抱着盒子回了家。她现在一个人住在父母留给她的房子里。

父母年纪大了，不喜欢大城市的吵闹，于是搬回了老家，在老家开了一个小型超市。

这里离公司并不近，但她念旧，宁愿上下班通勤四个小时，也不想离开从小到大生活的地方。

她把盒子放在桌上，盯着里面的两件遗物看了一会儿。

“死了也不给点值钱的，给俩垃圾。”她边嘟囔，边拿起信封对着头顶的灯，试图看出原本的模样。

应该是木黄色的复古信封，边缘还有褪色的彩条，但不难辨出是红蓝色。

整理遗物的人一定很粗心，封口的地方都搓烂了，里面似乎还有一张信纸，但已经和信封紧紧粘在了一起。

“抠门。”她把东西放回盒子里，又将盒子放到杂物间，转身去了阳台。

阳台很空，只有一方水池和一台洗衣机，角落里还摆着一盆绿植，名叫火焰鸟巢蕨，像一盆脱了水的海草。

火焰鸟巢蕨很好养活，当它翠绿的叶子微微泛白时，代表该浇水了。

像一个安静的孩子明明饿到前胸贴肚皮，却不哭不闹，只会轻轻地问：“我有些饿了，能给我一些饭吃吗？”

很像某个人。

李灿抬起鸟巢蕨的盆，从底下摸出了一盒烟和一个打火机。

她席地而坐，蜷成一团靠在墙上，一只手抽出烟放进嘴里咬着，另一只手打开火机的盖子，发出清脆的声音。

——“叮！”

“灿姐？

“灿姐！”

李灿回神，眼前的人是她的公司下属。

下属指着微波炉，问：“灿姐，你的饭热好了，需要我帮你拿出来吗？”

“我自己来，谢啦。”李灿打开微波炉拿出她的午饭，离开茶水间，回到办公室。

午饭是白米盖着一层满满的番茄炒蛋和青椒牛肉。还没吃上一口，许森阳便推门进来，把几张写满数据的纸放在了她面前。

“李经理，这已经是你这周第二次给了我们错误的数据。”

许森阳充满怒意的眼中夹杂一丝困惑：“你以前从不在数据上出错，为什么这几天连着两次都犯了相同的错误？一个数据错了，我们就要推翻重来，你让我很难继续向下推进度。”

李灿没有着急回答他，拿起纸看了看，旋即倒吸一口凉气：“抱歉，我会重新整理一份，麻烦你们了。”

许森阳认真地看着她：“你是不是怕我和你抢总经理的位置，故意拖我的业绩？”

李灿无奈：“你想多了。”

然而，许森阳根本不听她的解释，笃定地说：“灿灿，你是不是还在怨我？”

李灿沉默了两秒，淡淡地说：“我不怨你，我现在只想吃饭，你能不能出去？”

2 木星三重日食

2032年9月23日。

在几十条时事热搜中，有一条关于“极为罕见的木星三重日食出现”的天象新闻跻身其中，但存在感尤其薄弱，没过多久便被吞没不见了。

李灿加班结束回到家已经快十二点了。

她拖着疲惫的身躯走出电梯，一片漆黑，用力咳了两声，灯没有反应，心想这破灯一定又坏了。

这是老旧小区，电梯也是这几年才装的，李灿住在五楼，对门的邻居去年搬走了，现在这层楼只有她在住。

楼道的灯，她换过两次灯泡，但没想到这么快就坏了，她怀疑不是灯泡的问题，是线路老化了。

她掏出手机打开手电筒，找到了门，摸上了电子锁。

感应到她的指纹，锁发出“咔嗒”一声轻响，门开了。

李灿拉开门，握着手机的手垂下，手电筒照在了一团黑乎乎的东西上，一闪而过。

那一瞬间，李灿全天高强度工作下的混沌大脑变得无比清醒，她开门的动作顿住，原地静止了。

门外是一片漆黑，门内也是一片漆黑，周围安静得瘆人。

她的手电筒刚才是不是照到了什么东西？

鬼？

杀人犯？

或是杀人犯抛在她家门口的尸体？

她僵硬地低下头，鼓足勇气，抬起手机再次照向那个地方。

灯光照耀处，一张惨白的脸缓缓抬起，迎上了她手中的强光。

在发出尖叫前，李灿先看清了那张脸，她呼吸一滞，脸色比对方还要白上几分。

不是杀人犯，也不是尸体，是“鬼”。

这只“鬼”浑身湿透，头发还在不停地向下滴水，瘦削的面庞顶着熟悉的五官，双眼可怜兮兮地望着她。

是死去的贺景回来找她了。

她就知道贺景把遗物交给她没什么好事，原来是下咒了，要来报复她！

话说她也没做什么对不起他的事吧？

直到这只“鬼”猛地抓上她的脚腕，虚弱地喊了一声：“灿灿……”

手是有温度的，声音也是。

李灿愣了一下。

再三确认他是人而不是鬼后，李灿拽着他的胳膊把他拖进了家里，抬到沙发上。

他神志不清醒，额头滚烫，李灿给他量了体温，40℃，给他喂了一粒退烧药，用吹风机吹干他的头发和衣服。

在吹干衣服的漫长时间里，李灿端详起他的脸。

她看上去很安静，但她的脑子已经炸开了，电闪雷鸣，核弹大炮，她意识到了问题的严重性，并迅速在大脑中列举了以下可能性：

一、她疯了。

加班成狂的她终于精神分裂了。

二、世界疯了。

外星人？人造人？整容怪！

三、贺景父母疯了。

他们或许在十几年前忽然想要个老二。

四、贺景他爸疯了。

贺逢宁年近六十仍然风度翩翩、眉清目秀，早些年在外面搞出个私生子也不是不可能……

五、贺景疯了。

他或许在十几岁的时候搞大了别人的肚子。

衣服差不多干了，李灿关掉吹风机，吵闹的风声消失，世界清净了，她的大脑也清净了。

她和贺景一起长大，了解贺景的一切。

窄长清晰的脸庞、高挺的鼻梁、浓密的眉眼，每一个地方都符合她记忆中那个人的样子。

这个人就是贺景，她不会认错，但分明有些不一样。

她盯着这张脸想了很久，终于想明白是哪里不一样了。

不像三十五岁的贺景，像她记忆深处那个十八岁的少年。

凌晨三点，贺景醒了。他睁开眼，迷茫地环顾四周，最后视线定在了对面的李灿身上。

“灿灿。”他撑着身子坐起来，声音有些沙哑。

“杯子里的水还温着，喝了它。”李灿抱着胳膊，审视般地盯着他。

贺景乖乖地端起杯子喝水，视线还落在李灿身上。

“你头发怎么变这么长了？”他越看越不对劲，越看越觉得怪，“你好像个老阿姨。”

李灿扯了扯嘴角，欲骂又止。

不过她的头发的确比以前要长，以前发尾才到肩胛骨下端，现在快要到腰了。

她慢慢靠近他，试探地问："你觉得我老了？"

贺景猛地后退："你不是李灿！"

紧接着，他看到李灿左边锁骨上的一点红痣，又否定了自己："不对，你是李灿。"

看他陷入自我挣扎，李灿表示理解。几个小时前，她也是这么一种状态。

她解释说："不用纠结了，我是李灿，你也是贺景，但我们似乎不该在同一个时间出现。"

贺景不解："什么意思？"

李灿反问："你现在几岁？"

贺景回答："十八，你呢？"

李灿迟疑了一下，不太情愿地说："三十五。"

贺景表情变了变，不可思议地重复："三十……五？"

李灿挺直腰板，抬手拨了拨头发："怎么样，依旧像十八一样吧？"

贺景沉默两秒，选择跳过这个问题，转而问："为什么会变成这样，我们穿越了？"

"准确来说，是你穿越了，现在是2032年。"

李灿拿起手机，指了下日历上的日期，又点开一条新闻："我找了很多理由来解释现在的情况，可惜世界没有任何异常，只有一点和往常不同。"

贺景接过手机看了看："木星三重日食？"

当木星的三颗卫星同时运行到太阳与木星之间，并在木星表面投下阴影时，就会形成三重日食。

"没错，一种较为罕见的天象，曾出现过三次，这是第四次。"李灿耸了耸肩，"除此之外，我想不到别的原因解释现在这种离奇的情况了。你有什么高见？"

贺景刚退烧，一思考便头痛欲裂。他放下手机，脸色难看地说："不知道……你未免也太淡定了吧？"

李灿闷笑一声。

她刚才顶着一张狰狞的脸满屋乱转，差点把家掀了，害怕到去网上找驱邪攻略。

但在十八岁的贺景面前，她飘飘然装起了相，说："世界之大，无奇不有，没什么好大惊小怪，你还是太年轻。"

贺景忽然想到了什么，猛地站起来："我要回去。"

他说着就往门口冲。

“你当这是任意门，想去哪儿就去哪儿？”李灿连忙拽住他，“发生什么了？你刚才浑身上下都湿透了，我以为你……”

她没继续说下去。

贺景像抓住救命稻草一样抓住了她的手臂：“我妈查出胰腺癌三期，跳河了，我要救她，所以跟着一起跳下去……”

他浑浑噩噩地在河边醒来，找寻母亲的身影，却怎么也找不到，狼狈地回到家，开门的却是不认识的人，他被人家当成变态，无奈地落荒而逃。

在陌生的地方联系不上任何人，而他能想到的只有李灿。

不论这个世界怎么变，李灿一定会在那里。

3 离开的原因

2015年年初，贺景家出了一件大事。

作为一名大学文学系教授，于芝晓知书达理、温文尔雅，是个强大而独立的女人，即使腹部已经痛到无法挺直腰背行走，仍然瞒着所有人去了医院。

于芝晓去医院取化验结果那天，贺景还在学校上课。

高三课业任务重，班里不像以往那般氛围轻松，一周一次的体育课，班里同学像极了从墓穴里爬出来的丧尸，拖着僵硬的肢体，或疯狂或迟钝地去往操场。

操场中央有一颗不算新鲜却足够诱人的“大脑”在等待他们，正是那位神出鬼没、总爱生病请假的体育老师。

李灿是疯狂的一员。她起跑助跳，飞也似的从四五层台阶上一跃而下。

当时，贺景正在慢吞吞地走下教学楼的台阶，感觉脸边有一阵冷风扫过，接着他后脑勺便被拍了一巴掌，再然后便听到一声短促的惨叫。

贺景黑着脸抬起头，看见李灿躺在地上面色痛苦地抱着脚踝，脸色顿时晴朗，并上前踢了她屁股一脚。

他弯下腰，双手撑着膝盖，邪笑着说：“报应。”

可看到李灿脑门疼出了一层汗的时候，他笑不出来了。

蔚岚是班长，跑去帮他们请了假。贺景拿着假条，毫无怨言地背着李灿去了医院。

李灿右脚踝骨裂了。

医生给她的右脚打了石膏，她拄着拐低头左看右看，对脚上的石膏和手里的拐感到新奇。

她笨拙地走到过道，却没有看到贺景的身影，于是开始像个孤魂野鬼似的满医院游荡，最后在肿瘤科外看到了贺景。

于芝晓坐在医院的椅子上掩面哭泣，贺景低着头，手中拿着一张化验单，额前的头发将他的眼睛掩住，头顶惨白的灯在他脸上打下一片阴影。

李灿看到一行泪飞快地从他脸颊滑落。

她认为自己不该在这时出现，所以原路返回，让给她打石膏的医生转告贺景，说她爸妈来接她了，她先走了。

那天之后，她再也没见过贺景，更联系不上他。

直到一周后，班主任告诉他们，贺景退学了。

不久后，李灿从她妈妈徐萍女士口中得知了贺景退学的原因。

于芝晓胰腺癌三期，恰好贺逢宁在国外有个开医院的朋友，在攻克胰腺癌方面颇有研究，贺景陪他妈妈一起出国了。

十八岁的李灿想不明白，为什么贺景走之前什么也没有跟她说呢？他们明明是最好的朋友。

这个问题，一直到她三十五岁也没有想明白。

此时此刻。

李灿望着一脸紧张的贺景，难以置信地反问了一句：“你妈跳河了？”

贺景红着眼对她点点头：“她不想化疗。”

李灿有些纳闷，但为了安抚眼前人的不安，她说：“但你妈最后还是去国外治疗了。她抗癌成功了，现在很健康，前段时间我还见到她了呢。”

贺景眼神一亮：“真的？”

李灿给了他一个肯定的眼神。

似乎是太过高兴，贺景有些手足无措。他揉了揉脖子，又来回转了两圈，最后转回来，用力抱了下李灿。

“谢谢你。”他笑着说，一排整齐的白牙露出，唇红齿白。

“谢我干吗？我没帮上什么。”李灿大概摸透了他穿越的时间节点，是于芝晓查出患癌的那段时间。

她又问：“你妈跳河是哪天？”

“你脚崴的那天，我背着你去了医院。”

贺景又说：“她想瞒着我们放弃治疗，但没想到会在医院遇见我。回家的路上，她跟我说要去洗手间，我在外面等了很久不见她出来，最后在河边找到了她。”

李灿坐回沙发上安静地听他说，她注意到他的眼角又泛起了红。

真是爱哭鬼，从小就是。

“我喊了她一声妈，她回头看了我一眼，然后就跳下去了。”贺景清楚地记得于芝晓最后望向他的眼神，绝望又冷漠，像烧白的死灰一样毫无生机。

他忍不住打了个寒战。

李灿拍了拍他的肩头，轻轻地说：“阿姨当时的心情一定比你要更复杂，死神站在她面前宣判了她的死期，而她又是自尊心那么强的一个人，一定接受不了自己化疗后的模样。”

贺景慢慢转头看向她：“你连说话的口吻都像阿姨。”

慈眉善目的李灿瞬间露出了凶恶的嘴脸，抬手重重地给了他后脑勺一下：“我现在可比你大，你给我放尊重点！”

“啊……”贺景捂住后脑勺，宽大的手掌上下揉了揉头发，忽地停了下来，发出了一道惊奇的笑声。

李灿奇怪地盯着他。

他抬起头，异常兴奋地说：“既然我现在到了未来，岂不就能知道未来的事了？我呢？三十五岁的我现在在干吗？”

看他这么高兴，李灿不想打击他，但她也希望贺景的未来会有些不一样的结局。

“你死了。”她直白地说，“上周，在国外出了车祸，人和车一起掉进了河里，几天后才被捞出来，人都泡发了。”

贺景笑容凝固在脸上，眉头逐渐皱起：“你逗我玩呢……”

李灿毫不留情地指向其中一扇紧闭的房门：“你的遗物在那个房间里。”

贺景去杂物间，打开了李灿所说的盒子，看到里面的两件不明物之后，发出疑问：“我给你留了俩垃圾？”

“哈！”李灿笑了，“你也觉得这是垃圾对吧？”

贺景捏起皱皱巴巴的信封，问她：“这是什么？”

李灿眉尾一扬：“我猜它应该是个信封。”

贺景端详了一会儿：“我会不会往里面放了一张巨额支票？”

“你？支票？嘁！”李灿发出嗤笑，“你要是真想给我钱就直接把钱打我卡里了，还支票……”

她转身走向阳台，打开了窗户，在花盆下摸出烟盒，捏了一根放进嘴里。

贺景放下信封冲到她面前，一把夺下她嘴里的烟：“你现在还敢抽烟？谁教你的？”

阳台没开灯，客厅的冷光照亮了半个阳台，贺景的五官很好看，尤其是眼睛，瞳色是茶棕色，但在这昏暗的环境中，黑白分明，闪烁着少年十八岁该有的光亮。

李灿不禁想起她最后一次见到贺景时的情景，那时他才二十四岁，可眼中已是黯然无光，人也消瘦了许多。

她不清楚贺景出国后到底经历了什么，但她能猜到他一定过得不好。

“没人教，自学成才。”李灿对着他的脸缓缓吐出一口烟。

“抽烟会变丑。”贺景挥手扇散了烟雾，口吻有几分说教意味，“你不能抽，对身体不好。”

李灿任由他把烟踩灭扔进垃圾桶，她望向窗外，霓虹灯关闭后的夜景无比黑暗，乌云厚重，连月亮都看不到了。

她解释说：“我只有心情不好的时候才会抽。”

贺景看着她的侧脸：“你是因为我死了才心情不好的吗？”

李灿沉默了一会儿，说：“应该是吧，毕竟我们是认识那么多年的朋友，路边不认识的狗死了我都会难过，更何况是你。”

贺景嘴角一抽：“李灿，你嘴巴还是那么毒。”

李灿反驳道：“没你毒，我也就学到了你三成功力，赶上你还差十万八千里。”

贺景翻了个白眼，他总说不过她，从小就是。

“叔叔、阿姨怎么不住在这里了？”他问。

“嫌这里吵，回老家了，开了家小超市，打算在那里养老。”李灿说。

“那你为什么还住在这儿？”

“念旧，不想走。”

两个人安静地看着窗外毫无美感的夜景，贺景忽然开口说：“如果明天我回去了，那我一定不会让自己出车祸的，到了那天我连车都不会碰。”

4 无法告知的结局

两个人都对现下发生的事表现出一副淡然做派，仿佛到了明天，一切都会恢复原状。

也许是因为他们曾一起对着天上的繁星幻想过穿越未来，所以当天马行空的事真的发生时，他们都觉得没必要大惊小怪。

直到第二天，李灿眼下挂着淡淡的紫青色眼圈走出卧室，看到贺景居然还在沙发上躺着，顿时对穿越这事儿有了实感。

不是幻觉，也不是精神分裂，是真的穿越未来。

贺景被一道突然的咒骂声吵醒，他睁开眼，看见自己还在这个鬼地方，同样震惊。

“你为什么还在？”李灿问他。

他顶着蓬松凌乱的头发，抬手指了指自己：“你问我？”

五分钟后，两人认清了事实。

贺景拿着她的手机，面色严肃地分析：“如果穿越和木星三重日食有关，那日食结束，我也该回去了。可日食在凌晨五点就结束了，我没有回去，说明我穿越可能和它没关系。”

他眯了眯眼：“难道是我跳进河里以后产生了幻觉，现在所有的一切都是假的……”

李灿看了眼时间，同样一脸严肃：“我上班要迟到了。”

贺景冲她摆摆手：“你去，把手机留下就行。”

李灿摇摇头：“手机不行。”

她从桌子底下拿出闲置许久的平板，交给他：“你先用这个，没密码，和手机一样用，就是屏幕大了些，你点开这个地方，可以下载……”

“我知道。”贺景笑着说，“iPad嘛，最新款我也能玩明白，放心，不用你教。”

“那时候就有平板了吗？”李灿忍不住犯嘀咕。

2015年对她来说好像已经是上个世纪了，有很多事物都在记忆中出现了偏差。

她回卧室换了身衣服，走到客厅发现贺景不见了。

紧接着，贺景的声音从杂物间传出：“灿灿，你家里为什么还存垃圾？”

他抱着盒子走出来，手里捏着那个信封：“这是什么？留着是还有什么用吗？”

李灿愣了愣：“你不知道那是什么吗？”

贺景理所当然地说：“我怎么会知道你的东西是什么？”

李灿忽然词穷，她沉声说：“放回去，别动它。”

李灿的工作很忙，与人工智能有关的项目公司都有涉及，最近他们部门在开发一个新的项目，每天都要开一次晨会，而李灿作为总经理，不可缺席。

但今天，雷打不动按时参会的总经理第一次迟到了。

李灿火急火燎地走进会议室，同时收敛了自己的呼吸，屏住了大喘气，让自己显得不那么慌乱。

许多道目光看向她，她深吸一口气：“抱歉，迟到了。”

下一秒，她看到她的座位被许森阳占领了。

“李经理，你迟到了五分钟。”许森阳挥舞着手中的激光笔，皮笑肉不笑地说，“为了不耽误大家的时间，我帮你讲了几句。”

李灿知道他是故意的，要是许森阳对她有下属对上司该有的尊重，早该从她的座椅上滚开了。

她把许森阳的椅子拉到了会议室中央，不紧不慢地坐下，冲他微微一笑：“没关系，小许，你平时业务能力也很出色，继续讲，让我听听你的想法。”

几名下属忍不住偷笑。

平时李灿都称呼其为“许主管”，现下直接当着众人的面叫“小许”，摆明是一点面子也不想留给他。

许森阳变了脸色，却又不好在这么多人面前发作，只能硬着头皮继续说下去。

会议结束后，大家纷纷离开会议室。许森阳坐在桌子的最前方，李灿坐在最后方，二人冷着脸，都没有要走的打算，仿佛即将要举行一场重要的谈判。

起先谁都没有说话，李灿也没有要开口的意思。

许森阳最难以忍受的就是她这个样子，无时无刻不在疏远他，一副高高在上的清贵模样，明明他们之前不是这样的。

“灿灿。”他先开了口。

“是李经理。”李灿咬字清晰地强调，“注意称呼，这是在公司。”

许森阳咬了咬牙：“你不希望我和你抢经理的位置，那你应该更努力、更上进一些，可你这周又是出错又是迟到，你到底在想什么？”

“嗡嗡！”

桌上的手机振了两下。

李灿垂下眼。

——在吗？

是她小号发来的消息，小号登在平板上。

好死板的开场语，不愧是贺景。

很快又有一条消息：我想去趟超市。

看她的注意力全然不在自己身上，许森阳牙关咬紧：“你有没有在听我说话？李经理？”

“许森阳。”李灿淡淡地望向他，“我们的关系早就结束了。”

她停顿了一下，又说：“我从来没有把你当作我的竞争对手。物竞天择，适者生存，谁有本事谁升职。你要是还能再不要脸点，就抓着我的失误继续往上爬呗，谁管你。”

她起身离开会议室，给贺景回复：马上回去，等我。

李灿的父母是乐天派，他们的口头禅无非就那么几句：

“关你屁事儿”“关我屁事儿”“多大点事儿”“屁大点事儿”……

在此熏陶之下，李灿拥有常人所不能企及的乐观，即使她呕心沥血得来的东西被人偷走，她也只会想：多大点事儿，又死不了。

但现在，她觉得贺景去超市是一件一等一的大事。

于是，她请了一天假。

李灿在同一天打破了她进入公司多年来的两条铁律：从不迟到和从不请假。

回去的路上，她琢磨起贺景今早的反应。

贺景显然不记得自己未来会死掉的事，却记得其他发生的事。

是无法知道自己的结局吗？

那是否也意味着结局无法改变？

回到家，李灿心情沉重地打开门。

贺景坐在沙发上抱着平板，听到开门的动静，他抬头看向她，咧嘴一笑：“灿灿。”

许多人会在请求或命令前后加上“灿灿”以示礼貌或亲昵：

“灿灿，不准挑食。”

“灿灿，能不能帮我个忙？”

“我喜欢你，灿灿。”

…………

只有贺景会没由来地喊她，没有前提与后缀，就一个“灿灿”。

李灿一直觉得他这样很烦，没话说干吗要随便喊名字。

看着一脸单纯的贺景，李灿的唇角微不可察地扬起，她故作不耐烦地回：“干吗？”

贺景笑着说：“没事。”

像以前一样，千万遍毫无意义的“灿灿”之后，都会等来一声看似厌烦但其实极为耐心的“干吗”。

而在这声“干吗”之后，她通常会得到一句“没事”。

李灿怀疑贺景把她当宠物狗了。

5 莫比乌斯环戒指

“你想不想看看你爸妈现在什么样？”

李灿拿起一条新浴巾扔进购物车，走到他身边停下。

贺景站在男士内裤的货架前纠结尺码，目不转睛地说："不看，万一吓到他们怎么办？"

"你可以远远看他们一眼。"李灿从货架上拿下一盒S码的内裤，从上到下扫视他，接着露出轻蔑的笑容，意思是你小子穿这尺码绰绰有余。

贺景气笑了，他从货架上拿下L码的内裤，咬字格外清晰："我腰围72，喜欢宽松款，懂？"

李灿挑眉，心想，小子，腰挺细。

他把她手里的S码内裤放回原位，又回归正题："我不想现在就看到他们变老的样子，等我三十五岁了自然能看到。"

"好吧。"李灿指了指前面，"去生鲜区那儿买些肥牛，晚上做番茄肥牛锅怎么样？"

"看来你口味没变，还是爱吃肥牛锅。"他从李灿手里拉过购物车，慢悠悠地向前推着。

李灿咋舌："什么叫我爱吃？明明是你爱吃，小时候我妈每次一做肥牛锅你就能多吃两碗饭。"

贺景慢慢牵起嘴角，有些无奈。

他多吃两碗饭不是因为番茄肥牛锅，而是因为每次吃番茄肥牛锅的李灿吃得实在太香，他看得胃口大开，才会多吃两碗饭。

两人拐进生鲜区，迎面走来一个像模特的男人，肩宽头小，黄金比例，衣着随性却将气质完美突显，从头到脚都打扮得十分符合当下潮流。

李灿的视线情不自禁地跟上了这位又高又帅的潮男，并转身目送一百米，才恋恋不舍地收回目光。

贺景低头看了看自己身上的衣服，还是他从2015年穿来的……校服！

毫无板型可言的肥大裤子，缝着两颗白扣子的黑领子T恤，左胸口处还印着"沂川一中"的校徽！

"我要买衣服。"他叫住她，"我不能一直穿着校服，看上去像你儿子。"

换作以前，李灿挺喜欢和他开"你是我儿子"这种玩笑的，可她现在已经三十五岁了，对年龄有些敏感。

她不乐意地说："你要是想让我给你买衣服，最好说几句好听的话，比如叫声姐姐让我听听？"

贺景推着车毫不犹豫地越过了她："算了。"

李灿瞧他一脸失望，也没再继续逗他，两步追上他，用胳膊肘捣了捣他的胳膊。

“别算了呀，你穿校服跟我一起出来多丢我面儿啊，买完东西咱们就去商场。”

她的头顶只高过贺景肩膀两厘米，有时候跟他说话有些费力，需要微微扬起脖子看他。

不过李灿不排斥这样，她觉得多抬头和贺景说话，能够有效缓解她多年低头玩手机导致的颈椎病。

两人买了两盒肥牛和一些时令蔬菜，拿了一包番茄浓汤的火锅底料，结账时，贺景又顺手在收银台旁边拿了一盒水果糖。

李灿瞥了一眼，纳闷贺景什么时候爱吃糖了。

超市在商场的负一层，二人坐电梯去买衣服。

新款的衣服摆满店面，贺景看得眼花缭乱。他用手指了指几件衣服，不客气地说：“都买。”

李灿翻了个白眼：“你当我的钱是大风刮来的？只准买两套，万一你哪天突然回去了，买多了岂不浪费？”

“万一我永远也回不去了呢。”贺景边说，边挑了两套基础款的衣服走向收银台。

李灿打开二维码付款，幽幽地说：“那你就去找个班上。”

贺景想了想：“或者我去投靠三十五岁的我。你昨天说我现在在国外当医生，那我现在一定很有钱。”

李灿眸子微不可察地暗了暗：“这我哪知道。”

两人有一搭没一搭地聊着天向外走，忽然，李灿余光捕捉到了一个东西，停下了脚步。

贺景走出几步没看到她跟上来，回头发现她站在一家饰品店的玻璃窗前。

玻璃窗前摆着许多精致华美的戒指，李灿死死盯着其中一款朴素到不能再朴素的银色对戒。

那是一对波浪形的素圈，底下的白色立牌标着“699元”的价格，旁边写着它的名字“莫比乌斯环戒指”。

最下面还有一行小字：

无尽永恒的爱——无论从哪儿开始，终会再次相遇。

李灿觉得这戒指像贺景遗物中的那枚，可仔细一想，天底下长得差不多的素圈戒指多了去了，遇到一款像的并不稀奇。

“你喜欢？”贺景弯腰凑上前和她一起看。

“不喜欢，我只是在想它到底哪里值699元这个价格。”李灿扭头走了。

贺景看了眼那枚戒指，也扭头走了。

临近午饭时间，贺景去浴室洗澡，李灿去厨房准备番茄肥牛锅。

徐萍女士搬回老家后，李灿没怎么再吃过番茄肥牛锅，因为做起来麻烦，再加上一个人根本吃不完。

有一次她心血来潮做了番茄肥牛锅，但吃起来没有记忆中那么好吃，从那之后她便再也没有做过番茄肥牛锅。

浴室里传来“哗哗”的水声，她把底料放进锅里用水炖着，抽空去洗菜切菜，再把切好的菜一起扔进锅里，最后扔上了四张她最爱吃的咸味芝士片。

打算淘米的时候，她想起米买来后就被她放在杂物间。

她穿过客厅去了杂物间，把没拆封的整整一袋米拎向厨房。

经过浴室门口，贺景突然打开了门。

他只在下半身缠了一条浴巾，湿发贴在他的脖颈上，水顺着肌肤纹理流下，劲瘦的腰上没有一丝赘肉，腹部能看到一层薄肌，但没什么锻炼痕迹，可手臂弯曲时却能看到明显的肌肉线条。

贺景身材高挑，将近一米九的个子在人群里一向扎眼，越长大越出挑。

夏天的时候他们常常一起去游泳馆游泳，总会有人盯着贺景看，并上前问他：“你是游泳运动员吗？”

李灿对此习以为常。

贺景不是运动员，但他喜欢游泳，每年天气最热的那几天都会拉着不擅水的李灿跑去游泳馆。

沾水的贺景像鱼一样自如，舒展的四肢和摆动的腰使他有一种莫名的吸引力，像水族馆中供人观赏的男美人鱼。

所以得知贺景死在了水里时，她有些难以接受。

四目相对，空气安静了两秒，贺景整张脸以肉眼可见的速度变红。

他猛地关上了门，还反锁了：“你不是在厨房吗？”

李灿不在意地说：“你害羞什么？你什么我没见过，小时候你跟我和我妈……”

里面传出一道咆哮：“李灿！你要是敢提那件事你就死定了！”

在他们相处的久远过往中，有一件贺景这辈子都不愿想起，李灿却爱翻来覆去提起的事。

六岁那年，粗枝大叶的徐萍女士带着她和贺景去了女澡堂。

在雾气弥漫、满是裸体的澡堂里，年幼无知的李灿指着贺景的下体，大声说：“你居然有‘小鸡鸡’！”

是的，在那之前，李灿一直以为贺景是女孩，因为他长得像女孩子一样可爱漂亮。

贺景不知道“小鸡鸡”是什么，但他感觉自己的内心深处某个地方受到了重创，于是他“哇”一声哭了出来。

后来他才知道那是男人的自尊心。

而徐萍女士也意识到了问题的严重性，再也没有带贺景去过女澡堂。

李灿每次想起这事儿都能笑得前仰后合，尤其是把贺景逗得面红耳赤以后。

她笑够了，叉着腰缓了一会儿，接着抱起米袋进了厨房。

6 你过得幸福吗

过了好一会儿，贺景才穿好衣服从浴室走出来，他似乎做了很长时间的思想准备。

“收拾完了就快来吃饭。”李灿坐在客厅地板上，背靠沙发。

宽大的电视播放着最近刚出的电影，但她的目光没怎么往电视上瞟，几乎全在番茄肥牛锅上。

贺景坐在她身边，拿起筷子端起碗尝了一口。

“怎么样，跟我妈做的一样吧？”李灿满脸期待地看着他。

贺景并不给她面子：“不一样。”

李灿刚要骂他不做饭还挑食，却听他又说：“比阿姨做得好吃。”他歪了歪脑袋，“以你的水平不应该啊，是底料贵的原因吗？”

李灿无语。

饭吃完的时候，电影也放完了，演职人员的名单缓缓飘过，但两个人对电影里到底演了些什么表示迷茫。

罪魁祸首是那锅过分美味的番茄肥牛锅。

李灿默默记下了底料的牌子，发誓以后只买它家。

“我去洗碗。”贺景自觉地收拾好桌子，端着锅碗进了厨房。

“去吧。”李灿淡淡应了一声。

以前贺景的父母工作很忙，经常出差去外地，一去就是小半年。每到这时，贺景就会借住在她家。他经常主动帮徐萍女士做家务，每次吃过饭后都会抢在所有人之前去刷碗。

这一行为极大地博得了徐萍女士的好感，李灿因此被嫌弃到体无完肤。

李灿觉得贺景其实并不喜欢做家务。

但那时的贺景处境尴尬，父母不在身边，他不得不寄人篱下，住在她家。

即便是徐萍女士盛情邀请，他也做不到心安理得地白吃白喝，所以才会主动做家务来减轻心中的负担。

可李灿从不会让他一人孤零零地在厨房刷碗，哪怕只是站在一旁什么也不做，她也像是有某种执念似的陪在他身边。

她从不觉得贺景住在她家是个麻烦，相反，她习惯待在有贺景存在的地方。

李灿走进厨房，靠在墙上看着他刷碗，他刷好一个碗，她便接过来放到沥水架上。

“明年之前我一定会买台洗碗机。”她说。

“我赞成。”

刷完碗后，两人决定搞清楚穿越的事情。

他们头对头坐在地板上。

贺景拿着笔，趴在茶几上飞快地在纸上写着什么。

李灿捧着手机万分仔细地念：“双色球第2016129期：红球09、10、13、19、24、32，蓝球01……

“超级大乐透第2016130期：红球11、21、25、31、32，蓝球04、10……”

抄满一张纸以后，贺景放下了笔：“别念了，够了。”

他向后靠在沙发上，低头瞥见沙发垫子底下似乎垫了一本书，他反手抽出书。

“哎哟喂，你平时还看医学杂志呢，能看懂吗？”他边说边翻开杂志，一下就翻到了其中一页。

这一页压痕明显，边缘有磨损，显然被翻看过无数次：

医者访谈——医学博士贺景，为胰腺癌的治疗做出重要贡献。

密密麻麻的文字中还插着一张照片。照片中，三十多岁的贺景穿着黑色西装，外面套着一件长白衫，俨然一副医者形象。

他跷着二郎腿坐在藤椅上，好看的脸庞犹如上天精心雕琢的艺术品，轮廓分明，五官挺拔深邃，成熟的魅力只通过一张照片也能清晰感受到。

贺景瞪大了眼睛，迫不及待地向李灿求证："我这么厉害？还上杂志了？"

藏起来的杂志被发现，李灿有些心虚，可看见贺景完全没往别处想，她暗暗松了口气，说："还不是因为你未婚妻是医院院长的女儿，不然以你短短几年的资历，怎么会那么轻易上这种有名的杂志。"

贺景脸上的兴奋之色陡然消失，僵着脸问："我有未婚妻？"

李灿觉得提前把姻缘告诉人格尚未完全成熟的贺景似乎不对，但事已至此，她坦诚相告："是啊。于阿姨治疗癌症的医院，你未婚妻就是那家医院院长的女儿。"

贺景手里的杂志"啪嗒"掉在了地上。

"长什么样？你有照片没？"

他不相信自己会有一个未婚妻，至少现在的他觉得一定不会。

"没，见都没见过，但我妈说于阿姨对你未婚妻十分满意，肯定长得不差。"李灿扬了扬眉梢，"这么好奇你未婚妻的长相？"

贺景沉默了两秒后，轻轻"嗯"了一声。他看着杂志上一派从容的自己，双手紧紧攥成了拳。

"等你以后不就知道了。"李灿调笑的嘴角渐渐平了下去。

她从地上站起来，走向浴室："我去洗澡。"

傍晚，李灿看到鸟巢蕨有些萎靡不振，卷曲的叶片不卷了，蔫巴巴的。

她蹲在花盆前，观察是缺了水还是缺了肥料，顺手把压在最下面的烟盒挪了出来。

见状，贺景走了过来，把剩余的烟全部倒了出来，掰断扔进了马桶。

李灿抱着花盆，一脸蒙地看着他："你扔我的烟干吗？"

贺景把在超市买的糖放到她面前："以后想抽烟就吃糖，抽烟会变丑。"

巴掌大小的铁皮盒上印着"无糖"二字。

这让李灿想到她小时候总会连带贺景那份糖一起吃光，然后被徐萍女士拖去医院看蛀牙。

牙医握着高速旋转的牙钻放进她嘴里，不一会儿，她吐出了一口血沫。

倔强的李灿面不改色，但坐在一旁的贺景吓得脸都白了。

打从那之后，贺景再也不把自己的那份糖给李灿了。

不仅不给她糖，还会把她原本的那份糖抢走。

李灿放下花盆，拿起糖，对他说："贺景，我不是要抽烟，我只是想给绿植浇水。"

贺景不咸不淡地说："那我早晚也会把你的烟扔了。"

李灿把糖盒放进兜里，她现在已经不会再长蛀牙了，但也没那么爱吃糖了。

贺景接了一盆水，慢慢地给鸟巢蕨倒水，忍不住说："它长得有些怪。"

"它叫火焰鸟巢蕨，因为叶片像舞动的火焰，蜷曲起来像鸟巢。"

李灿不紧不慢地说："它很乖，不生虫也不会突然死掉，只要有一点水就能活很久很久。"

她忽然抬眼看向他："你不觉得它很像你小时候吗？"

"哪里像？"贺景好奇地问。

李灿："你以前受了伤也不哭不闹，明明肚子已经饿得咕咕叫，却只是拽拽我的袖子说'我有点饿了'。"

贺景："我都不记得了，你怎么记得这么清楚？"

"因为你总是这样，看上去可怜巴巴的。"李灿慢慢地抚摸着叶片的尖端，"你还记不记得上小学的时候，隔壁班有人打了你，你却一点反应都没有，他们都以为你是智障。"

贺景忍不住笑了笑："记得，你听说我被揍了，从班里扛着扫把就冲过来了。"

李灿诧异他居然还能记得这事儿，继续说："你被他们揍得眼都肿了也没掉一滴眼泪，可看见我过来一下子就哭了。我到现在还在纳闷，是我长得比他们还要恐怖吗？"

贺景笑得更厉害了，肩膀都在抖："对，你抄着扫把像插了翅膀的活阎王。"

"我当时就不该救你！"李灿咬牙切齿。

贺景深吸一口气，平静下来，话题一转："灿灿，我不在的时候，你过得幸福吗？"

李灿想了想："地球离了谁都能正常转，即使你不在，我也会继续过我的生活。"

"那你知道我有未婚妻以后……"贺景小心地试探，"心里有没有那么一丁点儿不高兴？"

"我为什么要不高兴？"李灿不解，"你订婚不是好事吗？"

心头一阵失落，贺景的喉结滚了滚，扯了扯嘴角："因为我比你早订婚，你要给我包个大红包，我们当初说好的，你不能反悔。”

李灿恍然大悟，猛拍大腿：“你不说我都把这事儿给忘了！”

“所以你还没转？”贺景跳起来，“不能反悔，现在就给未来的我转！”

李灿错愕：“啊？”

贺景跑去客厅拿来她的手机，塞进她手里：“现在就转，我会盯着你，永远。”

李灿拿着手机半晌没有动作。

“灿灿，你不会要耍赖吧？”贺景盯着她。

李灿低着头，声音忽然有些哽咽：“我不能转，转不了……”

贺景顿时手足无措：“不至于吧，好好好，别转了，我不要了。”

李灿颤声说：“贺景，其实你已经死了，上周你在国外出了车祸，掉进河里，几天后才被发现……”

贺景怔住。

一阵尖刺的耳鸣贯穿了他的大脑，李灿的声音变得有些模糊，听不太清。

他看见她哭了，耳边的声音又渐渐清晰。

“我去了你的葬礼，那个房间的盒子里放的不是什么垃圾，是你的遗物。

“我昨天就已经告诉过你了，可你一觉醒来不记得了。”

李灿的声音越发破碎，颤抖不止，她带着浓重的哭腔说：“贺景，我好害怕你是我的幻觉……”

“……哭什么，死的是我，我都还没哭。”他心疼地皱了皱眉，抬手为她擦去眼泪，“别哭了，看你哭比知道我死还难受。”

第二章

希望你永远都不要变成大人

1 尼罗河花园

贺景死后第十天，李灿第一次为他的死而哭泣。

李灿从未想过有一天贺景会永远地离开自己，即使他不辞而别出国的那年，她也觉得贺景终有一天会回来，因为他的家在这里，他的根在这里。

贺景的死不是天塌地陷的洪水噩耗，而是世界安宁，一切都在按部就班地运行，只有她的心脏某处在无法察觉地分泌剧毒，日积月累，终会在某天彻底杀死她。

“别哭了，看你哭比知道我死还难受。”

闻言，李灿哭得更凄惨了，她一下一下地拍打着贺景的胸口：“贺景你死得好惨啊，你为什么会死在水里，我的妈呀……”

贺景涨红着脸捂上她的嘴：“你哭得太难听了，等下邻居报警说你扰民！”

“哎哟……可怜的贺景啊——”

李灿很少哭，但一哭就难收住，像开了闸的大坝。

贺景把她拖回客厅，抽了十几张纸巾糊上了她的脸，咬牙切齿地说：“谢谢你让我提前听到有人给我哭丧……”

李灿不顾形象地擤了一堆鼻涕，哭声也渐渐消停。

她顶着一双红肿的眼睛躺在沙发上，哑着嗓子说：“小贺子，给我拿个冰袋来。”

贺景无奈，去冰箱拿了冰袋，出来时看见她闭着眼睛，像个老佛爷似的。

他又在冰袋外裹了一层毛巾，小心翼翼地放在了她的眼睛上。

“你什么时候能……”贺景欲言又止，泄气似的坐回沙发上。

他希望她能正常点。

李灿总是这样反复无常，前一刻哭得让人心疼，下一刻就让人恨得牙根痒痒。

可这样的李灿让贺景又爱又恨。

他看着一动不动躺在沙发上的李灿，轻声说："如果我没办法知道自己未来会死亡，说明上天不希望我改变自己的结局。不过就像你说的，离开谁地球都一样转，你不要为我难过太久。"

李灿没吭声，一阵微弱的鼾声从她嘴里传出。

贺景拿起她脸上的冰袋，叫了她两声，才意识到她早就睡熟了。

他嘴角抽搐，起身走进卧室："白说了。"

次日清晨，李灿站在镜子前捯饬自己，瓶瓶罐罐摆满了梳妆台。

她很注重皮肤管理，岁月在她脸上几乎没有留下痕迹。不过李灿认为还是因为她太年轻了，等到了六十岁她如果还能有这样的皮肤，那才称得上顶级管理。

贺景从客卧出来，看见她拿着一瓶淡青色的香水瓶在空中喷了两下，然后原地转了两圈。

"你喷的是什么？"他问。

"香水。"李灿说。

"我知道是香水，是什么香水？"

"尼罗河花园。"李灿凑到他面前，扇了扇自己周围的空气，"我最喜欢的香水，怎么样？是不是有柚子和柑橘的清香？"说完，她抱着自己猛吸一口，陶醉地说，"喷了它，我能抱着闻一辈子。"

贺景也不知想到了什么，体温向上飙了几度，脸颊滚烫。

他睁大眼睛说："你在胡说八道什么？明明一股烂橘子味儿。"

李灿翻了个白眼，转身走向鞋柜穿鞋。她忽然想起什么，扭头走进杂物间，拿起那两件遗物给他看。

"知道这是什么吗？"

贺景蒙蒙地摇头："那是什么？"

李灿没有回答他，只是把东西又放回了原位，又指向自己的眼睛："知道我的眼睛为什么肿了吗？"

贺景点头："你昨晚哭了。"

李灿又问："我为什么哭？"

"我让你给我转红包，你不想转，然后就哭了……"贺景抿了抿嘴，"灿灿，你要是觉得这事儿太丢脸，我可以假装忘记，毕竟你小气也不是一天两天了。"

李灿一言不发地出了门。

门快要关上时，她猛地拉开门，对着他喊了一声：“你个没品位的狗鼻子！尼罗河花园才不是臭橘子味！”

“砰！”门关上了。

“莫名其妙……”

贺景走到窗户前，目送她离开小区，然后走回梳妆台前，拿起那瓶香水，对着半空喷了好几下，走进水雾中转了两圈。

李灿的车是宝马3系，2020年款白色中型轿车，是她爸李世良替换下来的旧车。

跟了李世良十年的糟糠之车，最后败给了一辆新款高颜值油电一体车。

好在李世良很爱护车，所以这辆宝马3系开了十年还是很好开，只不过到了李灿手里遭了不少罪。

剐蹭、掉漆、风吹日晒……渐渐地，它没了当年的帅气模样。

她把车停在公司车位，下车看到旁边停着一辆崭新的奔驰，挡风玻璃左下角摆着一串熟悉的挪车号码，一早的好心情忽然没了。

这是许森阳的号码。

他又换新车了。

这应该是她认识许森阳后见他换过的第六辆车了吧？

她和许森阳是大二那年认识的。

许森阳是辩论社团的社长，长得白净斯文，家庭条件也比较优越，在大部分人都靠两条腿走路去上课时，他已经能开着轿车去上课了。

这样的人，在学校很难不受欢迎。

李灿那时没见过什么世面，也和大部分人一样觉得此子有过人之姿，为此加入了辩论社团，最后成功拿下了炙手可热的许森阳。

但他们终究不是一路人。

李灿走到电梯前，看到许森阳也在，便停在了他的斜后方。

“我在等你。”许森阳转过头，冲她笑了笑，“我觉得我们之间还是有误会的。”

他穿着卡其色风衣，里面是一套白色的休闲装，黑色半框眼镜搭在挺直的鼻梁上，笑起来脸颊处有两个浅浅的酒窝。

以许森阳的资历和条件，完全可以去另一家不错的公司出人头地，而不是像现在这样做她的下属兼竞争对手。

李灿不懂他为什么还要继续纠缠，明明分手那天她已经说得很明白了。

她不再喜欢他了，他们也不是一路人。

可许森阳执着地认为她还在因为那件事闹脾气。

“你喷了尼罗河花园。”许森阳后退一步，向她靠近了些，“你只有在重要场合或是心情好的时候会喷它，是发生什么好事了吗？”

“如果你今天能向老板递辞呈，那对我来说就是好事。”电梯门开了，李灿走进电梯，狂按关门。

“火药味这么重。”许森阳走进电梯，看到她的手停在关门按钮上，忍不住笑了笑，“看来你心里还是有我的。”

李灿无语。

贺景一整天都没有消息，安静到让人心焦。

她发消息问：干吗呢？

过了好久，贺景回：在看风景，刚才有227辆车从路边经过。

李灿：精神病院有时候就会让病人去数路边经过了多少辆车，所以你是神经病吗？

贺景：[省略号.jpg]

她问：晚上吃什么？

贺景：我找到了一家看上去还不错的地方，等你下班我们一起去吃。

李灿：哪家餐厅？

贺景直接把餐馆的位置分享给了她，是离她公司不远的一家泰式餐馆。

李灿：好，等我下班回去接你。

贺景：我已经在你公司楼下了，等你下班。

2 分手的理由

傍晚五点，许森阳拿着一份文件推开了李灿办公室的门，却发现里面空无一人。

“总经理已经打卡下班了。”李灿的下属说，“刚走。”

“下班了？”许森阳错愕。

他很少见李灿按时下班，常常人走光了，仍能看到她坐在办公室里忙碌的身影。

他把文件放回自己的办公室，也打卡下了班。

李灿到了停车场，看见贺景倚靠在她的车上，低头看着平板，修长的手指在上面划来划去，不知在忙些什么。

她悄悄走上前，看到他正在玩水果忍者。

高中那几年水果忍者的确蛮火的，在屏幕上划来划去切开掉落的水果。现在想想蛮无聊的。

“忙着做果切呢？”她开玩笑地说。

贺景拿平板的手微微一抖，回头看向她：“你是鬼啊，走路没声。”

李灿刚想反驳他，忽然闻到他身上传来了一阵柑橘的清香。

她神色一凛：“你偷喷我香水了？”

贺景心虚地收起平板：“我就想再闻一闻到底是不是烂橘子味儿……”

“这么浓的味道，你到底喷了多少？”李灿抬手掐住他的脖子，用力地摇晃他，“你不会把我香水打碎了吧！”

贺景长得太高，纵使她很用力，也只能让他小幅度晃了晃。

他举手投降：“我错了，以后给你买新的，买十瓶、一百瓶，你倒浴缸里泡澡都行！”

李灿摇累了，单手叉腰喘着粗气：“你还挺会画饼！兜里现在能掏出两百块吗？”

“灿灿。”一道柔和的声音传来。

二人循声望去。

许森阳不知何时出现，他望着他们，表情难以捉摸。

李灿在许森阳面前永远是一副坚韧温柔的高知形象，无论遇到什么事都处变不惊，连分手时都保持着优雅高傲的姿态。

此时此刻，她却因为某人喷了她的香水就张牙舞爪、形象全无。

这样的李灿，许森阳第一次见。

李灿迅速整理了一下自己的头发，挺直了身子，仿佛刚才什么都没发生过。

“许主管也下班了。”她语气礼貌地客套道。

“这位是？”许森阳一如既往地保持着绅士风度，面带微笑。

李灿忽然不知道该怎么介绍身边的贺景。

说朋友？一个小她十七岁的朋友，怎么都很奇怪。

说弟弟？许森阳知道她没弟弟，她家谱上有谁他都门儿清。

她干脆不回答这个问题：“他是谁跟你没关系吧。”

“同事之间的关心不行吗？”许森阳注意到贺景的眼神充满了敌意。

同为男人，许森阳很清楚那种敌意是从何而来，再想到李灿最近的种种反常，许森阳心底升起强烈的不安。

“不行，同事更该保持距离。”李灿转身上车，对贺景说，“上车，去吃饭。”

贺景坐上副驾驶位，李灿提醒他系上安全带，然后开车驶离了停车场。

车子渐远，贺景盯着后视镜，许森阳还站在原地望着他们。

“他是谁？”他问。

“同事。”李灿说。

贺景将目光从后视镜移到她脸上：“不是普通同事，对吗？”

李灿坦白：“嗯，前男友。”

贺景早就猜到会有这么一层关系，可从她嘴里听到，心里格外不痛快。

他追问：“为什么会变成前男友？”

李灿没有回答。

泰式餐厅生意很火，只剩下一个空桌，李灿和贺景很幸运地占下了最后一张桌子。

他们各自点了几道招牌菜，菜上齐后，两人安静地吃起来。

贺景没再继续追问关于她前男友的事，哪怕他已经快要好奇死了。

饭吃到一半，李灿突然放下筷子，叫来了服务员，点了一瓶葡萄酒。

“你开了车。”贺景看她倒了满满一杯，想她现在或许已经郁闷到必须借酒浇愁，于是又改口说，“喝吧，可以叫代驾。”

有了他这句话，李灿更放肆了，满满一杯红酒，扬起下巴一口干了。

她放下杯子，表情痛苦：“呕，好难喝。”

贺景：“前男友对你的影响这么大？能让你这么喝？”

李灿点了点头。

“还是喜欢他？”贺景苦笑，垂下了眼帘，不想听她的回答。

李灿摆摆手：“不是因为忘不掉他，而是因为郁闷，我太郁闷了啊，贺景。”

她说：“分手是因为我们都不是真的喜欢对方。”

贺景抬眼：“什么意思？”

情侣分手的理由有很多：三观不合、性格不合、家庭背景不合、性生活不合……

但“不是真的喜欢对方”这个理由，虽有，但少见。

李灿分手以后，蔚岚曾问过她为什么会分开，得到的也是同样的答案。

“我们都不是真的喜欢对方。”

蔚岚百思不得其解。既然都不是真的喜欢对方，又为什么会在一起呢？就算在一起了，又为什么会在一起三年才意识到其实不喜欢对方呢？

李灿没法解释这些问题，也不想解释。

2017年，李灿进入辩论赛社团，作为四辩和许森阳组队。那时的她认为许森阳长得好，性格也好，大家都喜欢他，所以她没理由不喜欢他。

2019年，许森阳不知因何对李灿产生了情愫，并对她开始了追求。

也许是李灿当时总是给人一种半死不活的挣扎感，尤其在辩论时，她总能以一种无所谓的态度说出刁钻犀利的陈词，把对方辩手抨击到辩无可辩。

许森阳追求了李灿三个月，最后用一束香槟玫瑰换来了李灿的同意。

李灿捧着玫瑰，心想贺景说不定早就在美女如云的国外谈起了恋爱。

2021年某个盛夏夜晚，许森阳抱着九十九朵红玫瑰在大街上单膝下跪，从花中取出一枚钻戒向她求婚。

在路人的呼声中，李灿伸手接受了他的戒指。

不久后，许森阳带她去了许家的聚会。

那天，李灿穿上了她认为最得体的衣服，喷了最爱的尼罗河花园。

在李灿的认知中，家庭聚会应是亲近的家人坐在一张桌子上吃饭聊天，有说有笑地聊家常。

可许家聚会并非如此，聚会上来了许多人，还有外国人，他们穿着十分正式的礼服，喝着昂贵的酒，言谈之间是几百上千万的生意。

许森阳说过他父母从商，虽然能隐约察觉到不是什么小生意，但没想到会大到如此程度。

起初，李灿还能凭借自己多年的积累与他们自如地交谈。渐渐地，她开始感到吃力，于是频繁地去洗手间调整自己的状态，以免自己忽然松懈，暴露出随性顽劣的本性。

李灿融入不了他们，但她觉得自己可以为了许森阳忍一忍。

她走出洗手间，看见远处的露天阳台上，许森阳和他的姐姐似乎在聊什么严肃的事。

偷听不是什么好人会做出来的事，但李灿不是什么好人，她几乎没有犹豫便靠近了露天阳台。

她没有听到许森阳的姐姐之前说了什么，但她听到许森阳说了什么。

他说："对，你说的都是事实，李灿的确样样不如她们，但从小到大，你们让我干什么我就干什么，连结婚都要是你们喜欢的，凭什么？"

"那为什么非得是她呢？她的父母在镇上开了一家小到不能再小的超市，那都称不上是生意，你至少找一个和你有共同话题的女人。"许森阳姐姐的声音很温柔，像锦缎一样轻软。

“姐，这和她的父母没有关系。”许森阳说，“李灿没有你以为的那么差劲。”

许家的家教浸透在姐弟二人的对话中，他们的语气平静、温和，没有太多的情绪波动。

尤其是许森阳，他冷静到仿佛在谈论一个陌生人，明明是在为她说话，可每个字都让李灿不断地向冰窟下坠。

他走出阳台，看到李灿倚靠在墙边，静静地望着他。

许森阳僵住了。

“灿灿……”

李灿嘴角扬起一丝讥嘲的笑。

她保持了体面，不吵不闹，喝了两杯香槟，直到聚会结束。

回去的路上，许森阳一直在向她解释，可李灿始终保持沉默。

到了家门口，她摘下戒指还给他：“我们分手吧。”

李灿是个自尊心很强的人，她可以接受自己与许森阳之间的差距，但她不能接受自己在许家人眼中变成一个笑话。

许森阳不肯收回戒指：“灿灿，你知道我爱你，我家人的想法不重要，我们两个在一起才重要。”

李灿摇摇头：“不是因为你的家人，是我的问题。在听到你和你姐姐说的话以后，我忽然意识到自己居然一点也不难过，甚至如释重负。”

她下了车，把戒指放在座椅上，轻声说：“对不起，我好像没有想象中那么喜欢你。”

3 不要变成大人

每当别人问起为什么和许森阳分手，李灿只是模棱两可地回答：“我们不合适。”

但面对贺景，她的心里翻江倒海，越想越憋屈，于是像倒垃圾似的把心里堆了这么多年的话一股脑全说了出来。

“开小超市怎么了！”李灿拍了拍桌子，愤愤不平地说，“再说了，我家的超市小吗？样样齐全，哪里小了？全镇的人都来我家买东西！这怎么就算不上是生意了，他们也太瞧不起人了”

“对，他们太瞧不起人了。”贺景连声附和，“你做得很好。”

“对吧，你也觉得我做得好吧。”李灿撇撇嘴，心头有些酸涩，“也就只有你会觉得我做得好了，他们都认为我不该和许森阳分手，说我找不到比他更好的男人了。”

辣涩的红酒已经被她冷落在一边，她端过贺景的果汁喝了起来。

贺景微微蹙眉，不赞成她这话：“灿灿，你本身就是很好的人，你不需要主动去找更好的男人，更好的男人自然会来找你。”

李灿脸颊微微醺红，面前这张好看的脸让她想起葬礼上的黑白遗像。

像贺景这么善良的人，怎么能那样潦草地死去呢？

她认真地说：“贺景，你三十五岁的时候，一定不要开车，离河边也远一点。”

贺景一脸奇怪，歪头看她：“为什么？”

李灿摇头：“算了，你干脆不要考驾照了，连车都不要开了。”

说完，她又反悔：“不行，你还是不要出国了，留在这里吧。”

贺景眯了眯眼：“我难道会遇到什么坏事吗？”

李灿点点头。

“什么坏事？”

“就算我说了你也不会记得，你明天就会忘记了。”李灿脸颊上的红晕渐渐蔓延到脖子上，“你记住我的话一定没错，我不会害你。”

贺景觉得她怪怪的：“你是不是喝多了？”

“不是。”李灿淡定地说，“酒精过敏，但一点儿都不严重，主要是喝太急，上头了。”

“过敏你还喝，神经病啊！”贺景急忙给她倒了一杯水，“多喝点水，把酒精代谢出去。”

“已经喝饱了。”她放下空的果汁杯，从座位上站起来，向他勾了勾手，“吃饱了咱就撤，走。”

李灿结完账，没有去开车，径直走向路边的共享单车，拿起手机开始对着二维码扫。

“不找代驾？”贺景看她有些不清醒。

李灿头也不抬：“你知道现在代驾多贵吗？反正离我家也不远，骑回去呗，就当锻炼身体了。”

扫了半天也没反应，她忍不住骂骂咧咧：“这车有毛病吧，怎么扫半天没反应？”

贺景握住她的手腕，默默把手机摄像头从车座子上挪开，对准了二维码。

李灿这才意识到自己是有些醉了，她冲他比了个大拇指：“贺大夫妙手回春啊，一下就把这车的任督二脉打通了呀。”

“你别闹了。”贺景板着脸想严肃，可还是忍不住笑了。

他觉得自己早晚有一天会变成和李灿一样反复无常的神经病。

他无奈，仰天长叹，接着用平板扫开了另一辆车。

李灿乐呵呵地骑上车，用力一蹬，结果踩了个空。

她弯腰低头看了看，然后对他说：“贺景，我们还是叫代驾吧。”

贺景骑车的动作一顿，黑着脸问：“这次又是为什么？”

“这车没链子。”

“呃……”

李灿似乎时刻在为贺景平淡的人生中制造麻烦。

小时候，贺景因为太过安静听话，所以成了同龄人中最容易吃亏的那个。

分到的玩具永远都是其他小朋友不喜欢的，玩过家家永远只能扮演坏人的角色，分到手里的零食总会被别人抢走。

因为他不像其他小朋友那样哭闹，所以大家理所当然地认为把不好的东西给他也没有关系。

但李灿不允许这样的事发生。

徐萍女士曾经交代过她，出门在外要照顾好贺景，谁要是敢欺负贺景，那就是在欺负她。

于是李灿把贺景当成了自己的所有物。

五岁那年，她望着贺景水汪汪的大眼睛，信誓旦旦地说：“放心，以后我罩着你，谁要是敢欺负你，我就帮你欺负回去。”

于是，她为了贺景把最好的玩具抢过来；谁要是敢动贺景的零食，就会被李灿挥舞着拳头吓跑；和大家一起玩游戏，贺景也永远被她保护在身后。

然而事实上，李灿为贺景抢来的玩具是芭比娃娃，贺景不喜欢，甚至觉得娃娃的眼睛很可怕，他有很多次都被那双眼睛吓哭，但哭也没用，因为李灿喜欢芭比娃娃。

李灿为他守护下的零食，最后有一多半会跑进她的肚子里，她还理直气壮地说好朋友应该学会分享。

过家家游戏里，他被迫扮演懦弱的角色，只是因为李灿想要当拯救世界的超级英雄。

假如贺景哭过一百次，那一定有九十九次是被李灿弄哭的。

到后来他们进了同一所中学，成为同班同学，贺景有了分辨是非曲直的能力，却依旧无法从李灿手中逃脱。

有一次，贺景参加校运会马拉松，李灿跟在外圈陪跑，结果因为早上吃太多，跑着跑着就跪在地上，“哇啦哇啦”吐了一地。

贺景屡次回头注意她的情况，结果一脚绊倒在塑胶跑道上，痛失第一名。

在他们相识的这么多年里，诸如此类的事，说一辈子或许都说不完。

此时此刻，贺景看着她动作迟钝地将单车推回原位，又开始用摄像头对车座子扫码。

她一本正经地提醒：“你一定要记得关锁，不然超时扣钱。”

他从她手里拿过手机，按下了关锁键，然后揪起她的衣领，朝着车的方向走去。

“李灿，你都三十五岁了，能不能像个大人一样靠谱点儿？”他不禁为李灿的老年生活感到担心。

“变成大人不是好事，没有人是自愿变成大人的，大家都是被逼着变成大人的。”李灿幽幽地说，“贺景，我希望你永远都不要变成大人。”

此时的贺景尚未听懂这句话的含义，但等他能懂的时候，已经晚了。

凌晨三点，李灿忽然醒了，酒精代谢干净后所带来的是无比的清醒。

她盯着漆黑的天花板，往事一股脑冲上头，她忽然对贺景有些愧疚。

于是，她拨通了徐萍女士的电话。

出奇的是，徐萍女士在电话刚响第一声的时候就接通了电话。

“妈，这么晚了您不睡吗？”

徐萍女士叹了口气：“一想到你这么大还没有男人就愁到睡不着，你的同龄人都结婚有孩子了，你也不跟人家比比……”

明明是因为更年期内分泌失调才失眠，非要扯到她身上……

“妈。”李灿直勾勾地望着天花板，“同龄人还有死的呢，您从小到大都让我跟贺景比，现在我还要和他比吗？”

手机那边沉默了。

徐萍女士几乎参与了贺景的整个童年，她对贺景有很深的感情，像亲儿子一样对待。

良久的沉默是她对贺景的不舍。

一行眼泪从李灿的眼角悄悄滑落，她开口打破寂静：“妈，我以前是不是对贺景太坏了，所以他才会一直在国外不肯回来？如果我对他好一点，他是不是就不会死了？”

她听见徐萍女士吸鼻子的声音，还有抽纸的声音。

过了一会儿，徐萍女士开口说：“贺景要是觉得你坏，就不会从小到大都黏着你了。”

李灿翻了个身，蜷缩成一团，将脸埋在双腿上，无声地哭了。

4 你别犯贱

许森阳站在李灿办公室门口，一手插在西裤的口袋里，身体虚靠在墙上，不知道等了多久。

深棕色夹克衫的右侧口袋里插着一支钢笔，在这个手机为王的时代，他每次都会随身带着一支墨水笔，显得别具一格。

公司的人时不时向他投去好奇的目光。

已经等了半个小时了吧？为什么不先回办公室或直接用手机联系？

似乎不是工作上的事，那是因为什么呢？

大家早就对李灿和许森阳的关系产生了怀疑。

两个人同时出现，周围的温度都会下降几度，他们之间一定有着不可告人的关系。

李灿踩着最后一分钟走出了电梯，看到许森阳，她脚步顿了顿。

许森阳立马注意到了她："早上好，李经理。"

他看了眼时间，忍不住皱起眉头："之前是迟到，今天又卡点来。"

"我应该没耽误工作吧。"李灿轻飘飘地撂下一句话，推门进了办公室。

许森阳跟在她身后，顺手关紧了办公室的门："你是一个很有时间观念的人，以前和我在一起的时候，就算我高烧生病，你还是会扔下我去按时上课。"

"我要纠正一点。"李灿连忙说，"我那不叫扔下你，你当时已经是个能够自理的成年人了，生病应该找医生。"

许森阳苦笑："你有必要和我这么斤斤计较吗？"

李灿坐在办公椅上，对他扯了扯嘴角，皮笑肉不笑地说："一大早候在我办公室门口应该不只是为了和我翻旧账，你到底想说什么？"

"你这段时间的反常，是因为昨天那男的？"许森阳问。

李灿想了想，这几天她的确一直在为贺景的事操心。

主要是贺景这事儿太过魔幻，与之相比，工作算个屁。天底下她能做的工作一抓一大把，时空穿越可没几个人能遇到。

她的沉默让许森阳感到崩溃，他脸色阴了下来。

"他年纪应该不大吧？"他语气中带着一丝嘲讽，"你现在喜欢年轻的了？"

百叶窗是敞着的，公司的人纷纷向里面看去，他们嗅到了八卦的气息，但许森阳背对他们，看不到神情，李灿的表情又很平静，什么端倪都看不出来。

李灿脱口而出："喜欢年轻的怎么了，年轻的不比老的强？你有本事你也找年轻的啊，谁拦着你了？"

她顿了顿，口吻冷了下来："许森阳，你别犯贱。"

许森阳愣了下："我犯贱？"

他反手将百叶窗拉下，大步走到她面前："分手这么多年我都没能忘了你，你也一直没有再找新的人，我只是想要把你追回来，就变成我犯贱了？"

李灿垂下眼，避开他的视线，却瞥见了他口袋里的钢笔："忘不了我，为什么分手十年了才想起来找我？"

许森阳语塞一瞬，随即解释说："这十年我对你的喜欢丝毫不减，我不想再继续骗自己了。"

"所以你就来折磨我了？"李灿不为所动。

她条理清晰地说："分手那天，我明确告诉过你，我不喜欢你了，你也同意分手，现在却自降身份跑到这里工作，还时不时找我麻烦，不是犯贱是什么？"

"……灿灿。"

许森阳想起她曾是辩论组中最不会被对方言论干扰到的辩手，他之所以会迷上她，正是因为她的聪明，可现在他十分讨厌她这么聪明。

"不要再叫我灿灿。"李灿打断他，"如果你想要追回我，好，离开光凌，不要让我在公司再看到你。"

"我不会走的。"许森阳说，"灿灿，我不在乎你身边有没有出现新人，我迟早会让你明白只有我才是最适合你的，谁都不会像我这么喜欢你了。"

谁都不会像我这么喜欢你了。

不知为何，李灿想起了贺景，心脏有微微刺痛的感觉。

李灿没什么男人缘，和男人多是萍水相逢、淡淡之交。

在她的关系网中，男性多在"同学""同事"的位置上出现。

她生命中有密切交集的男人只有三个。

她的父亲李世良同志、她的发小贺景，还有三十五年来唯一一位男友许森阳。

李灿不知道以后还会不会遇到一个像许森阳这样的男人，但不得不承认的是，她很难再对别人产生喜欢这种情愫。

这时，办公室的门被敲响。

许森阳端正神色，若无其事地打开了门。

李灿的下属拿着一个黑色硬盘，向他点头问好。

“怎么了？”李灿扬起微笑。

下属说：“灿姐，智跃的盒子已经更新好了，董事长让我交给你保管。”

闻言，许森阳的目光落在硬盘上。

李灿接过硬盘，抬眼看向他：“许主管，我会直接把更新后的智跃盒子发给你，之后的数据你直接用新盒子测试就好。”

智跃是光凌名下开发的一款人工智能软件，有着庞大的计算模型和独特的算法，在业内同行之中称得上佼佼者。

所谓“盒子”，就是将核心算法加密后形成一个类似盒子的模型。

许森阳带领的团队只需要把数据放进盒子里加工，不断地优化并分析智跃盒子。

至于盒子里究竟藏着什么样的核心技术，作为主管的许森阳没有权限得知。

许森阳应了一声“好”，转身离开了办公室。

李灿盯着许森阳的背影，直到他消失在拐角处，她才向下属叮嘱：“以后有别人在的时候，不要随便提起智跃的核心机密。”

当天，公司便有风声传出：许主管其实是来抢总经理位置的，所以二人每次见面的时候气氛都怪怪的，总经理还特别提防许主管，把存有机密的硬盘锁进了保险柜……

李灿下班前也听到了风声，忍不住感慨公司真是一个保守不住秘密的地方，这下所有人都知道智跃的核心机密在她这里了。

她走到停车场，看到空荡荡的车位才想起今天她没开车。

原因是昨晚她叫了代驾，来了个车龄将近三十年的大叔，自称“秋名山车神”，一路急刹带冲刺，给李灿晃吐了，后座一片狼藉，不得不送去洗车了。

她原路返回，从公司正门离开，低头看着手机，准备打车回去，余光察觉到有个人在她的前方站定。

她抬起头，对上了一道温柔的目光。

贺景笑眯眯地喊：“灿灿。”

“你怎么来了？”李灿忍不住诧异。

“在家里待着好无聊，不如来等你下班。”

他犹豫了几秒，又说：“我看见蔚岚了。”

他的表情看上去有些古怪，以李灿对他的了解，显然是发生了不好的事。

5 她们的处境

贺景是在找李灿的路上看到了蔚岚。

网约车行驶到一栋酒店大厦前时遇到了堵塞，路边站了很多路人，他们看向同一个方向，有吵闹声从中传出，不难猜出那就是造成道路拥堵的原因。

时间还早，离李灿的公司也只剩下不到五百米路程，贺景下了车想要步行过去。

经过围观群众时，他看到了一张熟悉的面孔。

是蔚岚大班长。她正被另一个女人撕扯着头发抽打。

蔚岚穿着酒红色连衣裙，精致的妆容已经花了，茂密的鬈发凌乱不堪，脚上只剩下一只裸色高跟鞋，另一只掉在人群之中，鞋跟断了。

一个西装革履的青年男人夹在其中，一边拉扯着疯狂的女人，一边将挨打的蔚岚护在身后。

贺景从人群中挤过去想要帮忙，却听到一些尖锐的字眼。

“小三！

“勾引有妇之夫！”

贺景身形一顿，上前的脚步停下了。

女人涨红着脸，面目狰狞，仿佛要将眼前的一对男女生吞活剥。

与打扮美艳的蔚岚相比，女人的穿着十分朴素，普通的白色T恤上有洗不掉的油点，米色宽松的长裤裤脚有些褶皱，一根皮筋随意地将头发扎成低丸子头，脸色蜡黄暗淡。

不修边幅的模样让她的处境在众人眼中变得一清二楚，加深了人们对于原配和小三的刻板印象。身边有人正举着手机录像，贺景听见那人幸灾乐祸地说：“看这女人长了一副狐媚样，就知道不是什么好东西。”

贺景转过身，挤出人群，向李灿的公司走去。

他不认为蔚岚会是那种勾引有妇之夫的女人，但现在的蔚岚离他太远了，中间隔了十七年。

十七年，谁都会变，连李灿都变了。

三十五岁的李灿被一股阴霾笼罩着，风轻云淡的外表下似乎心事重重，清澈有神的眼睛每每看向他时，总有着说不出的悲伤。

也许是这十七年中发生了什么，但十八岁的贺景无从得知，他早晚会知道，可那是在未来。

他把在酒店大厦前看到的一切告诉了李灿。

李灿听后，沉默了几秒，说出了与他心中想法一致的话。

“蔚岚不是那种人。”她不禁担心，“她前不久倒是和我提过最近有在交往的男人，但也只说了这些。”

“如果三十五岁的蔚岚还是我认识的那个蔚岚，她不会主动和你提这件事的。”贺景说。

李灿轻轻“嗯”了一声：“我约她出来聊聊。”

她给蔚岚发了消息，像平时一样约她出来。第二天蔚岚才回消息，答应在她公司附近的咖啡厅碰个面。

李灿坐在咖啡厅的角落，望着落地窗外的车水马龙，一道靓丽身影闯进了视野之中，她的注意力跟随那道身影一同回到了咖啡厅。

蔚岚一进门便吸引了大多数人的目光，她身材高挑，牛仔裤将她的曲线完美勾勒，浅色T恤收紧了腰线。再普通不过的衣服，愣是让她穿出了高级定制的感觉。

看到李灿，蔚岚面色兴奋起来：“灿灿！我来啦！”

她坐在对面，把最新款的香奈儿包放在了桌上，展示出双手：“看我昨天新做的美甲。”

“好看。”李灿笑了笑，扬起下巴点了点包，“没见过，什么时候买的？”

蔚岚把包向她面前推了推：“男人送的。”

李灿拿起包看了看：“你之前说的那个男人？出手挺阔绰啊。”

“出手阔绰有什么用。”蔚岚翻了个白眼，“我们已经分手了。”

“这次又是因为什么啊？”李灿见怪不怪地问。

蔚岚美得很张扬，瓜子脸、白皮肤，明眸皓齿，淡妆清纯，浓妆性感，是让人一眼就能感到惊艳的标准美女。

她与李灿是两种截然不同的类型。

李灿五官柔和，端正耐看，总爱穿着死板的黑色针织衫，长发披在宽薄的肩上，脖子上戴着一根精致纤细的金项链，将锁骨衬托得格外明显，脸上妆容轻淡成熟，黑色的眸子仿佛能看穿一切，清冷睿智。

贺景戴着墨镜，坐在不远处，一勺一勺吃着李灿给他买的牛油果慕斯，静静看着她们。

虽然听不清她们的谈话，但是蔚岚的肢体动作有些夸张，他大概能猜到聊了些什么。

“分手还能因为什么？”蔚岚反复观赏手上镶满钻的美甲，嘴角挂着浅浅的笑，但笑不达眼底，“就是不喜欢了。”

“最近没出什么事吧？”李灿旁敲侧击地问，“都没怎么看你发朋友圈。”

蔚岚耸了耸肩：“每天都在办公室，无聊死了，根本没什么可发的。”

十年前，蔚岚进了一家待遇极好的大公司，当上了年少时梦想成为的职场白领，坐在高档的写字楼里，喝喝咖啡，敲敲键盘。

独立、知性且优雅。

长大后才发现，年少的自己准备了一个包装精美的礼物，送给了长大后的自己，长大后的自己满怀期待地拆开礼物，结果里面装的是一坨臭狗屎。

见她没有要开口的意思，李灿端起咖啡喝了一口。温热的咖啡在嘴里还没咽下去，脑袋就被猛地打了一下，杯子没端稳歪了，咖啡一股脑洒在了白裤子裆部，像没憋住拉了一裤子。

李灿盯着裤子上的一大摊咖啡渍静止了一秒，接着脸颊又被重重打了一下。

她一脸蒙地抬头，看见一年轻女生狠狠瞪着自己：“我姐连饭都吃不下，你居然还能坐这儿像个没事人一样喝咖啡！”

年轻女生拿过她手边的香奈儿包：“这是我姐夫买的，他的钱就是我姐的钱，还给我姐！”

一个年纪较大的女人快步跑进来，拉住了年轻的女生：“张琦，不是她，你打错人了！”

被叫作张琦的年轻女生愣了下，对被她误伤的李灿毫无愧疚，扭过头一脸愤怒地看向蔚岚：“你才是那个小三？”

李灿算是理清楚现在的情况了。

原配带着妹妹来找蔚岚撒气，结果妹妹看到她手边的香奈儿包，把她当成了蔚岚。

她从兜里拿出皮筋，将头发绑住，眼看张琦挥手要打蔚岚，连忙伸手一把薅住了张琦的头发，将其整个人向后扯了过来。

张琦一声尖叫，抱着脑袋，试图把头发从李灿手中扯回来。

李灿瞪大了眼睛看向脸色苍白的蔚岚，质问她：“你到底有没有当小三？”

蔚岚顿时哭了，断断续续地说：“我不知道他有老婆，他骗了我……”

如果蔚岚真的做了小三，那今天这顿打李灿一声不吭就替她挨了，但如果不是……

“好。”李灿松开了张琦的头发，一巴掌打在她脸上，“这一巴掌是补你刚才打我的！”

两人厮打在一起，张琦的姐姐也掺和进来，帮着张琦一起拉扯李灿。

蔚岚想要帮忙，却被李灿推了出去。

毕竟李灿一旦发起疯来，连友军也会被误伤。

“不找出轨的男人算账，跑来找蔚岚算什么本事？”李灿顶着乱糟糟的头发，卷起袖子，一副要与她们血拼到底的架势。

虽然李灿很能打架，但寡不敌众，她明显吃了亏。

贺景冲上去把李灿护在身后，大喊：“别再打了！我报警了！”

话音未落，他的墨镜不知被谁打掉了。

6 隐情

蔚岚的哭声戛然而止，她傻在原地，难以置信地看着贺景。

缠打在一起的三人注意到不对劲，不约而同地停了手，转头看向满脸惊恐的蔚岚。

李灿隐约记得刚才她好像把什么东西打掉了，现在反应过来是贺景的墨镜。她讪讪躲在贺景身后，对蔚岚摇了摇头。

蔚岚似乎明白了什么，抿紧了嘴唇。

没过多久，警车出现在了咖啡厅外，但不是贺景报的警，他喊出报警只是为了让她们冷静下来，报警的是咖啡厅老板。

为了避免麻烦，李灿让贺景在警察进来之前离开了这里。

毕竟他来自过去，现在在警局的信息库里也是“死亡”状态，如果被盯上，只会平添许多不必要的麻烦。

原配名叫张笠，民警了解情况时，她一直在低声啜泣。

张琦抱着胳膊，时不时瞪李灿一眼，红肿的脸上满是不服。

“瞿子琛说自己是单身，如果早知道他有老婆，我一定不会和他扯上半点关系。”蔚岚拉住张笠的胳膊，“对不起，我真的不知道。”

瞿子琛，这是李灿第一次听到本次事件男主人公的名字。

张笠用纸巾不停地擦拭眼泪，左右摇了摇头，不知是想表达什么。

看到亲姐姐如此委屈，张琦越发心疼，她冷哼一声：“谁知道你说的是不是真的。我姐夫以前很疼我姐的，说不定是你主动攀上我姐夫的！”

“你这么了解你姐夫，连他心里想什么都知道？”李灿一记眼刀剜回去，“你姐还没说话，你倒是先替你姐夫辩护起来了，你和你姐夫的关系……比你姐还好吗？”

张琦脸颊更红了，恼羞成怒："你别乱说话！"

李灿反驳："是你先乱说话。"

张琦瞪着她："你！"

"好了！小琦！"张笠死死把擦泪用的纸巾攥在手里，"你姐夫是什么样的人，我心里清楚。"

张琦顿时没了气焰。

张笠看向李灿，用几近恳求的语气说："我不想把事情闹大，能不能和解？"

李灿垂眼不语。她注意到张笠运动鞋的鞋带系成了死结，袜子颜色虽然一样，但袜筒一长一短，显然不是同一双袜子。

挨的打统统还了回去，李灿没什么不痛快，她看了眼蔚岚，说："你做决定，我听你的。"

蔚岚咬了咬嘴唇："……我同意和解。"

民警还没开始劝解，两名当事人便主动和解了，一场闹剧也结束了。

她们不想再承受围观路人的异样视线，一起离开了咖啡厅。

张琦挽着张笠的手臂，在路边拦车。

李灿叫住她们："你们在这里拦不到车，这条路禁停。"

张琦没有吭声，拉着张笠向另一条路走去。

"我送你们吧。"蔚岚叫住她们，又说了一遍，"我送你们吧，我的车就在附近。"

李灿心中暗暗感叹蔚岚实在善良得过分。起初，张琦以为蔚岚是在讽刺她们连个车都没有，但在蔚岚的脸上看不到任何恶意，于是悻悻然上了蔚岚的车。

午休时间已经结束了，李灿怕蔚岚再出事，便向公司请了半天假，跟着一起上了车。

路上，车内寂静无声。

李灿瞥了下后视镜中失魂落魄的张笠，忍不住问："张笠，你有孩子吗？"

张笠回神："没有。"

李灿好奇："你多大了？"

张笠："二十八岁了。"

李灿诧异地看了眼蔚岚，发现蔚岚和她是同样的反应。

她们都以为张笠至少三十七八岁，结果没想到比她们还要小七八岁。

后视镜上悬挂的香水卡片散发出甜美的气息，张笠的目光落在蔚岚精致的美甲上，干瘦的双手在黑色长裤上不安地蹭了两下，嘴角扬起一丝苦笑。

“看不出来吧？身边人都说我长得显老，我也没时间打扮。”张笠舔了舔干涩的唇。

“忙工作吗？”李灿将胳膊搭在窗沿上，始终盯着右后视镜，这个角度恰好可以看到张笠。她从储物箱中拿出两瓶水，递到了后座。

“谢谢。”张笠接过水。

她的眼睛很大，无须过多言语，许多情绪便能从那双眼中流露出来，她看上去很疲惫。她说：“我的工作不算很忙，只是我妈瘫痪在床，我需要照顾她。”

车内再次陷入了安静。

张笠继续说：“五年前我妈脑梗瘫痪，瞿子琛不愿意和我妈住在一起，我怕护工照顾不仔细，所以经常两边跑。其实，我早就察觉到瞿子琛不对劲了，但是我没有精力去管了……”

那时，张笠也才二十二岁，刚与瞿子琛结婚不到一年，母亲突遭变故，父亲是家中的经济支柱，妹妹尚且年幼，张笠则负责照顾瘫痪在床的母亲，为此辞掉了大有前景的工作。

那时候，瞿子琛的工作正在上升期，频繁加班出差，她不愿意拖累他，于是找了一份打杂的零工，其余时间就往母亲那边跑。

不知道从什么时候开始，她感觉到瞿子琛对她冷淡了。

他脱下来扔进洗衣机的衣服上开始有不同的香水味，曾经的温柔体贴已经消失不再。

他开始对她抱怨，嫌弃她穿的衣服不像样，做的饭也不好吃。

“我妈病情重了，需要钱，我联系不上瞿子琛，就四处找他，结果看到了你和瞿子琛在一起。”张笠把头偏向窗外，用手挡住了脸上的表情，“我太生气了，所以不分青红皂白就打了你……对不起。”

蔚岚不禁动容：“没关系，我能理解你……”

“姐……”张琦将额头抵在张笠的肩膀上，眼泪簌簌地掉，“我休学一年，陪你一起照顾妈吧。”

“不行！”张笠忽然转过头，脸上泪水纵横，她生气地说，“我已经这样了，不能让你也变成这样。”

李灿忽然发现自己之前的想法过于狭隘了。她只是看到张笠的衣着，便以为张笠是为了照顾孩子才疏于打扮自己，又进一步认为这是导致瞿子琛出轨的原因。

但不论是原配张笠还是被小三的蔚岚，她们都是这件事的受害者，而真正该受到惩罚的只有那个从头到尾都没出现过的瞿子琛。

“我有个朋友是律师，负责过很多离婚案。”李灿从手机里翻出一个号码，摆到张笠面前，“记下这个号码，跟她联系，她很厉害的。”

张笠面色为难：“律师费……很贵吧？”

“跟她说是我介绍的，她不会收你很多钱。”

李灿说：“你母亲看病应该需要很多钱，如果我是你，我会拿着他出轨的证据离婚，想办法争取更多财产。”

张笠还在犹豫不决，张琦却飞快地擦去眼泪，闷声拿出手机记下了这串号码。

良久后，张琦开口说：“姐，离婚吧，跟他离婚吧。”

7 贺景父母的秘密

“对，瞿子琛就该净身出户！”蔚岚攥紧方向盘，愤怒地望着前方。

“是该净身出户。”李灿默默拉住安全带，随声附和，“别生气，生气对乳腺不好……”

蔚岚把姐妹二人送到了小区外。这里是她们父母住的地方，她们的母亲现在正在医院等着手术，张笠要回去收拾几件换洗的衣服送去医院。

张琦下车前瞥了李灿一眼，嘴里嘟囔了声谢谢，然后关上车门，拉着姐姐头也不回地向小区里走去。那声“谢谢”很小声，但李灿听清了。

她百般无聊的脸上浮现出一丝惊喜，立马兴奋地按下车窗，高声大喊：“你说什么？我没听清，大点声！”

张琦停下脚步，回过头，扯着嗓子喊：“我说谢谢你！给我姐介绍律师！还有，今天打了你，但你也打了我，我们扯平了！”说完，她不好意思地跑远了。

张笠站在原地向她们挥了挥手，李灿也向她挥挥手。

“她们两个长得还蛮像的。”

现在已是九月底，但仍有未褪去的暑气，外面有些闷，李灿关上车窗，把空调的风调大了些，又说：“但是性格完全不一样。”

“那是因为她妹还没有经历过生活的毒打。”蔚岚慢慢把车掉头，打算原路返回，“话说回来，今天幸好你在，不然我真不知道该怎么办了。”

李灿指了指路边的停车位：“把车停下，咱们聊聊。”

蔚岚手心里冒了一层汗，乖乖把车停在了车位上，先是照了下镜子，看到脸上的泪痕和花掉的睫毛膏，忍不住皱起眉，又从包里掏出一根睫毛膏：“避雷这牌子，不防水。”

听出蔚岚想要将话题扯远，李灿没有配合，直接问：“要是没今天这事儿，你就不打算告诉我了？”

蔚岚无力地靠在椅背上：“这么多年我在你面前丢过的脸还少吗？”

“你在我面前丢过的脸都这么多了，还差这一次？”李灿从她手里抽出睫毛膏，看了眼名字，“这牌子我老早就跟你说过不好用了，你怎么还买？”

“我忘了，买的时候觉得眼熟，可就是没想起来你说过这牌子不好用……”蔚岚懊恼地抓了抓头发，“但是我这次真以为遇到对的人了，瞿子琛在我面前装得人模狗样的。”

如果说李灿太没有男人缘，那么蔚岚则恰好相反，她身边桃花泛滥，“苍蝇”不断。

李灿笑了笑：“男人一开始都很能装，时间一长就原形毕露了。”

蔚岚闷哼两声，指了下李灿面前的储物箱：“帮我拿一下卸妆巾。”

李灿打开储物箱，里面有一包像湿巾一样的卸妆巾，她抽出一张递给蔚岚。

“我怎么不知道你还有个律师朋友？”蔚岚奋力揉搓着花妆的眼睛，“什么时候认识的？”

两人聊天的话题跳来跳去，但她们都没有觉得任何不妥。

“和许森阳在一起的时候认识的，也是许森阳的朋友。”提起前男友，李灿语气蔫巴了些。

蔚岚叹了口气：“许森阳其实挺好的，家里有钱，人长得帅，性格也不错，挑不出什么毛病，也不怪你爸妈那么喜欢他。”

她顿了顿，又说：“灿灿，其实我一直很羡慕你。”

李灿不解：“羡慕我什么？”

蔚岚脸上的妆已经卸干净了，她不化妆的时候看上去很显小，一点也不像三十多岁的人。

她把用过的卸妆巾扔进垃圾袋里，沉吟片刻后，说：“以前上学的时候，羡慕你身边有个形影不离的贺景，后来贺景出了国，你身边又出现了一个许森阳，不像我，总遇到渣男。”

说到这儿，她忽然想到了什么，猛地转头看向李灿。

“贺景！”她激动地说，“今天在咖啡厅把你护在身后的那个男生，特别像贺景！”

李灿还以为她已经把这茬抛到脑后了，这突然一嗓子，把她沉下去的心又吊了起来。

她思忖了几秒，解释说：“蔚岚，你听我跟你说，这事可能有些匪夷所思，但它确实就是发生了……”

蔚岚脸色变了变，睁大了眼睛：“刚才那个男生真是贺景他爸的私生子？”

李灿怔住：“嗯？”她和蔚岚现在是在同一个频道上吗？

蔚岚见她一脸迷茫，拍了下大腿：“高中的时候我妈告诉我，贺景他爸在外面有情妇。刚才你在咖啡厅向我使眼色，我还以为你知道了贺叔叔出轨的事，在暗示我他是私生子呢！”

蔚岚的母亲和贺景的父亲在同一家公司上班，是关系不错的同事。

很多时候，亲近的人被蒙在鼓里，但旁观的外人反而一清二楚，所以蔚岚母亲知道贺逢宁出轨的事并不奇怪。

可李灿是头一次听说，她万分震惊，心里不停地打鼓：“贺景他爸出轨……是什么时候的事？”

“你知道为什么贺景总是借住在你家吗？”蔚岚故意卖起了关子。

“不是因为他爸妈工作太忙吗？”李灿半眯着眼。

蔚岚食指左右摆了摆：“不是，其实贺景他爸在那个时候就已经有了情妇，贺景他妈也知道。有很长一段时间他们是分居状态，但他们不想让贺景知道，所以就把他暂时交给你妈照看了。”

李灿倒吸一口凉气。

如果这件事是真的，那说明贺景父母不仅隐瞒了贺景，也没有把实情告诉徐萍。

不然以徐萍女士那个大嘴巴，早就把这些事儿跟她讲了，根本不会憋到今天。

“高中你就知道了，怎么现在才跟我说？”李灿有些郁闷。

“我怕贺景知道，毕竟你跟贺景是发小，他了解你，你有心事一定瞒不住他。”

蔚岚的表情忽然落寞：“贺景真可怜，他应该不知道他爸妈关系那么差吧……不过不知道也挺好的。”

她转头看向默不作声的李灿，又问：“你什么时候和那私生子认识的？于阿姨知道吗？”

李灿摇摇头："不是，他不是贺叔叔的私生子，他……只是和贺景长得很像。"

蔚岚眼神闪了闪："所以你要说的匪夷所思的事，该不会是你找了个贺景的替身？"

李灿立马露出了嫌弃的表情："我有病，找贺景的替身干吗？"

蔚岚话到嘴边又咽了回去，她想了想，说："没什么，不过他长得真的很像贺景，你们怎么认识的？没听你提过。"

"就前几天遇到了，我把他认成贺景了……一来二去，就认识了。"李灿心虚地说。

"哦，这样啊，有空介绍给我认识认识，说不定真是贺景他爸流落在外的私生子呢。"

蔚岚启动了车，缓缓驶入车流："晚上一起吃个饭，再去我家过个夜，怎么样？"

李灿手机屏幕忽然亮起。

小号传来了一条消息：你现在在哪儿？没出什么事吧？

她关灭了手机，对蔚岚说："改天吧。"

8 其实我都知道

天色暗了，李灿把车停在车位上，看到贺景坐在单元楼外的台阶上，平板放在脚边，胳膊搭在膝上，正在望着她的方向。

贺景父亲外遇的事堵在她心口，让她提不起什么精神。为了不让贺景看出来，她调整好表情才敢下车。

"灿灿。"贺景捡起平板站了起来。

"干吗。"李灿锁了车走向他，"怎么不回家，在这里坐着？"

"想等你一起回家。"贺景按下电梯，回头上下扫视她一番，"你们之后没有再打架吧？"

"没，就算真打起来了，你看她们能打得过我吗？"李灿自信地撩了下头发。

贺景笑了笑，旋即露出担心之色："蔚岚今天看见我了，她有说什么吗？"

李灿想了想："我跟她说你就是一个和贺景长得很像的人，她也没怀疑。"

贺景："这都不怀疑？"

李灿："总比说你是从过去穿越来的可信。"

贺景："也对。"

李灿走进电梯按下关门键："对了，贺景，我跟你讲。"

贺景："讲。"

李灿向他提起张笠的事，也提起了瞿子琛。

"那个渣男还不一定脚踏几条船呢。"

二人一前一后进了家门，李灿左脚踩右脚把鞋脱了，穿上拖鞋走向卧室："要是他不喜欢张笠，应该直说，出轨算什么？"

贺景把平板放在鞋柜上，也换上了拖鞋。他跟在李灿身后，应声说："这不就是吃着碗里的，还看着锅里的。"

他刚要跟着李灿一起进卧室，就被李灿关上门挡在了外面。

"我换衣服！"李灿喊。

贺景定在门前，继续说："又或许是他对张笠还有感情，所以不愿意分开。"

李灿只换完一件上衣，听到这话，猛然开门："这是借口！"

她又关上门，匆忙脱下沾着咖啡渍的白裤子。

她不敢相信自己居然能穿着这条像拉了裤子似的裤子在外面坚持了这么久。

"他们只是不想承担责任，也不想承受别人的议论。"李灿换上干净宽松的睡裤，再次打开门，目光凶恶地说，"他们只是为了自己的面子。"

贺景睫毛微微颤了下，躲开了她犀利的目光："干吗这么看我，又不是我出轨。"

他转身走回客厅，坐在沙发上，把平板放在腿上玩起了切水果。

贺景的头发有些长了，一低头就能掩住半张脸，只能看到他的嘴唇紧抿着，没什么血色。

"我只是一想到就生气，张笠做错了什么？她只是想照顾好自己的妈妈而已。"

李灿盘坐在沙发的另一侧，拿起手机点开了外卖软件："今天不想做饭，点外卖吧。吃点什么？"

"随你。"贺景头也不抬。

李灿不动声色地看了他一眼："那就吃面，老厨子家的青椒肉丝面和菌菇汤面各一份，我们两个一人一半，这样每种都能尝一下味道。"

贺景没应声。

李灿又瞄了他一眼，心想他是生气了。

这就生气了，不至于吧……

她点好了外卖，把手机放在一边。过于安静的气氛让她有些不自在，小动作也多了起来。她抬手摸向后颈，忽然一阵刺痛传来。

“嘶……”她龇牙倒吸凉气，连忙把手收回来。

贺景终于肯抬头。他放下平板，起身靠近她，拨开她脖子后面的头发，皱了下眉：“有两道挠痕。”

李灿从茶几下拿出一根皮筋，把头发扎了起来：“一定是张琦挠的。这丫头片子打起架来全靠指甲盖了，我头发还被她薅掉好几根，心疼死我了。”

贺景问：“家里有没有消毒的？”

李灿：“在放杂物的那间屋里，有个药箱。”

贺景走进杂物间，在角落里找到了药箱，转身时不小心踢到了白色盒子。

他低头看了眼那盒子里，一枚断掉的戒指和一个……信封吗？

他拿起那枚戒指看了看，很像他们在商场里看到的那枚莫比乌斯环戒指。

“还没找到吗？”李灿问。

“找到了。”贺景放下戒指，回到客厅，“你怎么什么都放在那个房间，快变成垃圾场了，就算我不住了也不用这么对待它吧。”

那个房间之前一直是贺景的房间。

小时候，贺景怕黑，徐萍女士专门给他买了一盏兔子小夜灯摆在床边。

贺景出国很多年后的某个夜晚，李灿下床时大拇脚趾磕到了床头柜上。

剧痛之下，她想起了被遗忘很久的兔子夜灯，于是去贺景的房间里找。

因为想着贺景可能哪天还会回来住几天，所以没人动他的房间，所有东西都还在原来的位置。

唯独那盏小夜灯不见了。

也不知是被谁拿走了，还是早就不见了。

“你都出国住大别墅了，还惦记我家这一亩三分地呢？”李灿转身背对他，露出了受伤的地方。

“至少不能变成杂物间啊，连我的床都没了。”

贺景取出一根一次性碘伏棉签，拿在手里研究了一会儿，然后沿着红线掰了下，碘液缓缓流向下方的棉签一端，他轻轻擦拭着挠痕周围，最后慢慢沾了沾伤口。

在为她处理伤口这件事上，贺景有独到的经验。

打小李灿就皮，摸爬滚打，隔三岔五身上就多点伤，怕挨骂还不敢和大人说，处理伤口的任务自然就落在了相对稳重的贺景身上。

李灿不以为然："这个房间离门最近，方便。"

贺景又问："房间里那个白色盒子里放的是什么？我看其中一个像是戒指。"

等了半晌没得到回答，他试探地问："是你前男友送给你的吗？"

"不是。"李灿说，"就是俩垃圾。"

这时，门被敲响了，一道声音响起："你好，外卖到了。"

贺景把用过的棉签扔进垃圾桶，去开门拿了外卖。

两个人面对面坐在餐桌前，开始平分两份面。

贺景吃了一口青椒肉丝面，眼中一道精光闪过，他抬头看向她。

李灿秒懂他这反应，激动地说："好吃对不对？这家老厨子可是十多年的老店了，我每次不知道该吃什么的时候就会点他家。"

贺景顾不上回答她，埋头大口吃面。

李灿也不废话了，专心吃起了面。

没几分钟，两碗面就见底了。

贺景把一次性饭盒收进垃圾袋，对她说："回到过去以后我不打算出国了，我要等着这家面馆开业，然后每天吃。"

李灿笑了："合着一碗面就让你把你妈抛弃了。"

贺景想了想："那你买了给我寄到国外。"

李灿翻了个白眼："我怎么不干脆把老板给你寄过去呢。"

贺景："也行。"

李灿坐的位置恰好能够看到杂物间的白色盒子，她的心情骤然低落。

"你真的不能不出国吗？"

其实不必问，她心中就已经有了答案。

贺景几乎没有犹豫地"嗯"了一声："我妈只有我，如果她决定出国治疗，我一定会陪她去。"

李灿抓住了关键词，狐疑地问："什么叫只有你，不是还有你爸吗？"

贺景垂下眼睛，似乎不想回答这个问题，但李灿探究到底的目光盯得他难受。他淡淡地说："我爸很忙。"

想到方才贺景没由来的生气，李灿心里忽然升起不好的猜测。

她试探地说："再忙也一定愿意陪你妈妈去国外治疗。"

"他不会去的。"贺景目光看向别处，嘴角勾了勾，隐约带有讥讽的意味。

"……不去也正常，毕竟贺叔叔要留在国内赚钱嘛，毕竟治疗花销很大。"

李灿干笑两声："不过前段时间我见到你爸妈了，他们感情还是那么好，你应该从来没见过他们吵架吧。"

"灿灿。"贺景看着她，"其实我都知道。你不用试探我了，我知道我爸有外遇。"

李灿表情僵住："……你什么时候知道的？"

第三章
贺景不坏，她才是那个坏人

1 没人想变成听话的小孩

2000年的冬天异常寒冷，似乎是因为家里的暖气坏掉了，明明已经坏了很久了，但始终没有人去修。

贺景坐在餐桌前，桌上摆着一个生日蛋糕，蛋糕上插着四根尚未点燃的蜡烛。

还有用鲜红色草莓果酱写下的祝福：四岁生日快乐！

蛋糕旁边摆着几道已经凉透的家常菜。餐厅里只有贺景一人。

时间已经很晚了，他有些饿，很想吃东西。

但是妈妈告诉过他，大人不在的时候，不要随便动筷子。

他离开餐桌，上了二楼，听到贺逢宁的书房里传来说话声。他靠近门口，正想敲门，却听见了于芝晓愤怒却又压抑的低吼：

“你不要以为我不知道你在外面有别的女人！”

于芝晓的语调时高时低，每当音量变大时，她便努力控制自己，似乎很担心他们之间的争吵会被一楼的贺景听到。

“要不是因为小景，我早就和你离婚了。”

“于芝晓！”贺逢宁的声音同样充满愤怒，“不要拿贺景做借口，你每天都在学校做你的文学研究，有没有在乎过我？有没有在乎过小景？如果不是我买了蛋糕回来，你是不是连今天是他的生日都想不起来？”

“那是我的工作！”于芝晓失去了平日的优雅，气到脸红脖子粗，“你能每天忙工作，在外面找女人，我就该辞掉工作在家照顾孩子是吗？我偏不！贺景就是个拖累！我当初就不该生下他！更不该和你结婚！”

半晌后，于芝晓推门冲出书房，跑进洗手间哭了很久。她洗了脸，对着镜子补妆，盖住了双眼的红肿，回到了一楼，结果发现贺景不在餐厅。

她推开贺景房间的门，看见他安安静静地坐在床上，捣弄着手里的机械战甲。

“小景怎么不吃蛋糕呀？”于芝晓温柔地笑着，丝毫看不出刚才和人大吵了一架。

她走进去抱起贺景：“走吧，一起去吃蛋糕，吃完蛋糕我送你去徐阿姨家找灿灿玩，好不好呀？”

贺景眼里顿时溢出了泪：“妈妈，你不要我了吗？”

于芝晓喉咙酸涩，胸口有些喘不上气：“怎么会不要你。爸爸、妈妈工作忙，所以拜托徐阿姨照顾你几天，等妈妈忙完了就回来接你。”

虽然于芝晓一直强调她很快就会回来，但年幼的贺景认为那些都是谎言，真相是于芝晓讨厌他，不想再见到他。

到最后他都没有吃生日蛋糕，于芝晓只好把蛋糕打包，一手拿着蛋糕，一手牵着贺景，去了李灿的家。

2000年冬天的那个夜晚，贺景有很多事情都记不太清了，只记得李灿的家很温暖，李灿扎着高高的双马尾，穿着一条难看的粉色秋裤，举着他的生日蛋糕围着他跑，嘴里还唱着难听的《生日歌》，而他坐在地上号啕大哭，最后还被李灿糊了满脸的奶油。

奶油混着鼻涕，又甜又咸。

贺景在李灿家住了整整一年，他变得越来越安静，甚至有些孤僻。

这一年里，于芝晓抽空来过几次。

她一来，徐萍女士便拉着她连连赞叹：“贺景这孩子太乖了，从来没见过这么听话的孩子，要是李灿能有他半分听话，我都知足了。”

没人想变成听话的小孩，贺景害怕被讨厌，所以才变得听话。

他闷在房间里，直到徐萍进来叫他才愿意出去。

看到许久未见的于芝晓，他没有表现出半点激动的情绪，反而畏畏缩缩的，像见了陌生人一样，还不如和徐萍在一起的时候亲近。

有一次，于芝晓离开后，李灿悄悄问他：“这么久没见你妈妈，你不想她吗？”

贺景玩着地上的积木，说：“我妈妈不会想我，所以我也不会想她。”

李灿眨了眨眼：“你为什么说你妈妈不想你？哪有妈妈不想自己孩子的？”

“我妈妈不喜欢我，她后悔把我生下来。”贺景的表情很难过，他一直低着头，假装在专心玩积木。

李灿不遂他意，直接捧起他的脸，向他露出缺了门牙的一排牙齿：“没关系的，贺景，我喜欢你就够了。”

多年后，他们都把这些话忘得一干二净，但贺景一直没能忘记当时的感受。

他很多时候都在自卑，认为自己是不配得到爱的人，可每每当他快要坠入情绪的谷底时，潜意识里总会有个东西将他拉住。

2032年的夏末，窗外不断涌进温润的微风，吹起一阵尼罗河花园的柑橘清香。

贺景看着僵住的李灿，忽然明白了自己这么多年没有堕落的原因。

不管是过去还是未来，他无数个因为孤独而崩溃的时刻，都有李灿在。

“我小的时候就知道了。”贺景平静地说，“他们把我送到你家也不只是因为工作忙，是因为他们觉得在我面前吵架会很丢脸。”

李灿的鼻尖忽地酸涩，心中忍不住自责。

这么多年，她居然丝毫没有察觉到贺景的心事。

“我这个朋友做得还真是‘称职’。”她苦笑自嘲，“居然一点都没有察觉到，最后还是从别人嘴里知道的。”

“你不仅没察觉，还总爱欺负我。”贺景故意向下撇了撇嘴角，装出可怜兮兮的模样。

紧接着，他嘴角勾起：“不过没关系，你现在弥补我还来得及。要是我回去了，你可千万不能忘记对三十五岁的我好一点。”

话音未落，李灿猛地起身，扭头冲进洗手间，重重关上了门。

贺景连忙跟了上去：“灿灿，你怎么了？”

里面传来了一阵呕吐声。

“你胃不舒服吗？”贺景跑去拿药箱，他刚刚在里面看到了急性胃药。

过了几分钟，李灿脸色苍白地从洗手间里走了出来。

贺景把药和水递给她：“是不是刚才吃的面不干净？”

李灿摇摇头：“不是。”

她把药推开，只接过了水，喝了小半杯：“一想到要弥补你，把我愁吐了。”

“你不会是有什么胃病吧？”贺景指了指药，“还准备了急性胃药。”

“可你没发现它一片都没少吗？”李灿说，“都快放过期了，要是我有胃病，怎么可能一片都没吃过，胃药是药箱里自带的。”

贺景看了眼胃药上的日期：“不是快过期了，是已经过期了。”

李灿用下巴点了点垃圾桶的方向，示意他扔了。

贺景干脆把药箱拿过来，一个个检查哪些药品是过期的。

“他们为什么不离婚？”李灿忍不住问。

贺景边检查药盒上的日期，边说：“我一直希望他们是因为对彼此还有感情才没有离婚，但是你说得没错，他们早就没有感情了，只是为了面子在硬撑，而我也是长大后才慢慢开始理解我妈。”

李灿沉默，暗暗懊恼。

下一秒，贺景脸色突变，震惊地看向她：“碘伏也过期了。”

李灿也变了脸色：“啊？那、那应该没事吧……”

“当然没事，因为它已经没用了，连细菌都杀不死了。”

贺景把碘伏扔进垃圾桶：“你能不能靠点谱……算了，你以后老了还是趁早找个靠谱的护工吧。”

李灿若有所思：“干吗找护工，找老公不行吗？”

“有哪个男人会心甘情愿照顾你这个反复无常的精神病？”贺景把最后一盒药扔进了垃圾桶。

“你啊。”李灿脱口而出，“你现在不就在照顾我吗？”

此话一出，说的人和听的人都是一愣。

贺景见鬼似的后退，拉远了与她的距离：“……你有病吧。”

李灿本来还有些尴尬，听他这么说，瞬间化尴尬为愤怒。

她向他勾了勾手，皮笑肉不笑地说：“你过来。”

贺景立马改口：“我有病。”

“晚了。”李灿抄起沙发上的抱枕，开始满屋子“追杀”他。

2 你不喜欢李灿了吗

九月的最后一天，天空送给大地一场持续了一整天的小雨。

医学杂志原本一直压在沙发底下，自从贺景来了以后，它便被挂在了墙上，还特地翻到了有他照片的那一页，用透明胶带固定住。

贺景站在客厅中央，一动不动地看着照片，一看就是几个小时。他茶褐色的眸子下波澜四起，试图看穿三十五岁的自己。

门锁响了一下，门被打开，是李灿下班回来了。

李灿手里拿着湿漉漉的黑伞，看见贺景聚精会神地对着他自己的照片，忍不住吐槽：“你又在自我欣赏了吗？”

贺景没有动弹，嘴唇轻启，问：“三十五岁的我是个什么样的人？”

这个问题可把李灿难住了。

她走向阳台把伞挂起来，回到卧室换了身衣服，又去了洗手间卸了妆，但还是没能想出答案。最后，她走回客厅，对着还站在原地的贺景说："我也不知道。"

贺景回过头，年轻俊秀的脸上多了几分忧郁："你为什么会不知道？"

李灿说："因为我们已经太久没见过了，你在国外待了十六年，中间只回来过一次。十六年里，我们只见过一次面，虽然偶尔在网上聊天，但是每次我多问些你的近况，你就不回我了。所以，我对三十五岁的你可以说是一概不知。"

贺景把脸转了回去，目光再次落回照片上，眼里多了几分怨气："我出国是为了陪我妈，可为什么我妈治好病回国了，我还是要留在国外？"

李灿耸耸肩："估计是因为你未婚妻吧，你或许想留在国外陪她。"

贺景没再吭声。

李灿从包里掏出一部新手机，放在桌上："给你买的。"

"手机？"贺景受宠若惊，"你不是怕我突然回去所以不买吗？"

"看现在这个情况，你恐怕还要在这里待上一段时间，一直用平板不方便。"

李灿把平板里的电话卡取出来交给他："电话卡就先用这个吧。"

"好。"贺景专心捣鼓起新手机，余光扫到李灿把手机随手扔在了沙发上，跑去阳台给鸟巢蕨浇水。

他拿过她的手机，找出了三十五岁的贺景的联系方式，记了下来。

"小贺子！"李灿在阳台喊，"把我的手机拿过来！"

贺景按灭手机，走到阳台，把手机递给她。

李灿打开音乐软件，找了一个全是欢快歌曲的歌单，放起了音乐，把手机放在了鸟巢蕨旁边。

"你在干吗？"贺景不解。

"这叫音乐疗法。"李灿轻轻抚摸着鸟巢蕨的叶片，"植物是能听到声音的，让它们听一听音乐能够长得更好。今天阴天，它心情好像不是很好，叶子有些蔫巴，所以我放点欢快的歌给它听一听。"

她转头看向贺景："你也该听一听。"

"我心情没有不好。"话是这么说，但他还是坐在了花盆旁边，靠在墙上听起了歌。

"但你不是最讨厌下雨天了吗？"李灿拉上了阳台的纱帘，挡住了外面的光景，“每次一下雨，你的心情都会很差。”

贺景喜欢水，却讨厌下雨天。

虽然两者不冲突，但贺景对于下雨天的讨厌甚至可以说有些极端。

每逢下雨，他就像是饿了三天没吃饭的怨鬼，做一些与平时不符的事、说一些角度刁钻的话。

李灿站起身，像抚摸叶片那般抚摸了几下他的头发，笑着说：“你慢慢听，我去洗个澡，然后做晚饭，就吃……你最喜欢的番茄肥牛锅怎么样？”

贺景无奈一笑：“明明是你喜欢吃的。”

李灿比了个噤声的手势：“少废话。”

她扯下衣架上的毛巾，去了浴室。

贺景嘴角的笑容慢慢淡下去，他微微挑开窗帘一角，看向外面。

这雨和那年的一样，没有要停的打算。

2012年6月，仲夏。

中考后暑假很漫长，于芝晓给贺景报了初高中衔接班，督促他即便是假期也不要松懈。

暑假于贺景而言，只是换了个地方上课。

但对李灿就不一样了，她不需要上什么衔接班，每天都在忙着苦恼该玩什么。

徐萍女士本身就不在意什么成绩，再加上李灿自己又很争气，分数足够考上一所不错的高中，所以就更没有人管她了。

一个下雨天，贺景照常去上衔接班。上课的地方不远，他走路不到二十分钟便能到。

走到半路，一个人影突然冲到了他的伞下，他下意识地握紧伞躲开。

定睛一看，是李灿，于是他又把雨伞默默移了回去。

几绺被淋湿的头发黏在李灿脸上，她乐呵呵地拿过贺景手中的伞，说：“我送你过去。”

贺景嘴角一抽：“你是想要我的伞吧。”

被他戳穿心思，李灿不好意思地说：“我的伞丢了，反正你一整天待在补习班也用不到伞，先借我用用。你不是晚上才下课嘛，到那时候要是还下雨，我就来接你，怎么样？”

贺景好奇地问：“你要去哪儿？”

李灿说：“我和朋友约好了要去看电影，晚上应该还会一起吃个饭，不过我一定会在你下课之前赶回来的。”

说着，她举起三根手指，信誓旦旦。

贺景很难拒绝李灿的请求，他点了点头，把雨伞借给了她。

晚上八点，贺景下了晚课，发现雨还是没停，心里竟有些窃喜。

空气弥漫着土腥气，潮湿不已。

他在补习班门外等了将近半个小时，仍然不见李灿的身影，于是借了补习班老师的手机拨了李灿家里的电话。

接电话的是李灿她爸李世良。

李世良说李灿还没回家。

贺景感觉不对，冒着雨跑去了电影院，又循着电影院周围寻找，把大街小巷都跑遍了。

下雨天的路上几乎找不到几个行人，偶尔有一辆车驶过，却显得街上更加凄凉。

最后，他在一条路上看到了李灿。

她的身后跟着一个高大的中年男人，男人的手里拿着他的蓝色雨伞。

李灿很害怕，走得飞快，但她隐约感觉到男人的步伐也在随着她一起加快。

她听到男人在低笑。

“小美女，你不要你的伞了吗？”

她回过头，对上了男人猥琐淫邪的眼神。他在笑，一口熏黄的牙露出来，干裂的嘴唇上起了一层死皮。

那一瞬间，李灿大脑里一片空白，她迈开双腿狂奔，听到身后的男人似乎也开始跑了起来。

她开始尖叫。

“灿灿！”

一道清脆的声音响起，打破了几乎令人窒息的恐怖氛围。

下一刻，一道熟悉的身影从前方不远处的路口冲了出来。

贺景浑身湿漉漉地跑向她，额头上分不清是汗水还是雨水，手里还举着一根不知从哪儿拿来的弯角铁棍。

“贺景！”李灿一下子哭了，她伸手抱住了贺景，腿一软瘫跪在地上。

男人看到有人来了，脚步也停了下来。

“死变态！”贺景咬牙切齿地喊，“把我的伞放下！”

男人见贺景虽然个子高，但也是个不大的孩子，没有要停下的打算。很快，又有几个男人从路口跑了出来，怒气冲冲。

见状，男人扔下伞扭头逃跑了。

赶来的几个男人是街边商铺的老板，贺景手里的弯角铁棍就是从他们店里拿的。

他们嘴里骂骂咧咧地吆喝着，追上了那个逃跑的死变态。

贺景心跳如雷，他跪在地上紧紧抱着李灿，不停地说："灿灿，没事了，没事了……"

跟踪李灿的中年男人是喜欢跟踪未成年少女的惯犯，他被路见不平的商铺老板们追上暴揍了一顿，送去了警局。

这件事让李灿有很长一段时间没法睡觉。

她总做噩梦，梦到变态的丑恶嘴脸。贺景知道以后，带着几身衣服又住进了她家。

有一天夜里，李灿做噩梦半夜惊醒，跑到了贺景的房间，叫醒了他。

"贺景，你能不能叫叫我的名字？"

黑暗之中，李灿满头大汗地看着他："我好像听见你叫我名字就不怎么害怕了。"

"灿灿。"贺景从床上坐起来，"要不我叫着你的名字直到你睡着吧。"

他坐在李灿房间的地板上，靠着床沿，每隔一会儿便叫一声"灿灿"。

李灿清醒的时候就会应一声，慢慢地，声音越来越小。

直到没有声音，贺景便知道她睡着了。

后来，贺景养成了叫她的习惯，有事喊"灿灿"，没事也喊"灿灿"。

灿灿、灿灿、灿灿、灿灿……

贺景把窗帘拉紧了些。

那天以后，他一到下雨天便会心慌得厉害，他知道是那晚的后遗症。

当事人李灿似乎早就把这事忘得一干二净了。

贺景第一次发自内心地庆幸李灿是个神经大条的人。

浴室的水声停了下来，过了一会儿，又再次响起水声。

贺景拿起手机，拨通了方才记下的那个海外电话。

"您即将拨打的国际长途电话，收费标准是每分钟0.4元，请确认是否继续拨打？"

"是。"

温和的小提琴铃声缓缓响起，约莫响了十几秒，接通了。

手机里没有声音。

"贺景。"

他对手机那边的人说："你不喜欢李灿了吗？"

3 我是不是已经死了

李灿洗完澡，用毛巾包裹着湿发走出浴室，看见贺景还在阳台上。

他坐在地上陪着鸟巢蕨听着音乐，两条无处安放的长腿伸得笔直，胳膊松散地垂搭在两腿之间的地面上，手里虚握着新买的手机。

雨还在下，他的心情似乎还很低沉，目光望着正前方空无一物的墙壁，好看的侧脸透出几分阴郁。

李灿认为那样的神情不该出现在一个十八岁的人脸上，可放在贺景身上似乎又很合理。

察觉到她的视线，贺景侧过脸看向她，牵强地扯出一丝笑容。

"灿灿。"他的声音忽然有些沙哑。

"怎么了？"李灿觉得有些不对劲，"出什么事了？"

"没什么。"他撑着身子从地上爬起来，向厨房走去，"我去把米饭蒸上。"

李灿抓住他的手臂，不放心地问："真没什么事？"

贺景没头没尾地说："我真的很讨厌下雨天。"

李灿忍不住抿嘴，讨厌下雨天这种事她又帮不上什么忙，但她依稀记得他小时候没有这么讨厌下雨天的。

她问："你讨厌下雨天是因为我吗？"

贺景有些紧张："什么？"

李灿一脸愧疚地说："有一次下雨，我硬拉着你出去玩泥巴，结果把你撞进泥水坑里，你吃了一嘴巴的泥还把鼻梁摔断了……好像从那之后你就不喜欢下雨天了？"

贺景早已不记得这件事了，可她这么一提，又隐约有点印象。

他眯了眯眼，居高临下地盯着她："李灿，你不提这茬我都忘记了，我当年可遭了不少罪……"

李灿伸出食指戳住他的脑门，理不直气也壮地说："要不是摔断了鼻梁，你的鼻子也许还不会长这么挺，我这叫帮你断骨增生了，懂不懂？"

贺景不服气地哼了一声，转头进了厨房。

晚饭除了番茄肥牛锅，贺景还多做了一道辣炒土豆丝，原因是他翻冰箱的时候无意间在冷冻层发现了三个土豆。

“神经病，谁会把土豆放在冰箱里，上面还带泥！”

贺景骂骂咧咧地削着解冻后的土豆，看了一眼站在身后老实巴交的李灿，“你什么时候买的？”

李灿深思熟虑后说：“应该是上个月，或者是上上个月，也有可能是上上上个……”

“够了。”贺景一刀把土豆剁成两半，“我好奇你是以什么样的心态把土豆放进了冷冻层。”

李灿不服：“低温可以降低植物的生长速度，我这不是怕它发芽？而且冻过的土豆，特甜，我妈告诉我的。”

贺景扬起眉梢，半信半疑：“真的？”

“我骗你干吗。”李灿捏起一小块切好的土豆放进嘴里嚼了嚼，然后露出欣喜之色，又捏起一块递到他嘴边，“不信你尝尝，实践出真知。”

贺景低下头咬过她手里的土豆。

趁他不注意，李灿连忙把嘴里的土豆吐进水池里。

贺景天真地嚼了几下，脸色陡然一变，扭头把嘴里的土豆吐进了水池里，结果发现李灿早已偷偷吐了。

“李灿！”贺景抓狂，“就是一股生土豆味儿！”

李灿狂笑着逃回了客厅。

番茄肥牛锅是酸甜口，辣椒炒土豆是香辣口，李灿将二者和米饭拌在一起，不知不觉吃了两碗饭。

“好久没吃你做的土豆丝了，怀念。”李灿心满意足地放下碗，抽出纸巾擦了擦嘴，瞥向身边的人。

贺景没怎么动过筷子，碗里还剩下半碗米饭。

她起身走向阳台，拉开窗帘向外看去。

“贺景，雨停了。”她说，“陪我出去散散步吧。”

贺景没有立即应声，只是把搭在沙发一侧的天蓝色衬衫外套拽在手里。

他走到门口对她说：“下雨降温了，穿件衣服再出去。”

小区外有一条约莫三米宽的陷泥河，沿着河岸一侧是曲折的羊肠小路，隔着几米就会出现一个健身器材。

二人并肩走在河边，没走多远，李灿就岔了气。

“等等，走太快了。”她捏着肋骨缝之间的位置，蹲了下去，“休息一下再走。”

贺景陪着她一起蹲下。

陷泥河快要干涸了，若是接连几天不下雨，能看到河底的泥干裂，两侧杂草丛生。

可经过一整天的小雨滋润后，竟然有了一股潺潺的水流。

两人蹲在石栏杆边，从栏杆之间的缝隙向下望去。

他们知道，等到了明天出了太阳，陷泥河又会再次干裂。如十几年前一样，它仍然是一条无人管理、无人在意的河道。

“灿灿，我是不是已经死了？”贺景突然说。

李灿没听清，捂着肚子问：“什么撕了？”

“三十五岁的我是不是已经死了？”贺景重复了一遍，又说，“你之前提起过我以后会发生不好的事，但你没办法告诉我，是不是就是这件事？”

李灿瞳孔骤缩，蓦地扭头望向他：“你怎么知道的？”

她的反应说明了一切，贺景的眼眶红了。

在那通国际长途电话里，贺景听到的并非三十五岁贺景的声音，而是一个女人的声音。

在他满腔怒意问出那个问题后，得到的是女人简短的问句。

“你是谁？”

贺景愣了下：“这不是贺景的号码吗？”

女人沉默了一会儿，说：“贺景已经去世了，他的号码现在是我保管，你是？”

“嘟——”

贺景挂断了电话。

他坐在阳台恍惚，手机里欢快的音乐与他的心情天差地别。

这几日李灿的一些行为与反应让他感到奇怪，但若是和他已经死掉这件事联系到一起，便有了能够完美解释的理由。

陷泥河的路灯散发出昏黄的光，将他眼中的情绪变化照得一清二楚，绝望又悲伤。

“我是怎么死的？”他问。

“你出了车祸，车冲进了河里，几天后被警察从水里捞出来的。”李灿不记得自己说过几遍了。三遍？还是四遍？

她心上有一处看不见的伤口，每说起一次贺景死因，就像在这伤口上撒一次盐。

“我之前告诉过你，但你总是会在第二天忘记这件事，可这次我没有说你怎么就知道了？”

她好奇地问："你是忽然记忆复苏了？"

贺景摇摇头："我在你手机上找到了现在的我的号码，拨通了我的电话，是个女人接的，她说贺景已经死了。"

李灿："你为什么要打给你自己？"

贺景苦笑："有些问题想问问他，这下看来，我没办法知道答案了。"

李灿无声地叹了口气："你以后会知道的。如果可以，我希望你能改变未来活下来。"

贺景没吭声。

她又说："接电话的也许是你未来的未婚妻，你觉得是吗？"

贺景不太想搭腔这话，但又不想冷了李灿，于是敷衍地回："可能吧。"

4 你现在更漂亮

晚上临睡前，李灿拿着笔在贺景的胳膊上写下了一行字：2032年我会死于车祸！

又写了一句摆在了贺景能够看到的地方。

"怎么感觉哪里怪怪的。"贺景躺在沙发上望着天花板。

天花板上贴了一张一开的白纸，用纸胶带贴住了四个角，纸上用油性笔写了一行大字：

三十五岁的贺景已经死掉了！

右下角还画了一个卡通的幽灵图案，幽灵的两只眼睛被涂得深黑，深到黑墨洇透了纸张，最中心破了个小洞。

李灿说："怪就对了。越怪越能刺激大脑，万一能把这件事记住，兴许你就能避开那场车祸。"

这个方法虽然有些残忍，但是哪怕为了一点点会改变未来的可能性，他们也要试。

贺景说："别抱什么希望，希望越大，失望越大。"

李灿勾了勾唇角："上天让过去的你穿越到未来，或许就是想要让你自救，别说什么不可能，毕竟你穿越这事就已经够扯淡了。"

她拉住他写了字的胳膊，在叹号后面又加了一行字：但我一定能改变未来！！！

凉凉的笔尖划过皮肤，伴随丝丝的痒。

贺景垂眼望着她，她的睫毛又长又浓，没有口红的唇色有些苍白，但涂了一层薄薄的护唇油又显得滋润。

淡淡的橘柚香萦绕在他鼻尖，他的眼神渐渐有些迷离。

“灿灿。”

“干吗？”

“高中的时候，有的男生私下会讨论班上有哪些女生长得漂亮。”

李灿手上的动作未停，角度刁钻地问：“那你也有参与他们的讨论吗？”

贺景轻笑：“没有，我只是听。”

李灿淡淡地说：“也对，你高中压根没什么朋友，要不是我和蔚岚，你一定是个被孤立的可怜虫。”

他高中一直和李灿、蔚岚她们混在一起，男生们也不知为什么总是会避开他，什么话题都不带他。再加上贺景本就寡言少语、性子孤僻，就更没人愿意带他玩了。

但是当一群男生围坐在一起轰轰烈烈讨论时，贺景难免会听到。

李灿沉吟片刻，又说：“我猜那群男生嘴里一定少不了蔚岚的名字。蔚岚当年可是多少人心里的白月光啊，我到现在还记得高中毕业那天的场面。”

贺景好奇：“什么场面？”

李灿：“有个暗恋蔚岚三年的男生跑到广播室，给蔚岚念情书，我还记得他念的其中一句话呢……”

她清了清嗓子：“当夏日的风拂过你柔软的刘海与青涩的脸颊，我的心也连同风一起走远……唉，这么好的文采，把蔚岚吓得捂着耳朵就跑出了学校。”

贺景笑出了声：“谁啊？还写情书，这么俗套。”

李灿写字的手顿了顿：“俗吗？”

贺景“嗯”了一声。

李灿翻了个白眼：“你懂什么？充满感情的文字是所有表白方式中最浪漫的一种。”

贺景：“可写情书这件事很羞耻。”

“不是写情书这件事羞耻，而是收到情书的人不尊重写情书的人，所以才会让它变成一件羞耻的事。”

李灿写完了最后一个字，在后面画了三个又大又粗的感叹号。

她抬眼，对上贺景一知半解的眼神，问：“如果你收到喜欢的人为你写的情书，你会觉得羞耻吗？”

她的目光很认真，贺景的心跳开始控制不住地加快。

他说："我应该会很开心。"

李灿睫毛微微一颤，连忙转头去拿油性笔的笔帽盖上，转移话题说："你刚刚为什么突然说起男生会讨论班上有哪些女生长得漂亮？"

贺景躺回沙发上，举着胳膊盯着上面的字："他们说你漂亮。"

一听这话，李灿立马端起来了，她装模作样地咳嗽两下，撩拨秀发，拿腔捏调地说："意料之中。"

贺景："嗯，你十八岁的时候的确很漂亮。"

李灿诧异，她第一次听到贺景夸她漂亮。

她还以为自己在贺景心目中的形象堪比李逵呢。

但很快，她反应过来不对，眼皮耷拉下去，幽幽地盯着他："你这意思不就是说我现在年纪大了……不如以前……"

"不是。"贺景微笑着打断她，"你以前很漂亮，现在更漂亮，不要总把年龄挂在嘴边。"

他的视线从胳膊上移开，望向呆愣住的李灿，嘴角挂着淡淡的笑："幼稚的李灿和成熟的李灿都很漂亮。"

李灿大脑有一瞬的宕机，她怔怔地将手肘撑在茶几上，双手捂住了眼，缓缓说："人之将死，其言也善。贺景，你知道自己未来会死以后变善良了。"

贺景黑脸："你这话好像我以前很坏似的，李灿，你摸着良心说，我对你很坏吗？"

李灿没有回答，只是捂着脸不说话。

直到有温热的泪水从她的手掌与脸颊之间的缝隙中渗出来。

贺景往她手里塞进了几张纸巾，她放下手紧紧抱住贺景，毫不掩饰地哭起来。

贺景不坏，贺景从来没有做过坏事，坏的是她才对。

2021年8月15日，李灿二十四岁生日。

这一天，许森阳陪李灿一起过了生日，送了她九十九朵玫瑰，并为她戴上了婚戒。

她回到家，看着无名指上的钻戒，心情和想象中不一样。

过于平静了，甚至有些沉闷，潜意识里似乎有什么东西在拉扯着她的神经，让她开心不起来。

正巧徐萍和李世良也在家，他们前几天便从老家赶来看望她，顺便给她过生日。

徐萍女士举着锅铲从厨房走出来，看见客厅里多了一大捧鲜红的玫瑰，又瞧见李灿手上多了一枚大钻戒，开心得差点没一锅铲把身旁的李世良拍飞了。

对于许森阳这个未来女婿，徐萍甭提有多满意了。

她坐在饭桌上连饭都没顾上吃，就拉着李灿的手左看右看。

“都说男人的心在哪里，钱就花在哪里，小许对你可一点也不吝啬。”徐萍女士笑得合不拢嘴，“改天让他来咱家吃个饭，商量个时间，双方父母见一面。”

李灿兴致平平：“您这么喜欢，给您戴咯。”

徐萍女士瞪了她一眼：“给你的婚戒怎么能让别人戴？你脑子是不是缺根筋？”

李灿撇撇嘴：“过段时间他家里人聚会，许森阳要带我去。我先去替你们掌掌眼，合适了再让你们见面。”

徐萍女士狠狠拍了下她的手：“你这说的是什么废话！难道你觉得不合适，我们做父母的就不见了？”

她一边训斥，一边拿起筷子吃饭。

李世良悄悄朝着李灿挤了挤眼，父女俩隔着饭桌相望，二人在挨徐萍骂这方面有高度的情感共鸣，可以说是同病相怜。

徐萍女士是典型的刀子嘴豆腐心，性格也相当泼辣，恐怕也只有她才能把年轻时风流桀骜的李世良调教成现在这么温顺听话的模样。

“你们俩挤弄什么呢？”徐萍女士敏锐地捕捉到了他们的小动作，矛头再次指向李灿，“李灿，也就是你长大了，我不愿意说你什么了。”

李灿琢磨她回家到现在也没做错什么吧，怎么又开始说她了？

她回怼：“妈，我小时候您就愿意说我什么了？人家都是君子动口不动手，您直接动手，说都不说。”

徐萍剜她一眼：“小时候我真打你身上了？每次都躲贺景身后猫着，我能碰到你一根头发丝？”

说起贺景，徐萍想起件事，把筷子一放，立马拨开乌云见明月似的笑了起来。

“哎呀，刚才光顾着看你戒指，把正事儿忘了。你于阿姨回来了！”

李灿心下一激灵：“于阿姨？她回来了？”

“是啊。你于阿姨福大命大，前几年抗癌成功，留在国外观察到现在，确定是不会再复癌，这不就回来了。”

徐萍念叨说："国外哪里住得惯啊，金窝、银窝都不如自己的狗窝。"

李灿问："什么时候的事？"

徐萍："就今天，她刚下飞机就给我打了电话，说是贺景陪她一起回来的。"

她轻轻拍了下李灿的肩膀："对了，贺景也订婚了。你说巧不巧，你们两个皮孩子都要结婚了，咱家双喜临门。"

听到这话，沉默寡言的李世良瞥了一眼女儿，神情变得捉摸不透。

李灿睁大了眼睛，心里五味杂陈："真的假的，和谁订婚？"

徐萍说："那姑娘是医院院长的女儿，和贺景在同一个医学院读书，听你于阿姨的意思，两人挺配的。"

李灿眉梢一挑，暗暗不爽："是吗？难怪总不回消息，原来是忙着谈恋爱去了，这个见色忘友的……"

5 去死吧贺景

第二天，李灿和徐萍买了很多东西一起去看望于芝晓。

李灿很想见见于阿姨，但内心深处对见到贺景有些抵触。

他们已经有六年没见了，当年贺景的不告而别让她至今心里都有一股怨气。

她很想抓住贺景狠狠教训他一顿，但是又怕现在的贺景变得让她感到陌生。

在经过一番心理斗争之后，李灿还是去了贺景的家。

他们虽然住在同一个小区，但是由于房子的户型大不相同，所以开发商在盖房子的时候为了区分二者，便在双层公寓和平层楼房之间修了一条六米宽的商业街。

导致两家隔了将近一公里的步程。

对此，李灿锐评：脱裤子放屁找麻烦。

李灿拎着大包小包的水果、点心，还有一堆新鲜蔬菜，跟在徐萍后面，逐渐感到吃力。

她的脑回路在疲惫下开始乱转，忍不住问："妈，于阿姨那么诗情画意的一个人，是怎么跟您玩到一块儿去的？"

徐萍笑了笑："你于阿姨初中的时候特别腼腆，腼腆到都没人愿意和她交朋友，后来老师把我分到了她旁边，我们成了同桌，时间一久自然就熟悉了。"

一提起过往，徐萍的话匣子便关不住了，她滔滔不绝地说起当年的事。

于芝晓以前戴着厚重的眼镜，不管什么时候都在看书，像个书呆子。

似乎是为了坐实书呆子这一身份，于芝晓每次语文成绩都是班上第一，甚至年级第一。

语文老师对这“独苗”倍加珍惜，还任命她为语文课代表。

有一次，身为课代表的于芝晓负责发放新学期的语文课本，有人因为拿到的书上缺了一角想要换。但缺角的书不止一本，最后总会有人拿到缺角的课本，于芝晓的课本也是缺角的。

于芝晓不同意换书，两个人便当着全班同学的面吵了起来。

明明在这件事上于芝晓占理，但面对对方的蛮横，她只敢涨红着脸骂一句：“孺子不可教也！”

说到这儿，徐萍放声大笑：“哎哟喂，谁骂人会用文言文啊，一点气势都没有。我当时就看不下去了，欺负谁也不能欺负到我同桌头上，干脆撸起袖子上去骂，骂得那人找不着北……”

李灿乐呵呵地听着，时不时附和一句：“徐萍女士牛啊！这不帅惨了！”

不知不觉间，母女俩走到了贺景家。

徐萍敲响了门。

过了一会儿，门开了，李灿看到了那张几乎快要在记忆中模糊的脸，她屏住了呼吸。

贺景比她记忆中的要瘦了，面颊凹陷，似乎只剩下薄薄的一层皮包裹着，下颌骨边缘清晰可见，甚至还能够看到黑色T恤下肩膀骨骼的起伏走势。

贺景越过徐萍看向她，眼里藏着疲倦，他嘴角牵起一丝淡笑：“灿灿。”

那一刻，李灿对贺景积攒了这么多年的埋怨通通消失不见了。

“臭小子，就光看见灿灿了？”徐萍女士嘴上这么说，眼里却满是心疼，抬手捏了几下他的胳膊，“病的是你妈，你怎么也这么瘦了？长这么大个子，身上没几两肉，这样容易生病。”

“阿姨，我吃不惯国外的东西，在外面这几年特想吃您做的饭。”贺景说。

他的声音还是没变，清亮好听，只是因为疲累所以变得有些低沉沙哑，隐约还有鼻音夹杂在几个字眼中。

“想吃我做的饭还不简单！”徐萍大嗓门格外敞亮，她指向李灿手中的袋子，“我和灿灿去买了些你和你妈爱吃的菜！”

他凑近了她，举手之间气流涌动，李灿闻到了一股淡淡的柑橘清香。她今天出门前喷了尼罗河花园，现在却有些分不清这香味是从谁身上飘出来的了。

于芝晓听到动静，从卧室走出来，站在二楼向下望，表情激动。

“徐萍！”

李灿和徐萍循声望去，皆是错愕。

瘦得几乎没了人样，脸色也格外蜡黄，额头两侧能看到几颗明显的黄斑。

于芝晓是个极其爱美的女人，她总是把长发盘成圆而饱满的形状，用不同花样的长簪簪住，穿各式各样的长裙与花领衬衫，还会配一双合适的皮鞋。

打小李灿就觉得于芝晓很美，对于美的概念也是在于芝晓身上得到的。

徐萍几次张了张嘴，却发不出一点声音，她的目光追随着正在下楼的于芝晓，眉头渐渐皱起。

于芝晓动作很慢，单薄的身板摇摇欲坠。

徐萍上前想要伸手扶她一把，手刚伸出去，却拐了个弯，叉回腰上：“瞧瞧你们娘俩，较着劲比谁瘦呢，不知道的还以为你们在外国吃不上饭呢。”

于芝晓下了最后一个台阶，张开双臂想要拥抱她。

“哎哟，肉不肉麻……”徐萍嘴上嫌弃，身体却很老实，伸出手紧紧抱住了于芝晓。

她使劲眨了几下眼睛，把眼泪憋了回去，接着轻轻在于芝晓耳边说：“辛苦你了。”

徐萍不习惯煽情，她松开于芝晓的怀抱，开始让自己变得忙碌，从贺景手中拿过几个装菜的袋子，挑拣起里面的菜。

“我炒几个菜，买的都是你们爱吃的，佛手瓜、番茄牛肉，再给你们整个拿手菜熘肉段，还有醋熘土豆丝解腻……”她边说边拎着菜进了厨房。

于芝晓跟在后面一起进了厨房，坐在厨房门口的椅子上，和徐萍有一句没一句地聊起来。

李灿站在原地，有些局促。

贺景瞧她这副模样，轻笑：“几年不见，怎么变这么文静了？”

李灿走到沙发那边坐下，对他颇有微词：“原来你知道我们很多年不见了啊。”

贺景没有应声，倒了一杯水，递到她手里。

李灿接过水杯，注意到他无名指上有一枚戒指，她立马移开了视线，仿佛那戒指有多么刺眼似的。

几乎是同一时间，贺景也注意到了她无名指上的戒指。

“你男朋友向你求婚了。”他坐回沙发上，双手交叉，手肘搭在了膝盖上。

“……嗯。”李灿说，“昨天。”

贺景直勾勾地盯着她手上的戒指，也不知想到了什么，忽地发出一道略带嘲讽意味的笑声。

“你笑什么？”李灿奇怪，心里也萌生出一丝不爽。

贺景说：“没什么。”

李灿蹙眉：“为什么总是不回复我的消息？”

贺景眼中涌过一抹不易察觉的暗流：“有吗？我怎么不记得。”

李灿懒得废话，掏出手机找出他们之间的聊天记录，举到他面前：“证据。”

聊天界面几乎都是她在单向传消息，鲜有几句回复。

最后一条消息是在2020年的跨年夜。

李灿发了一条：新年快乐。

贺景回了一句：新年快乐。

在那之后，李灿赌气似的没再给贺景发过消息，贺景居然也没有给她发。

李灿越想越生气，指尖敲打着屏幕：“看看到底是谁没有回消息？是谁？”

贺景拿过她的手机，认真地翻看了一会儿，接着把手机还给她，说：“抱歉。”

李灿愣了下，仿佛猝不及防被泼了一盆冷水。

等了这么多年的解释，结果只等来一句轻飘飘的抱歉？

谁想听抱歉。

去你的抱歉。

去死吧贺景。

6 “坏”李灿

厨房里传来热火朝天的炒菜声，锅碗瓢盆丁零当啷，菜刀切菜发出有节奏的声响，徐萍女士的大嗓门格外突兀，时不时还伴有于芝晓温柔悦耳的笑声。

李灿打量起客厅，有很多东西都不见了，比如曾经随处可见的盆栽。

墙上的挂画积攒了一些灰尘，电视机下的台历上还是2015年的。

贺景和于芝晓出国以后，贺逢宁也被调去了外省工作，很少再回到这个房子。

仔细一看，有很多地方还没来得及打扫，上面还有一层薄薄的灰尘。

她问：“贺叔叔没有找家政阿姨来打扫过吗？怎么会这么脏？”

贺景犹豫了几秒，不确定地说：“应该有找过。”

李灿不记仇，这么一会儿的工夫就已经消气了。她抱着胳膊问：“你的房间打扫好了吗？”

“还没。”

“需不需要我帮忙？”李灿依旧板着脸。

“不用了。”贺景的语气分外客气。

强烈的落差感让李灿感到难过，她尽量不去注视那枚戴在他手上的戒指，可余光总是能够看到一个银晃晃的东西。

“你的戒指……”她忍不住问，“和你爱人的？”

贺景垂眼看向那枚素圈戒指，没什么多余的情绪：“嗯。”

“挺好的。”李灿端起杯子喝了小半杯。

徐萍女士做好饭后，喊他们去餐厅吃饭，四个人围坐在餐桌旁。

面对着八菜一汤一甜点，贺景目瞪口呆，喉结上下滚了滚：“这也太丰盛了……”

“丰盛？”徐萍女士不屑一笑，“我还觉得少呢！”

贺景没再说话，埋头大口吃起了饭，那狼吞虎咽的模样把李灿都看蒙了，真像饿了好久没吃饭似的……

吃过饭，徐萍切好了水果端到客厅茶几上，和于芝晓二人又坐在沙发上聊了起来，仿佛有说不完的话。

以前的时候，李灿还不明白为什么徐萍女士和于阿姨的关系会那么好，可现在明白了。

她们之间的感情就像她与贺景，但要更为纯粹干净。

贺景站在水池前刷碗，把戒指脱下来放到了一边，无名指上有格外明显的戒痕，突兀的白。

李灿站在一旁，把洗洁精递给他。

她发现贺景在国外待了几年后变得越来越闷了，几乎都不怎么和她说话。

“贺叔叔什么时候回来？”她打破了二人之间的安静。

“……应该就这几天了吧。”他说，“毕竟一时半会儿调不回来。”

“哦，你这几年在国外怎么样？”她开始没话找话。

“难道看不出来吗？”他向她挑了下眉梢。

李灿看着他消瘦的脸：“看出来了。”

贺景继续扭回头刷碗。

李灿又说："我以前怎么也没想到你会学医，还以为你以后会做个游泳或是潜水的教练。"

贺景笑了笑："我也没想到。"

接着，又是一阵安静。

李灿靠在墙上等了一会儿，将唇抿得没了血色才放松："你就没什么想问我的吗？"

贺景头也不抬地说："问什么，你有什么好问的？"

他把洗好的碗搭在沥水架上，擦干了手，转身走出厨房。

见李灿还站在原地不动，他回头说："别傻站着了，去客厅坐会儿吧。"

当晚，于芝晓执意留徐萍过夜，说是要睡一起聊掏心窝子的话。

天色黑了，李灿找了个借口说要回家。

她和于芝晓道了别，换上鞋离开了贺景家。

贺景跟在她后面出了门："我送你回去。"

"这么近送什么？不劳烦你了。"李灿加快步子朝前走。

贺景两步追平她："跟我客气什么？"

李灿嘀咕："也不知道是谁先客气的。"

她飞快瞟了身边人一眼，那枚素圈戒指又再次戴回到了他的无名指上，他似乎很爱惜那枚戒指。

他说："我过段时间还需要出国一趟，会在那边待几天。"

"待几天？"李灿哼笑一声，"你还回来做什么？干脆待在国外永远别回来了。"

贺景脚步慢下来。

李灿头也不回地走了。

贺景停在了原地，没有再跟上来。

出国前，贺景找过她一次，但李灿没能和他见上一面。

都说本命年会很倒霉，这件事在李灿身上应验了。

她收到贺景约她在小区见面的消息后，便连忙打卡下了班。

往常下班后，李灿会选择坐地铁回家，但那天她打了一辆出租车。

出租车驶过跨河大桥时，迎面而来一辆失控的货车，两辆车猛烈相撞，出租车车身翻滚，坠入河中。

李灿醒来时是在病房，她看到一脸憔悴的徐萍。

意识恍惚中，她开口的第一句话便是："贺景呢？"

一场突如其来的车祸，出租车报废，但没有人在这场车祸中死亡。

医生检查李灿只有轻微的皮外伤，其他地方完好无损，却不知为何醒不过来。昏迷了三天三夜后，她奇迹般又醒了过来，检查过后更是没有任何问题。

徐萍告诉她，贺景在她出车祸的第二天晚上就走了，走得很匆忙，似乎有什么急事。

李灿听后，盯着医院窗外的天空看了许久，天上有飞机留下的白线。

到底是有多么重要的事，居然能让他扔下生死未卜的好朋友离开。

出院后，她一直没有收到贺景的消息，哪怕一句简单的问候也没有。

心里的委屈与愤怒无处发泄，她重重地敲击着手机屏幕，给他发了一条消息：贺景，我们再也不是朋友了。

良久后，她收到了贺景的回复：对不起。

那一刻，李灿意识到，她与贺景的友情也许早在十八岁那年就结束了。

可如果早知道那是他们之间最后一次对话，李灿一定不会让他们的友情就这么潦草收场。

2032年9月27日。

三十五岁的李灿哭着抱紧了十八岁的贺景，心中满是懊悔与自责。

十一年前贺景的疏离让她感到愤怒，也让她忘记了一件很重要的事。

她所认识的贺景不会无缘无故地疏远她，更不会轻易用一句“对不起”便抛弃了他们那么多年的感情。

他一定是有什么不得已的苦衷。

明明亲眼看到了他的消瘦，明明知道他过得不好，可当时的李灿仍然选择了无视他的境况。

李灿想，贺景不坏，她才是那个坏人。

第四章 从很久很久以前就喜欢你

1 黑框眼镜

凌晨四点，眼看天快亮了，李灿在卧室里翻来覆去，怎么也睡不着，干脆从床上起来，蹑手蹑脚地走到客厅。

贺景平躺在沙发上，写了字的胳膊压在额头上，上面粗黑的字体在黑暗中仍然清晰可见。

她抬头看了眼天花板，目光落在右下角幽灵黑漆漆的双眼上，不自觉打了个寒战，汗毛都竖起来了。

她明明画得挺可爱的，怎么现在看上去这么瘆人？

李灿低下头，对上了贺景漆黑的眸子，心里又是“咯噔”一下，感觉一缕魂魄已经出走了。

“我把你吵醒了？”

李灿已经够小心了，她连拖鞋都没穿。

“我没睡。”他从沙发上坐起来，额前被压久的头发翘了起来，像一撮呆毛，显得他整个人都傻傻的。

“为什么不睡？”李灿盯着那撮呆毛，有些想笑，但忍住了。

“你不也没睡？”贺景拿起茶几下面的遥控器，打开了客厅的灯，“不睡觉也许就忘不掉了。”

“可你难道能一直坚持不睡？”李灿去冰箱里拿了两罐冰镇饮料，给了他一罐。

“不能，我现在就已经昏昏欲睡了。”贺景把冰冷的罐身贴在面颊上，试图让自己清醒过来。

“你这样没用。”李灿打开电视，神秘一笑，“我有更好的提神办法。”

她找了一部惊悚刺激的恐怖片，把音量调大到足以让他们感到害怕但又不至于扰民的程度。

两个人窝在沙发上裹着薄薄的毛毯，紧张兮兮地盯着电视。

影片播到三分之一，进入了惊悚的第一个高潮部分。

画面血肉模糊，青面獠牙的恶鬼猛地逼近画面，瞳仁只有一个黑点，眼球在不停乱转，密密麻麻的蛆虫不断从恶鬼的眼眶里爬出……

贺景刚含进嘴里的饮料半晌没能咽下去，他把易拉罐放到茶几上，略有反胃，缓缓靠回了沙发上。

忽然，李灿直直歪了过来，脑袋抵在了他的手臂上。

她闭着眼睛，呼吸浅而均匀。

看鬼片都能雷打不动地睡着，贺景表示无奈。

他慢慢托着她的脑袋把她放平在沙发上，在头下面垫了个抱枕，然后将电视的声音调低了些。

…………

李灿是被卧室里传来的闹钟声吵醒的。

只睡了两个小时的她头痛欲裂，挣扎着从沙发上坐了起来。

贺景从洗手间走出来，脸上还挂着水珠，白色的毛巾搭在湿漉漉的头发上，盖住了他半张脸。

"你一直没睡？"她诧异。

贺景点点头，眼神憔悴："太困了，洗个澡好些了。"

他把头上的毛巾拽下，转身去了阳台，将换洗过的衣服晾起来。

"你还记得昨天的事吗？"李灿斜倚在墙上，抱着胳膊。

他把手里的内裤展开，规整地搭在衣架上："记得，记得很清楚，我死了，车掉进了水里，我都被泡成巨人观了。"

"可你不能一直不睡觉。"

李灿看了眼他手臂上的字："也许只能写字留下痕迹。"

"你为什么这么肯定我会再回到过去？"贺景拿过窗台上一个印有小猫图案的陶瓷杯去水池接了一杯水，然后浇在了鸟巢蕨的土壤里。

"直觉。"李灿捏着下巴，颇为自信地说，"我相信我的直觉。"

贺景哼笑一声，提醒她："直觉有没有告诉你上班要迟到了？"

李灿冲回了卧室，飞快地换了身衣服，抽空拿起手机看了眼时间，接着急匆匆去了梳妆台梳了梳头发。发尾有一部分被她睡觉时压得卷曲起来，有些潦草，很突兀。

现在再将直板夹加热已经来不及了，她开始翻找她不经常用的发夹，但怎么也没找到。

“快帮我找找发夹！”她焦急地说。

“长什么样子？”贺景边说，边在客厅四处看了起来。

“黑色的，两侧像波浪线似的……算了，就这样吧，问题不大。”李灿小跑到门口换鞋，揣上手机就出了门。

贺景拿起鞋柜上的车钥匙，打开门：“你车钥匙！”

李灿又折回来把车钥匙拿上，扭头跑了。

“路上注意安全！”

“知道了！”

贺景走到窗户边，看着李灿开车离开了小区。

他向后撸了下额前半干的头发，开始在家里翻找那个“失踪”的黑色发夹。

杂物间的箱子错乱地堆叠在一起，看不出任何分类的痕迹。

如果想知道里面装的是什么，必须把箱子上的胶带拆开才能知道。

贺景耐心地整理起那些碍事又笨重的纸箱。

他把装有自己遗物的白色盒子放到客厅，又忍不住把那枚戒指拿起来端详了好一会儿。

戒指断裂扭曲，没了原样，但能看出是一枚素圈。

李灿说过，这是他和未婚妻的订婚戒指，未来的他很爱惜这枚戒指，舍不得沾水，更舍不得离身。

有什么舍不得的，丑戒指。

贺景把戒指扔回盒子里，再次回到杂物间整理箱子。

他在一个箱子里翻出一副黑色的方框眼镜，是他的。

初三那年，中考之前，学校组织了一次全校统一的体检。

贺景在测视力的时候怎么也看不清最下面那几行，体检的医生说他这是近视了。

徐萍女士听说这事儿后，立马带他去了眼科医院。

左右眼各200度。该配眼镜了。

方方正正的大黑框很木讷，但在当时很流行，李灿趴在玻璃柜上，指着里面那副黑框眼镜，说：“就它了。”

配眼镜的医生问：“不再看看别的了？”

李灿：“不用看别的，就它了。”

徐萍打了她肩膀一下：“是贺景配眼镜还是你配？”

李灿理直气壮地说：“他戴着眼镜自己又看不到眼镜框长什么样，应该让看的人来选才对。”

她举起眼镜框在贺景眼前比量了一下：“他戴这个多好看啊。”

徐萍一看，哟，还真挺好。她连连夸赞：“小景长得这么秀气，戴什么都不会丑。”

只可惜，贺景戴着它还不到一年，这眼镜便“夭折”了。

起因是他们上了高中没多久，有个男生在班上说贺景长得像个“娘炮”。

李灿知道以后，趁着贺景不在教室，指着男生的鼻子就开始骂他，长得歪鼻子斜眼，还有性别认知障碍。

男生觉得丢面子，挥手狠狠甩了李灿一巴掌。

那一巴掌带着十足的怒火，直接把李灿打蒙了，脑瓜子“嗡嗡嗡”作响。

碰巧贺景刚接完水回来，看见了李灿被打一幕，他扔下杯子冲上去便是一脚。

男生被踹倒在地，还没反应过来，就被贺景揪着领子摁在地上死命地揍。

贺景用实力证明了他不是“娘炮”，他还能把人揍得变“娘炮”。

直到有人跑到办公室叫来了老师，两人才停止了打架。

男生的大牙被打掉了两颗。

这事在当时闹得很大，贺逢宁带着律师去了学校才把事情平息下来。

事后，李灿发现贺景坐在房间里偷偷抹眼泪。

看到她进来，他连忙低下头看书，装作什么事都没有的样子。

李灿摘下他的眼镜放在床上，安慰他说：“贺景，你长得一点儿都不娘，只是眼睛大了点、皮肤白了点，你不要理会别人的话，他们是在嫉妒你长得好看，在我心里，整个学校的帅哥加起来都赶不上你。”

说完，她一屁股坐在了床上。

再起来的时候，两个眼镜片已经与镜框分离了，其中一片还多了几道裂纹。

后来贺景没有再去配新的眼镜。

于芝晓不喜欢他戴着笨重的眼镜，所以花了很多钱带他去专门的地方矫正了近视眼。

他还没有成年，度数也不高，所以没有花太长时间便恢复了正常视力。

贺景以为这副镜框早就丢了，没想到现在还留着。

他拿着黑色镜框走到镜子前戴上，端详起镜子里的自己。

两鬓的头发略微有些长，盖住了镜架，宽大的镜框让他的脸看上去小了不止一圈。

如果再把头发留长些，彻底遮住具有男性特征的浓眉，那的确雌雄莫辨了。

其实当年他不是因为别人骂他“娘炮”才哭，当然，也有那么一点关系，但更多是因为贺逢宁。

当初贺逢宁带来学校替他解围的那名律师，就是那个令他无比厌恶的情妇，他们在离开学校后的亲昵举动，深深印刻在他的脑海里，让人作呕。

“咚咚咚——”

突然的敲门声打断了贺景的思绪，他回过神，走到门口，透过猫眼向外看去。

是个不认识的女人。

2 你好，未婚妻

“你找谁？”贺景隔着门问。

“你好，李灿是住在这里吗？”女人不确定地问。

“你找李灿做什么？”他又问。

“我想拿回我的东西。”女人说。

“她不在家，你没有和她事先联系过吗？”贺景十分警惕，不想给李灿带来不必要的麻烦。

“我打过几次她的电话，她没有接。”女人看上去很真诚，不像是有其他意图的样子。

贺景打开了门：“你先进来坐，我跟她联系。”

看到他的脸，女人瞳孔震颤，踉跄着后退了几步。

贺景暗道不好，这女人看来是认识他。

他反应极快地说：“我是贺景的弟弟贺山，你叫什么名字？”

“哦！”女人苍白的脸色尚未从惊吓中回暖，她尴尬地笑了笑，“我不知道贺景有一个弟弟，我以为你……嗯……我的中文名字叫晏云姿，你或许听过我的名字，我是贺景亲近的……嗯……”

她似乎不太擅长个别中文词汇，口音听上去也有些别扭。

贺景脸色变了变：“未婚妻？fiancee？”

晏云姿眼底闪过一抹惊讶，旋即勾唇：“是的，未婚妻。”

光凌集团大厦，总经理办公室。

李灿坐在沙发上与许森阳一起整理智跃盒子刚刚反馈出来的新数据。

他们的工作内容密不可分，所以即便李灿不情愿，也要硬着头皮和许森阳一起办公。

她看着手里的平板，说：“E2的数据太不稳定了，可以再放回盒子里重新推演几次，取一个平均值，误差越小越好。”

“好。”许森阳将那串数据在自己的平板上标红，又问，“还有别的问题吗？”

“目前是没有了。”李灿离开沙发，将平板放在办公桌上，端起杯子喝了口水，润了润干燥的喉咙，“有新问题的话我会和你说。”

许森阳关掉平板，话锋一转：“周五晚上公司举办的酒会，我想请你做我的女伴。”

李灿阴阳怪气地说：“许主管在公司这么受欢迎，还会缺女伴吗？”

许森阳：“不开玩笑。酒会上会来许多业内的精英，你是除了高层最了解智跃盒子的人，如果想要整体提升智跃盒子的水平，我们应该多听其他人的意见。”

李灿扬了扬眉梢：“那我自己好像也可以和他们交流吧？”

“你需要我。”许森阳肯定地说，“酒会上会有许多外国人，你英文不好，我可以做你的翻译。”

国外在AI的检索算法上有更为扎实的基础，与其开发人员交流必然会有巨大的帮助。

李灿无力反驳，她恨自己当年英语课上总爱溜号，更恨自己在语言方面一窍不通，以至于雅思考试三次都没能合格。

“好吧。”她不太情愿地答应了，“不过就是工作，你千万别多想。”

许森阳摘下了金丝边眼镜，捏了捏眉心，无声叹了口气：“我知道你现在不想和我牵扯上什么关系，但我是真心为你着想的，我希望你能有更大的成就，成为一个更好的人。”

李灿淡淡瞥了眼他口袋里的那支钢笔，垂下眼：“知道了，你出去吧。”

许森阳离开没多久，她接到了贺景打来的电话。

“十万火急，快回来。”贺景的声音很小，似乎在压着嗓子说话。

“怎么了？”

“那个谁……我未来的未婚妻来了，现在就坐在沙发上。”

李灿面色一紧：“未婚妻，国外那个？”

“没错就是她，赶紧回来。”

挂断电话后，李灿请了假，匆匆离开了公司。

一个小时后，李灿看着面前这位自信大方有气质的漂亮女人，忍不住发出了一句疑问：“你不是外国人？”

黑发，小麦色肌肤，杏眼翘鼻，五官周正，明显是亚洲人。

“因为我爸爸一直想要一个女儿，但他没有办法，所以在三岁时领养了我。”

晏云姿笑了笑：“贺景没有向你说过吗？”

李灿摇摇头。何止没说过，连名字都不知道。

李灿看了眼戴着黑色眼镜框的贺景，再次露出疑惑的表情。

这又是从哪儿冒出来的眼镜框，怎么这么眼熟？

只见贺景飞快在平板上打下一串字，然后举起来给她看：我是贺景的弟弟，我叫贺山，别露馅了。

贺山，还编了个挺像样的名字出来。

李灿清了清嗓子，微笑着说：“你好，未婚妻。”

晏云姿礼貌地回：“可以叫我云姿，或是Ava。”

李灿伸手示意她坐下，自己也坐在了沙发上：“云姿，贺山说你来找我是想拿回你的东西，可我这里没有你的东西。”

晏云姿确定地说：“有的，贺景留下来的遗物是我的。”

李灿脸上的笑容凝固：“如果没搞错的话，遗物是贺景指定交给我的，这应该是我的东西才对。”

晏云姿语气平和地说：“我是贺景的未婚妻，由我来保管未婚夫的遗物，这应该没有任何问题吧？”

见她不语，晏云姿再次开口：“如果你不愿意，我可以给你一笔钱交换贺景的遗物，五万可以吗？”

李灿：“美元吗？”

晏云姿点头。

李灿从茶几下掏出一把计算器。

“五乘七点四一二三……”

贺景黑着脸，夺过她手中的计算器扔到了一边。

计算器划过空中，落在沙发上，发出生硬的女声：“等于三十七点零六一五。”

三十七万！

李灿咽了咽口水：“让我考虑……”

“李灿！”贺景面带愠色，“那是我……哥留给你的东西，你考虑什么？”

李灿沉吟片刻，对晏云姿客气地说：“我先和贺山说几句话，失陪一下。”

她把贺景拉到阳台，低声说：“我知道你无法共情未来的自己，但晏云姿的确是你的未婚妻，你会随随便便找一个不爱的人订婚吗？事实摆在眼前，万一你未来就是无法自拔地爱上了她呢？到时候你会不会后悔现在的行为？”

贺景咬紧牙关：“可那是我留给你的东西，我会随随便便把没用的东西留给你吗？”

李灿哑了一瞬，接着开口说：“可那也是你和晏云姿的东西，那枚戒指是你们之间的订婚戒指，它一开始就不属于我，现在对我来说也只是垃圾，不如交给晏云姿，那样它才会变得有意义。”

“是吗？”贺景质问，“既然它对你来说是垃圾，那你为什么不把它扔了？”

李灿又哑了。

贺景泄气地说：“算了，我管不了你，你想给就给吧。”

3 他的过去/未来

李灿回到客厅，笑眯眯地说：“云姿，来都来了，现在正好是饭点，我们一起吃个饭，尝尝Chinese food（中国食物）？”

见晏云姿点了点头，她便转头向阳台喊：“贺山，出门吃饭！”

“我不饿，你们去吧。”贺景蹲在鸟巢蕨前捏着叶片，卷曲的叶片都快要被他捋直了。

“真不去？”

“不去！”

“好，那吃完给你打包回来些。”

贺景不搭腔。

李灿在小区附近找了一家不错的中餐馆，要了一个小包间，点了几道招牌菜。

二人面对面而坐，李灿拿起茶壶给晏云姿倒了一杯茶，推到她的面前。

“谢谢。”晏云姿一直在盯着她。

李灿问：“怎么了，我脸上有什么东西吗？”

晏云姿：“你的长相和我想象中很不一样。”

李灿好奇：“哪里不一样？”

晏云姿："贺景跟我说过你像李逵，我不知道李逵是谁，特意去搜了，是个凶神恶煞满脸胡子的男人。"

"是吗……"李灿微微一笑，暗地里大牙快要咬碎了。

晏云姿："贺景说过你们从小一起长大，可以告诉我贺景小时候是什么样子吗？"

李灿欣然点头："想听什么？贺景小时候的窘事太多了，我都不知道该从哪里讲起。"

"那就从最窘的事情开始讲起吧。"晏云姿期待地望着他。

"最窘的要数……"

李灿脑海中闪过无数碎片，最后抓住了她百讲不厌的那件事："小时候的贺景长得很可爱，我一直以为他是个女孩子，和他玩过家家的时候都会把他打扮成公主，让他穿裙子，直到有一天我妈带我和贺景去了女澡堂……"

她眉飞色舞地形容当时的场面："贺景哭了好久，我感觉整个澡堂的水加起来都还没他掉的眼泪多。"

晏云姿格外诧异："贺景居然会哭？"

李灿嗤笑："他何止会哭，从小到大，他哭的次数我都数不清了。"

虽然其中有一半是她的"锅"，但李灿还是毫不客气地当着他未婚妻的面嘲讽了他。

"可我从来没有见过贺景哭，连流泪都没有见过。"

晏云姿像是听到了什么罕见的事，她不相信地说："他是个很成熟坚强的男人，任何事情都不会随随便便压垮他。"

李灿若有所思地喝了口茶水："可能他觉得在你面前哭很丢脸吧。"

"李灿，我想问你一个和贺山有关的问题。"晏云姿话题突转。

她将身体朝前倾了倾，一副神神秘秘的模样，声音也小了些："他是不是贺景父亲和其他女人生的孩子？"

李灿愣了下："为什么这么说？"

晏云姿说："贺景一直说自己是独生子，从来没提过他还有一个弟弟。我知道他父亲在外面一直有情妇，所以我想，贺山是不是贺景父亲和别人生的孩子。"

李灿心中顿时五味杂陈："贺景父亲在外面有情妇这件事，是贺景告诉你的吗？"

晏云姿迟疑了几秒："准确地说，我是在贺景不得已的情况下知道的。"

李灿的心渐渐悬了起来："什么不得已的情况？"

“于阿姨当时所用的治疗项目是最新的β腺体靶向治疗，这个项目治愈的可能性比传统治疗方法要高，但相应地，治疗费用也更多。贺景父亲一次性支付了半年的费用后就不再对他们母子提供任何经济支持，于阿姨每个月要做至少三次治疗，每次的治疗费用高达两万美金，这些费用贺景都是一个人承担的。”

晏云姿停了几秒，长吁一口气，继续说：“我想帮助贺景，但他说我和我父亲给他的帮助已经够多了，所以怎么也不肯接受。有一次我无意听到他和他父亲在电话里吵架，才知道他父亲之所以会那么做，是因为在外面有了别的女人，他不爱于阿姨了，所以不肯再为于阿姨花一分钱。”

李灿鼻喉一阵酸涩，眉头蹙起：“贺景一个人支付了所有的治疗费？”

“没错。”晏云姿说，“贺景没有把这件事告诉于阿姨，偷偷去医学院办了休学，又通过各种方法贷款支付于阿姨的治疗费用。他没日没夜地工作，只要能赚到钱，他都会去做，他每天都很累，我几乎没有见过他休息。”

说到这儿，她的情绪有些激动：“我从来没有见过像贺景这么厉害的人。”

服务员陆续将菜端了上来，色香味俱全，但李灿半点胃口都没有。

她的胃已经被某种极为恶劣的情绪塞满了，若是此刻吃下任何东西，她就会立马反胃吐出来。

她嘴唇吃力地动了动：“十一年前他回来过一次，但似乎又有什么急事赶了回去，是因为贷款的事吗？”

晏云姿仔细回忆了一下：“应该是的。他欠下的债在五年前才全部还清，债务还清后，他回了医学院，成为医学博士后，他收入非常可观。

“我本以为这是神对他孝顺的奖励，可没想到是一场天大的玩笑！”

她声音哽咽，忍不住啜泣：“我真的很爱他，所以想要留下他的遗物。李灿，请你看在我是贺景未婚妻的份上，把他的东西给我吧，那本就是该属于我的东西。”

李灿垂下眼，嘴角扬起一丝自嘲的苦笑，她的声音没由来地沙哑了：“听你说了这么多，我发现我真是一个不称职的朋友，留着他的东西是有些厚脸皮了。”

“这么说，你愿意把贺景的东西给我？”晏云姿面露喜色。

李灿摇头，解释说：“既然是贺景指定交给我的东西，我就不会轻易把它们交给别人，哪怕你是他的未婚妻。”

晏云姿语气恳切：“那我需要做什么你才会给我，是钱还不够多吗？需要多少？”

李灿认真地说：“这不是你需要做什么的问题，也不是钱的问题。贺景是我这辈子最好的朋友，他决定把遗物交给我一定有他的理由，而我要做的，是尊重并守护他的决定。”

这句话似乎触动了晏云姿的某根神经，她的眼神起了波澜。

但很快，波澜平复后的眼神是嫉妒和怨愤。

“可你又做过什么？”她冷声说，“我和贺景认识了十六年，他最狼狈、最伤心难过的时候都是我陪在他身边，可你什么都没做，凭什么能占着他的东西？”

4 幸好有你陪在他身边

面对晏云姿的质问，李灿无话可说。贺景在国外的那段日子无疑是他最难过的时候，她为自己没能陪他度过最困难的时候而感到遗憾。

“幸好有你陪在他身边。”李灿面带微笑，眼底却是浓浓的哀伤与心疼。

没有愤怒，没有不甘，没有任何晏云姿所期待的卑劣情绪。

晏云姿愣了愣，内心油然生出深深的挫败感。

在与贺景相处的十六年中，她清楚知道贺景心里住着一个名字。

李灿。

这个名字将他的世界占满，容不得旁人挤进半分。就算她曾经无数次尝试把李灿从他心里掰碎扯出，贺景也会靠着记忆将李灿拼好再放回心里。

晏云姿爱了贺景十三年，也恨了李灿十三年，甚至不知道究竟在恨些什么。

这顿饭谁都没有动筷子。

惦记着家里还有个没吃饭的，李灿离开包间去了大堂。

老板娘端着两道菜从她眼前飞快经过，看上去很忙。

李灿说了句：“姨，我打包，自己拿了啊。”

“拿！自己拿就行，不用跟姨说！”老板娘应了一声，便去给另一桌客人上菜。

这家中餐馆是家夫妻老店，店面不算大，但很干净整洁，丈夫在后厨颠勺炒菜，妻子在外面收银上菜。他们有一个儿子，现在在市里读大学，周末会赶回来帮忙顾生意。

今天是周三，店里只有夫妻两个人，来这里吃饭的大多是些老顾客，和夫妻俩熟悉得很，有的时候夫妻两人忙起来，老顾客干脆自己去端菜，甚至还会帮忙收盘子。

李灿在这家店光顾五六年了，还没见过谁家菜比这家店更好吃的，她本想让晏云姿尝尝这家店的味道，见识一下 Chinese delicious（中国美食），可惜时机不对，聊的话题也不对。

“我要去看望于阿姨。”晏云姿说，“我很想她，她在医院时，我每天都会去看望她。”

“好啊，于阿姨一定也很想你。”李灿正在把那一盘辣椒炒肉装进打包盒，“你知道她家在哪儿吗？需要我陪你吗？”

晏云姿摇头：“不用了，我想和于阿姨单独叙旧，不喜欢有外人在场。”

李灿打包的动作顿了下。这话怎么听着这么让人不爽呢？

但转念一想，人家毕竟从小就在国外生活，不了解中华语言文化的博大精深也很正常。

“OK，fine（好的）。”李灿淡淡应下。

她们在饭店门口分开，晏云姿也没再提起拿走遗物的事。

李灿心里松了口气，径直回了家。

一开门，看到贺景坐在沙发上准备躺下，上半身倾斜了四十五度，手里还拿着抱枕悬在半空，看样子是要放在脑袋底下。

见她回来，他迅速躺好，翻了个身把脸背对她，手臂弯曲搭在头上，严严实实地压住了耳朵。

就这样闷头自闭了约莫有五分钟，不听有什么声响，他悄无声息地挪动手臂，仍是静悄悄的，没有半点声音。

他按捺不住地回过头，紧接着呼吸一滞。

李灿就蹲在沙发旁，一声不吭地盯着他。

她的脸凑得很近，只差一点，他就亲上她的鼻尖了。

他猛地缩回沙发里，拉开了两人之间的距离。

李灿神色不惊，依旧是直勾勾地盯着他。

“你干吗？”贺景能感受到自己的心脏在胸腔之中狂跳，“咚咚咚咚”不停地在敲他的喉咙，好像马上就要从嗓子眼里冲出来了。

“你生气了，我在哄你。”李灿老实巴交地说。

“哄我？哄？”贺景睁大了眼睛，“你跟个鬼似的盯着我不出声，这算哪门子哄！”

李灿嘴角扬起一丝狡黠的笑：“但你现在主动跟我说话了，先说话的人就是不生气了。”

这招，屡试不爽。

在贺景的观念中，冷战是生气的最坏表现，一旦发出任何声音，这场“战争”就输了。

以前，贺景每次被李灿惹生气后，都会躲起来生闷气，不搭理她、无视她，可李灿每次都能用这个办法骗他先开口说话。

她举起手里的袋子：“冷战结束，吃点东西再睡吧。”

这场“战争”只持续了五分钟便被敌军全方位攻破。

贺景顿时蔫了，恨自己不争气，他怒捶抱枕一拳，把抱枕揍出个凹坑。

“晏云姿人呢？”贺景问。

“去看你妈了。”李灿说，“我本来想陪她一起，但她不需要。”

“哦。”他接过她手中的袋子走向厨房。

“怎么剩这么多，你们真的吃了吗？”他边问，边把袋子拆开放在餐桌上。

“没。”李灿拿了一副碗筷，坐在椅子上，叹了口气，“我好歹还拿起了筷子，你未婚妻连筷子都没拿起来过。”

“也许她根本不会用筷子。”贺景恹恹地说。

他讨厌“你未婚妻”这个称呼。

“我吃饭前问过她，她说她会。她要是不会用筷子，我就带她去西餐厅了。”李灿拿起筷子，在他面前夹了两下空气。

“那你为什么不吃？”贺景夹了一筷子鱼香肉丝放进嘴里，嚼了两下，眼前一亮，咽下后说，“明明这么好吃。”

说完，他又夹了几筷子。不得不说，李灿嗅探美食的能力很强。

“吃完饭再和你细说。”李灿不想让他也变得没胃口。

贺景起身去厨房拿了一副碗筷摆在她面前，夹了许多菜放进她的碗里：“陪我一起吃。”

李灿此刻的心情已经不像刚才那么差了，再加上看见贺景吃也有了些胃口，便没拒绝，拿起筷子陪他一起吃起来。

饭后，强烈的困意袭裹了贺景的神经，他洗了把脸，又拿了罐冰镇碳酸饮料喝了几口提神。

李灿也十分困乏，撑着下巴懒洋洋地说：“撑不住就睡吧。”

困倦让贺景本就明显的双眼皮变得更加深邃，他拿着饮料坐下：“不想睡。”

他身子沿着光滑的椅背向下滑了一截，后脑勺抵在椅背上，微扬下巴，眼皮垂着，目光却始终紧盯着她。

“现在吃完饭了，你可以和我说了。”他提醒她。

“她跟我说了你在国外的一些事。”李灿的表情有些沉重。

贺景挑了挑眉，开玩笑地说：“难道还有比我泡成巨人观更悲惨的事情发生？”

李灿抿了抿唇：“不比它好到哪里去。”

5 血债血偿

“那还是不要告诉我了。”贺景干脆地说。

他垂下眼，捏扁了手中喝空的易拉罐，眸子黯然：“我不想知道，反正我也会忘记，你说了也是白说。”

说完，他趴在桌上，侧过脑袋枕在了胳膊上。

“我知道，但我想说的不是这个。”

李灿起身走到他眼前蹲下，紧紧抓上他的手腕：“贺景，不管你以后遇到什么难题，我都会像以前一样无条件站在你身边保护你。当你坚持不下去的时候，一定要记得来找我，你只要记住，不论你去了哪儿，我永远都会在这里，你来找我，我一定在。”

她开始害怕，怕那场车祸并非意外，而是贺景的自我放弃。

贺景的睫毛微不可察地颤了下，他没有说话，只是将手腕从她的手中抽出，紧紧握住了她的手。

他望着她的眼睛，看到她的眼里满是心疼，隐隐泛红的眼角有些湿润，似乎要哭。

灿灿啊，不要哭，不要再为我掉眼泪了。

他想安慰她，可是眼皮好沉，嘴唇动了动，却像是被胶水糊住似的怎么也睁不开。

贺景睡着了。他趴在桌上闭上了眼睛，手还紧紧握着她的手。

李灿坐在地上，感受到贺景手心传来的温热，再次清醒地意识到，他现在是有温度、有颜色的。

这鲜明的对比，让那张被封存在相框里的黑白照片变得更加冰冷、灰暗。

她无法帮到过去的贺景，她也想和贺景一样穿越，但她要穿越的不是未来，而是过去。

可她做不到，也不知该如何做到。

想到这儿，眼泪无声地落，她抬手擦去眼泪，听到客厅传来手机振动的声音，便小心翼翼地抽出手，起身去了客厅。

是于芝晓打来的电话。

李灿连忙调整好声音，走到阳台，接通了电话。

“喂，于阿姨，怎么了？”

“灿灿，你应该已经见过云姿了吧？”

“嗯，见过了。”

“是吗？那你们应该已经好好聊过了，云姿刚才也来看过我了。”

于芝晓的语气听上去有些奇怪，似乎接下来的话有些难以启齿。她说：“灿灿，是这样的，我有一个不情之请。”

李灿握紧了手机：“客气了阿姨，有什么事直说就好，能帮到的我一定帮。”

“云姿……她想要拿回贺景的遗物，嗯……我觉得呢，虽然贺景的确有交代把遗物交给你，但云姿毕竟是贺景的未婚妻。”

于芝晓说话断断续续，但吐字和逻辑很清晰：“贺景去世以后，云姿很痛苦，她的日子很难过，贺景留在国外的东西都被烧掉了，遗体也回了国，她也只是想留着贺景的东西做个念想。”

“于阿姨。”李灿皱起眉头，忍住委屈说，“可那是贺景留给我的，我是贺景最好的朋友，我也想留着他的东西……”

手机那边沉默了几秒，于芝晓又说：“灿灿，我知道你和贺景的感情很好，但你会有结婚的那一天，贺景的遗物一直留在你身边呢，恐怕并不现实……”

于芝晓的语气温柔亲切，却隐隐透着一股不容反驳的气势。

李灿小声应答：“知道了，阿姨。”

通话结束后，她看了眼熟睡的贺景，拿着白色盒子出了门。

于芝晓说晏云姿会来找她，她不想吵醒贺景，干脆提前到楼下等着。

刚走出电梯，便迎面撞上了晏云姿。

四目相对，发现对方的眼睛都是红的。

“于阿姨说，你想要留贺景的遗物做个念想。”李灿说。

晏云姿点点头：“是的。”

李灿抱紧了白色盒子：“你既然是贺景的未婚妻，怎么会一件关于贺景的东西都没留下，非要拿走贺景留给我的东西？”

她顿了顿，目光落在晏云姿的无名指上，那根纤细的手指空荡荡的，没有戒指，也没有半点戴过戒指的痕迹。

“你的戒指呢？”

她从一开始就注意到了，晏云姿没有戒指。

被贺景视作珍宝的戒指，它的另一半却没有被晏云姿同样对待，李灿忍不住为贺景感到不平。

晏云姿立刻将双手交叠在一起，捂住了右手无名指。

李灿从白色盒子里拿出那枚断戒：“如果你是贺景的未婚妻，那你应该有和这枚素圈配套的戒指。贺景很爱护这枚戒指，总戴着它，只有沾水的时候才会摘下，可你似乎没有，你的手上甚至连戴过戒指的痕迹都没有。”

不等晏云姿说什么，她又从盒子里拿出另一件遗物：“既然你是贺景的未婚妻，那你一定知道这是什么。告诉我，它到底是什么？我想知道，想到快疯了。”

晏云姿脸色变得有些难看。

她看着李灿手中皱皱巴巴的暗黄色纸张，张了张嘴，半晌没能说出个一二三来。

“你根本就不知道这是什么对吧？”李灿双眼渐渐变得猩红，“你都不了解这是什么，为什么还要把贺景留给我的仅有的两件遗物带走？我和他做了三十年朋友了，难道还不配留下他的东西吗？”

李灿彻头彻尾地失态了。她向来不会在不熟悉的人面前流露太多真实的情绪，即使愤怒到了极点，她也能够很好地克制并隐藏自己。

可现在她真的太委屈了。她像是丧失了力气，抱着白色盒子坐在地上哭。

有些情绪已经存在了很久，久到在她心里压了十几年也没能得到疏解。比如贺景的不告而别和久别重逢后的疏远冷漠，还有成千上万条没有收到回复的消息。

但从晏云姿口中得知贺景在国外十几年来过得有多么难过时，她对贺景的怨恨便化为了成倍的愧疚。这些情绪压得她快要喘不上气，贺景留给她的东西成了她的心理安慰。

她想，也许贺景还把她当成最好的朋友。

然而，现在有人想要将她最后的精神寄托也带走。

“你要什么我都能给你，但这是贺景留给我的，你不能把它拿走……”李灿哭着说。

她抱着白色盒子，面颊贴在白色盒子上，就像抱住了死去的贺景。

晏云姿的神情变得格外复杂，她难以置信地望着李灿，似乎明白了什么，她捂住胸口，转身逃也似的走了。

哭声响彻楼道，逃生通道的门慢慢被推开，贺景红着眼睛走了出来。

他听到了她们的对话，也又一次意识到自己未来死亡的事实。

“灿灿。”他轻声唤她。

李灿抬起头，看见他，却反而哭得更大声。

她的眼泪像水流似的淌过脸颊，从下巴汇聚滴在盒子上，泪水渗透进盒子，很快洇出一片水痕。

李灿惹哭过贺景的次数已经数不清了，贺景曾在许愿池前许过一定会让李灿“血债血偿”的愿望。

他的愿望实现了。

李灿现在为他流的泪，比他当初流过的泪加起来还要多。

6 我想知道你的过去

周四晚上，李灿在衣柜里拿出尘封已久的礼服。

那是一条布料像绸缎似的黑色长裙。

她将礼服熨烫过后穿在身上，对着镜子前后端详。

贺景系着围裙从厨房走出来，手里还握着把勺子。他端起水杯喝水，目光恰好落在李灿身上。

礼服没有肩带，薄薄的肩背裸露在外，抹胸的地方有三层褶皱纹理布料摞叠在一起，随着礼服主人身体的动作而微微晃动，轻盈而不乏质感。

布料贴合在胸部、腰线及臀部，将身材修饰得十分完美，裙尾有着像花瓣似的波浪设计，步步摇曳生花。

贺景有一瞬的失神，杯子里的水流进嘴里忘了向下咽，不出意外被呛到了。

李灿回过头，耳朵上的钻石耳坠微微晃动。她满心期待地问：“怎么样？老娘是不是美翻天了？”

“你要穿这个去参加公司酒会？”贺景干咽了一下口水，“而且还是许森阳做你的男伴。”

“对啊。”李灿扭头看回镜子。

她掐了掐腰，腰线的位置有些松垮，不能紧密无缝地贴合在腰部。

她这段时间没能顾上称体重，瘦了这么多吗？

贺景幽幽地问：“一定要他陪吗？”

李灿“嗯”了一声：“我英文不好，见到那群外国人会㞞。”

贺景：“以前我们遇见外国人的时候，你和他们打招呼打得不是挺积极吗？”

“那是只跟他们说‘Hello, How are you’‘I’m fine，Thank you，and you’……”李灿翻了个白眼，“这种打招呼的句子在上幼儿园的小朋友都会，酒会上可是要用到一大堆专业性词汇的。”

贺景刚想说什么，忽然想起锅里还炖着汤，连忙回了厨房。

李灿走到厨房门口：“这条裙子是我大学时为了主持毕业典礼买的，花了我当时一个月的工资，只穿过一次。”

“你主持过毕业典礼？”贺景关了火，把砂锅里炖的三鲜肉片汤盛了出来。

李灿颇为得意地说：“对呀。虽然是沾了许森阳的光，但站在台上的感觉实在是太好了。”

她伸出手想帮忙端菜，贺景却拍开了她的手，把菜端到了餐桌上。

“你穿着裙子不方便，我来吧。”

李灿默默收回手，转身回了卧室，再出来时，黑色礼服已经换成了舒服宽松的T恤和粉色沙滩裤。

“贺景，你知道我现在的目标是什么吗？”李灿内衣带子打结了，她把手伸进T恤里头调整过来，然后去厨房洗了个手，坐到了餐桌前。

“是什么？”贺景给她盛了满满一碗米饭。

“我想要作为项目负责人站在光凌发布会台上，向全世界介绍我研发的软件。”李灿激动地说。

“全世界，那岂不是要讲英文？”他忍不住调侃，“在发布会上说‘Hello, How are you’‘I’m fine，Thank you，and you’？”

李灿摇了摇食指：“真正厉害的人不需要说英文，他们只需要说自己会的语言，自然会有人愿意为他们翻译。”

贺景赞成地点头：“你这么厉害，一定会达成你的目标，不过是时间问题。”他把筷子递到她手里，“现在，未来的项目负责人该吃饭了。”

李灿欣然接过筷子，开始吃饭。

饭后，两人一起刷了碗，贺景跑去阳台给鸟巢蕨浇水放歌。

李灿坐在客厅，对着笔记本电脑敲来敲去。

过了一会儿，嘴里有些干巴，她喊：“小贺子，帮我拿个喝的！”

“这么晚了喝饮料可以吗？”贺景从阳台出来，走向冰箱。

一打开，里面只剩一罐可乐汽水。

他把汽水打开放在她手边：“只剩一罐了，明天我再去买些回来。”

李灿目光紧盯屏幕："不用，餐厅的柜子里有一箱没开封的饮料，你去拿出来吧。"

那柜子是钉在墙上的头顶柜，贺景打开柜门，从里面抱出那箱饮料，看到上面写满了俄文。

他拆开箱子，拿出一罐走回客厅："这是什么饮料？怎么连个汉字都没有？"

"同事送的，她老公是俄国人，她说这饮料特好喝，在国外很火。"

李灿瞥了一眼罐身，黑色的易拉罐上有一个切开的苹果："哟，还是你最喜欢的苹果味饮料呢。"

贺景打开易拉罐喝了一口，旋即皱起眉头，味道怪怪的，但还不错，苹果味很浓烈。

他坐在她身边，看见笔记本上密密麻麻的字，每一行汉字下面还标注了相应的英文。

"你在写什么？"他问。

李灿："明天酒会上要问的问题，我要打印下来带在身上。"

贺景："还是双语，当小抄用？"

李灿："不是，我怕许森阳背刺我，万一故意给我翻译错的，我岂不是成傻子任人宰割了？"

贺景笑了笑："那你快写吧。"

客厅能听到阳台传来的音乐声，李灿敲打键盘的速度渐渐放慢，最后，她按下了保存，把文件传到了手机上。

"大功告成。"她长吁一口气，扭头看见贺景正在喝汽水。

"好喝吗？我尝尝。"她伸手要拿易拉罐。

贺景皱着眉把易拉罐的罐口按住："我喝过了，有我的口水，想喝再去拿一罐新的。"

李灿收回手："算了，我可乐还没喝完，再开一罐肯定喝不完。"

"你能不能跟我讲讲你以前的事。"贺景目光平静地看着她，"我想听听你的过去。"

"我的过去？"李灿想了想，"你等一下。"

她起身去了卧室，拉开床头柜下层的抽屉。

里面放着她所有的毕业相册和一些值得留存纪念的物件。

在这些东西的最上面，放着一个长方形的空糖盒。里面装的是贺景的遗物。

前几天晏云姿离开以后，再也没回来过，也不知是回国了还是压根不想见到她。

不过，李灿也因此意识到自己有多么在乎贺景留给她的东西。

虽然还是没能搞明白那个信封究竟装的是什么，但起码在她的心里，它已经不再是垃圾了。

她拿着高中和大学的毕业相册回了客厅，盘坐在沙发上。

贺景坐在地上，盯着她手里的相册，颇为好奇。

“我给你看看咱们班的毕业照。”李灿把厚厚的相册放到他面前，翻到其中一页，指着其中一个人，乐呵呵地说，“你还记不记得他？”

贺景点点头：“这不就是江总嘛。”

江代林，拥有油腻的气质与霸道的性格，外加出手阔绰，人送外号“江总”。

李灿：“对啊，拍毕业照那天，他给班主任买了一束捧花。你知道买的是什么吗？是菊花！江总还以为是向日葵，咱班主任当时脸都绿了。”

她指着照片上自己的脸：“你看，我当时眼皮被蚊子盯了，肿了个大包，太难看了，而且我的头发还有一绺没扎上去……”

7 我喜欢你

李灿兴奋地向贺景讲了她高中、大学，还有毕业后发生的很多事，有趣事也有烦恼，还遇到过许多令她愤怒或无语的人。

讲到她第一份工作遇到的可恶上司时，李灿手舞足蹈、咬牙切齿，恨不得把那上司生吞活剥了。

贺景被她逗笑好几次，手里的易拉罐也渐渐空了。

过了一会儿，李灿讲累了，她瘫在沙发上：“让我歇会儿，讲得有些缺氧了。”

她拿起手机在屏幕上划拉起来：“我看看手机里还有没有保存以前的照片。”

贺景把空易拉罐捏扁扔进垃圾桶，拿过相册翻看。

照片上的李灿穿着学士服，面带微笑，高高的学士帽戴歪了，斜在头顶，能看出当时的太阳很明媚，她的眼睛不得不眯起来。

他唇角忍不住勾起，指尖轻轻摩挲过照片上的脸，慢慢地，嘴角的笑容消失，眼底泛起了隐晦的难过。

客厅能够听到阳台正在随机播放的歌。

曲调明明很欢快雀跃，可听的人却莫名伤感。

“这是什么歌？”贺景问。

李灿竖起耳朵认真听了听：“《依兰爱情故事》，是首老歌了，出这首歌的时候你应该已经出国了，不过现在放的这首是改编过的，曲子听上去没那么悲伤。”

贺景不解：“可我明明放的是欢快的歌单。”

“估计是因为它做过一部喜剧电影的片尾曲，不过它的曲调的确很欢快。”李灿坐直身子，徐徐解释说，“这首歌讲的是丈夫在妻子出轨后和女儿相依为命的故事。他的第一遍副歌应该是唱给妻子的，第二遍才是唱给女儿的。”

“副歌？”贺景顿了顿，轻轻哼唱，“我活着是你的人儿啊，死了是你鬼儿啊，你想咋地儿就啊咋地儿啊……”

李灿瞬间安静下来。

贺景的嗓音本就清亮，哼歌时有种说不出的好听，可配上这句歌词，她的心里有说不出的酸涩，心里一酸，眼睛便跟着酸了。

“灿灿。”他转头看向她，一字一句地说，“我活着是你的人，死了也会是你的鬼。”

李灿怔住。

话音落下，他两手撑在沙发的边缘，两条长腿跪在地上，将上身撑起，向李灿凑近，俯身看着她。

“我喜欢你。”

炙热的吐息喷洒在李灿的脸上，夹杂着隐约的酒气，他的视线闪烁迷离，脸颊微微醺红，显得有些羞涩，口吻却无比认真：“从很久很久以前就喜欢你了，你个傻子，怎么一点都看不出来……”

话还没说完，他身子栽向一旁，没了意识。

“贺景！”

李灿吓了一跳，连忙去查看他的情况，发现他只是睡着了。

她从垃圾桶拿出易拉罐，拍照翻译了上面的字。

苹果味伏特加！

口感柔和！果香浓郁！爽爽爽！

李灿的脑仁开始突突地跳。

她把易拉罐扔回垃圾桶里，又把贺景放平在沙发上，为他盖上了薄毯。

她坐在他身边，看着他的脸愣神了很久，脑子里盘旋着方才的表白，有一种模糊的不真实感。

以前不是没想过贺景会喜欢她这件事，但她怕那是她的自以为是，也怕他们的关系会因为她的自以为是而变得尴尬。

说白了，她不想失去贺景。

次日，贺景睁开眼，感觉头痛欲裂。他用力掐住太阳穴，试图化解这份不知因何而来的剧痛。

他用手掌支撑起身子，发现李灿睡在沙发的另一边，脑袋一直和他紧紧挨着。

她睡着时很文静，身体随着均匀的呼吸上下起伏，侧脸的轮廓很柔和，乌黑的长发如瀑般散落在沙发边上。

像曾经在美术课本上看过的一幅睡美人画像，但眼前的李灿比画像上的人更加迷人。

忽地，一些关于昨晚断片后遗失的记忆涌上了他的脑海。

“灿灿……我喜欢你……从很久很久以前就喜欢你了……”

“我去！”贺景脱口而出。

音量不低，吵醒了李灿。

“嗯？”李灿迷迷糊糊地发出一道疑问，皱眉眯眼看了他一眼，然后又把脑袋重重放回了枕头上。

“你醒了啊……”想到昨晚的事，李灿赫然睁开眼，一下子清醒了。

“我昨晚怎么了？”贺景暗暗观察着李灿的反应，试探地问，“不会是晕倒了？”

李灿眼珠转了转，也试探地问：“你不记得昨晚发生什么了吗？”

贺景神经一紧：“……什么？”

见他想不起来昨晚的事，李灿心里轻松了些，同时也隐隐有些失落。

她从沙发坐起来，指了下垃圾桶的易拉罐。

“那不是饮料，是伏特加。”

贺景恍然大悟，向后靠在沙发上：“我头好疼。”

李灿从床上爬起来，四处找她的手机，最后在沙发底下找到了露出半截在外面的手机。

“我订了外卖，解酒药，还有蛋花汤和包子。”她走向浴室，“我去洗澡，外卖来了你开门。”

浴室的门关上，贺景猛地从沙发上站起来，像热锅上的蚂蚁似的在客厅来回踱步，又快步走向阳台，蹲在鸟巢蕨前沉思。

他昨晚向未来的李灿表白了，李灿却装作什么都没发生过的样子。

为什么她要假装不知道？

他忍不住问鸟巢蕨：“为什么？”

火焰鸟巢蕨：“……”

半晌后，李灿从浴室出来，进了卧室换了衣服，将当晚酒会要穿的黑色礼服装进袋子里，准备去上班。

“今天我会回来晚一点，你不想做饭的话就订外卖。”李灿将尼罗河花园装进包里，拿起车钥匙准备出门。

临走前，她看了眼贺景，忍不住疑惑：“你怎么还蹲在那儿？”

贺景目光落在鸟巢蕨身上，幽幽地说：“我在和它沟通。我从网上查到，除了听音乐，沟通也有助于植物的生长。”

李灿：“可你一直没说过话。”

贺景：“我跟它心灵相通，不需要说话，它也能懂我。”

李灿没再和他掰扯下去：“那你们慢慢聊，我先走了。”

李灿走后没多久，贺景忽然想到杂物间还没整理完。

他起身走向杂物间，接着上次没完成的地方继续整理。

忽然，手机响了一下，弹出了一条通知。

是备忘录通知。

他不记得自己有写过备忘录。

点开备忘录，里面写着一段话：贺景，你现在一定忘记了三十五岁贺景已经死掉的事……

这段话解释了他的死亡和他会反复忘记自己死亡这件事。

在备忘录的末尾，他写着：别再让灿灿一次次提起你的死了，别再让她哭了。

第五章
第十名的魔咒

1 酒会

酒会时间是晚上七点。

李灿在更衣室换上礼服，穿上高跟鞋，补了个妆，在手腕和锁骨上喷了香水，对着镜子检查过几次后才满意地离开公司。

她刚到楼下，便看到许森阳站在一辆黑色奔驰车前。

他穿着手工定制的黑色西装，面料没有一丝褶皱，修身的板型将他的腰身勾勒出来，气质低调优雅，从头到脚精致到找不出任何错误。

他绅士地为她打开副驾驶位的门，李灿注意到他今天戴了隐形眼镜，好看的双眼没了遮挡，神采奕奕。

她的视线没有在他身上过多停留，上了车，飞快系上了安全带。

许森阳笑了笑，也上了车。他说："你今天很漂亮，这条礼服让我想起了大学的时候，那时候你主持毕业典礼……"

"你又换车了。"她打断了他的话。

车里有一股淡淡的皮革味道，车内的装饰几乎没有，干干净净，容不得半点脏污。

"我的车撞坏了，送去维修了。"他握着方向盘，视线落在前方，"这是我爸的车。"

李灿"哦"了一声，侧过脸看向车窗外。

"都不好奇我为什么会撞车吗？"许森阳苦笑，语气有几分阴郁。

"你酒驾了？"李灿满不在乎地说。

许森阳捏紧了方向盘，手背上青筋暴起，手腕处还缠着肉色绷带。

这绷带是唯一和他的气质不搭的地方。

"我把我姐的车撞了。"他自顾自地说，"她发现我进光凌只是为了追回你，又说了些我不爱听的话，我实在气不过，就撞了她的车。"

李灿扬了扬眉梢。有钱人都这么玩？

她生气了连摔手机都得三思，上百万的车这家伙说撞就撞，显摆什么呢？

李灿抿了抿嘴，轻飘飘地说："年纪大了，脾气也大了啊。"

她的不在乎让许森阳感到失落："灿灿……"

李灿垂眼看向手机，转移话题说："今天舫旗的总裁会来。据我所知，舫旗总裁出席任何场合都会带着产品研发经理赵升，到时候我会找机会和项目经理多聊几句，你帮我应付一下舫旗总裁，给我争取一些时间。"

她顿了顿，强调说："舫旗总裁名叫方祺，是个五十多岁的成功女性，见多识广，希望你的话题能够吸引到她。"

"好。"许森阳略显无奈。

光凌酒会在市中心最高端的商务酒店举行，酒店高耸的旋转大门缓缓转动，金色的光芒照亮整条红毯。

奔驰车停在红毯前，戴着白色手套的泊车人员快步上前，为他们打开了车门。

许森阳将钥匙交给了工作人员，走到李灿身边，弯起手臂。

李灿挽上他的胳膊，深吸了一口气，脑海里默念着昨晚她整理的几个专业性比较强的英文单词。

工作人员面带微笑地引导他们进入酒会大厅，李灿和几个认识的人打了招呼，随即便将目标锁定在了几个业内专业人士上。

她随手端过一杯香槟，走向一个身穿栗色格子西装的英国男人。

"Hi！"她亲切地向男人打了招呼，"Charles！"

英国男人也礼貌地向她回应，但迷茫的眼神说明了他对眼前这个忽然冒出来的女人感到陌生。

"我是光凌开发部的总经理李灿，很高兴见到您。"李灿说。

许森阳站在身边为她翻译，他的口音很标准，语速不快不慢。

英国男人轻轻握上了李灿的手，表示友好。

李灿继续说："我曾经去参加过PT APP的发布会，当时您是主讲人，我对您的印象非常深刻，您对于模型构建的认识实在是太厉害了，PT在自然语言处理和计算机视觉上的表现也格外出色……"

许森阳有条不紊地将她的话翻译成英文，中间有几句李灿大概能够听懂，和她的意思没有太大的出入。

就这样，她带着许森阳这位还算称职的翻译和许多人交谈。

直到舫旗的总裁来了，她才暂时停下寻找下一个目标。

舫旗的总裁穿着深沉而内敛的墨蓝色旗袍，盘着中式发髻，杏眼柳眉，目光沉着，不怒自威。

舫旗是光凌的对家，也是目前他们最大的敌人。

但正所谓师夷长技以制夷，光凌举办这场酒会的目的也旨在交流共创。

李灿的目光落在了舫旗总裁身后的一个青年身上。

“许森阳。”她轻轻叫了一声，却没听到回应，于是转身找人。

端着酒盘的服务生恰好从她身后经过，服务生被她的转身惊到，手中的盘子没端稳，向李灿倾斜，酒水统统洒在了她的黑色礼服上。

七八个玻璃杯掉在地上发出刺耳的碎裂声。

众人的注意力全被吸引过来。

李灿倒吸一口凉气。

即便是黑色礼服，仍是不可避免地显现出明显的污痕，她听到服务生连声道歉。

“没关系。”她在众人的目光下窘迫地离开大厅，去了洗手间。

刚走到洗手间门口，便遇上了从男洗手间出来的许森阳。

见她这副模样，许森阳眼里流露出一丝诧异，但他什么也没说，只是将西服外套脱下来，披在了她的肩上。

“挡你后面的酒渍。”

李灿道了声谢，进了洗手间。

她用纸巾去吸礼服上的酒水，虽然起了点作用，但衣服黏在皮肤上，还是有些难以忍受。

纠结了两分钟后，她给贺景发了条消息：江湖救急，帮我把衣柜里的那套米色制服带来。

她把酒店的位置发过去，紧接着便收到了贺景的回复：好。

她整理好后，走出洗手间，看到许森阳正在和舫旗总裁有说有笑。看舫旗总裁笑颜如花的模样，想必是对许森阳的话题十分感兴趣。

舫旗的项目研发经理一个人在酒桌前喝着香槟，她瞅准机会，上前和对方攀谈起来。

聊了大约十分钟，光凌的董事长便露面了，他站在台上简单说了几句话，光凌的陈副总站在台下向李灿招了招手。

李灿走了过去，轻声问：“怎么了，陈总？”

陈副总面色严肃地说：“你跟我出来，我有些事要问你。”

他们走出大厅，来到了酒店外。

陈副总因为体态臃肿，只稍稍走几步路便开始大喘气。

平日里，陈副总人还不错，不摆领导架子，他坐在长椅上，对她摆了摆手，示意她也坐下。

“刚才有人黑了智跃盒子。”陈副总愁眉不展地说。

“啊？”李灿不敢相信自己的耳朵，“谁胆子这么大，敢黑咱们的盒子？”

陈副总说：“鬼知道，幸好被我们的技术人员及时发现，拦截了下来，我让他们又加了一层防火墙。”

李灿皱了皱眉：“数据模型有没有损毁？”

陈副总摇摇头：“不清楚，我怕黑客用的是更厉害的技术，万一植入了病毒，短期内是看不出来的。你那里有智跃的备份，必须尽快把智跃盒子更新重置一遍。”

“我现在就回公司。”李灿说着就要站起来。

“不用。”陈副总拦住她，“我亲自去，我看你和舫旗的项目经理聊得不错，你留在这里多向他们学习经验。”

他顿了顿，又问：“你把备份放在哪儿了？”

“在我保险柜里。”李灿将保险柜的密码告诉了他，随即返回了大厅。

许森阳走上来，脸上写满了关心：“出什么事了？”

“智跃盒子刚才被人黑了。”李灿说，“不过及时被拦截了，应该不会有太大问题。”

许森阳垂下眸子，眼睫之下有暗芒涌过。他轻声说：“没事就好。”

2 你让我觉得恶心

贺景带着衣服打车来到酒店，但没有邀请函，他只能等在酒店外面。

李灿收到他的消息后抽身离开大厅，去酒店门口找他。她走出酒店，四下张望了一圈，却没看到贺景。

“灿灿！”一道熟悉的声音从远处传来。

她循声望去。

贺景就那样静静地伫在马路对面，身姿笔挺修长，手里拎着一个黑色纸袋。

他向她走过来，李灿也向他走去。二人碰头，她拿过他手中的袋子看了一眼，确定是她要的那套米色制服没错。

“衣服怎么了？”贺景看向她衣服上颜色深浅不一的地方。

“不小心洒上酒了。”李灿解释，“算我倒霉。”

“外套是许森阳的？”贺景挑起了眉梢。

李灿“嗯”了一声。

“这么体贴啊……”他语气中隐约带着些醋意。

若换作之前，李灿定然不会认为他这是吃醋了，只会觉得他是在阴阳怪气。

可发生了昨晚的事情后，李灿百分之百确定这语气就是吃醋了。

贺景眼帘垂下，瞥见了夹在西服外套口袋上的钢笔夹：“这都2032年了，还有人随身带钢笔？”

李灿愣了一下。她反手去摸口袋，将钢笔拿出来，眉头渐渐拧紧。

“贺景，你在这里等我。”

一转身，看到许森阳就站在酒店的旋转门前望着他们。

她快步走向他，举起了手中的钢笔。

许森阳脸色一白。

“许森阳，你高深的算计确定要用在我身上吗？”

她拧开钢笔，将后端的银环取下，里面插着一张迷你储存卡，还能看到有微弱的红色灯光在最深处闪烁。

李灿庆幸自己还算了解许森阳。许森阳斯斯文文的外表下藏着深不可见的城府，不管面对任何事，他都会将利益输赢摆在第一位。

即使他尽力隐藏本性，可李灿还是能感觉到他是个极度理性的人。

这支录音钢笔是他父亲送给他的成人礼之一，他从以前就爱带在身上，可李灿从来没见他用过这支钢笔，不管是写字还是录音。

“你以为我猜不透你什么心思吗？”李灿咬牙切齿地质问他，“想从我这里拿走智跃的核心数据是吗？”

“灿灿，不是这样的。”许森阳有些慌乱。

“那还能是什么？”李灿看向他的眼中充满了厌恶，“还是你想找出我的把柄，把我赶出光凌，然后你就可以顺理成章当上总经理了？”

李灿把钢笔扔在地上，用鞋跟狠狠踩碎了它。

她狠狠瞪着他：“一个总经理的位置，值得你这么做吗？还是你只是看我不顺眼，不想让我好过？”

许森阳张了张嘴，却听见她又说：“许森阳，你让我觉得恶心。”

他怔在原地。

李灿带着滔天怒气去了酒店的洗手间，将身上的礼服换下。她粗鲁地拿出制服时，发现在纸袋的最下面，还有一双鞋底柔软的平底鞋。

那一刻，她的愤怒忽然被什么抚平了，动作也慢了下来。

她换好衣服，走出洗手间。

旋转门前已经没了许森阳的身影，贺景站在不远处看着她的方向。

见她出来，他嘴角慢慢上扬：“灿灿。”

李灿长呼一口气，说：“我们回家吧。”

他们在手机上叫了一辆网约车。

网约车不允许停在酒店的正门前，他们只能先绕一大圈去酒店后侧方的网约车专用停车场。

没了礼服的束缚，李灿两手揣进上衣口袋，肩背变得松弛，步伐也轻快了。

“你敢相信许森阳居然为了搞我用上了录音笔？”李灿边走边吐槽，“一个总经理的位置而已，又不是要竞选总统，至于像个特务似的搞我吗？”

贺景嘴角若有似无地笑：“这更加说明了你和他分手是对的。”

“要不是你，我都没意识到他将录音笔放在我身上。”

李灿拍了拍他的肩膀，刚想夸他两句，却看到前面不远处一辆保时捷里正在上演少儿不宜的一幕。

她和贺景不约而同地停下了脚步。

舫旗总裁正在和一个男人激烈热吻。

今天穿旗袍的只有她一人，所以很容易就能辨认出来。

而与她纠缠的男人，李灿也十分眼熟，正是前不久与她交流过工作经验的研发经理。

她一脸吃到大瓜的震惊表情，推搡着贺景朝另一边走。

“赶紧走，赶紧走。”

贺景局促地清了清嗓子：“你认识他们？”

“认识，女的是光凌对家的总裁，男的是她的下属。”

李灿这下可明白了为什么舫旗总裁无论出席任何场合，都会带上这位项目研发经理了……

原来还有这一层关系在……

李灿不是好事之徒，她吃了瓜就觉得心满意足，悄悄拉着贺景上了网约车。

回到家，她蹲在浴室里，专心清洗礼服上的酒渍。

在和酒渍斗智斗勇了二十多分钟后，她选择了将这项高难度工作交给洗衣店老板。

她把晚礼服扔在洗手台上，一脸泄气："我合理怀疑那服务生是收了许森阳的钱，故意朝我身上歪的，我该找许森阳赔钱！"

贺景蹲在阳台上，拿着水杯给鸟巢蕨浇水。

听到这话，他头也不抬地说："别找他，我明天帮你拿去洗衣店清洗。"

贺景将近一米九的个子蹲在那儿，委屈了两条长腿，他脑袋微微一低，下巴便能抵在膝盖上，额前细碎的头发盖住了他的眼睛，耳朵也被几绺头发挡住，看上去格外颓废。

"你先别惦记着清洗我的衣服了。"李灿斜靠在门框上，"先去理发店清理一下你自己吧。"

贺景把水杯最后一点水倒进土里，放下杯子，起身走向她。

他用手撑住了门框，居高临下地盯着她，眼里是意味不明的阴晦。

"你干吗？"李灿不解，下意识地向后退，却被贺景飞快伸出手拦住了。

他的手掌紧紧握住了她的肩头："你和许森阳也像那样接过吻吗？"

李灿愣了几秒："什么？"

她看到贺景眼底的情绪越发浓烈，好像快要嫉妒疯了。

他重复了一遍："你和许森阳也像这样接过吻吗？"

那样……这样？

李灿隐约感觉到他接下来要做什么。

她猛地蹲下身子，从他的胳膊底下溜回了客厅。

"你管我？"她抱着胳膊故作轻松，暗地里指甲快要把肉掐烂了，"怎么，还没亲过嘴，嫉妒我？"

贺景没吭声，转身回到阳台，把杯子拿回了客厅。

"嗯，嫉妒。"他窝进沙发里，像没了骨头架子，"你满意了吧？"

两人安静地坐在客厅里，可李灿的心情已经不能像以前一样轻松了。

她感觉无比尴尬，甚至呼吸都有些不顺畅，干脆起身回卧室。

"我累了，今天要早点睡觉，你也早睡。"她说。

"好。"贺景淡淡应了一声，倒在沙发上，把抱枕蒙在脸上。

良久后，抱枕下发出了沉闷的声音："晚安。"

3 关于他的暗恋

李灿没睡好。她腰疼了一夜，下了床才发现自己来月经了。

经血润物细无声，她一丁点儿感觉都没有，内裤红了一片。

好在她习惯性侧躺，床单没有遭殃。

算了算日子，应该是下周才来，可不知道为什么提前了。

也许是昨天被许森阳气到了，气得她血脉偾张，血液循环都加快了。

李灿小腹剧痛，弯着腰，姿势诡异地走出卧室。

不料，迎面撞上刚睡醒准备上厕所的贺景。

二人短暂对视了一秒，接着不约而同地冲向洗手间，开启了抢夺厕所之战。

只见李灿以迅雷不及掩耳之势猛地冲向厕所，可贺景占着手长的先天优势，率先抓住了门把手，挡在了门前。

他低眸看她，勾了勾唇角，得意。

“我来月经了！”李灿高喊一嗓子。

话音刚落，贺景的脸上浮现出一丝惊恐，握着把手的手微微颤抖，不甘心地松开了。

这下轮到李灿勾了勾唇，得意。

她捂着肚子走进厕所，忽然想起上个月新买的卫生巾还没来得及放进洗手间，便又捂着肚子走了出来，在柜子里拿出未拆封的卫生巾。

关门前，她看了一眼门外的贺景，嘲讽：“loser！”

贺景发出一声不屑的冷嗤，回到了客厅。

半晌后，李灿再次捂着肚子从洗手间出来，看到茶几上摆着药箱，药箱被打开了。

贺景坐在沙发上，缓缓伸出手，手里拿捏着家里唯一一盒止痛药。

李灿举起颤颤巍巍的手指着他，苍白的唇色嚅动：“你好歹毒……”

他勾了勾唇角，得意。

李灿跪在了地上，一手撑地，一手捂肚：“……是我输了。”

贺景这才把药交给她。

李灿就着温水吞了两粒药。

药效发作得很慢，李灿使唤贺景把厚被子都翻了出来裹在身上，捧着一杯热水半死不活地躺在沙发上，肚子上还贴了个暖宝宝。

这大夏天的，她过上冬了。

幸好今天是周末，否则她这个月的请假额度彻底超标了。

到时候不用等许森阳做什么手脚，公司就会先把她从总经理的位置上踢下去。

茶几上的手机响起。

贺景看了眼屏幕，对她说："蔚岚。"

李灿没动弹，向贺景使了个眼色。

贺景按下接听键，把手机放到她耳边。

"灿灿，周末了，出来玩啊！"蔚岚的声音听上去很欢快，看样子她已经满血复活了。

"去不了。"李灿有气无力地说，"红色预警。"

"你来例假了啊。"蔚岚的语气有些可惜。

她沉默片刻，又说："那算了，你好好在家躺着吧。"

李灿狐疑："就没了？"

蔚岚："没了。"

电话直接挂了。

李灿和贺景对视了一眼，觉得事情一定没有这么简单。

高中的时候，蔚岚长得文文静静，说话温声细语，心地善良、和蔼可亲，但其实也会蔫儿着坏。

以前班上有个女生一直瞧李灿不顺眼，暗地里给李灿的课桌和椅子上抹了胶。

蔚岚发现后，把抹了胶的桌椅偷偷跟那女生调换了。

那女生往椅子上一坐，裤子结结实实粘在了上头，她举着屁股后面的椅子，满教室质问是谁干的。

最后问到了蔚岚跟前，但蔚岚顶着一张清纯善良的脸，眉头轻轻一皱，眼角向下一耷拉，连那张樱桃小口都不用张开，便跟这事儿撇清关系了……

下一秒，门外响起按密码的声音。

贺景像窜天猴似的从沙发上弹了出去，抱着沙发上的衣服就窜进了杂物间。

杂物间房门关上的同时，大门也被打开了。

蔚岚素面朝天，穿着一身粉色休闲装，手里拎着一个塑料袋子，装的像是吃的。

她笑眯眯地向沙发上的李灿讨好："怎么样呀，灿灿，是不是特别感动？"

李灿干笑两声："我可太感动了。"

蔚岚坐在沙发上，从袋子里翻了翻，掏出一个肥瘦相间的肉夹馍，塞进李灿手里。

还烫手呢。

“我还特地给你买了早饭，没让老板放青椒。”她又拿出一个肉夹馍，自己咬了一大口。

“我什么时候不爱吃青椒了？是你自己想吃早饭，顺道给我买的吧……”李灿一眼看破了她。

蔚岚笑了笑，把吸管插进豆浆杯里，谄媚地递给她：“哪有……”

李灿眯了眯眼：“有事说事，你别像犯了错的哈士奇似的在我面前装乖。”

蔚岚咽下嘴里的肉夹馍，说：“你还记不记得孙筱宁？”

一声“我去”直接从李灿嘴里蹦出来了：“那个贱女人，我能忘了她？”

蔚岚擦了一把脸颊上不存在的冷汗，屏住呼吸，一口气说：“她现在是我哥的女朋友，而且已经见过我爸妈了，我爸妈对她很满意。他们下个月准备订婚，而且我昨天还送给她一个包，送的还是你之前一直想买但是因为太贵没舍得买的那个新款小羊皮！”

说完，她缩着脖子逃到了沙发的另一侧。

李灿心梗了一秒，肚子也不疼了，腰也不酸了，从沙发上站起来了！

“你给她买包？

“还是小羊皮？”

两个简简单单的问句仿佛用尽了她全身上下所有的力气，她瘫倒在沙发上，静止了几秒，随即发出一声冷笑。

“淡了。”她叹息，“感情淡了。”

“哎呀，灿灿……”蔚岚凑过来贴上她，“我刚开始也很生气啊，刚知道孙筱宁是我哥女朋友的时候，还和我哥大吵了一架呢，你能想象我在我哥面前把她说得多么一文不值吗……”

李灿点了下头。到了关键时候，“铁三角”里没一个人嘴是软的，舔上嘴皮子一口，白沫能吐出三里地。

“我哥还差点要为了她和我断绝兄妹关系。”蔚岚叹了口气，“但我哥毕竟是我亲哥，他是真喜欢孙筱宁啊，我能有什么办法，只能去见见她了。”

“她变样了没？”李灿问，“刘海还跟我奶家的门帘似的？”

蔚岚想了想：“刘海没了，五官没怎么变，倒是比以前更会打扮了。以前像个小太妹似的，现在穿着风衣，留着及肩发，气质完全不一样了。”

她继续说：“但是灿灿，你知道吗？我发现她也是真喜欢我哥。我哥把我讨厌她的事儿跟她说了，等到我们再见面的时候，她单独跟我说了些掏心窝子的话。”

李灿好奇："什么话？"

蔚岚："她说她以前之所以总找你麻烦，其实是因为贺景。"

"又和贺景有什么关系？"李灿后知后觉地察觉到什么，目光不自觉地看向杂物间紧闭的门。

"当然有关系，有大关系。"蔚岚说，"她那时候暗恋贺景。"

4 是家人，更是……

贺逢宁不算是一个称职的父亲，他最大的贡献，就是给了贺景一个好基因。

到初中时，贺景的长相就已经比同龄人要出挑许多，高鼻阔眉，十分秀气。

后来上了高中，他的身高突然以恐怖的速度开始增长，仿佛短短几个月便从一米七长到了一米八五。这样的他更惹人注意了。

他学习成绩好，每次考试都在年级前五，老师们对他的偏爱更是肉眼可见。

即便蔚岚一直稳坐全班第一，但她仍然把贺景暗暗视为竞争对手。

于芝晓在贺景的教育上付出了不少心血，贺景的课余时间需要上各种补习班和才艺课。

明明高中的课业已经够重了，贺景却还要在周末的晚上挤出两个小时去上钢琴课。

他的钢琴已经九级了，最后一级没能去考，因为他出国了。

蔚岚说过，要是贺景把心思全用在文化课的考试上，估计全班第一的位置早就不是她了。

"铁三角"中唯一的短板在李灿这里，可即便是短板，也是全班前十的存在。

准确来说，就是第十名。

别人是千年老二，李灿是万年第十，怎么也逃不出第十名的魔咒。

升入高二前的那个暑假，一部暑期档偶像剧爆火。

剧中女主暗恋高冷男主多年，并送了一封漏洞百出的情书告白，被高冷男主当场扔掉并加以嘲讽，到最后才发现，其实高冷男主在更早的时候就开始暗恋女主了。

李灿毫无疑问也看了，看到男主把女主"壁咚"在墙上强吻时，她激动到用拳头不停捶打贺景的胳膊。

贺景已经长大了，不再是说哭就哭的小孩子了，咬咬牙就这么挺过去了。

第二天他洗澡时，看见胳膊上多了一片淤青。

高二一开学，学校刮起了一阵写情书的热潮。

贺景当时也收到过不少情书，但大部分是匿名的。

有一次晚自习，李灿写完了老师布置的作业，跑到贺景的座位前，伸出手，冷不丁地说："数学作业。"

贺景当时正在本子上抄写英语单词，他放下笔，从桌洞里拿出数学习题册，放到了她的手上。

李灿屁颠屁颠地跑回座位上，打开习题册开始对答案。

夹在数学习题册第一页里的白色情书悄无声息地飘落在地上，还被路过打闹的同学踩了几脚，直到被情书的主人发现并捡走。

…………

"就因为一封情书，孙筱宁刁难了我两年？"李灿难以置信地说，"而且我还不知道？这也能怪我？"

蔚岚摇摇头："不全是因为这个。"

李灿："那还能因为什么？"

蔚岚："你有没有意识到，你以前和贺景亲近得有点过分？"

李灿大脑宕机了几秒："没有吧，我们从小就那样。"

蔚岚又摇头："那时候班上都认为你和贺景是一对，但实际上又不是，所以孙筱宁才因为这个看你不顺眼，她当时嫉妒你和贺景关系好。"

李灿没吭声，开始回忆自己当初和贺景的相处方式，似乎的确过于亲近。

"比起男女朋友，我们俩应该更像家人吧。"她嘟囔。

"真不知道该说你什么好。"蔚岚咬了一口肉夹馍，含糊不清地说，"谁会和家人天天黏在一起啊，就算你把贺景当家人，贺景就会把你当家人吗？"

话音刚落，"轰隆"一声巨响从杂物间里传出来。

把客厅里的两个人都吓了一跳。

"什么动静？"蔚岚放下肉夹馍，胆怵地看了她一眼，"你家该不会有老鼠吧？"

"估计是箱子没放稳，倒了。"李灿故作镇定，身体已经不自觉地从沙发上坐起来了。

蔚岚起身，拿过扫把，警惕地走向杂物间。

"蔚岚，别管了。"李灿喊住她。

蔚岚没有停下的打算，她小心翼翼地打开杂物间的门，接着愣住了。

“……你这房间未免也有点太乱了吧？”

蔚岚看着脚边歪倒的纸箱，方才的巨响就是从这里传出的。

“堆了这么多东西在里面，指定招了老鼠。”

她飞快关上了门，害怕一眨眼就会有一只黑乎乎的老鼠从那堆箱子里蹿出来。

“我还是先把门给你关上吧，万一真有老鼠跑出来就不好办了。”

她把扫把放回原处，悻悻然说：“你等我走了以后再找人来处理吧。”

杂物间内，一堆高高摞在一起的纸箱后面，贺景抱住自己，蜷缩成一团，紧张到面无血色。

李灿悬在嗓子眼的心落了回去：“赶紧把你的肉夹馍吃完。”

“等我说完正事儿。”蔚岚坐回来，喝了口豆浆，继续说，“孙筱宁听说贺景死了以后，哭了。”

李灿：“白月光死了，不哭不正常吧。”

蔚岚皱了皱眉：“这话从你嘴里说出来才不正常吧，贺景葬礼上你连一滴眼泪都没掉，这算什么？”

李灿缄默。

蔚岚纳闷了：“就算十几年没见到贺景，感情淡了，也该难受一下吧？灿灿，你到底怎么想的？”

李灿沉吟半晌，说：“不知道。”

蔚岚：“说白了，你就是不在乎贺景了。要是我死了，你也会一滴眼泪都不掉吗？”

李灿答非所问：“你死了，我会求叔叔、阿姨同意我把你的骨灰做成烟花放上天。”

蔚岚无语了。

她说：“我谢谢你。”

李灿：“不客气，应该的。”

蔚岚又说：“要是你能把我所有的前任都做成烟花陪我一起炸上天，我会更谢谢你。”

李灿眉梢一扬：“我考虑考虑。”

手里的肉夹馍要凉了，李灿这才想起来吃。

蔚岚把最后一口肉夹馍塞进嘴里，拿过豆浆慢吞吞地喝起来，盯着桌子放空。

过了一会儿，她问：“灿灿，你真的不知道贺景为什么要把那两个东西留给你吗？”

贺景从来不会做没有理由的事，更不会没有理由把两样与李灿毫不相关的东西留给她。

这么做一定是有原因的。

良久后，李灿闷声回道：“我真的不知道。”

好歹也该留个遗书说明一下，只放那么两个破烂儿，谁知道。

蔚岚原本打算在李灿家待上一天，但她哥突然来了个电话，说中午要和未来嫂子一起吃饭。

“未来嫂子。”

说实话，李灿对孙筱宁已经没有什么怨气了，但一想到蔚岚送了她一个小羊皮，还是忍不住阴阳怪气：“见未来嫂子咯。”

蔚岚噘着嘴走了。

杂物间的门慢慢打开，贺景走出来，站在门前，定住。

他望着沙发上的李灿，眼神复杂：“你在我的葬礼上，一滴眼泪都没掉吗？”

见他第一反应竟然不是质问自己死亡的事情，李灿微微有些诧异。

她张了张嘴，下意识想解释两句，可转念一想这就是事实，没有什么好解释的，她又把嘴闭上。

“嗯。”她平静地说，“哭不出来。”

贺景不禁感到矛盾。

5 第十名

2012年春天的一个周末，李灿和贺景从超市帮徐萍女士买完菜回来，发现小区里多了一只三花流浪猫。

三花蜷缩在车底，耸着肩膀，警惕地盯着他们。

李灿从袋子里翻出一根火腿肠，掰下一截放在车前。

“喵喵喵……”她试图勾引它出来。

三花吓得直接跑了。

贺景站在后面笑了：“你太可怕了，它被你吓跑了。”

李灿沮丧，回头瞪了他一眼，把剩下半截火腿肠塞进了嘴里，叼着回家了。

没过几天，他们又遇见了那只三花。

李灿身上没带吃的东西。

她看了一眼贺景："你身上有揣火腿肠没？"

贺景悠悠说："只有'腿长'行吗？"

李灿又瞪了他一眼："你在这儿等着，我回家拿点吃的给它。"

她飞快地跑回家，在厨房和冰箱里四处翻找。

徐萍女士目光从电视上离开，抻着脖子问："翻什么呢？"

"前几天买的火腿肠呢？"李灿边找边问。

"早吃没了！"徐萍说。

"没了？"李灿震惊，"不是才刚买没几天吗？怎么这么快就没了？"

徐萍闷哼一声："你和你爸早上吃方便面就得一人加两根肠，你闲得没事还拆一根当零食咂巴咂巴吃了，你还有脸问怎么没的？"

李灿挠了挠脸颊，最后拿了一包饼干和一杯温水下了楼。

跑下楼之后，她看到贺景蹲在地上，骨节分明的手轻轻抚摸着三花毛茸茸的脑袋。

向来见人就躲的三花此刻高高翘起头颅，仰头眯着眼睛任由贺景揉弄。

李灿第一次看清那只三花的长相，身长、头小、尖下巴，长得格外漂亮。

"你怎么做到的？"李灿不敢大声说话，蹑手蹑脚地走上前，"它居然乖乖让你摸。"

贺景温柔地笑着："我只是蹲在它面前，它就自己走过来了。"

"怎么小猫也颜控？只喜欢帅的？"李灿把饼干的袋子拆下来当作碗，将饼干压碎倒入温水泡着，放在小猫面前。

起先小猫还不敢靠近食物，过了一会儿，才慢慢凑上前，开始舔舐里面的饼干。

李灿环抱着双腿，满心欢喜地盯着小猫："你能不能把小猫带回家？"

贺景反问："为什么不带回你家？"

李灿："我妈不让养，我要是敢带回去，她肯定给我扔了。"

贺景："我妈对动物的毛过敏。"

李灿可惜地撇撇嘴："那看来我们都不能养它了。"

"我们可以像现在这样，给它喂东西吃。"贺景说，"我在补习班有一个认识的朋友，他父母是开宠物用品店的，我可以买些猫粮给它吃。"

李灿有些犹豫："会不会把它的嘴喂刁了？它要是吃惯了猫粮，瞧不上钙奶饼干和火腿肠了怎么办？"

贺景想了想："那就天天给它买猫粮吃。"

李灿向他竖了个大拇指，表示你有钱你随意。

贺景又问："要不要给它起个名字？"

李灿摇摇头："不起，起了名字就有感情了。"

两年后的春天，于芝晓和贺逢宁因为工作出差，贺景又一次借住在了李灿家。

两人在超市买完东西回家，远远看见三花扭着胖滚滚的屁股，迈着优雅的猫步向他们走来，腮帮子上的两坨肥肉已经完全看不出当年俊俏的模样。

李灿从袋子里开始翻好吃的。这次袋子里多买了一包火腿肠。

贺景长身体的时候，特别能吃，早餐煮方便面，他得加六根火腿肠。

徐萍女士每次做饭的时候都忍不住念叨一句话："半大小子，吃穷老子。"

平时吃饭，米饭都要焖两锅。

李灿拆出一根火腿肠去喂它，嘴里习惯性出声："喵喵喵……"

三花现在也不跟她客气了，走到她面前，用嘴叼过火腿肠便席地而坐，津津有味地吃了起来。

"你觉不觉得它最近有些胖过头了。"贺景探究地望着三花，发出了灵魂一问，"不会是怀孕了吧？"

闻言，李灿一把抓住三花两条后腿。

只听三花一声惨叫，下一秒便被李灿紧紧抱在了怀里。

"走，去医院检查。"

到了医院，登记信息的医生问："它叫什么名字？"

二人面面相觑。

恰好当时他们刚参加完月考，李灿不出意外又是第十名。

她灵机一动，说："'第十名'！它叫'第十名'！"

医生将"第十名"的名字输入电脑，回车键按下的那一刻，一张有着"第十名"名字的信息单缓缓从打印机里飘出来。

李灿接过信息单的那一刻，有一种很奇妙的感觉。

仿佛是父母在派出所为新生儿定下名字似的，隆重且有仪式感。

"'第十名'。"贺景看着名单上的名字，"为什么取这个名字？"

李灿乐呵呵地说："叫'第十名'，随我。"

不一会儿，医生抱着"第十名"出来了。

李灿和贺景一脸紧张地看向医生，异口同声地问："它怎么样？"

医生神色诡异地说："它没怀孕，也怀不了孕。"

李灿眉头紧锁："难道'第十名'有不孕症？"

医生说：“不是，它是公的。”

2015年2月初，距离贺景的不告而别已经过去了两周。

大雪飘零，积雪深厚，李灿蹲在小区楼下，为“第十名”的老窝又铺上了一层新的毛毯。

没过几天，她看到毛毯上出现了一摊像是呕吐物的粉红色液体。

又过了两周，“第十名”死了，猫瘟和急性肠胃炎。

李灿哭着给贺景发了一条消息：贺景，“第十名”死了。

贺景回她：埋在花圃里吧。

李灿把“第十名”埋在了小区的花圃里。

李世良找来一块漂亮的黑色大理石，用刻刀给“第十名”刻了个墓碑立在那儿。

墓碑上刻着清晰的五个字：“第十名”之墓。

2015年5月底，高三第三次模拟考试，李灿考了全班第九名。

那天，李灿拿着成绩单蹲在“第十名”的墓碑前号啕大哭，边哭边喊：“第十名没了，第十名没了。”

邻居听见她的哭声，跑去敲李灿家的门，一脸担心地对徐萍说：“你家闺女在楼下哭呢，出什么事儿了？”

徐萍不以为意，大手一挥，笑着说：“这孩子，进步了一名，激动坏了，之前总考班里第十名，三模考好不容易前进了一名呢！”

粗心的徐萍女士忘记了一点。

不是李灿进步了一名，而是曾经一直在前十名的贺景已经不在了，所以李灿的名次提高了。

十几年后，李灿已经可以轻松地把这件事讲给十八岁的贺景听了。

她讲的时候，手中把玩着糖盒，口吻风轻云淡，可眼角始终是湿润的。

然而现在，贺景听到李灿在自己的葬礼上一滴眼泪都没掉，难以接受地问她：“‘第十名’死的时候你边埋它边哭，我死的时候你一滴眼泪都没有？”

李灿把脸深深埋进被子里：“我只是……不相信你就这么死了。”

6 低人一等的爱

周一，李灿准点到达公司，打卡进了办公室。

没看到许森阳。她确认过智跃盒子的正常运行后，照例开了早会。

会议结束后，她叫住了许森阳的手下。

“许主管今天怎么没来？”

手下耸了耸肩：“我也不知道，许主管没有向人事那边请假，可能是家里有什么急事来不了吧。”

李灿有些忐忑。不会真在静悄悄地作妖准备搞她吧？

她去了陈副总的办公室，敲了两下门，没听见里面有动静。

李灿没有耐心等，干脆直接推门进去了。陈副总刚把他珍藏的太平猴魁从茶盒里取出来，正准备泡上一杯，看见李灿，他取茶的动作收了收。

藏也不是，不藏也不是。他手里的太平猴魁是极品，两百万一公斤。

最后，他晃了晃手里的茶盒，说：“给你来点儿？”

他知道李灿平时不喝茶，要是喝的话，他才不跟她客气呢。

结果，李灿径直走到他对面坐下，点头说：“行，来点儿，谢陈总。”

“啊？”陈副总心疼了，“你真喝啊？这茶叶金贵得很，你别不喝硬喝，瞎浪费。”

李灿笑了：“我要是没猜错，这应该是许森阳送你的茶叶吧？”

陈副总神色一紧：“说什么呢，他一个主管怎么可能送我这么贵的茶叶……”

李灿目光仿佛洞察一切：“行了陈总，在我面前就别装了。许森阳家里是做茶叶生意的，别说两百万的太平猴魁了，一千多万的母树大红袍都能搞来。”

陈副总盖上茶叶盒，小声问：“你怎么知道许森阳家里是做茶叶生意的？你跟他到底什么关系？”

李灿故作神秘地凑近他：“实话跟您说吧，他其实是我下属。”

“下属？”

陈副总也不知道是没反应过来，还是故意配合她演出惊讶。

几秒后，他脸上的惊讶转变为无语：“李灿，我看你是不想干了。”

“那你把我开了吧。”李灿不咸不淡地说。

陈副总被噎了一下：“你还威胁上我了？”

李灿：“不是你要开了我的吗？”

“我可没说开。”陈副总嘴里嘟嘟囔囔，捏了几片茶叶扔进了另一个杯子，倒满热水，推到了李灿面前。

李灿有些不敢相信自己的眼睛：“陈总，你果然是干了对不起我的事。”

她顿了顿，又说：“你是不是把智跃盒子的备份给许森阳了？黑客也是你和许森阳安排的？”

陈副总没搭腔，低头喝茶。

李灿便当他是默认了，猛一拍桌："你出卖公司！"

陈副总不乐意地咂了下舌："说话别这么难听，什么叫出卖公司啊？"

李灿眉头紧蹙："你瞒着我把智跃盒子的备份给了我的下级，这不叫出卖这叫什么？"

陈副总敲了下桌子，强调说："你要真说是出卖也没什么毛病，但不是出卖公司，是出卖你。"

李灿瞠目结舌。这是人能说出来的话吗？

只见他拿出一个崭新的黑色硬盘，缓缓地说："黑客这件事，我是真的不知情，也没有参与。许森阳的确是让我把备份拿给他了，但他是为了更新优化智跃盒子的算法。

"这个硬盘里面是许森阳优化过的模型，我已经看过了，没有任何问题，甚至比你做的要更好。"陈副总把硬盘推到她面前，"你可以自己看看。"

李灿诧异，接着，她自嘲一笑："许森阳这是要明抢我的位置了。"

"你想多了。"陈副总低声说，"他让我不要声张这件事，智跃盒子的成果完完全全归你。"

李灿不解："什么意思？许森阳呢？"

"他已经递交辞职书，离开光凌了。"

陈副总一脸奇怪，好像她应该早知道许森阳辞职的消息似的，他狐疑地问："他难道什么都没跟你说？"

李灿表情僵硬。

陈副总清了清嗓子，忍不住八卦："许森阳是不是看上你了？想用这个办法讨你欢心？"

李灿盯着硬盘的眸子沉了沉。

"不过以后董事长要是提拔了你，你可别把我给忘了，好歹我也略微伸出了那么一点援手……"他说着说着，看见李灿的脸色越发难看，立马噤声了。

"陈总，我先出去了。"李灿拿着硬盘，离开了陈副总的办公室。

她查看了硬盘里的盒子模型，还不放心地做了几次测试。

陈副总说得没错。许森阳果然在原来的基础上把智跃盒子做到了更好，甚至在数据检索上也提升了不止一个等级。

他是怎么做到的？

她拨通了许森阳的电话。

接通后，电话那边传来许森阳的声音，口吻里夹带着笑意："我一直在等你的电话。”

“我们见一面。”李灿说。

“好。”

许森阳住在一处高档单身公寓里。

大学毕业以后他便买下了这里，一直住到现在。

李灿曾问过他为什么不和家里人一起住，他当时眉头不自觉地拧成一团，轻描淡写地说了句：“我不喜欢和他们住在一起。”

——*密码还是以前的。*

许森阳发来一条消息。

公寓门锁密码是他们在一起第一天的日期。

李灿很想把这串数字忘了，可她的记性实在太好，数字像烙印一样刻在她脑子里，根本抹不去。

她输入密码，打开了门，看见许森阳站在开放式厨房里。

他背对着她，手中拿着刀不知在切什么东西。

“我在做三明治。”他说，“你吃过早饭了吗？”

“吃过了，肉夹馍。”李灿把硬盘拿出来放在餐桌上，“几个意思？”

许森阳放下刀，洗了手，抽过手巾吸干手上的水，转身面对她。

他虚倚在岛台边，双臂交叉在胸前，目光淡淡地看向桌上的硬盘：“我说过希望你能有更大的成就，我只是想帮你。”

李灿深吸一口气，压住了心底泛起的怒意：“两天时间就把智跃盒子的算法提升了一个等级，你是怎么做到的？”

许森阳：“我找了舫旗的人，花了些钱买下了舫旗现有盒子的全部数据。”

李灿皱了皱眉：“舫旗的谁？”

许森阳：“赵升。”

“舫旗的产品研发经理？”想到酒会那晚停车场的那一幕，李灿话锋一转，“不可能，他不会做出背叛舫旗的事。”

许森阳：“怎么不可能？”

李灿的心情有些复杂：“他不像那种人。”

“灿灿，人心隔肚皮。”许森阳格外通透，平静地说，“我和他也只不过是各取所需。”

“各取所需？”李灿冷哼，“你现在把这件事告诉我，不怕我去向舫旗的总裁举报他？”

许森阳轻淡地笑着："我已经达到了我的目的，他之后会怎么样已经和我没有任何关系了。再说了，无论你想做什么，我都能为你兜底。"

他迈步走向她，还剩一步之遥时，李灿伸手指向他的双腿，示意他不要再靠近了。

许森阳停下脚步："灿灿，我从来没有想过要害你，我只想让你知道我对你是真心的。"

"我去你的真心。"李灿冷眼瞪他，"许森阳，你以为你这样偷偷摸摸帮我，我就会感激你吗？你错了，就算没有你，我迟早也会把智跃盒子做好。"

见她并不接受他费尽心思的讨好，许森阳眼底泛起愠色："迟早是多久？只靠你自己努力，五年？十年？灿灿，你清醒点吧，光凌不会等你的。"

"那也跟你没有关系！"李灿说，"你这样不是在帮我，你只是不认可我的能力，你根本就瞧不起我！"

"我没有瞧不起你！"许森阳急了，开始歇斯底里地喊，"我想要让你有更好的成就有错吗？我想要我家人认可你，想要留你在我身边，有错吗？"

"可我不想！"李灿无奈到极点，语气淡下来，只剩失望，"我不要这种低人一等的爱，也不需要你家人的认可，更不想再站在你身边。"

她深吸一口气，语重心长地说："许森阳，放下吧，别对我有执念了，你不是还爱我，你只是接受不了我不爱你。"

许森阳瞳孔猛然骤缩，像被剥去了伪装，眼底浮现出慌乱。

李灿拿起硬盘，没有再说任何话，头也不回地离开了。

重重的关门声让许森阳眼睫一颤。

李灿的话也许有一半是对的。

他潜意识里其实从来没有平等地看待过李灿。

他爱李灿，但他始终觉得李灿低他一等，所以他才会努力想帮她获得更高的成就，因为这样才能让李灿配得上他。

岛台上的水龙头没有拧紧，开始"滴滴答答"地向下滴水，许森阳扶着岛台边缘，觉得有些呼吸不畅，他摘下眼镜，沿着岛台滑下，瘫坐在地上。

这次真的没有机会了。

7 误会

自那日以后，许森阳没有再出现在光凌，更没有再出现在李灿的面前。

存放着智跃盒子新算法的硬盘被她交给了陈副总。

她觉得那是一块烫手的山芋。或许用"双刃剑"来形容更为贴切。

因为升级智跃盒子的数据是舫旗的，它的来路不明不白，如果光凌能借此获利，那么或许也会遭此反噬。

李灿只想拿着属于自己的研发成果，有底气地站上发布会的演讲台。

陈副总知道硬盘的来路后，仍然十分费解，便问她："现成的肥肉放在你嘴边，你管它是谁身上的，吃了不就完了？"

李灿："什么肉都吃，你也不怕拉肚子？"

陈副总："拉肚子也比饿肚子强啊。"

李灿："那我宁愿饿肚子，你要拉肚子，自己拉去吧！"

陈副总："只有我一个人拉肚子，万一拉脱了，也没个人给擦屁股啊。"

李灿："那你找个人陪你拉肚子吧，反正别扯上我，我才不想沾一身味儿，恶心。"

陈副总较上劲了，把硬盘往柜子里一扔，"咔嚓"一锁，赌气似的说："你不拉，我也不拉！"

当时，陈副总的助理进来送文件，听到了他们一部分对话。

他贴心地跑去药房买了两盒泻立停，分别放在了他们的办公桌上，并没有告诉他们。

因为，做好事，不留名！

晚上。

李灿下班回到家，刚把车停下，便看到晏云姿从她家的楼栋里走了出来。

她开车门的动作顿住。

二人隔着挡风玻璃互相看了对方一眼，晏云姿手上拉着一个白色行李箱，表情很温和，不像是来找碴儿的。

李灿下车，走到她面前："我以为你回国了。"

晏云姿："明天回，明早六点的飞机。"

李灿心生不安，欲言又止。

晏云姿笑了笑："放心，我不是来问你要东西的。"

李灿紧张的神经立马松开了。

晏云姿又说："如果你还没吃晚饭的话，和我一起吃吧，带上贺山。"

她语气轻快友好，李灿没有拒绝的理由。

上次她们就没好好一起吃饭，这次兴许能正儿八经吃顿饭。

李灿给贺景打了个电话。

不一会儿，他晃晃悠悠地下来了，穿的还是最开始她给买的那身衣服。

黑色T恤将他的肩膀衬得很宽，他今天去理发了，刘海短了些，露出了眉毛，俊朗的五官更加清晰。

晏云姿有一瞬的失神。

她回神后，苦笑地说："贺山，你和贺景长得实在是太像了。"

看见她，贺景也有些蒙。他疑惑地看向李灿，想要个答案。

李灿解释："明早她就坐飞机回国了，今晚想和我们一起吃个饭。"

这次晏云姿还是选了上次李灿带她去的饭店。

饭店的包间满了，只有大堂还有位置。

他们坐在了一个相对安静的地方。

晏云姿看着菜单上各式各样的菜名，眼花缭乱，最后苦恼地撇了下嘴角，把菜单交给了李灿。

"还是你来点吧。"她说。

李灿接过菜单，迅速选了几个菜，询问过没有反对意见后，她拿着菜单走到了收银台，同老板娘核对菜名。

"姨，生意都这么火爆了，还不招个帮手啊？"李灿报完菜名，和老板娘聊了起来。

老板娘从身后的柜子上拿下三瓶汽水塞进她手里："正在找呢，还没找到合适的。你身边要是有合适的，介绍给姨，工资少不了。"

李灿抬了抬下巴："姨，你看跟我一块儿来的那男的怎么样？"

老板娘瞧了一眼，摆摆手："长得太好看了，不合适。"

李灿调笑："姨，你怎么还搞外貌歧视呢？"

老板娘："没见过这孩子，是你什么人啊？"

李灿从台子上拿了一个瓶起子，淡淡地说："他是我这辈子最好的朋友。"

她回了座位，干脆利索地用瓶起子把三瓶汽水打开，一人一瓶。

晏云姿双手绞在一起，纠结许久后，开口说："李灿，我想……"

"打住。"李灿打断她，把汽水倒在她杯子里，"等菜上齐了，吃饱了再说，我可不想再像上次那样剩一堆菜打包回家了。"

晏云姿抿了抿嘴，不再说话了。

菜上齐后，几人开始动筷子。

李灿时不时说些不痛不痒的话，避免气氛太过尴尬。

她见晏云姿用筷子的动作很熟练，便问："你经常用筷子？"

晏云姿点点头："贺景吃不惯西餐，所以我为他学做中餐，慢慢也学会了用筷子。他在医院照顾母亲的那段时间，我经常给他做饭吃。”

李灿唏嘘道：“哟，这小子运气这么好啊，看不出来。”

说完，她瞥了贺景一眼。

贺景给了她一记白眼，意思是你再阴阳怪气一个试试？

李灿耸了耸肩，一脸无辜，意思是我这次真没阴阳怪气。

贺景转头继续吃菜，不搭理她了。

她又问：“你都会做什么菜？”

晏云姿想了想：“香辣虾、鸡腿煲，还有很多素菜，我都会，我还会包饺子。”

李灿不禁赞叹：“哇，你会做的菜比我都多！”

“那又有什么用呢？”晏云姿不禁失落，“我每次都会在贺景的饭盒里装得很满，但拿回来的时候没怎么动过。”

说到这儿，她似乎下定了什么决心，放下手里的筷子，面色严肃地说：“李灿，对不起，我其实并不是贺景的未婚妻。”

李灿脸上的笑容凝固了。

贺景也收回了夹菜的筷子。

晏云姿继续说：“我爱贺景，但无论我怎么做，都没有办法让贺景爱上我，他只把我当朋友。”

李灿不解：“可于阿姨说过你是贺景的未婚妻。”

晏云姿：“有一段时间，我因为工作上的事和贺景来往很密切，再加上贺景无名指上的戒指……于阿姨一定是误会了。”

贺景放下筷子，蹙起眉：“那你为什么要撒谎？”

晏云姿：“我以为这样可以更容易拿到贺景的遗物。”

她捂住自己的胸口，愧疚地说：“对不起，我太想要留住贺景的东西了，我嫉妒你能得到贺景的遗物，李灿。”

说到遗物时，李灿下意识地注意贺景的反应，却发现他冷静得出奇。

她沉默了几秒，开口问：“这几天你去哪儿了？突然变得这么善良，是去寺庙被和尚感化了吗？”

说完，她意识到这份幽默不合时宜。

但晏云姿根本没听懂。

她摇头说：“我没有去寺庙，我去了所有贺景曾经待过的地方。他以前上过的学校、走过的路，我还看到了‘第十名’的墓碑。”

“‘第十名’。”李灿心里蓦地一酸，“他跟你提过‘第十名’了？”

“嗯，贺景在国外收留了一只流浪三花玳瑁猫，他给它取名叫‘第十名’，我很好奇他为什么会给一只猫取这种奇怪的名字，于是他和我讲了‘第十名’的故事。”

晏云姿说：“贺景跟我说，他走了以后，第十名没了，你的第十名也没了。”

李灿垂下眼，勾起唇角，却笑得像哭一样难看。

心口闷得要命，连带着胃里一阵翻江倒海，忍不住反胃。

她故作镇定地站起来：“我去一趟洗手间。”

李灿离开了座位，桌上只剩下晏云姿和贺景两个人。

贺景低头玩着手机，面上没什么表情，心里记挂着李灿会不会又偷偷躲去哭了。

“那通电话是你打来的吧。”晏云姿突然说。

贺景没有否认，淡淡“嗯”了一声。

晏云姿沉吟片刻，说：“连你都知道贺景喜欢李灿，怎么当事人反而一点也察觉不到呢？”

她又猜测：“有没有可能，李灿一直都知道贺景对她的感情，但是因为她不喜欢贺景，所以没有戳穿呢？”

贺景眼里的光微不可察地暗了，他认命般说：“或许吧。”

第六章 原来结局早已定下

1 你不要喜欢我

李灿开车送晏云姿回了酒店。

贺景没跟来。

他也不知突然怎么了，吃了个饭像是三魂六魄被吃没了，整个人魂不守舍。

李灿当他是才反应过来那“遗物”是怎么回事，担心他，便让他先回家了。

酒店离机场很近，有飞机在机场起飞，划过上空时，能听到巨大的引擎声，抬眼便能将机身的全貌看得一清二楚。

“尼罗河花园。”

伴随着越发遥远的飞机引擎声，副驾驶位上的晏云姿忽然冒出这么一句。

李灿正开着车，目视前方：“什么？”

晏云姿自顾自地说：“贺景也喜欢尼罗河花园。”

车内留存着浅淡的柑橘清香。

李灿想了想：“他不喜欢，他会说这是烂橘子味儿。”

汽车驶到酒店正门前，她慢慢踩下刹车，按开了后备厢，打开车门下了车。

酒店的礼宾上前把后备厢的行李搬下来。

晏云姿拉过行李箱，嘴角挂着淡淡的笑：“再见，李灿。”

李灿也扬起微笑：“再见。”

晏云姿走进酒店，忽然，脚步停下，又转身走了回来。

李灿奇怪：“怎么了？”

“贺景身上总有尼罗河花园的味道，他说那个喜欢喷尼罗河花园的人，是他在这世界上最爱的人。”

晏云姿眼神复杂地看着她："李灿，我猜不透你，你对贺景到底是什么感情？"

李灿呼吸一滞，揣在外套口袋里的手紧紧攥住。

良久后，她开口说："我们是像家人一样的朋友。"

告别晏云姿后，李灿回了家，发现家里漆黑一片，没开灯。

"贺景？"

没有声音应答。

那一刻，一个念头在她的脑海一闪而过。

"贺景！"

这一喊，尾音带着几分几乎快要压不住的哭腔。

阳台忽然响起了轻快的钢琴曲。

李灿迅速打开灯。

阳台上，贺景坐在鸟巢蕨旁，指尖拨弄着叶片，垂眼盯着窗外，默不作声。

窗外不知何时开始飘起了小雨，经过有光照耀的地方，像银色丝线般密集地落。

"你既然在，为什么不出声？"她有些生气。

贺景停下手，转头看向她："灿灿。"

"我问你为什么不出声？"李灿执着地重复，"为什么不出声？"

"你在害怕什么？"黑暗处，他漆黑的眸子幽幽地看着她，"你怕我消失吗？"

李灿感到莫名其妙："我当然会害怕你消失。"

"为什么？"他冷不丁地问。

李灿愣了下："……还能为什么，如果我突然消失了，你难道就不会害怕吗？"

贺景从地上站起来。

窗外的夜色将他的身体轮廓勾勒，他肩膀松松垮垮，但又好像绷紧了。

他走到客厅，在离她两步远的地方停下："我会，我不仅会害怕，我还会发了疯一样满世界找你。"

他的反常让李灿忍不住担心。

瞧见他脸色难看，她语气缓和下来："你是不是知道自己死了，一时间没缓过来？没关系的，贺景，你已经不是第一次知道……"

“灿灿。”贺景打断了她，“我曾经想过如果下一秒我就会死，那我最后悔的事是什么，可在乎的太多，反而分不清哪件事才是最后悔的。但来到这里之后的每一天，我都比前一天更清楚我最后悔的事是什么。”

他停顿了下，喉结上下滚动一番：“没能在死之前告诉你我喜欢你，会是我在这世界上最后悔的事。”

窗外猛然刮起狂风，卷起了阳台上的白色纱帘，纱帘轨道被撕扯晃动，发出聒耳的噪声。

“灿灿，不要再装不知道了，我喝醉那天说过的话，你都听得一清二楚不是吗？”

李灿呼吸的频率不自觉地加快，胸膛剧烈地起伏着，像是有一头困兽在里面挣扎，她的双手无力地垂在身体两侧。

“贺景，你不要喜欢我。”她说。

贺景的眼眶瞬间红了，嘴唇微微发抖，原本总带着温和笑意的嘴角此刻紧抿成一条线。

他垂下眼，藏起了眼底的情绪。

客厅的空气仿佛凝固了，呼吸之间，像过了一个世纪那样漫长又煎熬。

“我去找蔚岚住一晚，明天回来，你早点休息。”

李灿拿起车钥匙，逃也似的离开了家。

雨渐渐下大了，安静时，能听到雨落在万物上发出的淅淅沥沥。

李灿躺在车里，看着天窗被雨水淋花。在那一片模糊中，五楼杂物间的窗户忽然透出了凄冷灰暗的光，混在雨水之中四分五裂地映在天窗玻璃上。

她想抽烟，在车里四处摸索半天，却只能摸到一个糖盒。

轻轻一动，糖盒便发出“哗啦啦”的声音。

好吵。

李灿慢慢晃动糖盒。

“哗啦啦……”

如果贺景留给她最后的记忆只是那条短信就好了。

——对不起。

冰冷的三个字，才不会让她对贺景再有更多的留恋。

“哗啦啦……”

眼泪断了线地落。

她想，以后的日子她或许会更难过。

杂物间的灯似乎很久没开过，表面积攒了一层灰尘，灯也不太亮了。

贺景弯腰抱起歪倒在地上的纸箱，眼泪不停地往下掉。他将散落在地上的物件一样一样捡起，然后开始整理仅剩的两个箱子。

其中一个纸箱上被水彩笔画满了稀奇古怪的图案，大多出自李灿之手，花花绿绿，分不清是什么。

打开箱子，贺景眉头一皱，肩膀开始遏制不住地发抖，眼泪断了线地落。

里面装的都是他们以前的东西。

小学美术课用的画册、浸满蓝色墨水的铅笔盒，还有他们曾经一起叠的一罐星星。

星星罐里色彩斑斓，每一颗星星里都写了一个愿望。

李灿说："传说中，只要叠满九万九千九百九十九颗星星，写下的愿望就都会实现。"

贺景："你有那么多愿望要写吗？"

李灿："不是还有你的愿望吗？我们两个努力凑一凑，绝对能凑够九万九千九百九十九个愿望。"

贺景："这么多什么时候才能叠得完，我们恐怕要叠一辈子了。"

"那我们就叠一辈子吧！"李灿侧脸看向他，明媚地笑着，"这样我的愿望也算是实现一个啦！"

贺景把星星罐单独拿了出来，将箱子用胶带封了起来。

他开始整理最后一个箱子。

箱子里，李灿的高中课本凌乱无序地堆在一起。

他用手背飞快地擦去了脸上的泪，坐在地上，把课本一本一本地拿出来，整齐地摆在一起。

最上面的是高三课本，再往下便是高二的。

李灿的课本都包了书皮，封皮崭新，书本却有明显的折痕，能猜出这些书被打开的次数一定已经数不清了。

他时不时随手翻几本书看。

在翻到其中一本语文必修课本时，一个东西从书里飘了出来，掉进了满是灰尘的墙角。

那是一个木黄色的信封，上面有折痕，但因为被夹在书里压了很久，痕迹变得很淡。

他伸手捡起信封，轻轻掸掉了粘在信封反面的浮灰，又翻了过来。

看到上面写的字，他愣住了。

2 滞后情书

信封的一角贴着一枚2015年1月发行的纪念邮票，旁边有一排红色方形格。

空格里写着“李灿♡贺景”。

贺景瞪大了眼睛，反复确认了名字中间画的是颗心，而不是一个变形的圆。

贺景拆开信封，里面是一张同样颜色的信纸。

信纸折了三次，能通过反面的凸痕看到里面写了不少字。

握着信的手开始止不住地颤抖，甚至忘记了该怎么呼吸。

他打开信纸。

熟悉的字体，熟悉的口吻。

李灿的字体很大方，窄小的格子快要容不下她的字，但能看出她已经很拘谨地在写了。

信上写：

贺景：

你好。

现在是北京时间2015年1月20日晚上8点。

于阿姨说今天是大寒，要我多穿些衣服，还说大寒至，霜雪降，寒气之逆极。

霜雪降，可大雪在前天已经下过了，寒气之逆极，可我也不觉得今天有多么冷，反而觉得今天格外燥热。

昨晚我踩着雪经过琴房，听到了二楼传来了琴声，我知道是你在弹琴。

琴房里是明黄的瓦灯，我头顶是森蓝的路灯，我们的世界被琴房的这堵墙隔开了。

我忽然有一个念头：如果你妈没有把你送来我家，我们也许不会成为朋友；如果你妈和我妈不是朋友，我们也许不会知道彼此的存在。

我试图通过寻找我们的共同点来缩短我与你之间的距离。

可想来想去，我能想到的共同点只有一个。

白色琴键像洁白的雪，你的手在弹着“雪”，而我的脚在踩着雪。我们都触碰到了“雪”。

我相信早晚有一天，我会找到一个真正的共同点。

“和煦的春风轻拂过你的发梢，撩动我脆弱的心弦。”

大家都爱这么写。

可我好像从来没有端详过你的脸。

从小到大，你什么样子我都见过，因为太习以为常，所以不会贪婪地去试图将你的五官刻在心里。

但此时此刻，在写信的我甚至都不需要回忆，你的每一个表情和动作就已经无比清晰地浮现在我的脑海中。

也许在我们认识的十五年里，我看向你的每一眼，都是在试图将你的模样刻在心里。

我的情书也许不是你收到的情书里文采最好的那个，但一定是最特别的那个。

哦，对，这是一封情书。

贺景，这是我写给你的情书。

我喜欢你，贺景，喜欢你好多年了。

李灿

雨一时半会儿停不了。

李灿看到五楼的灯闪了几下，然后黑了。

她坐起来，把椅背归位，启动了车，准备去找蔚岚。

雨刮器将模糊的车窗擦净，接着，她看到了贺景。

他大步走到了车前，举起那封情书，神情难以捉摸。

在看清那封情书的一瞬间，李灿的世界像按下了静音键。

所有的一切都听不到了。

雨声、车声、呼吸声、心跳声，统统都听不到了。

十八岁的李灿在2015年写下一封永远都不打算送出去的情书。

她心想，太阳终将会带走脚下的雪，贺景，我该怎么样才能让你永远留在我身边呢？

或许只有一个办法，那就是做一辈子的朋友。

然而，这封几乎已经被淡忘的情书，却在十七年后，命运般地出现在了十八岁的贺景手中。

他的头发被彻底淋湿了，通红的双眼让人分不清他脸上的是雨水还是泪水。

李灿拿着伞下车，为他撑伞。

“这是你写的。”

他低下头来，逼近了她，却又好像在顾忌什么，不敢再靠得更近。

“你一直喜欢我，为什么不告诉我？”

口吻之中满是对错过的愤恨。

他埋怨李灿的不说，也恨自己的懦弱。就这样，他们白白浪费了那么多年，到他死都没能明白彼此的心意。

“李灿，要不是我来到了这里，要不是我找到了这封信，你是不是打算把这件事带进棺材，这辈子都不说？”

李灿攥紧了手中的伞柄，哭了。

“贺景，我是喜欢你，喜欢了你整整二十年。”

她的语速很慢，因为不想让声音听上去太过颤抖，慢到贺景宕机的大脑有充足的时间能反应过来。

他们两个到底是谁更迟钝呢？

贺景以前一直认为是李灿。

可实际上，是他自己。

那李灿到底是在什么时候意识到自己喜欢贺景的呢？

是高三上学期的夏天，她在教室里睡着，贺景悄悄和她的同桌换了座位，用宽大的身体为她遮挡阳光。

还是高一的体育课上，经血浸透了她的校服裤子，贺景把外套给了她，还去超市给她买了最贵的那款卫生巾。

也许更早，是在被人跟踪的那个雨天，大汗淋漓的少年冲到她面前，大喊她的名字。

那一声撕心裂肺的“灿灿”，喊的不只是一个名字，更是李灿心里不能与人说的二十年。

也许还要早，九岁那年，李灿被威尼斯水怪的故事吓到不敢碰水，蹲在游泳馆的角落里号啕大哭。

向来呆板的贺景居然抚摸着她的脸颊，学着她曾经的模样，认真地说：“不要怕，我会一直在你身边保护你。”

或许她对贺景的喜欢远不止二十年。

可他们都没有办法对源头刨根问底。

李灿是个彻头彻尾的悲观主义者。

乐观不过是伪装，她永远揣着最坏的打算，捏造一个积极向上的假象。

她不认为贺景会喜欢她，也不认为她和贺景跨越朋友关系后会有一个好结果。

就像现在，她不认为贺景能够改变死亡的结局。

黑色的雨伞下，李灿目光决绝，一字一句、清清楚楚地说："贺景，如果你回到了过去，发现未来没有办法改变，那就再也别出现在我的生活中。"

这话一落，李灿的心脏猛然揪痛。

十一年前贺景的冷漠、疏离，以及眼中的孤寂仿佛在这里有了答案。

贺景的脸色因为她尖锐冷漠的话而变得苍白。

李灿恍然大悟，连呼吸都变得困难。

"原来是因为我啊……"她哭着说，"原来你不回来，真的是因为我，怎么到最后还是我在欺负你……"

胃里又开始翻腾。

她明明已经吐过一次了，在饭店的洗手间里快要把苦胆吐出来，胃里已经什么都没有了，可还是止不住想吐。

3 此生漫长的潮湿

深夜。

李灿躲进卧室里，甚至都没有力气爬上床，只能瘫坐在地上，斜倚在床边。

她将头埋进被子里，想要把哭声盖住，可哭声撕心裂肺，单薄的被子根本压不住。

贺景坐在李灿卧室门前，背抵在门上，低垂着头，任由泪水无声地落下。

她有多痛苦，他便有多难熬。

雨停了，天边渐亮，李灿的哭声变得微弱，她双眼肿到快要睁不开，头发凌乱地贴在她潮湿的面颊上，口干舌燥。

贺景开了门，眼睛也红肿着，他手里拿着一杯水，蹲在她面前。

"把水喝了，你哭太久了。"

李灿把脸别开，不想让他瞧见自己这副狼狈的模样。即便贺景早就见过她无数个丑陋不堪的时刻，可唯独这个样子不行。

她闭上眼，一直悬在眼眶的泪也挤了出来。

被子湿了一大片。

"我想一个人待会儿。"她声音沙哑地说。

贺景什么也没说，把水杯放在地上，离开了卧室。

过了很久，李灿撑起身子，拿过水杯，杯壁传来温热，她仰头喝光了水，眼角又不自觉地流泪。

好像水一喝进去就变成眼泪流出来了。

她忍不住皱眉。

过了一会儿，她放下杯子，拉开床头柜，拿出了那个皱巴巴的信封。

现在一想，这信封和她写给贺景的情书特别像，只是没有贴邮票。

这信封里装的到底是什么？

是贺景的写给她的信吗？

她小心翼翼地撕开信封黏合在一起的部分，动作轻到不能再轻，可还是撕坏了，一块指甲大小的薄纸片被她扯了下来。

李灿盯着撕坏的地方，身体微微颤抖，心疼不已。

好不容易安静下来的卧室再次传来断断续续的哭声。

贺景几乎要疯了。

他猛然从沙发上起身，打算冲进去狠狠抱住她，说他不走了，不出国了，不管发生什么，他都要一直留在她身边。

茶几上，李灿的手机突然响了。

他停下脚步，低头看去。

来电显示，徐萍女士。

他拿起手机，走向卧室，隔着门向里面的人说："是阿姨打来的电话。"

李灿飞快抹了把眼泪，打开门，拿过手机，深吸一口气，按下了接听键。

不等她开口，手机那边便传来徐萍焦急的声音。

"灿灿啊，你现在在不在家啊？"

李灿刚张嘴想说在，结果徐萍根本没打算听她的回答，继续说："你于阿姨病了，好像很严重，她给我打电话的时候声音不太对劲，说话也颠三倒四的。我和你爸正从老家往你那边赶，你赶紧先去她家看看是怎么回事！"

李灿看了贺景一眼。

手机那边又传来絮叨："于芝晓那性子倔，之前让她找个保姆她不听，刚才我让她去医院，她也不去。现在她生病了，身边也没个人，要是又病倒了怎么办！"

徐萍女士慌乱的时候，话会不自觉变多，她的语气中带着浓重的情绪，还有几分要哭不哭的颤音，既生气又担心。

李灿忙说："妈，别着急，我现在就去于阿姨家。"

徐萍没听出她声音的异样，只断断续续地说："贺景现在没了，贺逢宁又是个在外边养小老婆的孬种，她好不容易活了下来，要是再有个三长两短，我可怎么办呀……”

李灿有些诧异。

原来徐萍女士早知道贺逢宁出轨的事。

徐萍女士向来藏不住秘密，居然能把这件事憋在心里这么久。

“什么怎么办，你不还有我吗！”李世良的声音掺和在里面，“于芝晓福大命大的，她能有什么三长两短，你别胡想八想！”

徐萍着急地说：“李灿，你赶紧去看看什么情况，抓紧给我报个信儿！”

挂断电话后，李灿顾不上那么多，穿了件外套便往外冲。她推开门，顶着乌糟糟的脸问他：“你要不要去看看你妈？”

贺景走到门口，边穿鞋边说：“我就跟你到门口，不进去。”

他低着头，看不出情绪。

一公里的路，李灿开车一脚油门下去，不到三分钟便赶到了于芝晓家。

她先是敲了几下门，没听到动静，便擅自按了密码。

密码是于芝晓的生日，从以前到现在一直没有改过。

门开后，她走进去，贺景停在了外面，像是逃避什么似的，用手虚掩上了门，将自己挡在了外面。

“于阿姨？”

李灿在一楼没看到人，便跑上了二楼。

浴室的门大敞着，于芝晓倒在了地上，只穿了件单薄的睡衣。

李灿连忙上前，摸到于芝晓的身体滚烫，额头和脖子更是烫得吓人。

她抱不动于芝晓，便着急地喊：“贺景！快来！”

听到声音，贺景开门进了屋，冲上了二楼。

“她怎么了？”贺景紧张地问。

“身体很烫，应该是又发高烧了。”李灿说，“帮我把她抬到床上。”

她搀住于芝晓的胳膊，结果下一秒，贺景直接把于芝晓整个人抱了起来，根本不需要她帮忙。

他问：“不去医院？”

“不去。于阿姨很抗拒去医院，她有专门的家庭医生。”李灿在手机上找出家庭医生的号码，打了过去。

贺景轻轻把于芝晓放在床上，手掌抚上她的额头，很烫。

她额头上多了很多皱纹，脸上居然还有了黄斑，头发也白了好多，跟他记忆里的那个美丽的母亲差别可真大。

李灿挂断电话后，去了于芝晓的卧室，翻出了退烧贴。

“化疗对身体的伤害很大，于阿姨回来以后隔三岔五就会生病，发烧也是家常便饭。你给她找了个家庭医生，一次性付了医生三十年的薪水。”她把退烧贴贴在了于芝晓额头上，“先这样降降温，等医生来了再说。”

贺景点点头，目光没有从于芝晓脸上移开。

李灿走出卧室，给徐萍打了个电话报了平安，然后便听到门外传来按密码的声音。

门打开，一个穿着白大褂的年轻女人走进来，是于芝晓的家庭医生。

这时，贺景不动声色地从卧室出来，径直走向他的房间，避免和医生碰到面。

医生给于芝晓做过检查后，给她挂了点滴，并交代说：“和以前一样，没有太大的问题。这段时间天气突然变冷，她一定没注意好保暖。我给她开些药，你记得提醒她按时服药。”

“那为什么会晕倒？之前只是发烧，很少有晕倒的情况。”李灿不放心地问。

“她估计是早就发烧了，硬扛了很久，没有第一时间和我联系。”医生叹息一声，颇为无奈，“这段时间，她的生存意识明显下降了许多，不排除有抑郁的倾向。我建议送她去专业的医疗机构，做些心理疏导……”

“好。”李灿垂下眼，心情也跟着沉了下去。

4 你从来都不是拖累

医生离开后，贺景从他的房间里出来。

这个家里没有太多关于他的东西。

房间里只有一张床、一个衣柜和一套桌椅。

衣柜里挂着寥寥几件他已经穿不上的衣服，桌上空荡荡的，倒是有一层灰，抽屉根本不需要打开，贺景知道里面是空的，什么都没放。

比较起来，李灿家更像他的家，而这里才是他借住的地方。

他关上房门，看向走廊对面的李灿，虽然没有说话，可他的眼神在问于芝晓怎么样了。

“烧退了就没事了。”李灿说，“医生说她应该是硬扛了一段时间，撑不住了才晕倒的。”

贺景点了下头。

他们回了于芝晓卧室。

李灿坐在床边，理了理于芝晓耳边的头发，扭头见贺景直愣愣地站在一旁。

“你坐下。”她说。

贺景向后退了半步，肩背抵在墙上，胳膊交叉抱在胸前：“不坐。”

李灿低下头，看向床上熟睡的人，淡淡地说：“医生说她的生存意识下降了许多，我想是因为你。”

贺景不吭声。

李灿继续说：“参加你的葬礼那天，我看着于阿姨的脸上还有些肉，这才几天，又瘦回去了。”

她抬眼看他，问：“见到你妈六十多岁的样子，什么感觉？”

贺景似乎是认真想了一会儿，说：“她老了好多，脸上居然也有斑了。”他顿了顿，语气突然变得格外认真，“灿灿，你说她那么要面子的一个人，能受得了自己变成现在这样吗？”

李灿不知该说什么。

她能感觉到贺景在这个空间很不自在，他在故意远离于芝晓，可她不明白为什么。

是因为她在吗？

还是贺景见到六十多岁的于芝晓一下子蒙了？

代入一想，要是她在十八岁的时候看到父母忽然老了二十岁的模样，估计也承受不住。

“阿姨醒了以后需要吃药，我先去把水烧上。”李灿起身，离开了卧室。

她刚出去，贺景便看到床上的人动了动。

“灿灿！”

他不知所措地叫了一声，放下胳膊逃也似的向外走。

“砰！”

李灿关上了门。

“小景……”

床上的人发出含糊不清的一声。

贺景身子一顿。

他转过身，像个木头一样站在床边，怔怔地看着于芝晓。

于芝晓还没有退烧，不怎么清醒，她语无伦次地说：“你……你是第一次来看我。”

她抬了抬手，想要碰他。

贺景站在原地一动不动：“生病了为什么不告诉医生？”

听见他的声音，于芝晓眼前瞬间蒙上一层雾，嘴唇开始发抖：“因为想见你，就像现在这样。”

贺景唇角讥讽地勾了下：“可我不是你的拖累吗？”

于芝晓脸上闪过疑惑：“你怎么会这么想？”

贺景：“以前您和贺逢宁吵架，说我就是拖累，说当初就不该生下我，现在又假惺惺地说想见我？这么多年您把我放在别人家一放就是几个月甚至一年，不就是不想见我吗？”

于芝晓愣住了。

“你什么时候听见的？那个时候你在二楼？”

她意识到什么，呼吸变得急促，着急想要从床上坐起，可扎了针的手没抓稳，沿着床沿滑了个空，身子猛地歪了一下。

贺景向前迈出半步，看见她稳住了身子，又停住了。

“小景！你听妈妈说！”于芝晓从床上站起来，走向他。

输液条的长度不够，针头生生从血管里扯了出来，掉在了地上。

她拉住贺景的手，声音颤抖地说：“我说的都是气话，你从小就听话懂事，怎么会是拖累呢？”

手背上的针眼一直汩汩向外冒血。

贺景红着眼甩开她的手，从床头柜上抽出两张纸巾按在针眼上。

“既然不是拖累，为什么不来看我？”

贺景外眼角的走势是向下的，即使没有表情，他也显得可怜。此刻他皱着眉，便好像全世界都对他做错了事。

“小时候我羡慕别人能和父母每天生活在一起，我不奢望你每天和我一起，可你为什么总是要隔那么久才来看我一次？难道就因为你讨厌贺逢宁，所以连我也一起讨厌了吗？”

于芝晓无言以对。她很羞愧，那时的她自私又自利，她恨贺逢宁，恨他的一切，也恨和他一起生下的孩子。

可是当时小小的贺景实在可爱，又听话得过分，一声声“妈妈”喊着她，喊得她心化了，恨也化了。

“小景啊，原谅妈妈，是妈妈不对。”她紧紧握着他的手，不停地摇头，生怕下一秒便再也见不到他。

“你从来都不是我的拖累，生下你，是我这辈子做过的最正确的决定。”

只这么一句，便消解了贺景十多年来藏于心底的郁结。

贺景的目光软了下来："您知道自己得了癌症后，想都不想就跳了河，你有没有想过我？就不能因为舍不得我再咬牙坚持一下吗？"

于芝晓紧紧抿着嘴，泪流满面，却没法开口辩解。当时的她太害怕了，她亏欠贺景的也太多了。

"我才是你的拖累。"于芝晓仰头望着他，喃喃重复了一遍，"小景，我才是你的拖累。"

贺景弯腰抱住了她。

她身上有一股药水味，还有一种陌生但又熟悉的香味，勾起了他一些久远而短暂的记忆。

其实于芝晓到底爱不爱他，他能从那些模糊的记忆中感受到。

每次见面又分别后的不舍，每一个因为想念而停留在他身上、不愿移开的目光，都在告诉他答案。

只不过于芝晓先是于芝晓，然后才是母亲。

他不怪于芝晓了。

"妈，我们谁也不是谁的拖累。"

贺景说："妈，为了我，好好生活，不要再生病了。"

于芝晓一直哭，一直点头。

有那么一瞬间，她感觉眼前的贺景是真实存在的，不是她捧在怀里的黑白遗照，也不是烧糊涂之后的幻想，而是活生生存在的人。

门外，李灿蹲在门口，扬着脑袋望着天花板，试图将眼泪控制回去，但没什么用。

贺景扶于芝晓回到了床上，陪着她待了一会儿。

于芝晓体力透支再加上高烧，没过多久便支撑不住睡着了。

李灿推开门，看见睡着的于芝晓仍然紧握着他的手。

"贺景……我妈应该马上就要到了。"

贺景没有回头。

他在心中做了很久的斗争。

"灿灿，如果再让我选一次，我还是会陪我妈出国。"

5 活下来

贺景赶在徐萍来之前走了。

因为针掉了，李灿不得不再给医生打一次电话。

医生给于芝晓重新挂了点滴，好奇地问她："好端端的，针怎么会掉呢？”

李灿随便找了个理由搪塞了过去。

她送医生离开，刚出门，就看见徐萍从电梯里出来了。

“医生！”徐萍一个跨步挡住医生离开的路，“于芝晓怎么样了？她不会又复癌吧？”

医生解释说：“不用担心，没有复癌。”

徐萍追问：“真不需要再去医院查一下，做个体检什么的？她要是不想去，我扛着她去……”

医生：“应该是不需要的，如果您实在不放心，带她去也是可以的，但是考虑到她目前在心理上对医院很抗拒，还是不要做对她刺激太大的事了。”

说完，医生便要走，结果被徐萍一胳膊拦了下来：“您这次开的都是些什么药，有没有……”

“行了，妈。”

李灿拉了拉徐萍的袖子：“医生很忙，有些事情已经和我交代过了，我来跟您说。”

徐萍这才肯放医生走。

她进了门，直奔二楼，都没往李灿脸上瞅一眼。

“来，闺女，搭把手。”李世良从电梯里出来，手里还拖了两个行李箱。

李灿连忙上去接过一个箱子，纳闷：“怎么还带了行李箱来？还带了两个？”

李世良压低声音：“你妈非要去你那儿住两天，说是方便照顾老于，箱子里都是她的东西。”

“去我那儿住？”李灿想都不想，“不行。”

耳尖的徐萍听到她的话，停下了上楼的脚步：“怎么不行？房子是我的，我去住，你还不乐意了？”

李灿跟上去：“我没不乐意，你又不是不知道家里没多余的床，你去的话睡哪儿啊？”

徐萍：“我睡沙发！”

李灿：“那不行，你老胳膊老腿的，睡沙发能撑得住？”

徐萍：“那你睡沙发！”

李灿被噎了一下，反应过来后，又说：“要不你先在于阿姨家住着，反正你是来照顾于阿姨的，直接住在这儿不是更方便？”

徐萍想了想：“也行，在这儿给老于做饭也方便。”

她走到二楼，忽然脚步一顿，回头盯着李灿，眼神如老鹰捕猎一般犀利。

“你眼睛怎么肿了？”

李灿心虚，咧嘴一笑：“昨晚看了一部电影，叫《世上只有妈妈好》，哭肿了。”

徐萍信了，嘀咕说：“多大年纪了还看《世上只有妈妈好》，还哭。”

李灿下意识地接：“多大年纪都有妈妈，怎么就不能看了……”

话音未落，遭到了徐萍女士一记白眼。

李灿默默抿紧了嘴，不再说话。

李世良还要回家顾超市，没待太久便走了。

于芝晓有了徐萍照顾，李灿心里惦记着家里还有个人，便和徐萍说自己还有工作没做完，也走了。

她回到家，看见贺景坐在阳台上，鸟巢蕨旁边。

二人对视一眼，谁都没有说话。

李灿先一步开口，打破安静：“要不要我再买一个花盆，你以后就睡在花盆里和它做伴。”

本来试图用玩笑话缓和气氛，但贺景没有应声，气氛反而变得更加尴尬。

她换上拖鞋，走到洗手间。

一照镜子，才发现双眼不是简单的肿了，是肿得异常牛，像悲伤的青蛙，上下眼睑分别长了两根香肠。

难怪一直觉得眼皮很沉，视野好像也变窄了，原来是眼睛没全部睁开啊。

她用冷水洗了把脸，顿时感觉清爽不少。

“灿灿。”贺景忽然开口。

李灿擦脸的手停下，扭头看向阳台。

贺景脸色阴沉到不能再阴沉：“以后还麻烦你帮我照顾我妈，她只有我这么一个孩子，但是现在连我也没了，就只剩她一个人了。”

李灿的手垂了下去。

“就算你不说，我也会照顾阿姨。”她甩手把毛巾扔在洗手台上，扭头进了卧室，关上了门。

她趴在床上，心里像是被成千上万条带刺的藤蔓缠住，将她勒得快要窒息。

手机响了一声提示音。

她拿起手机，电量过低，还剩百分之二的电量。

充电器放在客厅，她现在不知道该怎么去面对贺景。

她前不久才刚对他说了狠话，现在该说什么才能显得她不是人格分裂？

手机屏幕暗下去，她又点亮了屏幕，情不自禁地点开了她与贺景的聊天对话框。

她传给贺景的最后一条信息：

——贺景，我们再也不是朋友了。

这句话仿佛刺痛了她的眼睛，眼皮接连跳了好几下。

手机屏幕暗了下去，她没有再去碰。

紧接着，屏幕又自动亮了起来。

几秒后，她猛地把手机扣在床上，冲出了房间，快步走到了贺景面前。

贺景被她的架势惊动，抬起了眼。

她蹲在他面前，抓住他的肩膀，激动地说：“贺景，哪怕只有千万分之一的可能性，也别放弃！”

贺景整个人笼罩着一层阴霾，他微微扯出一抹苦笑：“你在说什么？”

放弃？

呵，他现在都不知道自己该放弃的是什么。

所有的事都是虚无缥缈的，他连自己能不能回去都不知道，连自己哪天会突然消失也不确定。

如果这里的一切都没办法以任何形式带回过去，如果他连自己死掉的事都没办法记住，那他什么也做不了。

李灿手上的力道加重了，抓得贺景感觉到了一丝痛。他忍不住皱起了眉头：“你到底想说什么？”

“贺景，我的意思是，我不希望你死，我希望三十五岁的你能活着站在我面前，然后对我说，灿灿，我喜欢你。”

李灿一字一顿地说：“而我会回答你，贺景，我也喜欢你，我们在一起吧。”

话落，贺景身躯一僵。

死寂的双眼有微光闪过，他缓缓睁大了眼睛，似乎不敢相信自己的耳朵。

卧室的床上，手机的屏幕再次亮起。

电量已耗尽，即将关机。

5、4、3……

在关机的提示框后，是一篇最新发布的新闻文章：

天文台最新观测显示，木星三重日食原来并未真正结束，而是三颗卫星移动到了一处探测器无法观察的位置，其中一颗名为“木卫二欧罗巴”的卫星于今日凌晨被探测器发现。据推测，木星三重日食会在最近两日内结束。这将是天文历史上又一新发现，突破了……

当悲观主义者开始抱有希望，等待她的或许会是加倍的痛苦。

可这一次，李灿不想再后悔了。

哪怕余后的每一天都处在永失所爱的痛苦之中，她也心甘情愿。

“贺景，就当是为了我，为了我们，活下来。”

李灿眼含热泪，紧紧抱住了他，在他的耳边轻声重复。

“你一定要活下来。”

语气无比殷切。

6 过去即未来，未来亦是过去

“我妈刚才发来了消息，你妈已经清醒了，烧退了些，37℃了。”

李灿站在梳妆台前，用发夹把头发利落地盘了起来，又说：“还让我买些菜过去，她晚上要做些清淡的饭菜，估计会把我留在那儿吃饭。如果不回来吃晚饭，我会发消息告诉你。”

话毕半晌，没有听到客厅里的人有动静。

李灿从卧室探出半个身子向客厅看去，只见贺景坐在沙发上，正看着手机。

她只能看到贺景的侧脸。

他的嘴角似乎是上扬的。

“贺景！”她喊了一声。

贺景耳朵微微一动，转过脸看她：“啊？”

“你刚刚有没有听我说话？”李灿走到门口穿鞋，“我去超市买完菜后直接去找我妈，晚上我要是不回来吃，你就自己吃。”

贺景直勾勾地看着她，魂游天外，满脑子盘旋着刚才李灿的话。

——“贺景，我也喜欢你，我们在一起吧。”

——“贺景！我也喜欢你。”

——“我们在一起吧！”

——“我们在一起吧！”

——“我们在一起吧……”

“好……”

李灿看着贺景出神傻笑的模样，沉默了几秒。

“贺景，你在笑什么？”

贺景收起笑容，一本正经地拿起手机：“我在想晚上要吃什么。”

李灿迟疑片刻，开口说：“还有一件事。”

贺景立马抬眼，浅笑：“嗯？”

李灿：“刚才我看到了一条关于木星三重日食的新闻，上面说日食其实一直都没有结束，只是没有被观测到，真正的结束时间是在最近两天。”

贺景错愕，笑容凝固。

他低下头在手机上搜起相关词条。

李灿认为他需要时间消化这个消息。

她轻声说：“我先走了，有事给我打电话。”

寂静无声的客厅里，贺景一条一条浏览着关于木星三重日食的新闻，反复确认。

最近两日结束……最晚是后天。

半晌后，他关掉手机，套了件外套出了门。

他去超市买了些李灿爱吃的东西。

一些牛肉、虾、猪前腿、排骨、鸡翅，还有几样蔬菜，其中有番茄。

但这次他不打算再做番茄肥牛锅，准备做一道番茄滑蛋牛肉，还有西芹炒虾仁、菠萝排骨、红烧肉……

贺景学什么都很快，做饭对他而言不是什么难题，只要有菜谱，他便能照葫芦画瓢做出一模一样的。

结账用的是他自己的钱。

准确来说，是三十五岁贺景的钱，银行账户还没有被动过。

贺景在李灿的手机上找到了自己的银行账户，并精准无误地猜出了密码。

李灿的生日。

三十五岁的贺景在这种事情上还是一点长进都没有。

他甚至有点瞧不起三十五岁的自己，都已经三十五岁了还在搞暗恋。

丢人现眼。

贺景拎着一大袋东西离开超市，坐电梯上了商场一层，沿着头顶的指示牌找出去的路。

在经过首饰店门前时，他看到了那枚莫比乌斯环戒指。

他停在玻璃窗前，弯下腰，卫衣帽子松松垮垮地罩在他的头上。

柜子里的白色灯光映在他脸上，显得双眼明亮而有神，他盯着那枚戒指看了许久。

“你好。”柜员走到他身边，“我看您盯着这款莫比乌斯环的对戒看了很久，可以让我为您介绍一下吗？”

贺景点了点头，目光没有从戒指上移开。

柜员说：“这款戒指是2018年由国外设计师设计的情侣对戒。莫比乌斯环的设计简约大方，也有着特殊的寓意，象征着永恒无尽的爱。”

贺景接着说：“也象征着循环往复，永不停歇，开始即结束，结束亦是开始。”

柜员笑了笑：“您这样理解也对，这款对戒……”

贺景：“我买了。”

柜员惊愕，旋即面露喜色：“当然可以！跟我说一下您和您爱人的尺寸吧？”

贺景想了想：“她的尺寸是46，但她现在瘦了很多，45吧。”

柜员：“您爱人的手指很纤细呢。您的尺寸呢？”

贺景：“可以单独买吗？我只买她的。”

柜员诧异：“当然可以，但是莫比乌斯环戒指两人一起戴才更加有象征意义，您确定不需要男款吗？”

贺景：“嗯，暂时不需要。”

柜员：“这枚对戒的女款尺寸就是45，既然您只要女款，我可以直接为您打包这枚戒指。”

贺景：“好。”

戒指装在了一个精致复古的海蓝色戒指盒中，贺景将它揣进外套口袋里，拎着菜回了家。

李灿在晚饭前回了家。

贺景在厨房里忙活，听到门口有动静，似乎被吓了一跳，身子僵着，择菜的手定在半空，试探地转过头。

瞧见是她，他的身体放松下来。

“阿姨没留你吃饭吗？”

他有些意外。

按理来说，徐萍一定会留李灿一起吃饭，并且李灿一定拗不过徐萍。

“她留了，我没胃口，就找了个借口先回来了。”李灿说。

她不想贺景自己孤零零吃饭，便谎称自己约了人，躲过了徐萍女士的强留。

她手里还拎着一些蔬菜，看见餐桌上放着满满一袋子菜，蒙了。

“你也去买菜了？”

“嗯，买了一点。”

李灿瞅了一眼袋子里的东西：“这哪里是一点？”她向他投去难以置信的目光，“别告诉我这是你准备今晚一个人吃的……我不在你就这么挥霍？”

“不是，买来明天要做的，都是你爱吃的。”

贺景择完最后一根青菜，打开水龙头洗菜：“走之前怎么也该给你做顿好吃的，感谢你这几天的好心收留。”

李灿静止了几秒，很快扯出一抹不达眼底的笑。

“不错，知道知恩图报，不枉我这段时间为你请的假。”

她趴在厨房门口，看见米饭已经蒸上了，砂锅里不知在炖着什么，炒菜锅也没闲着。

“不是明天要做的吗？怎么今晚就做了这么多，你一个人能吃得完吗？”李灿不解。

“我怕你今晚回来吃，所以连你的份一起做了。”贺景淡淡地说。

李灿又沉默了。

她回到卧室换下衣服，又折回厨房帮忙。

两人有一搭没一搭地闲聊，谁都没有提木星三重日食结束的事。

可他们都清楚，越是不提，就越是在意。

都在强装平静，可实际上心情早就已经沉落谷底，忐忑不安。

晚餐做了三个菜，一荤一素加一汤。

“明天再给你做顿丰盛的，今晚就简单吃点吧。”

贺景把碗筷放在她面前，又特意把番茄滑蛋牛肉往她面前推了推。

李灿夹起一块滑蛋放进嘴里，竟出乎意料的好吃。

她忍不住夸赞：“好吃，你还会做这菜呢，滑蛋好难。”

贺景挑眉：“难吗？”

李灿反问：“不难吗？”

贺景唇角一勾：“不就打个蛋的事儿？”

李灿：“呃……”

两人起初面对面吃饭。

过了一会儿，那椅子不知不觉地就挪到了一起，也分不清是谁在朝谁那边挪，又好像是都挪了。

李灿其实没什么胃口，但不想让贺景失落，便佯装胃口大开的样子吃了很多。

饭后，他们也没有着急收拾桌子。

贺景拿着手机，翻看起了日历。

从2015年开始向后翻，一直翻到了2021年。

李灿歪着脑袋看着他翻，忍不住问：“翻日历做什么？”

“在算时间。”

“算什么时间？”

“算我会有多长时间见不到你。”

他的手指停在2021年的数字上点了点：“见不到你的每一天应该都像坐牢一样煎熬，我想我出了国以后会数着日历过。”

他说这话时，口吻淡到像喝水一样轻松。

李灿的心情顿时五味杂陈。

她说：“你可以给我发消息，可以每天都和我打电话。”

贺景眯了眯眼：“可你不是说让我再也不要出现在你……”

“我收回那句话！”李灿追悔莫及，“你出国以后每一天都要和我发消息，要告诉我你做了什么，遇到任何困难也一定要来告诉我。”

贺景笑了。

“好好好，我一定会每天打电话骚扰你，早上打，中午打，晚上也打，去了哪儿和你说，做了什么和你说，吃了什么也要和你说……”

说着说着，眼里有泪泛起。

他飞快垂下眼，掩住眼里的情绪。

“灿灿。”

贺景从口袋里摸索，拿出了一个海蓝色戒指盒，打开了盒子。

李灿愣住。

他取出那枚戒指，牵过她的手，将那枚莫比乌斯环戒指戴在了她的无名指上。

“三十五岁的我一定会戴着这枚戒指的另一半出现在你面前，亲口对你说，我喜欢你。”贺景笑着说。

他一笑起来，唇红齿白，可眼底满是不舍，让这番情话也跟着苦了几分：“到时候，你一定要说出那句我想听的话。”

李灿鼻尖一酸，屏住了呼吸，眉间止不住蹙起。

“但是十八岁的我想现在就对你说，我喜欢你，灿灿，我真的很喜欢你。”

蓦地，灯暗了。

仿佛整个世界都停电了，漆黑无比，鸦雀无声。

几乎不到眨眼之间，灯再次亮起，一切仍在按部就班地运作。

除了李灿，似乎没人意识到有那么一刻，世界停滞了。

上一秒还坐在眼前的贺景已经消失不见。

若不是手上的戒指和桌上的菜，李灿几乎要以为一切都是她的幻想。

戒指上还残留着贺景的余温。

她回到卧室，拿出贺景的遗物，放在无名指旁，和她的戒指比对了一番。

那枚断掉的戒指，指环宽度微粗。

起初她以为那扭曲的部分是剪断戒指时外力造成的，可现在一对比，和她无名指上的戒指弧度是一模一样的。

原来和她的是一对。

手机发出了荧荧微光。

最新观测显示，木星三重日食已在傍晚八点三十七分结束，预测木星三重日食下次的出现时间是2045年……

渐渐地，李灿像是意识到了什么，脸色越发苍白。

她抓住了那枚断掉的戒指，将其紧握在手心，贴在了心口处，整个人蜷缩成一团，身体不停颤抖。

莫比乌斯环，循环往复，永无止境，过去即未来，未来亦是过去。

原来早在一开始，结局就已经定下了。

所以，贺景，你终究还是没能活下来……

这枚断掉的戒指，便是你给我的答案……

第七章 此生唯一挚爱

1 命运不容违逆

2015年1月23日。

天寒地冻，冬风刺骨。

贺景拿着化验报告单跑到了跨河大桥，找到了于芝晓。

她的羽绒服外套不知所终，只穿着灰色毛衣和黑色长裙，站在大桥栏杆外，望着如同深渊般的河面。

“妈！”

闻声，于芝晓慢慢回头。

她的眼神空洞，毫无生气，没有留恋，只剩绝望。

接着，她毫不犹豫地跳下了河。

贺景的大脑一片空白，几乎是身体的本能在驱使他跟着一起跳下去。

彻骨的冷水缠住了他，他只记得自己拉住了于芝晓的胳膊，卖力地向上游，接下来，便没了意识。

再醒来，眼前是洁白的天花板，还有浓烈的药水味和身穿白衣一晃而过的护士。

“你醒了？感觉怎么样？”护士问。

“我妈呢？”

“她在另一个病房，你父亲在陪着她。”

“我睡了多久？”

“你昏睡了二十八个小时，有轻微脑震荡，你现在有没有头晕想吐的感觉？”

“没有。”

…………

医生为他做了一些检查，确定没问题后，他下了床，去了于芝晓的病房。

于芝晓躺在病床上，双眼直直地盯着天花板，一动不动。

如果不是刚才听护士说他母亲一切正常，贺景真的会认为于芝晓成了植物人。

贺逢宁坐在她床边。

他穿着白衬衫，头发梳成了背头，胳膊上搭着西服外套，领带被随意地扯开，这应该算是他身上唯一乱的地方了。

察觉有人来，贺逢宁看向门口。见是贺景，他毫无表情的脸上多了一丝异样，看上去像是不自在。

“医生说你没什么问题了，我给你和你妈办好了出院，明天一早的飞机出国。”

贺逢宁的口吻很淡，没什么波澜。

贺景见过贺逢宁和他的情妇聊天，说话的语气可比现在有感情多了。

贺景想也不想：“好。”

贺逢宁微微一怔：“你知道去国外是做什么吗？”

贺景没应声。

贺逢宁解释：“我有一个老同学是医院的院长，他的医院在治疗胰腺癌上经验丰富，而且最近还推出了一项新的治疗手段，比只靠化疗治愈的可能性要高很多。”

床上，于芝晓嘴唇微微动了动：“我不去。”

“让你去治疗不是害你。”贺逢宁脸上浮现出不耐烦，但碍于贺景在，他没有说什么难听的话。

“我去把衣服换了。”贺景身上还穿着病号服，他转身向外走。

“小景。”贺逢宁叫住了他，“学校那边你不用担心，我会处理好，你只需要好好陪着你妈。”

“我说我不去。”于芝晓语气强硬。

贺景脚步未停，直接离开病房，关上了门。

片刻后，贺逢宁略带克制的声音从里面传出：“于芝晓，我告诉你，你别太自私了！你就算自己不想活，也要想想贺景，你以前不管他也就算了，现在他才十八，你还想把他扔下？”

“你又有什么资格教训我？”于芝晓冷冷地说，“贺逢宁，你比我更自私。”

病房里安静下来。

贺景悄无声息地走了。

他回到病房脱下病号服，换回了自己的衣服。

手机被水泡坏了。

他找到护士，问："我能借你的手机打个电话吗？"

护士把手机借给他。

他按下李灿的手机号码。

两秒后，冰冷的声音传出："对不起，您拨打的电话正在通话中，请稍后再拨……"

他又拨了徐萍的号码。

"您拨打的电话正在通话中……"

李世良的。

"您拨打的电话正在通话中……"

蔚岚的。

"您拨打的电话正在通话中……"

贺景把手机还给护士，穿上外套，向医院外跑去。

他感觉自己一定忘了什么很重要的事。

只记得三十五岁的李灿总是在因他而哭。

情书的事情他记得，表白的事他也记得，可是像断了片似的，只记得自己表了白，却不记得是哪儿来的勇气表白。

也清楚地记得李灿说过的话。

——"贺景，哪怕只有千万分之一的可能性，也别放弃！"

可是到底要他别放弃什么，怎么也想不起来，这感觉实在是难受。

贺逢宁刚办完出院手续，看到了正准备离开医院的贺景。他拦住贺景，问："小景，你要去哪儿？"

贺景说："去个重要的地方。"

贺逢宁沉着脸挡在他身前："不准去，现在还有什么比你妈更重要？你现在应该去劝劝你妈！"

"你现在知道我妈重要了？"贺景一把推开他，"你以前干什么去了！"

贺逢宁惊愕地看着他。

似是意识到自己说了不合时宜的话，做了不合身份的举动，贺景脸色僵了僵，语气缓和下来："我会马上回来。"

他赶回了小区。

李灿的脚上还有石膏。

她穿着校服，背着红色书包，拄着拐一蹦一跳地朝家里走，后脑勺的高马尾随着她一起上下晃动。

她走着走着，也许是累了，站在原地不动，嘴里还哼着古怪别扭的调子。

“你去哪儿了……去哪儿了，去哪儿了，让我抓住就死定了，死定了，死定了……”

贺景想要叫住她，可张不开嘴，身体也动弹不得。像是身后有无形的手将他的身体缠住，将他的嘴唇封住。

他鬼使神差地回到医院，坐在了于芝晓的床边。

“妈，就当是为了我，出国吧，我会陪着您。”

仿佛命运的轨迹已经规划好，而他必须要沿着轨迹走，不能有半点违逆。

2016年2月。

贺景已经在人生地不熟的国外待满了一年。

化疗室外，于芝晓在里面正在接受新一次化疗。

贺景穿着暗红色的高领毛衣坐在长椅上，跷着二郎腿。他低着头，挺直的背此刻弯曲着，目光落在手机上。

明明是懒散放松的动作，可他的神经好像总是在绷着，眼下有淡淡的乌青，看上去很累。

手机界面停留在他和李灿的对话框上。

——贺景，今天是“第十名”去世一周年的日子。

——我给它埋了些它最爱吃的小鱼干。之前你买的牌子停产了，我换了另外一个牌子，不知道“第十名”会不会喜欢。

贺景的指尖停在键盘上，良久没有动弹，像被按下了定格键。

直到他放弃回复消息的念头，身体才恢复正常。

他眼色一沉，将手机猛地摔在了地上。

2 没有你在的地方

“贺景，你的手机才刚换没多久。”

晏云姿拿着饭盒快步走来，捡起了地上的手机，检查了一下：“还好没坏。”

不过屏幕一角出现了细微的裂纹，但仍能正常使用。

“发生什么事了？”晏云姿问。

“没什么。”他不咸不淡地说。

晏云姿没有再继续追问，只说：“泰勒教授的课马上就要结束了，你的学分还没有修满，今天下午有他的课，你该去上课了。”

她把饭盒递给他：“医院里有护工，你妈妈会有人照顾的。”

贺景垂下眼帘，盯着饭盒里的饭菜，脸上没什么情绪。

“谢谢你。”他说。

晏云姿笑了笑：“不要跟我说谢谢，能帮到你我很开心。”

他几乎没怎么动过饭盒里的饭菜。

于芝晓从化疗室出来，回了病房，神志不太清醒。

她每次化疗就像在受酷刑，呕吐和掉发是家常便饭，有时候还会有牙龈出血的症状。

“小景，我吃不下了。”

这是于芝晓最常说的一句话。

每次听到这话，贺景总会不厌其烦地哄她：“就一口，最后一口了，吃完就不吃了。”

哪怕吃过饭最后又被吐出来，但只要有一部分营养能被身体吸收，也是值得的。

贺景把地板上的大把头发抓起来，扔进了脚边的垃圾桶。

“妈，我下午要去学院一趟，护工会来照顾你。”

于芝晓动作迟缓地抚摸着头发，指尖从发缝之间轻轻一滑，便有一把头发掉下来，缠在她的五指之间，像枯草一样。

贺景将她手上的头发捋下来，再扔进垃圾桶。

“你去吧。”于芝晓喃喃着，麻木地闭上了眼睛。

没一会儿，她便陷入了昏睡。

有一段时间，因为药物的作用，于芝晓大部分时间都在昏睡，清醒的时间很少。

一有空，贺景便会去医学院上课。

他和晏云姿修的课程大多数是一样的，但两人不常结伴。

晏云姿有一个青梅竹马名叫丹尼尔，他们是在同一个领养机构认识的，后来分别被不同的家庭领养。

他们从小一起长大，关系十分要好。

丹尼尔金发碧眼，身高体壮，是很典型的本土人长相。

他经常出现在晏云姿身边。

贺景每次遇到他，他要么是跟在晏云姿身后说笑，要么就是惹恼了晏云姿，追在她身后不停地道歉。

有一次，贺景去上药理实验课，遇到了丹尼尔。

他们从未单独接触过，只是路上碰到会点头打声招呼的关系。

丹尼尔是个自来熟。

分组的时候，他主动要求和贺景一组。

贺景穿着白大褂，将装有麻醉剂的注射器针头扎进了实验鼠的身体里，时不时看一眼血压仪，记录上面的数据。

丹尼尔坐着装有滑轮的圆椅滑到他身边，用那低沉性感的嗓音说着流利的英文。

“贺景，你的对照组有没有注射生理盐水？”

“注射过了。”贺景头也不抬地回道。

“你打算用什么降压药？”丹尼尔问。

“硝苯地平。”贺景答道。

丹尼尔拿着平板，不去看仪器上的数据，反而一直观察着贺景。

“Ava说你是她见过的最厉害的人，你这个学期的学分是多少？”

贺景：“6。”

丹尼尔撇了撇嘴：“平平无奇，我的学分都已经快要修满了。Ava的脑子一定是被驴踢了，才会觉得你厉害。”

贺景淡淡瞥了他一眼：“你还要不要做实验？”

丹尼尔正色，套上白手套消了毒，准备帮忙，但仍不忘开玩笑：“有你这么厉害的人和我一组，还需要我来插手吗？”

贺景继续做手上的事情。

时间一久，贺景和丹尼尔熟络起来。

虽然绝大多数时候还是丹尼尔主动找他，但贺景已经不像最开始那样冷漠了。

两人在课上时不时会结伴，偶尔闲聊几句，但丹尼尔的话题大部分离不开晏云姿，常常让贺景接不上话。

国外大学里常举办派对一类的活动，但贺景从不参加。

晏云姿有时候甚至会为了贺景推掉一些活动，跑到医院帮忙照顾于芝晓。

万圣节那天。

校园里洋溢着浓浓的节日气息，有许多身着奇装异服的人在校园里游荡，欢声笑语接连不断。

贺景刚做完实验。

他摘下手上的一次性手套，用免洗消毒液洗了手，看到手机上传来了李灿的信息：贺景，国外的万圣节真的像电视里演的那样好玩吗？

他盯着屏幕恍了几秒的神，然后拿起手机，想要回复她“没有你在的地方，什么都不好玩”，可是手指僵了半晌，最后勉强回了句：不好玩。

贺景咬了咬牙，差一点就要再次把手机摔地上。

他的手都已经举到半空了。

恰在此时，手机响了。

是医院护工打来的电话，说于芝晓怎么也不肯吃饭。

他挂了电话，脱下白大褂匆匆赶去医院。

在庆祝节日的热闹人群之中，身穿常服的贺景穿梭其中，显得格格不入。

到了医院，他看到晏云姿和丹尼尔在走廊的尽头争吵。

丹尼尔脸色涨红，双臂在身侧大张开来，神情激动。

“他跟你没有任何关系，你为了他拒绝我的派对邀请，跑到这里照顾他的母亲，他会感激你吗？不！他不会！他连你做的饭都不愿意吃！”

晏云姿冷着脸，环抱双臂：“我怎么样，与你无关。”

仿佛听到了什么不可思议的话，丹尼尔自嘲地笑了：“你确定要这么对我吗？Ava？我和你认识了这么久，你确定要因为一个早晚会离开这里的人对我这么残忍吗？”

晏云姿无奈地摇了摇头：“丹尼尔，你明明知道我对贺景的感情，作为我的朋友，你不该阻拦我。”

丹尼尔抓了抓头发：“好，我不管你，你是院长的女儿，现在却像个护工一样在照顾别人，你有没有考虑过你父亲的面子？”

说完，他愤怒地离开了医院，留下晏云姿在原地生闷气。

贺景进了于芝晓的病房，装作若无其事，脸上扬起微笑。

他从护工的手中接过饭。

“妈，是不是胃又开始难受了？”

于芝晓摇摇头：“这里的东西不好吃，我想徐萍做的菜了，她做的菜是我吃过的最好吃的。”

她转头看向贺景，面色憔悴地说：“小景，你说我还能吃到徐萍做的菜吗？”

贺景默默咽下喉头的酸涩，笑着说：“能，医生说你的肿瘤直径缩小了三厘米，我们很快就能回去了。”

与此同时。

李灿捧着手机等候了漫长的时间，却收到了贺景冷漠的回复：不好玩。

她鼻腔中发出一声冷嗤，把手机扔到床上，叉着腰走向客厅。

“妈！”

徐萍正在剪脚指甲，被她这一嗓子吓了一跳，手一抖，把脚指甲剪出了一个豁口。

“一惊一乍的，干什么？”

李灿问：“你能不能给于阿姨或者贺叔叔打个电话？”

徐萍狐疑：“怎么了？”

李灿坐在沙发上，挽住她的胳膊：“帮我问问贺景最近在干吗。我给他发消息他老不回我，打电话也不接，我发给他几十条信息，他才蹦几个字。”

“小景忙着呢，哪有空搭理你？”徐萍低下头继续修指甲，“再说了，你当话费钱是大风刮来的啊？居然发几十条？你疯了啊！”

李灿目光幽怨地盯着徐萍。

最后，徐萍被她盯得实在受不了了，便给于芝晓打了个电话。

没打通，打了两遍都没人接。

李灿猛地从沙发上站起，仿佛下定了什么决心。

“妈，我要考托福，考雅思，我要出国！”

说完，她跑回卧室，趴在书桌前，开始埋头苦学。

3 如果你能感同我身受

上了大学以后，李灿第一次考了雅思。

没合格的时候，还受了不小的打击。

等到第三次没过的时候，李灿已经有些麻木了。

她的大学室友向她发出灵魂一问：“李灿，你还要再继续考吗？考试费两千多块，你的钱包还好吗？”

李灿深思熟虑后，说：“其实办个旅游签证出国也不是不可以，没必要非考什么雅思，你说呢？”

室友不解：“你为什么一定要出国？”

李灿眯了眯眼，从牙缝里挤出几个字：“为了能更早地报仇。”

打那以后，李灿向贺景发消息的频率变少了。

之前隔三岔五就发，想到什么就发。

现在只有逢年过节，或是发生了什么大事才会发一条。

得到的回复通常也只是就简短的两三个字。

李灿知道贺景不是个惜字如金的人，所以她清楚这样的回复是不正常的，是故意的，是摆明不想再搭理她的。

即使她是个不记仇的人，可这一次次冷漠的回复划在她心上的伤口也太多了，结了痂忘了疼，但疤还在。

2019年。

深秋，大学遍地是枯黄的落叶，阳光和煦，秋风温和。

李灿结束了一场国内大学辩论赛。

遗憾的是，她的队伍输了。

她的心情一落千丈，便坐在学校的长椅上给贺景传了一条消息：贺景，我辩论赛打输了，难过……

毫不意外地，没有收到回复。

她靠在椅背上，仰头看向头顶的大树，觉得自己有些不长记性。

明明知道他不会回复，怎么还是会忍不住给他发消息？

忽然，一张俊俏的脸从她身后探了过来。

是许森阳。

他脸上挂着温温的笑，歪头看着她。

“灿灿，虽然今天的比赛输了，但我以后会为你赢下更多的比赛。”他拿出一束香槟玫瑰捧花，“灿灿，我喜欢你，可以做我女朋友吗？”

玫瑰晃动，一缕阳光照在李灿的眼睛上，她微微眯起眼睛，闻到了玫瑰的淡香。

她牵起嘴角，点了点头。

和许森阳在一起的第一天晚上，李灿盯着桌上的香槟玫瑰，发了很长时间的呆。

比起本人，她的室友要更加激动：“许森阳学长居然说以后会为你赢下更多的比赛……啊啊啊！”

室友抓着她的肩膀，郑重其事地说：“你一定要牢牢套住许森阳，他爸可是……”

其实李灿早就应该知道许森阳的家庭背景有多么夸张了。

因为她的室友在那天晚上就说出了许森阳他爸是世界排名数一数二的茶商。

但是李灿没听见，因为她看见手机屏幕亮了。

贺景回了她的消息。

就一个字：嗯。

当时，室友亢奋地向李灿讲述许森阳家族的光辉历史，以及许森阳为数不多的过往情史。

只见李灿盯着手机，忽地蹦出一句阴恻恻的话："……我早晚撕开你的嘴。"

室友小脸一白，默默抿紧了嘴角，再也不敢提了。

凌晨，李灿窝在被子里睡不着，愤怒地敲打着手机屏幕：贺景，告诉你个好消息，我有男朋友了，他人很好，还是个大帅哥，还超级有钱！你就羡慕去吧！

彼时，贺景正在忙着打工偿还贷款。

丹尼尔为他介绍了一份在餐厅洗盘子的工作，餐厅只在中午和晚上的用餐高峰期需要他。

虽然忙得要命，但拿的是双倍工资。

他看到李灿的消息后，即使预先知道这段恋情的最终结果，心里仍然不是滋味。

他把手机搁在上衣口袋里，又把衣服挂在更衣室的衣架上，转头去了后厨帮忙，下班后却发现手机不见了。

调了监控才知道是被人偷走了。

那一天，对贺景来说有些黑暗。

于芝晓治愈了癌症，但身体还不稳定，需要留在医院观察；他休了学，身上背着还不完的贷款，每天不是在打工就是在去打工的路上，甚至连吃饭和睡觉的时间都是硬挤出来的。

现在手机还丢了。

他坐在餐厅外的街边，有些累，只想就这么休息一下。

一个蓬头垢面、散发恶臭的流浪汉走到他身边，对他恶语相向。

"你也想来抢我生意吗？滚远点吧，就你这样的外来小白脸，去伺候富人街的那些女客还差不多！滚开！"

"嘿！死老头！"丹尼尔的车停在路边，"你是不是想去局子里待两天了？"

流浪汉瞅了一眼他的跑车，悻悻然走了。

贺景低垂着脑袋，手扶着后颈，脊梁骨几乎快要穿破他的皮肉似的，瘦得骇人。

丹尼尔下了车，坐在贺景身边，看了一眼他瘦削的手掌和疲倦的侧脸，唇角微不可察地勾了勾。

他安慰说："不用搭理他们这群人，他们都是疯子。Ava让我来给你送一部新手机，但是我知道你应该不想再欠Ava的人情，我这里有一部不用的旧手机，你先将就着用吧。”

丹尼尔把一部已经停产、旧到不能再旧的手机放在了贺景的手边。

“丹尼尔。”

贺景并不在意什么新手机旧手机的。

他抬起头，看向前方，缓缓地说：“如果有人对你说，我希望三十五岁的你能站在我的面前，然后对我说，我喜欢你。你觉得这会是什么意思？”

丹尼尔扬了扬眉梢：“说明……对你说这话的人也喜欢你。”

贺景闷笑一声：“我知道，我当然知道这一点。”

说这话时，他脸上的疲倦仿佛消失不见了，取而代之的是兴奋和满足。

丹尼尔奇怪：“既然你知道，为什么还要问我？”

贺景五指插进头发里，面露苦涩：“如果说这话的人，还哭着说了让你不要放弃之类的话，你觉得又会是什么意思？”

丹尼尔右手攥拳，抵在下巴上，若有所思了几秒，说：“有一种可能，喜欢你的人来自未来，知道你三十五岁死掉的事，所以让你不要放弃。”

贺景睁大了布满血丝的眼，转头看向他：“你也是这么想的？”

他很早便意识到，他所忘记的重要事情，或许就是他三十五岁那年死了。

只有这样，李灿的话才变得合理，李灿的哭才有了理由。

但他又不愿意相信这个事实。

宁愿是自己想错了。

丹尼尔脸色变了变，耸了耸肩膀：“呃，我瞎说的，我是星际穿越的忠实粉丝。”

他好奇地问：“你最近还不够累吗？怎么还有心思去构思科幻小说的情节？”

贺景没吭声，垂下脑袋，再次陷入沉默。

丹尼尔拍了拍他的肩膀：“你这样实在太累了，要不要考虑去买个彩票？万一中了大奖，说不定能一下子还清贷款。”

几秒后，贺景发出了沙哑的声音：“买过。”

“买过？”丹尼尔惊讶，“什么时候买的？买的什么？”

“买了双色球第2016129期，超级大乐透第2016130期，还有双色球第2018055期，体彩大乐透第18115期……”

“等等，等等……”丹尼尔打断了他，“这里没有这些彩票，你买的是你们国家的彩票？”

贺景点点头："很久以前，托人帮忙买的。"

丹尼尔："那你买了这么多，有中的吗？"

沉默良久后，贺景说："一个都没有。"

他语气沉重地说："丹尼尔，大奖并不会因为你记住了正确的号码就来到你手中，而是会以各种方式回到原本就该中奖的人手上，这叫命运不可违逆，而我最终也摆脱不了死亡。"

他意识到一件更加令人窒息的事。

那就是他和李灿不会有以后了。

如果改变不了未来，就不该再打扰李灿的生活。

那些一条条他想发而发不出去的消息、想接但接不了的电话，不是上天在将他与李灿分开。

而是命运本该如此。

丹尼尔摇摇头："贺景，我听不懂你的意思，你是不是有些悲观了？不过我也能理解你，如果我是你现在的处境，早就活不下去了。"

4 走向死亡，走向你

2020年。

贺景还清了一部分贷款，手头宽裕了些。

他去商店买下了那对莫比乌斯环戒指中的男款，戴在了无名指上。

无名指被戒指套住的那一刻，他的唇角不自觉地上扬。

灿灿，我终于和你戴上了同样的戒指。

他向着天空伸出了手，五指张开，阳光照在戒指上，银色的边缘闪烁着耀眼的光芒。

贺景第一次发现原来这里的阳光也有明媚的时候。

晏云姿站在不远处，静静地望着他。

那只骨节分明的手上多了一枚素圈戒指，还偏偏是无名指。

明明只是一枚戒指，为什么却像是看见了多年未见的爱人一样，笑得那么开心？

可明明笑得那么开心，为什么眼里还是夹杂着说不出的悲伤？

贺景总是那么神秘，让人猜不透他在想什么。

她走上前："你买了戒指？"

贺景慢慢放下手，敛起笑容："嗯。"

"为什么会突然想到买戒指？"晏云姿试探地问。

“因为和她约定好了。”贺景又忍不住勾起唇。

“她……指的是李灿吗？”

“嗯。”

“你也给她买了戒指？”

“嗯，不过她要晚点才能收到了。”

“什么意思？”

“没什么。”贺景将手揣进了裤兜，淡淡地说，“走吧。”

经过医院长廊时，两侧的花圃里突然跑出一只瘦小的猫，一瘸一拐地停在了他们面前。

贺景眼前一亮：“‘第十名’？”

他小心上前，蹲在那只猫面前，向它伸出手。

“你认识它？”晏云姿问。

“不认识，但它和我以前养过的猫很像。”

“你以前养过猫？”

“嗯，是小区里的一只流浪三花，叫‘第十名’。”

眼前这只小猫出奇乖巧，任由贺景摸它的脑袋，甚至还踮起脚尖、翘起脑袋让贺景摸。

“‘第十名’？”晏云姿笑了，“这名字也太奇怪了，是有什么特别的寓意吗？”

“是灿灿起的。她以前考试，每次都是班上第十名。”贺景说。

晏云姿的笑容僵了僵。

贺景揉着小猫脑袋，也不管身边人想不想听，开始自顾自地讲了起来：

“‘第十名’一开始特别瘦，养了两年后胖了。有一天我见猫实在太胖，以为是怀孕了，就和灿灿一起带它去了医院，医生问它的名字，灿灿就给它起了‘第十名’这个名字……结果医生说‘第十名’没怀孕。你知道最好笑的是什么吗？灿灿以为它得了不孕症……”

说到最后，他的神色渐渐落寞了。

“只不过，我走了以后，第十名没了，灿灿的第十名也没了。”

贺景摸猫的手停下：“她一定很难过。”

晏云姿听不下去了。

她站起身，说：“别让于阿姨等急了，我们走吧。”

贺景站起身，最后看了猫一眼，转身进了医院，不忘给手上消了毒。

进了病房，晏云姿上前给了于芝晓一个拥抱。

“阿姨，你真的很棒，再观察一段时间，你就可以出院了！”

比起化疗那段时间，现在的于芝晓精神好多了。她紧紧拉住晏云姿的手，轻轻拍了拍晏云姿的手背。

“多亏了你和你父亲的帮助，尤其是你，这几年你天天来看我，还给我和贺景做饭。我对你的感激，三言两语说不清。”

于芝晓眼里含泪，看向贺景：“小景，你说是不是？”

贺景笑了笑，没说话，算是默认了。

他拎起几乎没什么垃圾的垃圾桶，说：“我出去倒垃圾。”

无名指上的戒指实在太过突兀，于芝晓一眼就看见了，她眼底闪过一丝欣喜，面上却不露声色。

可看见晏云姿手上没有戒指，她紧接着又有些困惑。

“阿姨，如果您实在感激我，就留在这里不要走了。”晏云姿说。

于芝晓摇摇头，调笑说：“我看你是醉翁之意不在酒，说是不想让我走，其实是舍不得贺景吧？”

晏云姿没有否认，点了点头：“阿姨，我爱贺景。”

于芝晓笑得更开心了，对晏云姿是怎么看怎么顺眼。

她压低声音，说：“你要是能做我儿媳，我当然高兴。贺景是个懂事的孩子，这么多年，你陪他吃了这么多苦，他会记得你的好，也会喜欢你的。”

晏云姿眼底闪过失落。

她连忙压下眸子，笑着说：“要是这样的话，就太好了。”

又是一年。

于芝晓的身体各项指标已经恢复正常，她抗癌成功了。

每个人都在为发生在她身上的奇迹感到不可思议，只有贺景一派淡然，仿佛早就知道了结果。

回国的前一天，晏云姿约贺景一起吃饭。

餐桌上。

贺景慢条斯理地将牛排切成整齐的条状，半晌才往嘴里塞一块，看上去食欲恹恹。

“不能不走吗？”

晏云姿说完，自嘲地笑了下。她觉得这个问题问得很没用，明明答案显而易见。

于是，她又换了个问题：“你还会回来吗？”

贺景放下刀叉，双手落在腿上，摸索着无名指上的戒指：“应该会。”

晏云姿愣了下，重新燃起了一丝希望："我还以为你不会再回来了。"

"如果可以，我当然不想再回来了。"贺景直白地说，"这里没有任何值得我留恋的地方。"

"没有任何值得留恋的地方？"晏云姿心脏一阵抽痛，甚至觉得有些无地自容，"那我呢？"

贺景抬起眼，似乎不太明白她这话是什么意思，又好像是明白了，但在装听不懂。

晏云姿双手紧攥，指甲嵌进了肉里："你为什么……为什么就不能给我一次机会呢？为什么连一句让我开心的话都不肯说呢？"

"Ava，我不想骗你。"贺景认真地说，"我很感谢你这些年对我的帮助，但我不能因为这一点，就说些让你会产生希望的话，这样对你没有任何好处。"

这样的贺景，反而让晏云姿更加放不下。

她不甘心地说："这几年，是我陪你度过了最难过的时候，李灿呢？我从来没见她联系过你，她一次都没来看过你。你这些年受的苦，只有我在心疼。"

贺景右手掌心紧紧按住无名指上的戒指，他深吸一口气，缓缓地说："但李灿在我这里，是谁也不可取代的。"

在这世上，没有人能真正理解另一个人，也没有人能够完全感同对方的身受。

只有贺景自己清楚。

他最难过的时候，并非在国外陪母亲化疗的那段日子，而是他小时候被父母"抛弃"的那些时光。

事实上，他每一个难过崩溃的时刻，都有李灿在。

在他们几乎断联的日子里，"李灿"这两个字仍然能支撑他熬过所有的艰难。

她是他的爱，也是他的希望。

他在随着命运的轨迹一步步走向死亡时，也在走向她。

5 爱是克制吗

回国那天，一下飞机，还没走出机场大门，于芝晓便迫不及待地给徐萍打了电话。

贺景弯着腰凑近她，想从徐萍口中听到李灿的近况。

他腰弯得很低，身子向于芝晓倾斜，就差把耳朵直接贴在手机上了。

可一直到挂电话，徐萍都没有提起李灿。

贺景有点失望。

他拉着行李箱，打车和于芝晓一起回了家。

家里一股陈旧的土腥气，灰尘肉眼可见。

贺逢宁根本没找人回来打扫过这里。

幸好沙发和床这类大型家具有专门用防尘布遮住，不然贺景现在就能提刀杀到贺逢宁住的地方，了结他。

贺景把抹布打湿，擦了几样常用的家具，又给于芝晓和自己铺好了床。

“今晚先这样将就一晚吧，晚些时候我找家政公司来打扫。”

“好。”

于芝晓坐在沙发上，她想帮忙，可贺景死活不让她插手，她只能看着他忙这忙那。

贺景擦完电视柜，突然觉得头有些疼，他掐了掐太阳穴，摸到额前还有一层薄薄的细汗。

经验告诉他，他发烧了。

“小景，怎么了？”

“没事，就是坐了太长时间的飞机，有些累了。”

贺景把抹布放下，坐到沙发上，长吁一口气，掏出手机，翻看外卖软件。

“家里什么都没有，今晚吃外卖吧。我知道这附近有家面馆不错，现在应该已经开业了。”

对于国内的一些东西，比如打车软件、外卖软件，贺景全都能熟练运用，不像在国外生活了很久的样子。

于芝晓有些惊讶：“你怎么知道哪家面馆开业的？”

意识到自己说错，贺景镇定自若地说：“朋友说的。”

贺景在国内哪还有什么别的朋友，于芝晓一下子便猜到了是谁。

“是灿灿说的？”

“……嗯。”

“这几年我没怎么听你提过灿灿，你们两个还经常联系吗？”

“没。”贺景想了想，又说，“我们不怎么联系了。”

“明天你徐阿姨会过来，灿灿应该也会一起。”于芝晓拍了拍他的胳膊，语重心长地说，“你们两个从小一起长大，关系淡了会很可惜，要是见了面，好好聊一聊。”

“嗯，知道。”

次日。

贺景睡出了一身汗，醒来头还是疼。

通常低烧睡一觉就能好，他摸了下额头，感觉烧还是没能退下去。

家里连个温度计都没有，他根本不知道自己烧到了什么程度，但头脑还算清醒，应该没什么大问题。

他冲了个澡，换了身干净衣服，把手机揣进裤子口袋，对卧室里的于芝晓说：“我出门买些日用品，您还有什么需要的吗？”

于芝晓停下手上叠衣服的动作，想了一会儿，摇头说：“没什么要买的了，要不你看着买吧。”

他正要下楼，忽然想起什么，转身回卧室，找出尼罗河花园，在手腕和锁骨上各喷了一下。

到了一楼，他四下环顾一圈，在心里琢磨了一遍要买的东西，蓦地，听见了敲门声。

呼吸一滞。

他空咽了下根本不存在的口水，喉结滚了滚，走过去，打开了门。

六年了。

日思夜想。

李灿站在徐萍身后，穿着淡蓝色衬衫和黑色半身长裙，好看的双眸澄澈明亮，精致的脸上带着一丝忐忑。

她头发变长了，但还没三十五岁的时候那么长。

还是那么漂亮。

下意识地，贺景牵起嘴角：“灿灿。”

他看到李灿眼里泛起了心疼之色，忽地反应过来，立马从她身上移开视线，看向徐萍。

“臭小子，就光看见灿灿了？”

徐萍捏着他的胳膊：“病的是你妈，你怎么也这么瘦了？长这么大个子，身上没几两肉，这样会生病的。”

“阿姨，我吃不惯国外的东西，在外面这几年特想吃你做的饭。”说话时，他的余光一直在李灿身上。

他接过她手上看上去沉甸甸的袋子，凑近她时，闻到了从她身上传来的柑橘香。

贺景眼睫垂下，避开了李灿的目光。

因为徐萍的到来，冷清的客厅变得热闹起来。

过了一会儿，徐萍和于芝晓进厨房忙活起来，聊天的声音充斥着整个家里。

贺景走到沙发旁坐下，见李灿还站在原地，放不开手脚，联想到李灿三十五岁的时候还在不稳重地满客厅追杀他。

那模样，和现在这一派端庄相比……

他忍不住勾唇："几年不见，怎么变这么文静了？"

话一落，李灿整个人也松快了些，她坐下："原来你知道我们很多年不见了啊。"

他给她倒了一杯温水，递给她，瞥见了她无名指上的戒指，明晃晃的钻石过于醒目。

三十五岁的李灿提过，许森阳求婚戒指上的钻石很大。

但贺景没想到会这么大，这白钻快要赶上鸽子眼睛了。

许森阳真是对得起他殷实的家庭背景。

钻大有什么用，不还是分了。

"呵。"贺景嘴里发出一道几近于幸灾乐祸的笑声。

"你笑什么？"

他感觉到李灿不爽了，悻悻然说："没什么。"

"为什么总不回复我的消息？"

因为回不了，因为这该死的命运在拦着他。

就像此刻，他连一句解释的话都说不出口。

贺景眸子暗了暗，装起了傻："有吗？我怎么不记得。"

李灿将手机举到他面前："证据。"

她脸上有愠色，眉头微微蹙了起来，眼角也因为生气向下压去。

"看看到底是谁没有回消息？是谁？"

贺景要疯了。

李灿怎么能连生气的样子都这么好看？

他好想抱她，想亲她，告诉她，他有多么想她。

可他做不到，只能面无表情地拿过手机，再回她一句冰冷的"抱歉"。

晚饭后，贺景头疼得更厉害了。

他将戒指摘下，刷碗，余光看见李灿来了。

他知道她一定会过来。

两人简单聊了几句，他的回复一直没什么热情，其中一半是因为头疼作祟。

气氛冷了下来。

片刻后，李灿冷不丁地问："你就没什么想问我的吗？"

"问什么，你有什么好问的？"贺景脱口而出。

这么多年，李灿发生了什么他都知道。

"第十名"死了，高考超常发挥了，辩论赛输了，他被许森阳偷家了，大学毕业穿着花了一个月工资买下的礼服主持了典礼，第一份工作就遇见了无良上司……

什么都不知道的，是李灿。

见李灿要走，贺景连忙伸手抓过戒指戴上，出了门，快步跟上了她："我送你。"

"这么近送什么？不劳烦你了。"李灿越走越快。

"跟我客气什么？"他也迈大了步子。

李灿头也不回："也不知道是谁先客气的。"

贺景无话可说。

他转移话题说："我过段时间还需要出国一趟，会在那边待几天……"

他有一些债务上的问题需要回去处理。

"待几天？"李灿打断了他，冷哼一声，"你还回来做什么，干脆待在国外永远别回来了。"

贺景本可以追上的，这次命运没有阻拦他，他可以上前说什么的，但是身体很沉，头晕目眩，已经到极限了。

他好累，所以暂时停下了脚步想要歇一歇。

这一歇，便觉得双腿沉重到再也不能迈开了，只看着李灿很快消失在视野中。

接着，眼前一黑，一头栽倒在地上。

晕厥了约莫几分钟，贺景自己醒过来了。

他从地上爬起来，去了医院。

营养不良，疲劳过度，高烧40℃，还出现了短暂休克……

医生给他挂了点滴，输上了退烧药和营养针。

那晚，他在医院里过了一夜。

6 友谊可抵万重难

因为挂了点滴，烧退得很快，贺景离开医院，去超市买了很多日用品，都是于芝晓可能会用到的，他买了几乎一年的用量。

他回到家，看见于芝晓坐在沙发上，手里剥着老花生。

面前摆着一个不锈钢盆，盆里已经堆起了一个小小的花生米山。

“怎么剥起了花生？”贺景问。

“徐萍要做花生糖，我闲着也是闲着，帮忙剥些花生。”于芝晓说。

“阿姨她人呢？”贺景满家里找不到徐萍的身影。

“在这儿呢！”

徐萍人未露面，声先传出。

贺景循声抬头，看见徐萍戴着口罩，一手拿扫把，一手拿鸡毛掸子，从二楼的房间走了出来。

“我把二楼全打扫了一遍。你妈说你要找家政，不用找，我比家政打扫得还干净！”她边下楼边说，“对了，小景，我把你房间也打扫了，你不介意吧？”

贺景浅笑：“阿姨帮我打扫房间我怎么可能介意，高兴都来不及。”

徐萍摘下头上的防尘帽和脸上的口罩，说：“你房间里什么都没有，太空了！你的好多东西还在我家里放着，什么都没给你动，我让灿灿下班给你拿过来？”

贺景连忙说：“不用，阿姨，晚些时候我自己去，李灿应该不知道我需要什么，不麻烦她了。”

他的客套让徐萍觉得有些别扭，但她没表现出来，只轻描淡写地转移了话题。

“你自己去拿也行……你妈说你昨晚在外面忙着处理国外的事，肯定没怎么休息好吧，快坐下歇着。我去烧几个菜，给你们娘俩这干不拉叽的身子好好补补。”

贺景应了一声“好”，拎着一大包东西上了二楼。

他将医生开的药从袋子里拿出来，放进了抽屉最里面，不打算让于芝晓知道他生病的事。

午饭特别丰盛。

徐萍嘴上说只烧几个菜，可最后荤的素的加起来有七八道，每道菜的量虽然不多，但样式都不重复。

原本贺景因为生病没什么食欲，可往桌上就轻飘飘瞅了那么一眼，只一眼。

最后愣是一声不吭坐在桌前埋头吃了三碗饭，还清空了两个盘子。

这可把于芝晓看傻眼了。

“我从来没见过小景吃这么多饭。”

不管是在国外还是国内，于芝晓一直觉得贺景是个不爱吃饭的孩子。

徐萍咂了下舌，乐呵呵地说：“那你是不知道，小景上高中那段时间特别能吃，我蒸满满一锅白米饭，他能吃下三分之二，跟饕餮有得一拼。”

“……是吗？”

于芝晓忍不住诧异，旋即一抹愧疚涌上心头。

她干笑两声：“你说说我这个亲妈当得，居然都不知道自己孩子饭量是多少……”

徐萍发觉自己说错话了，吸了吸鼻子，往于芝晓碗里夹了些菜。

“你那是有自己的事业……我要是跟你一样，被邀请到世界各地去当讲师，别说不知道自己孩子吃多少了，孩子上几年级我都不关心！”她大大咧咧地说。

于芝晓笑了笑，不再说话，安静地吃起了碗里的菜。

饭后，于芝晓吃了些营养剂，又陪着徐萍剥了些花生，不一会儿便开始犯困，回到卧室里睡下了。

徐萍把最后几颗花生剥完，起身走进厨房，挽起袖子，把正准备洗碗的贺景推到一边。

“你歇着去吧，就没见过像你这么爱刷碗的孩子。”徐萍大刀阔斧地朝海绵挤了两泵洗洁精，开始刷碗。

她好像总有使不完的力气，又乐观又能干。

贺景擦了擦手，犹豫了一会儿，说：“阿姨，我妈一个人的时候，还麻烦你多照顾了。”

徐萍停下手，扭头看他：“你要去哪儿？”

贺景：“我过段时间还需要出国办些事。”

“哦……”徐萍扭回头继续刷碗，不乐意地说，“这种事还用你说？我跟你妈认识多少年了，你跟李灿还没出生，我俩就是雷打不动的死党。”

她停顿了一下，声音放轻缓了些，又说：“小景，阿姨问你个事儿。”

贺景笑了笑：“尽管问。”

徐萍：“你跟灿灿……是不是吵架了？”

贺景笑容一僵。

徐萍看他的反应，知道八九不离十是说对了。

她语重心长地说：“你俩从小闹到大，我就没见你俩有过隔夜仇，但我总觉得你们这次吵架跟以前不一样。”

说话的工夫，徐萍已经把碗刷得差不多了，她把碗一个个放在沥水架上，碗壁亮得反光。

“你的东西，灿灿一样也不让我动，都原原本本放在那儿，连你走之前写的那些作业本都不让我碰。”

贺景欲言又止。

徐萍想了想，又说：“以前我和你妈吵架，谁也不搭理谁，后来你妈忍不住了，主动找我和好，还跟我说了一句话，我到现在还记得。那句话是，愿岁并谢，与长友兮，意思是要做长长久久的朋友。

“小景，我想不出你妈那种文绉绉的诗词，但我知道一个道理，那就是友谊可抵万重难。”

徐萍摘下手套，拍了下贺景的胳膊：“我不管你们俩因为什么吵，也不管是谁的错，听我的，和好。”

粗枝大叶的徐萍女士很少会说箴言，但往往一开口便是金句。

几天后，贺景主动联系了李灿。

他还是想和她见一面。

即使有些话无法说出口，但能见一面也是好的。

万一这一面恰巧能改变他的命运也说不定。

就像三十五岁的李灿说的那样，哪怕只有千万分之一的可能性，也别放弃。

可天不逢人意。

他约她见面的那天，李灿出了车祸，货车与李灿乘坐的出租车相撞，出租车翻滚坠入河中。

贺景赶到医院的时候，看见李灿躺在监护室里戴着呼吸机，脸上没有一丁点儿血色，就那么静静地躺着，像睡着了一样。

那一刻，贺景大脑里一片空白，停止了思考，只以为这是命运的警告。

警告他不要做无谓的挣扎。

一向乐观的徐萍瘫坐在医院的走廊上号啕大哭，仿佛世界末日，天塌地陷。

贺景站在角落里，眼前人来人往，像按下了倍速键，纷纷扰扰闪过。

他面如死灰地望着监护室里的李灿，心情不知不觉变成了一潭死水。

友谊可抵万重难，那爱意呢？

倘若他抓住了那千万分之一的可能性活了下来，代价却是李灿呢？

贺景不想赌，他承受不住。

7 思念浇灌记忆

离开之前，贺景去了一趟李灿的家里。

徐萍和李世良轮流在医院里守着昏迷不醒的李灿，家里现在没人。

客厅的灯和电视机都还没来得及关上，电视画面停留在电影频道，此刻正在插播广告。

贺景关上电视机，走向曾经自己住过的那个房间。

推开门，一切都还是记忆中的模样。

书桌上摆着摊开的地理作业本，黑笔夹在本子中间的缝隙里，掀开的那一页上面还有他的字，仿佛他昨天还在这里写过作业似的。

他慢慢合上地理作业本，却发现作业本的封面上写的是李灿的名字。

“嗯？”

他先是有些疑惑，紧接着想起他出国之前的那一周，几乎每天都在帮李灿补她完不成的作业。

那段时间，李灿忙着准备学校的合唱比赛，她是主唱，每天都和合唱团的同学一起练习到很晚。

想到这儿，贺景意识到三十五岁的李灿并没有把合唱比赛的结果告诉他。

他不知道李灿在那场合唱比赛中为学校拿下了第几名。

也许是李灿忘记讲了，又或是比赛结果平平无奇，没什么可讲的。

贺景放下地理作业本，去了李灿的房间。

李灿好像从这时候开始就很喜欢带有柑橘清香的东西。

她的桌上挂着几个散发着柑橘香气的香水卡片，和尼罗河花园的味道很相似。

书桌是桌架一体，桌子顶端连着一个小型书架，上面放着高中用的课本。

贺景抽出语文必修课本，翻开，里面夹着那封情书。

2015年李灿写给他的情书。

他打开情书，反复读了很多遍，每一遍都像是第一次读。

尤其是那句“我喜欢你，贺景，喜欢你好多年了”，不管看多少次，心跳频率都会在此处多跳几下，嘴角更是会不自觉地扬起。

贺景心里产生了贪婪的念头，他想把这封信带走，在异国他乡余下的每一天都看上几遍。

可转念一想要是带走，那他就不会发现李灿喜欢他了。

挣扎半天后，他把信封放回原处，离开了房间。

家里没什么他需要带走的东西，他只拿走了床头柜上的兔子小夜灯。

他为于芝晓找好了家庭医生，签下了为期三十年的合同，将一切都处理妥当后，坐着时间最近的航班离开了国内。

加上短暂的中转时间，他飞了几乎四十个小时。

飞机落地后，他把手机开机，收到了李灿传来的消息。

——贺景，我们再也不是朋友了。

那天的机场大厅分外热闹，航班排得很密集，赶飞机的人络绎不绝。

人潮之中，贺景突兀地站在大厅中央，红着眼垂着头，盯着手机上的短信看了很久。

三个月后。

晏云姿在医学院里看见了一抹熟悉的身影。

起初她以为是认错了人，直到那身影穿过玉白的长廊，在拐弯处露出了利落分明的侧脸，那张脸像被心灵手巧的上帝精心雕刻过，晏云姿怎么也不会认错。

她大步追上那道身影，可眨眼间，那道身影就消失不见了。

再次见到，是在几天后。

当时，贺景刚上完一堂关于胰腺癌攻克相关的理论课，他从教室里慢悠悠地走出来，准备去做家教兼职，还清剩余的贷款。

灰色宽松的大衣被他的宽肩撑起，黑色的西服长裤将双腿修饰得笔直，他戴着黑色围巾，额前的碎发随风轻轻飘动，几缕发丝听话地定在眉间。

晏云姿停在了他的正前方。

“你回来了。”她神情有些激动。

贺景停下脚步，英俊的脸上透着淡淡倦意。

他轻轻“嗯”了一声，一只手插在大衣的口袋里，另一只手垂在身侧，无名指上戴着那枚戒指。

“你这次会在这里待多久？”晏云姿问。

“不知道。”贺景想了想，“应该不会回去了。”

那时，贺景的话在晏云姿听来，完全是另一种意思，让她不由得心生希望。

为了方便去学生家做家教，贺景在学院外租了一个单身公寓。

丹尼尔从晏云姿口中听说他回来以后，特意拿着香槟和蛋糕来到他家，还擅自邀请了几个朋友，为他举办了欢迎派对。

几个陌生人毫无征兆地闯进贺景家里，端着一个蛋糕唱着歌，又对着天花板放了好几个彩带。

一番操作下来，贺景被搞得云里雾里。

直到丹尼尔在人群最后方举着香槟，龇牙咧嘴地探出脑袋，贺景才明白这是怎么回事。

晏云姿知道这事后，和丹尼尔大吵了一架。

原因是晏云姿认为贺景并不喜欢派对这种热闹的场合，也不喜欢和陌生人来往。

但其实贺景并不介意。

起码这样可以让他不用一直想着自己什么时候会死，又会以什么样的方式死去。

不久后，贺景收养了那只和“第十名”长得极像的三花玳瑁猫，并为它取名“第十名”。

有一次，晏云姿买了一些猫粮来找“第十名”。

她看到贺景坐在柔软的酋长椅上，出神地望着落地窗外的景色。

“第十名”乖巧地窝在他怀里，他的双手放在“第十名”毛茸茸的身上，指尖抚摸着无名指上的戒指。

“贺景。”她轻声叫他。

贺景回过头，目光淡然地看了她一眼，接着又转过头，继续盯着窗外，摩挲戒指的动作没停下。

如果不是那一头茂密的黑发和那一张俊秀的脸，晏云姿会觉得他就是个参破凡尘的垂暮老人。

“你在想什么？”晏云姿问。

“想李灿。”贺景的语调平静得出奇。

这样的对话之前发生过几次。

晏云姿永远都没有办法适应，每次听到“李灿”这两个字都觉得酸涩难堪。

可她还是像不知死活似的一遍遍去问，内心深处竟期待着会有一次得到的回答和李灿没有关系。

“贺景，人总是要向前看，你总不能一直抓着过去不放。”

晏云姿苦口婆心地劝他：“贺景，你看看我，我就在你面前，你哪怕看我一眼……你和李灿是过去，但我和你会有未来，我能陪你在未来的每一天创造无数个回忆。”

贺景没有立刻回答她。

蓦地，窗外飘起了雪花，他脸上闪过一丝意味不明的情绪。

良久后，他开口说：“我没有办法不想她，直到我死去的前一刻，我应该都会在想她。”

晏云姿不禁黯然神伤：“既然你这么想她，为什么不回去找她？”

贺景选择了沉默，他没有回答这个问题，也不想回答。

倘若对李灿的思念是毒药，那么所有关于李灿的记忆便是种子。

被毒药浇灌后的种子不仅不死，反而肆意疯长，缠住他每一寸神经，侵蚀他每一寸骨肉，压垮了他的倔强，吞噬了他的希望。

贺景承认，他是个懦弱的人。

8 允我意志沉沦

又过了几年，贺景还清了所有贷款。

他申请了医学博士学位，并通过了医师执考，成为一家私立医院肿瘤科的医生。

丹尼尔和他是同事，只不过丹尼尔不喜欢和病人面对面打交道，所以选择了麻醉科。

两人除了会在手术室碰面，私下里丹尼尔也经常会去找贺景。

贺景办公室的私人物品柜里摆满了玻璃糖罐，里面装满了用夜光纸叠成的星星。

还有一个玻璃罐放在他的办公桌上，里面只装了半罐星星。

清闲的时候，他就会窝在沙发上一颗接一颗地叠星星。

丹尼尔倚靠在贺景办公室的躺椅上，手里捧着一杯咖啡，盯着贺景把长长的纸条眨眼间折成饱满小巧的星星。

“叠多少了？”

“一罐一千颗。”贺景头也不抬地说。

丹尼尔耸了耸肩，对他叠星星的行为表示不理解，但尊重。

“你要叠多少才停下？”

“九万九千九百九十九颗。”

“这么多？”丹尼尔从他手边抽出一张星星纸条，也有模有样地叠了一颗。

这么多年看下来，他就算没叠过，也看会了。

只不过他叠出了一颗无比丑陋的星星，远没有贺景叠得好看。

"贺景，为什么一定要是九万九千九百九十九颗？"他随手把星星扔在沙发上。

"因为叠满九万九千九百九十九颗，就能实现愿望。"贺景说。

"你的愿望是什么？"丹尼尔好奇地问。

"是李灿。"贺景毫不掩饰。

熟悉贺景的人几乎都知道"李灿"这个名字，丹尼尔自然也不例外。

李灿明明从未在他们面前出现过，但只要贺景出现，好像李灿这个人也会跟着一起出现。

他只是坐在那儿，什么也不说，大家就能看出他在想李灿。

丹尼尔等了一会儿，不见他继续往下说，面露疑惑："就没了？是李灿什么？"

贺景把叠好的星星轻轻放进糖罐，重复了一遍："我的愿望就是李灿，我想要它把李灿给我。"

"'他'？是谁？"

"是命运。"

贺景语气有些萎靡："命运不想让李灿和我在一起，所以我想叠满星星，希望命运能宽宏大量。"

"这个李灿到底是何方神圣？居然能把你变成这个样子？"

丹尼尔忍不住对李灿的外貌和性格开始浮想联翩，他又说："如果有机会，我一定要见一见李灿。"

贺景淡淡勾起唇角，没再接话。

过了一会儿，丹尼尔捡起那颗刚刚被他扔下的丑星星，半信半疑地问："这个真的有用吗？"

贺景不语。

丹尼尔看了一眼贺景，默默把丑星星揣进了上衣口袋，悄无声息地起身准备离开。

"你也要叠星星吗？"贺景冷不丁冒出一句。

丹尼尔身子一僵，鼻腔中发出一道不屑的冷嗤："我不信这种像小孩子玩具一样的东西。"

"你要许什么愿？"贺景抬眼看他，"和Ava有关吗？"

丹尼尔深吸一口气，胸膛一阵起伏，接着一脸严肃地走到他面前，扯过椅子坐下："别告诉Ava。"

贺景闷哼：“为什么？”

丹尼尔：“反正就是别告诉她，如果你还想和我做朋友，就帮我保密。”

贺景想了想：“好吧。”

丹尼尔观察着他的表情，底气明显不足地问：“你什么时候猜到的？”

贺景：“这还需要猜？”

丹尼尔五官皱在一起，开始自我怀疑：“我表现得有这么明显吗？”

贺景摇摇头：“不，你藏得比我要好。”

丹尼尔觉得他这话有点匪夷所思：“什么叫藏得比你好？”

“每次看见你和Ava在一起的时候，总会让我想起我和李灿。”贺景沉吟了片刻，似乎在措辞，“可能是因为同病相怜，反正，我一开始就看出你喜欢Ava了。”

丹尼尔托着下巴，长长叹了口气。

他盯着贺景那张脸，左看右看，仿佛在暗暗比较什么，表情有些复杂，令人捉摸不透。

“今天没手术，下午也没有你的预约排班，晚上要不要一起吃个饭？叫上Ava……不过她最近在她爸医院里忙翻了天，也不知道能不能约出来。”丹尼尔说。

贺景拒绝：“我还有事。”

“什么事？”

“去取一件跨国快递。”

“跨国快递？你买了什么？”

“一张乙未年的纪念邮票。”

“买那东西做什么用？”

“写信。”

“信？”

“嗯，回信。”

丹尼尔像在看怪人一样看着他：“你总是做些稀奇古怪的事。”

贺景把糖罐的盖子合上，起身脱下了白大褂，换上了黑色大衣。

“现在就要走？”丹尼尔也站了起来。

“嗯，留在这里也没事。”

贺景把暗红色的围巾围在脖子上，向门外走去，忽然想到什么，脚步一顿。

“丹尼尔。”

丹尼尔："嗯？"

"如果我以后出了什么事，能不能麻烦你帮个忙？"

"什么忙？"

丹尼尔反应过来，话锋一转："你会出什么事？你怎么可能会出事！"

贺景举起手，亮出了莫比乌斯环戒指。

"如果我出了任何意外，这枚戒指，还有我写的信，最后只能交给李灿保管。"

"别人保管不行吗？"

"谁都不行。"

丹尼尔虽然不明白，但还是点了下头："好吧，你交代的事，我会记住的。"

贺景离开了医院，开车回家，取出了他的跨国快递。

邮票用密封袋紧紧封住，他买了整整一版，有十二张不同的图案。

他撕下那枚印着羊的邮票，贴在了信封上。

李灿写情书用的那种信封很难找，他逛了很多地方也没有找到，最后干脆专门让人定制了一模一样的信封和信纸。

他坐在书桌前，面前摆着空白的信纸。

"第十名"慢慢走过来，趴在了他的手边。

他用笔杆轻轻挑起"第十名"的尾巴："'第十名'，你说我该写什么才好？"

"喵！"

"第十名"的尾巴绕着笔杆旋了一圈，最后又站起来，仰着圆润的下巴，迈着优雅的步子离开了桌子，回到了它的猫爬架上。

贺景视线重新落回信纸上。

半晌后，他提笔，想到什么便写了什么。

他在信中写道：

李灿：

你好。

现在是太平洋时间2032年2月1日中午12点。

当你收到这封信时，我应该已经不在了。

这是一封写给你的回信，回复你在2015年写下的那封关于我的情书。

虽然你本来就没打算让我知道那封情书的存在，但没办法，谁让我看到了。

很可惜隔了十七年才能把回信交给你，但我觉得现在也不晚。

你与我从来不存在什么所谓的差距，我们永远是平等的，如果你固执地想要和我比个高下，那我愿意无条件向你俯首称臣，做你永远的小贺子。

可你要是连爱都要和我比个高下，那毫无疑问，一定是我爱你更多。

等我死后，十八岁的我会从过去来到你身边，到那时，我的命运也算是完成了闭环。

我本以为命运残忍，可命运却让我回到了你身边，我又以为命运慈悲，可它却让我无法再回到你身边。

灿灿，我抓不住那千万分之一的可能。

我自私地希望你这辈子都不要忘记我，可又希望你能在看到这封信的第二天就把我忘得一干二净。

灿灿，我爱你，我希望你也爱我，但我不想看到你因为爱我而流泪，我希望你未来的生活能比过去更加幸福。

灿灿，请原谅我选择放弃，允许我意志沉沦。

贺景

留给此生唯一挚爱

第八章 莫比乌斯环戒指

1 死亡真相

2032年6月。

医学院决定推选一名历代优秀毕业生参与“史蒂文斯医学奖”的提名与评奖。

“史蒂文斯医学奖”是世界富豪史蒂文斯去世之前为医学领域设立的奖项，是无数医师争破头也想要去竞争的奖项。

该奖项每三年颁发一次，历届获奖者中甚至有两名在不久后获得了诺贝尔医学奖，由此可见，该奖项的含金量有多么高。

医学院原本定下晏云姿去参与评奖，毕竟她父亲是知名私立医院的院长，而她本人又参与过许多个医学研究项目，更发表过许多关于癌症治疗的医学论文。

可到了名单公布的那天，提名人却变成了贺景。

贺景接到通知的时候十分讶异。

他的成绩在毕业生中确实优秀，在胰腺癌研究方面也有不小的成果。可比他优秀的人大有人在，这个名额怎么也不该落到他头上，更何况他都没有主动去争取这个名额。

他甚至都不关心什么“史蒂文斯医学奖”，也不知道这个奖项到底是什么时候开始评选。

死期都快到了，谁还会在意什么医学奖。

不如给个复活奖，由他来创造新的医学奇迹。

他连理都没理。

委员会通知他提交的评选材料，他压根没准备。

每天早上，贺景都会在日历上划掉一天。

他从过去穿越到未来的时间是2032年9月的某天，也就是说他会在那之前就死掉。

但关于死亡的一切记忆他都想不起来，感觉就像喝多了断片似的，前后发生的事都记得，但唯独最重要的事不记得。

每当他开始琢磨自己到底会因何而死的时候，满脑子都是李灿哭泣的那些画面，其精神痛苦程度不亚于在地狱受十八种酷刑。

他越琢磨，人便越萎靡，越窝囊。

到最后，贺景已经不肯出门了。

他整日窝在家里，不和任何人联络。

头发渐渐长到盖过了双眼，因为太久不出去见太阳，他的皮肤有一种不健康的白，没有一丁点儿红润的气色。

他偶尔才出门一次，去超市购置生活用品，一次便会买下一整个月需要用的东西。

期间，晏云姿和丹尼尔都因为奖项的事联系过他。

尤其是晏云姿，她不希望贺景错过这么重要的奖项，她希望大家都能够看到他的过人之处，所以她给贺景打了无数个电话，去敲过无数次他家的门。

但贺景不仅不接电话，连门都不给他们开。

有一天半夜，丹尼尔来敲他家的门，敲了很久都不听里面有人回应，丹尼尔便找了个开锁的，把贺景的家门撬开了。

他一进门，看到贺景就蜷缩在椅子那儿，一动不动。

“你是聋了还是哑了？”

丹尼尔气上心头，上前揪起贺景的衣领，高高举起拳头。

但当他看到贺景人不人鬼不鬼的模样时，有一瞬的错愕，拳头也停在了半空，旋即心头涌上更加强烈的怒意。

“我真的不明白Ava为什么会为了你这样的人放弃那么重要的奖项！”他猛地松开手，把贺景推了回去，“如果你还有一点良心，就去告诉委员会的人，说你不想要这个奖！把这个奖还给Ava！”

贺景整个人摔回椅子上，眼皮也耷拉下去，像具死透的尸体，有体温，但没有任何情绪波动。

发现跟这个“活死人”说不明白，丹尼尔摔门而去。

2032年9月11日。

天空仿佛被一块巨大的铅灰色幕布所笼罩，乌云沉甸甸地压下来。

不多时，有雨落下。

贺景睡醒，拖着沉重的身躯下了床，顺手将窗帘拉上，挡住了外面的雨景。

这几天，他睡眠的时间变得越来越长，程度也越来越深，有时中途醒来，分不清是白天还是黑夜。

他口干舌燥，倒了一杯凉水，几口灌下，又走到日历前，拿起笔，划掉了昨天的日期。

“第十名”今天有点奇怪。

它不像以往那样慵懒安静地趴在猫爬架上，而是在整个屋子里不停地走动，尾巴左右大幅度摆动，耳朵变得扁平，向后贴在了脑袋上，似乎很不安。

贺景拿出猫粮和它爱吃的零食放在猫碗里。

“第十名”走到猫碗前闻了闻，然后凑到他手边去嗅闻他的双手，就是不吃碗里的东西。

他蹲下身子，轻轻抚摸着它的脑袋。

忽地，外面一阵雷声响起，声音极大，连带着屋里的物品都跟着微微一震。

伴随这道雷声，身后的门悄无声息地开了。

“第十名”全身的毛发竖立，发出了焦躁尖锐的猫叫。

贺景轻按它的脑袋，试图将它抱起安抚，却觉得手脚使不上力气，眼皮也越发沉重。

渐渐地，意识也开始模糊。

身体像烂泥似的猛地倒在地上，头向一侧歪去，他看到房门是大敞的，一双棕色的皮鞋正缓缓向他靠近。

接着，他便没了意识。

即使是在夏季，深处的河水却还是有一种透彻骨髓的冷意。

贺景浑浑噩噩地睁开眼，入目的是如同深渊一样的黑暗，他无法呼吸了。

身前的安全带将他紧紧束缚，他用力去按卡扣上的按钮，可按钮纹丝不动。

河水开始灌入他的口鼻，窒息感一点一点地包裹住了他，鼻腔、咽喉和肺部传来灼烧似的刺痛。

他碰到了车内的顶灯。

灯亮起，车的全貌露出，挡风玻璃碎了一大半，车子的前盖也高高弹起，扭曲变形。

而他写给李灿的情书漂浮在水中，上面的邮票已经被水浸透、脱落，不知所终。

情书随着水流向车外漂去，他伸手抓住了情书，将其紧紧攥在手中。

许久后，他慢慢闭上了眼睛，停止了呼吸。

2 连锁反应

卧室。

李灿麻木地躺在地板上，整个人蜷成一团，手里握着贺景的戒指，泡坏的信封搁在面前。

她已经维持这个姿势不知道有多久了，心脏一直抽痛，身体也没什么力气。

手机一直在客厅响，响了很久，但她根本就意识不到手机响了，仿佛将自己的五感封闭，对世上的所有一切都失去了感知能力。

直到手机第九次响起铃声时，李灿才有些反应，干涩的眼球在眼眶缓缓转了半圈，红肿的眼睑迟钝地抬起。

她爬起来，光着脚走向客厅，拿起手机。

全是徐萍的未接来电。

她按下了接听。

预想中的破口大骂并没有传来，反而传来了徐萍的啜泣。

“灿灿啊……”

“怎……”李灿张了张嘴，嗓子却干得像是结了蜘蛛网，发出一个短促的音节后便再也发不出任何动静了。

她吃力地清了清嗓子。

“贺景……”徐萍仿佛不会说话了似的，口中没有逻辑地向外蹦词，“国外！”

“到底怎么了？”李灿的心情越发差劲，口吻也有些不耐烦。

于芝晓听不下去了，从徐萍手里拿走了手机。

“灿灿，我现在不知道该怎么办才好了。”

于芝晓的声音同样颤抖，不比徐萍好到哪儿去，但好在能完整地说出一句话。

“阿姨，不要着急，慢慢说。”李灿安抚她。

于芝晓：“有人给我打了电话，说贺景不是意外身亡，是被人杀害的！”

李灿怔住。紧接着，她死气沉沉的眼底忽然有了波澜。

原先的无助与绝望都化为了同一种情绪。

愤怒。

她压低了眸子，冷声问："谁杀的？"

于芝晓哭着说："是贺景的同事，一个叫丹尼尔的男人……"

之后的话于芝晓说得很模糊。

比起意外死亡，贺景被人杀害带给于芝晓的伤害要更大，她哭得撕心裂肺、上气不接下气。

不要说是把来龙去脉说清楚了，能说出话来就已经是用尽了全力。

听她说的时候，李灿已经在收拾行李了。

她动用了所有的关系，在短短一天内办下签证出了国。

于芝晓不愿意见到凶手，说什么也不肯和她一起出国。

李灿知道于芝晓一时接受不了贺景死亡的真相，便自己去了机场。

一下飞机，她便赶去了调查局。

李灿的英文很蹩脚，在遇到需要说英语的场合会不由得犯怵，可那时她满脑子只有一个念头，就是一定要见到杀害贺景的凶手。

这个念头太过强烈，她甚至忘记了自己不太会英文这件事。

她用手机上的翻译软件和刑事调查员勉强沟通，过程很艰难，也格外耗费时间。

直到晏云姿哭着从询问室走出来。

谁都没想到她们两个会这么快便再次见面，而且还是以这种方式。

两人并肩坐在调查局的长椅上。

晏云姿用白色的手帕拭去了脸上的泪，反复深呼吸，几次下来，她的情绪稍稍平复了些。

"调查员在查一桩盗窃案时，调取了事发当时路段的监控。巧的是，盗窃案发生的时间和贺景出车祸的时间是同一天。调查员发现，在车祸发生之前，贺景似乎已经失去了意识，他的身体向一旁歪斜，双手也不在方向盘上……"

调查员发现端倪后，开始调取贺景前后几天的所有动态及社交情况，也查过贺景所住的公寓。

奇怪的是，事发当天，公寓的监控设备全部突然断电。

调查员又调取了公寓对面商店的监控，并注意到在案发当天，有一个穿着棕色皮鞋的男人进入了公寓，监控没有拍到男人的正脸。

之后，监控中没有再出现过穿着棕色皮鞋的男人。

其实，丹尼尔的作案手法几近完美，可偏偏碰上了一个不肯放过任何蛛丝马迹的调查员。

破案的执念驱使着调查员找出了当天所有经过贺景坠河地点的车辆，不知疲倦地查看了所有的行车记录仪。

在看过上百辆车的记录仪后，调查员在其中一辆车的记录仪中发现了穿着棕色皮鞋的男人。

他在贺景坠河后出现在了河边，抽了一根烟才离开。

同样的皮鞋，同样的身形，在同一天的不同时间出现在了受害者所在的地方。

棕色皮鞋到处都是，没什么特别的。

但这个男人所穿的棕色皮鞋侧面有一排菱形链条，是名牌货，而且还是全球限量，价值不菲的那种名牌货。

调查员顺藤摸瓜，最后将嫌疑锁定在丹尼尔身上……

晏云姿说完，弯下腰，双手捂住了脸："我不相信丹尼尔会做出这样的事。"她开始低声抽噎。

"我要见一见丹尼尔。"李灿面无表情地说。

丹尼尔不知道李灿长什么样，他甚至连李灿的照片都没见过。

可当审讯室的门打开，一个穿着一身黑衣的高瘦女人走了进来，扎着一丝不苟的低马尾，温婉的脸上有着截然不同的倔强。她坐在他面前，腰背挺得笔直，那双充满恨意的黑眸直直地盯着他，竟让他有种毛骨悚然的不安感。

丹尼尔一下子就有一种强烈的直觉。

他直接叫出了她的名字："李灿。"

"你见过我？"李灿冷冷地说。

"不，没见过，但我……就是知道你是李灿。"丹尼尔的语速并不快，也许是因为良心不安，他说话常常伴随着停顿。

调查局请来了一名翻译。

在翻译开口之前，李灿就已经大概能听明白丹尼尔说的是什么。

"贺景说过你是他的朋友。"李灿质问，"贺景有对你做错过什么吗？"

丹尼尔眼神闪烁，几秒后，他咬了咬牙，笃定地说："他的出现就是错的。"

李灿皱紧了眉头，放在腿上的双手紧攥成拳。

丹尼尔的情绪也上来了，他瞪着她，恶狠狠地说："贺景没有出现之前，我和Ava形影不离，每天都在一起，做什么都互相陪着对方。可自从贺景来了，一切都变了！"

他碧蓝的眼睛里充满了血丝，脖子上青筋暴起："Ava眼里再也没有我了，她嘴里每天都是贺景、贺景、贺景！"

"就因为这个？"李灿难以置信地重复，"就因为这个，你就要杀了他？"

"不！"丹尼尔怒吼，"Ava为了他放弃了那么多，甚至连梦寐以求的奖项都放弃了。她向学院委员会推荐了贺景，可他呢？他是怎么对待Ava的？他甚至连句谢谢都不肯说，他就像个死人一样每天躲在他的出租屋里。他配不上史蒂文斯医学奖，更配不上Ava的付出！"

3 连绵不绝的雨季

在得知晏云姿成为史蒂文斯医学奖提名人的那天，丹尼尔异常兴奋，这比他自己获奖还要高兴。

他知道那是晏云姿一直以来的梦想，毫不夸张地说，获得史蒂文斯医学奖是每个医学生的梦想。

他第一时间跑去找晏云姿，却恰好听到了晏云姿和委员会的通话内容。

晏云姿挂断电话，一转头便对上了丹尼尔震惊愤怒的目光。

"Ava！"他气愤到无以复加，"你居然要为了贺景放弃史蒂文斯医学奖！"

晏云姿有那么几秒的慌张，心里随之产生了羞愧。

她曾信誓旦旦地和丹尼尔做下约定，一定要拿下史蒂文斯医学奖，然后再赢得诺贝尔奖，最后成为医学界的巨擘。

"丹尼尔，你听我说，贺景比我更配得上这个奖项。那篇关于胰腺癌β腺体治疗的突破研究全部是他一个人写的，我这几年发表的所有期刊加起来都不如他那一篇贡献大。"

"那又怎样！"丹尼尔不理解，挥舞着双臂，说，"委员会已经决定把机会给你，你要做的应该是抓住这个机会，而不是把它拱手送人。你觉得你是为了贺景，但是你问过他想要了吗？"

"但他比我更需要这个奖项！"晏云姿眼眶泛红，"他这么多年过的是什么样的生活，你不比我知道的少，如果他母亲没有拖累他，那他一定会有更惊人的成就！"

"你同情他就把奖项给了他？"丹尼尔冷嗤，"我和你做了三十年的朋友，我为你做过那么多，你却把奖项给了一个对你毫无帮助的人？"

晏云姿无奈："你跟贺景不一样，丹尼尔，现在的你什么都有，你的生活是普通人可望而不可即的，况且，我也没有那么需要那个奖项，我以后还会有机会再被提名。”

“够了！”

丹尼尔不愿再听了，晏云姿所说的每句话都在刺痛他的心。

他伸出手，让她闭上嘴：“够了，不用再说了。”

他转身离开，走出几步后又停下来：“Ava，你一定会后悔的。”

审讯室里。

李灿深吸一口凉气，她仰起头，阻止眼泪流出，咽下了喉咙里涌上的酸涩。

她看向丹尼尔：“你对贺景都做了什么？”

“我……我在他喝的水里加了三唑仑，怕他中途醒过来，所以用了双倍剂量。他个子很高，但好在瘦，所以装进行李箱就能运出公寓，我还让人在他车上安装了远程遥控，这样大家就会以为是他自己开的车……”

丹尼尔神情痛苦，十指插进金发中胡乱揉着，手腕上的手铐相互撞击发出丁零当啷的细碎声音。

紧接着，他想到了什么，又说：“贺景留下了一封信，我把那封信和他一起扔进了车里。”

李灿眉毛抽动，紧紧拧在一起：“信里写了什么？”

丹尼尔摇头：“不知道，是中文，看不懂。”

他停了下，看向始终坐在一旁沉默的调查员，又说：“但我在扔之前，拍下了照片，在我的手机里存着，我不介意让她看一看。”

调查员抬了下下巴，一名警员离开了审讯室。

不多时，警员拿进来了一部手机，手机装在密封袋里。

丹尼尔解开手机的密码，找出了照片，把手机推到李灿面前。

李灿看向照片。

信上的字体端正沉稳，每一笔都落得很重，能看出写信人当时的心情与下笔的力道一样沉重。

“我和Ava都曾是孤儿，被人嘲笑侮辱，但在福利院的那段时间是我最快乐的日子，因为在那里，Ava只有我。”丹尼尔沉浸在自己的世界中，自负地说，“她说我什么都有，可那些我都不想要，我只想要Ava。”

李灿的泪水止不住地掉，她猛地站起，顺着椅子踩上桌子，冲到丹尼尔面前，双手狠狠掐住了他的脖子。

“把贺景还给我！

“还给我！”

她的指甲嵌进丹尼尔的皮肉里。

警员和调查员连忙上前将她拉开。

丹尼尔脖子上渗出了丝丝鲜血，他喘着粗气，望着想要将她生吞活剥的李灿，脸上的肌肉抽搐。

“对不起。”他忽然开始念叨着三个字，“对不起，对不起……”

李灿挣脱警员的动作突然停下，像是受到了什么重击，双眼睁大。

贺景的一条命，他一句对不起就想打发了？

丹尼尔碎碎念说：“我只是不想让Ava的未来被贺景困住，我只是……觉得贺景太碍眼了，我只是被愤怒冲昏了头脑。我知道现在说什么也没有用了，但我还是想对你说一声对不起……我没想到贺景对你来说这么重要……”

他不停地说着后悔，但在李灿听来，句句都像是恶魔在低吟。

真是讽刺。

脑子已经乱成了一片糨糊，她恨不得把面前的凶手剁碎。

警员将她带出了审讯室。

她僵硬地站在审讯室门外，牙齿几乎都要咬碎。

“李灿。”身后响起声音。

李灿回头，对上晏云姿担心的目光。

“我替丹尼尔向你说声对不起。”

晏云姿哽咽着说：“丹尼尔本来不是那样的人，他或许是和贺景发生了什么矛盾，一气之下才、才做出了那样的事……”

李灿直勾勾地盯着她，脸上浮出一丝不解：“死的是贺景，丹尼尔是凶手，你为什么要帮凶手说话？”

晏云姿愣了下。

“你爱的不是贺景吗？”李灿没有任何动作，可目光咄咄逼人，无形中一步步逼近晏云姿，令她感到难堪。

“你爱贺景，却在为凶手辩解，你不觉得奇怪吗？”李灿声音略微沙哑，“你知道丹尼尔是因为你才杀死了贺景吗？”

晏云姿瞳孔骤缩，似乎从未听过这种说法。她慢慢向后退了退，口中喃喃：“不可能，他不可能喜欢我……”

李灿垂下眼，向来挺直的背此刻有些驼，她懒得和晏云姿多说。

她来到这儿，只是想知道真相，不是来给别人开情窍的。

丹尼尔蓄意杀人，被判终身监禁。

在审判时，他像是失去了三魂七魄，极度后悔。

但人死不能复生，世上没有后悔药。

第二天，李灿离开了这里。

当飞机从万米高空飞过，李灿将头抵在窗上，垂眸盯着异国他乡的风景，乌云厚重，不见日光。

这里多为雨季，是贺景最讨厌的雨季。

但贺景居然就在这样的地方独自忍受了几乎快二十年。

李灿闭上了眼睛，将脸埋进宽大外套中，无声地哭了。

此后的每一天，李灿的心里都会是绵延不绝的雨季。

4 斩断命运，对峙命运

李灿去了埋葬贺景的墓园。

她躺在贺景的墓前，怀里抱着她和贺景以前没叠满的星星罐。

墓碑上那张英俊的脸挂着浅浅的微笑，笑容有些刺眼。

李灿打开星星罐的盖子，将里面的星星拿出来，一颗接一颗地拆开。

她写了很多愿望。

——希望徐萍女士能给我买一部新手机。

——希望下次考试不要再是第十名。

——希望下周的学校合唱比赛能拿下第一名。

合唱比赛……

李灿拿着纸条，看向墓碑上的遗照。

“贺景，我没有和你讲合唱比赛的事。”

她停顿了一下，似乎在等回答，但又意识到不会有人回答她，于是自顾自地继续说下去。

“因为太丢人了。”

那年的合唱比赛，全市的学校都参加，评委是省里来的，规模很大。

李灿站在后台，躲在幕布后望着观众席上乌泱泱的人群。

座无虚席。

她的心情紧张又忐忑，坐立难安。

等了很久，终于轮到她所在的学校出场。

作为主唱的她站在队伍最中央，平稳地唱出了前面的歌词：

“怎能忘记旧日朋友，心中能不怀想，旧日朋友岂能相忘，友谊地久天长……”

练习过这首歌无数次的李灿，在唱完第一句歌词后哭了。

她当着数千观众的面，哭着唱完了整首歌，结束时脸上涕泗横流。

也许是评委认为李灿的情绪十分到位，最后竟还颁给了学校一个最佳特殊奖。

发生在她身上那一件件不堪回首的往事，向来都有贺景在一旁做观众。

李灿即使想瞒着贺景，也瞒不过，但合唱比赛发生的事是她唯一一件不想告诉贺景的。

她继续拆星星，好不容易拆到了贺景的星星。

里面写的愿望却是：希望李灿的愿望都实现。

她鼻酸，继续拆，拆出了自己的。

——我要和贺景一辈子形影不离。

李灿把拆开的星星纸条举到遗照前。

“一定是我们没叠够，所以这个愿望才没实现。”

她把纸条扔下，继续拆下一颗。

是贺景的。

——希望李灿的愿望都实现。

李灿蹙起了眉，加快了拆星星的动作。

一颗接一颗，贺景写在星星上的愿望竟然全部是一样的。

——希望李灿的愿望都实现。

李灿抓起星星罐，把星星全部撒在了贺景的墓碑前，再也忍受不住地发出一道长长的抽噎。

她抱着脑袋跪在墓碑前，良久喘不出下一口气。

口袋里掉出了贺景那枚断掉的戒指，滚落到她的手边。

莫比乌斯环戒指断掉以后，豁口向外张开，有了无限向外延伸的趋势。

李灿直起身子，踉跄着爬起来，四下环顾。

不远处，一个空墓碑上放着一些工具。

她走过去拿走了修剪草坪用的剪刀，回到贺景的墓碑前，摘下无名指上的戒指。

都说莫比乌斯环中的闭环逻辑难以破解，逆天改命更不可能。

一切皆为宿命，皆为因果循环。

李灿把戒指套在了锋利的剪刀上，双手握住剪刀柄。

“什么莫比乌斯环，去你的吧。”

话落，她用力剪断了戒指。

“叮咚！”

上衣口袋里的手机忽然响起了通知提醒。

天文奇迹，木星三重日食再次出现，前无史例！

莫比乌斯环戒指断开，掉在了地上。

短短一个月内出现两次三重日食，此现象也说明三颗卫星的移动出现了异样，有人认为是宇宙磁场紊乱，也有人认为这是地球爆炸的前兆……

李灿放下剪刀，从地上捡起那两枚断掉的对戒，紧紧攥在手里。

违背了常理的天象，是否会对我们的生活造成影响？

蓦地，周围的一切静了下来，被微风拂动的树梢静止，空气不再流动，万物停止呼吸，李灿的瞳孔渐渐失焦。

0.01秒后，狂风暴起。

“啊啊啊！”

尖叫声差点震破李灿的耳膜。

大风刮过，将她的头发吹进了眼睛里，她眯起眼，低下头，再睁眼时，对上了许森阳期待的目光。

“答应他！答应他！”

许森阳单膝跪地，一手捧着淡橙色的香槟玫瑰，一手拿着钻石戒指，仰着头，明亮的双眼里充满笑意。

路人的欢呼声密密麻麻地灌入她的大脑，李灿的心脏紧了紧，呼吸也变得急促。

2021年的盛夏离李灿有些遥远，可在记忆中无比清晰，因为那年发生的事都太刻骨铭心。

当她再次身临十几年前的场景时，却没有丝毫陌生的感觉。

呼吸之间，李灿清楚地意识到一个问题。

她穿越了。

贺景从过去穿越到未来，而她自未来回到过去。

她不明白为何会有这种现象出现，但直觉告诉她，这一次，她能够改变贺景的命运。

贺景无法违逆的命运，就由她来与其对峙。

“灿灿。”许森阳将戒指捏在手中，大声地说，“嫁给我吧！”

李灿抬起了右手。

许森阳嘴唇咧开，笑容愈浓，他正想将戒指套在她的无名指上，可李灿突然一个回手，用手挠了挠头。

笑容凝固。

“呃……”

李灿也不想在这种时刻穿越过来。

人都跪你面前了，难道还能来句“男儿膝下有黄金，快快请起”？

她清了清嗓子，郑重其事地说：“许森阳，我不能答应你的求婚。”

许森阳的手慢慢落了下去。

“为什么？”

“如果我就这样答应你，是对你的不负责，也是对我自己的不负责。”

李灿慢慢蹲下，将二人视线拉平，用只有他们两个能听到的音量，轻声说：“许森阳，我们分手吧。”

许森阳的眸子黯下，他站起来，将戒指攥在了手心。

围观的路人敏锐地察觉到气氛不对，不约而同地安静下来。

“为什么？”许森阳问。

“我好像没有那么喜欢你。”李灿想了想，又改正了措辞，“是我利用你填补了心里缺失的那份空白，我没办法弥补你，只能跟你说声对不起。”

许森阳嘴唇动了动，最后紧紧抿起。

她转身准备走。

“灿灿。”许森阳叫住她，“我送你回家吧。”

毕竟有前车之鉴，许森阳的绅士行为在李灿看来不是什么好聚好散，说不定十年后他又会突然冒出来，说什么放不下。

她冲他笑了笑：“谢谢，但不了，再见。”

临走前，她又补了一句：“后会无期。”

李灿走出人群。

直到脱离了众人的视野，她的脚步渐渐迈开，开始奔跑，眼里也泛起泪花。

她跑到路边，拦下了一辆出租车，赶回了小区。

5 我来救你了

贺景把吃完的外卖盒收进了垃圾袋里。

这家面馆不愧是李灿严选，味道好吃到惊人。

于芝晓把面全部吃干净了。

回想化疗那段时间，于芝晓连一勺饭都吃得无比艰难，再看看眼前只剩下汤底的碗，贺景的心里有一丝欣慰。

此时，于芝晓已经吃过药，回卧室睡下了。

想到明天徐萍会来，李灿也可能会来，贺景又把家里简单打扫了一下，然后拎着两袋垃圾下了楼。

裤兜里的手机振了振。

他拿出手机看了眼，接着心头一紧。

是李灿发来的：贺景！等我！

他有些看不明白。

如果他的记忆力没出错，今天是许森阳向她求婚的日子，现在她应该和许森阳在一起。

他盯着短信看了很久，想要问句为什么，但指尖挪不了半分，只好带着困惑把手机放回兜里。

今晚的风有些大，小区底下没什么人。

藤蔓缠绕在墙上扭动，苍老的叶片刮擦着墙壁“沙沙”作响，还有气流穿梭在各个楼栋之间发出低微的呼啸声，它们混杂在一起，便成了风声。

他踩着路灯照亮的地方走向垃圾回收处，忽然听到了一道不属于风声的声音。

有人在跑，跑得很快，并且越来越近。

“贺景！”

熟悉的声音蓦地在耳边炸开，贺景瞳孔骤缩，定在了原地。

他循声转头。

李灿含着泪，张开双臂向他扑来，紧紧抱住了他。

“啪！”

垃圾袋掉在地上。

奔跑时随她一齐飘动的长发落了下来，散发出淡淡的柑橘香。

像是怕他会逃走似的，李灿将他整个箍得很紧，因为刚刚的奔跑，她的胸膛起伏很剧烈，喘着粗气。

隔着薄薄的衣服，能感受到彼此胸膛之下震耳欲聋的心跳。

贺景垂下眼，看到她因为缺氧而泛红的脸颊上有明显的泪痕。

泪水沾湿了他胸口的衣服，有温热感。

“……你在干吗？”他迟钝地问。

“贺景。”李灿不愿意松开他，闷声说，“我来救你了。”

贺景不解：“什么意思？”

李灿抬头看他：“意思就是，我要改变你的命运，不会再让你在三十五岁的时候死掉。”

贺景惊讶，同时恍然大悟。

他微微向前凑近，不确定地问：“你是三十五岁的李灿？”

李灿点了点头。

贺景忍不住屏息，十指攥起，忍着激动说：“我一直觉得我忘了一个很重要的事，难道就是我三十五岁会死掉的事？”

李灿又点了点头。

贺景：“我是怎么死的？”

李灿：“丹尼尔杀了你。”

贺景难以置信地重复：“丹尼尔杀了我？”

李灿再点头。

半晌后，他们坐在小区长椅上。

李灿将来龙去脉一字不漏地讲给了贺景，一丁点儿细节都没落下。

贺景安静地听着。

最后，李灿总结说：“你这次不要再出国了，离那个丹尼尔远一点。”

贺景侧脸看向她，欲言又止。

李灿打量着他的表情：“你想说什么？”

贺景眼神复杂地望着她，最后将视线移开，淡淡地说：“没什么。”

他的每一个表情和动作，李灿都再了解不过。

她脸上闪过怀疑：“你明明就是有话想跟我说，为什么不说？”

忽然意识到什么，她停顿了一下，又试探着问：“是说不出来吗？”

贺景眼前一亮，想夸她聪明的话都到了嘴边，却愣是像胶水糊了嘴，死活张不开。

见状，李灿确定了自己的猜测。

“看来真是这样，多说一句就会改变你的命运轨迹，所以干脆不让你说。”

她抱起胳膊，心里忍不住对这天杀的命运骂骂咧咧。

“那你这么多年不回复我的消息，不是你不想回，是你回不了，对不对？”李灿斜靠在椅子上，仔细观察贺景的表情。

如果没有事先知道贺景对她的感情，李灿是无论如何也不敢做出这种假设的。

贺景张了张嘴：“你怎么会这么想……”

不等他说完，李灿一拍大腿，咬牙切齿地说：“我就知道是这样！”

她坐不住了，站起来叉着腰，对着漆黑的天空口吐芬芳，什么脏词滥调全骂了一遍。

贺景勾起唇角，心底暗喜，同时伸手拉住了她。

“灿灿，扰民。”

李灿瞬间噤声。她坐回椅子上，望着他瘦削的面庞，忍不住心疼。

“你现在太瘦了。”她顺着他胳膊摸了摸他的肚子，“腹肌都瘦没了吧。”

贺景淡淡笑着：“吃不惯国外的东西而已。”

“骗人。”李灿吸了下鼻子，“你就是过得不好，晏云姿都告诉我了，你背了一身贷款，每天连觉都睡不好。”

贺景无话反驳。

半晌后，他憋出一句：“灿灿，我还是会出国。”

李灿：“为什么？”

贺景不语。

李灿干脆自己猜：“是因为我吗？如果你不跟着命运走，我会死吗？”

贺景牵了下嘴角，笑得有些苦。

李灿叹了口气，自我安慰似的小声说：“没关系，这次有我在，这次不会了。”

风渐渐停了，八月的热意重新袭来。

李灿抱住了贺景，轻轻拍了拍他的后背。

“如果你一觉醒来，还是把我说的话全部忘了，那也没关系，我既然能来到这儿，就一定会有办法。”

说话间，她摸着贺景的身体有些热，并且还是不正常的热。

她抚上他的额头，又摸了摸自己的：“你发烧了？”

贺景淡定地点点头：“应该是，下了飞机就觉得头疼。”

“吃药了吗？”

“还没，应该是小烧，不用吃药，睡一觉就好了。”贺景习以为常。

他在国外的日子过得疲惫不堪，再加上瘦了许多，抵抗力也变差了。发烧已经是家常便饭，能自己扛过去的，他都尽量不去医院。

李灿才不管小烧还是大烧，一律当大病对待。

药店都已经关门了，她便拉着贺景去了医院，挂了个号，量了体温：38.5℃。

她举着温度计瞪着眼：“谁家38.5℃是小烧，你是打算当上医生以后先废了医学界的规矩，再立新规？”

一发烧，连带身体也跟着酸痛起来，贺景左手揉着酸痛的脖子，右手扎了针：“其实不用挂点滴的，吃个药……”

“少废话。”李灿在手边的杯架上抽出一个纸杯，去饮水机前接了一杯温水，把医生开的药放在贺景手里。

“吃了，好得快。”

贺景乖乖把药吞了，喝了半杯水。

他握着纸杯，蹭着底部杯沿，思忖了一会儿，说：“为什么我穿越到了未来，而你穿越回了过去。”

“好问题，我也想知道为什么。”

李灿抵着下巴，看着手机。

很快，她在手机上搜索到了一条几乎没什么浏览量的天文新闻。

2021年8月15日午夜时分，木星赤道附近表面同时出现三个由木卫二欧罗巴、木卫三、木卫四过境形成的圆形黑点，出现三重日食现象。

6 我可以亲你一下吗

贺景俯身凑近，去看手机上的字。

“还是和木星三重日食有关系……你是在什么情况下穿越过来的，难道也跳河了吗？”

等了一会儿不听回答，贺景抬眼，却对上了李灿肆无忌惮的目光。

李灿总忍不住看他。

看他长长的睫毛随着他的眼睑细微颤动，阔眉挺鼻还有高高的下颌角被薄薄的皮肤裹着。

明明是很凌厉的长相，却被那一双温和好看的眼睛硬生生中和，显得善良无害。

他茶色的眼瞳浮现出一丝好奇："怎么一直看我？"

李灿想也不想，脱口而出："我可以亲你一下吗？"

这张脸，很难让人不想亲。

贺景愣住，脸颊和脖子开始发热，胜过发烧所带来的热感，耳尖也红得快要滴血一样。

他不吭声，表情有些木讷。

李灿飞快地靠近他，在他的唇上亲了一下，随即撤回了身子，不想在医院这种公共场合做得太过火。

就一下吗？贺景心想，亲都亲了，不能再多亲几下吗？

可他的身体不听使唤，只能僵硬地把脸别到一旁，面上若无其事。

泛红的耳朵和剧烈的心跳早已将他彻底暴露。

几分钟后，贺景又量了一次体温。

护士看着不降反升的体温，纳闷："怎么还涨了？温度计坏了？"

贺景淡淡瞥了李灿一眼。

李灿头靠在椅背上，把药袋蒙在脸上，闭眼装死。

十二点左右，点滴打完，贺景的烧也退了，两人打车回了小区。

吃了药之后，贺景有些犯困，眼皮一直打架，李灿把药塞进他手里，看见了他的戒指。

"我把你送我的戒指剪断了。"她说，"在你的墓前。"

贺景没吭声，情绪充沛的双眼却在替他的嘴说话。

李灿"呵呵"笑了两声："真有意思。"

贺景歪了歪头，眉梢一扬，有些不悦，表情显然在说：哪里有意思了？

李灿学着他扬了扬眉："明天见。"

贺景点头："嗯，明天见。"

次日，李灿天没亮便起来了，她冲进徐萍和李世良的房间。

"徐萍女士？"

徐萍女士没动静。

"妈！"

徐萍猛地从床上坐起，顶着睡爹毛的头发："大清早犯什么病！"

一嗓门吼得惊天动地，李世良同志赫然从美梦中惊醒，眼都没睁开就翘起脑袋，问："谁病了？"

"小李灿，我看你是不知死活，一大清早觉都不让人睡……"徐萍掀开被子下床，一扭头看窗外天都没亮，便开始破口大骂。

一听没人生病，挨骂的也不是自己，李世良把脑袋放在枕头下面，再次安然入睡。

徐萍眼瞅着李灿挨了骂还嬉皮笑脸，声音渐渐小了，认真地问了句："你真有病了啊？"

"没有。"李灿捏着徐萍的肩膀，"于阿姨回来了，你还能睡得着？"

"这有什么睡不着的……"徐萍口气有点虚。

其实她前半夜根本没睡着，到后半夜才睡下。

李灿添油加醋地说："你是不知道于阿姨瘦成什么样了，直接皮包骨了，化疗化得头发都没了，还有贺景，都瘦成人干了，再让太阳一晒，直接能当千年人参拿出去卖了……"

徐萍脸色一变："真的假的？"

李灿："这种事我骗你干吗？"

徐萍狐疑："他们昨天才回来，你怎么知道的？"

李灿："因为我昨天遇到贺景了。"

徐萍思忖了几秒："走，跟我一块去早市买点儿新鲜菜。"

两人热火朝天地洗漱换衣服，出门前，李灿朝身上喷了几下尼罗河花园。

她们买了好几袋肉菜和水果，李灿拎着一堆，也不嫌沉，直朝贺景家去，时不时还催促徐萍。

"妈，八十岁老太都比您走得快。"

徐萍气得立马健步如飞，追上李灿，给了她后背一巴掌。

贺景一觉睡醒，翻了个身，就看见李灿蹲在他床边，托着腮帮子直勾勾地盯着他。

他惊了一下，接着眼皮耷拉下去，用手揉了揉眼，顺便看了下手机上的时间。

还不到八点。

"你还记得昨天的事吗？"李灿问。

"嗯。"贺景有点儿鼻音，"你亲了我。"

"就记着这个了？"李灿拿捏住重点，"你三十五岁会死，又是怎么死的，这些你还记得吗？"

贺景恹恹地"嗯"了一声："记得。"

被丹尼尔那个狗东西杀了。

李灿摸了下他脑门，没再烧起来："还有难受的感觉吗？"

贺景：“没了。”

李灿：“那就起来吧，我妈做了早餐，咱们一起吃。”

见他不动弹，李灿又说：“别赖床了。”

贺景：“我下面只穿了一条内裤。”

李灿二话不说扭头跑，顺带把门关上了。

她回到客厅，走向厨房。

站在厨房门口的于芝晓回过头，上下看了看她，满心欢喜地说：“灿灿，越长大越好看了，眼睛完全随了你妈，又大又亮。”

李灿腼腆一笑：“是我太会挑好基因随了。”

于芝晓被逗笑，拍了下徐萍的肩膀：“小嘴儿也随你。”

徐萍“嘁”了一声，转头看了眼客厅：“贺景还没睡醒啊？时差没倒过来？”

“醒了，一会儿就下来了。”李灿帮忙把早饭端到餐桌上，顺带抽了根油条，叼在嘴里，坐在了椅子上。

听到身后有动静，一转头，油条的另一端蹭过贺景的白T恤上，留下了一道清晰的油痕。

贺景、李灿双双呆住。

下一秒，李灿咬了一口油条，把剩下的一截拿在手里：“别赖我啊。”

贺景无奈地坐在她对面：“没说赖你。”

李灿放心地吃起了油条。

吃饭时，贺景有些心不在焉，视线老是不自觉地朝着对面人的嘴巴上飘。

李灿的唇上有一抹油光，显得又红又润。

回想到昨晚那短促的一吻，他连嘴唇是软是硬都没感觉到。

看见李灿抬眼，他立马垂下了眼，喉结上下滚了滚。

“没胃口吗？”李灿把面前的烧卖递给他，“肉汁糯米，你爱吃的。”

徐萍也一个劲儿把吃的往母子两人面前递：“吃，多吃点，都是你们爱吃的，瞧你们瘦得干巴巴的，难看死了，赶紧多吃。”

吃到最后，贺景已经撑了。他放下筷子，倚在椅子上，盯着眼前的李灿开始恍神。

李灿很难不注意到他的视线。

从刚才就看，现在还在看。

命运管住了嘴巴和身体，管不住眼神吗？

上一次还知道收敛，现在一点也不遮掩了。

“小景，你这戒指真特别。”

徐萍这才注意到贺景无名指上那枚莫比乌斯环戒指：“你未婚妻什么时候来这里啊？”

贺景看了眼于芝晓：“什么未婚妻，我没有未婚妻。”

徐萍奇怪：“不对啊，你妈说你在国外有个女朋友来着，叫什么云。哎哟你瞧我这记性，想不起来了。”

于芝晓也十分不解，隔空指了下戒指，问：“这戒指不是你和云姿的订婚戒指吗？”

“不是。”贺景解释，“我和云姿只是朋友，这戒指跟她没有关系。”

于芝晓：“那怎么戴到无名指上？”

贺景诡异地沉默了。

他一旦想主动提及有关未来的事，就会死活开不了口，像被设定了固定程序。

可他说不出的话，李灿能说；他做不了的事，李灿能做。

那么是不是就说明，他改变不了的未来，李灿能改变？

7 老李独家认证女婿

看出他开不了口，李灿清了下嗓子，替他解释说：“阿姨，现在大家没那么多讲究，都随便戴了，五根手指，想戴哪个戴哪个，你说对吧，贺景？”

贺景点了点头。

“哦……原来是这样。”于芝晓似懂非懂，表情还有些失落。

等四个人全部吃饱放下筷子，贺景把碗筷收拾到厨房，他把戒指摘下放到一旁，开始刷碗。

李灿看着那枚戒指，想起当初自己对贺景的冷言冷语，心里突然有些难受。

察觉到她情绪不对，贺景关小了水龙头：“怎么了？”

“之前，我以为你是故意疏远我，所以对你说了些伤人的话。”李灿语气沉了沉，“想想就觉得你可怜，也觉得我很坏。”

“可那时候你也什么都不知道，你没有错。”贺景把刷好的碗放在沥水架上，“而且你都说了是之前，我可不知道之前发生了什么，所以你就当你什么也没说过。”

李灿撇了撇嘴角。

虽然是这个道理没错，可她还是没有办法当作什么都没发生。

这样让她越发想要弥补贺景，想要改变他命运的心情也越发强烈。

客厅里，徐萍手上剥着花生，提起了许森阳。

“小许人可好了，长得可斯文，身板也挺直，说起话来一听就特别有教养。”

一说起许森阳这位未来女婿，徐萍脸上就乐开了花。

“前些日子他带了好些养生品来我家，他家是做茶叶生意的，还送了箱茶叶，不过我也不懂茶，就老李喜欢。原本老李还瞧不上小许，结果一箱茶叶就把他哄得服服帖帖了。”

于芝晓也跟着笑：“是吗？没想到李世良立场这么不坚定，一箱茶叶就认下这女婿了？”

徐萍把剥出来的花生朝盆里一扔：“可不嘛。”

厨房里，贺景刷完最后一个碗，关掉了水龙头，脸色阴晦不明。

“叔叔什么时候喜欢茶叶了？”

“他才不爱喝茶呢，他那是被收买了。”李灿小声说，“许森阳送的是母树大红袍，按克卖，一克一万，死贵。”

贺景轻哼一声，擦干了手，拿起戒指戴回手上，径直穿过客厅，上了二楼。

“贺景——去哪儿——等我——”

李灿拖着长长的怪腔，慢悠悠地跟在后头，也上了二楼。

徐萍和于芝晓的目光跟随着二人从厨房到二楼。

“老于，你还真别说，他俩这么多年没见，感情一点儿也没淡，跟咱俩似的。”徐萍乐呵呵地往嘴里扔了颗花生。

于芝晓忍不住感慨：“我以前觉得灿灿和小景两个人要是能在一起就好了，不过这两个孩子都没那想法，有些可惜。”

徐萍啧啧摇头：“他俩从小闹到大，啥熊样都见过，要是能互相看上，我才觉得稀奇。”

于芝晓哭笑不得：“现在灿灿有了不错的对象，小景……小景就不知道了。云姿就是个很好的姑娘，可只有我喜欢没用，小景心思太深，我猜不透他到底是怎么想的。”

“有什么好担心的。”徐萍用胳膊轻轻捣了下她，“小景又高又帅还聪明，性格也好，还愁以后没女朋友？真没有，以后我做媒人，给你找最好的儿媳妇。”

不知道为什么，徐萍说话总能戳中于芝晓的笑点，哪怕是再普通不过的一句话。

于芝晓捂住嘴笑得厉害，过了一会儿，她伸出小指：“徐萍，君子一言，驷马难追，我可记下你这句话了。”

徐萍敞亮地钩上她的小指：“多大点儿事啊。”

李灿进了卧室，轻轻关上了门。

贺景坐在书桌前，从抽屉里拿出了一堆药。

“怎么把药放抽屉里？”李灿问。

“不想让我妈知道我生病了，她太容易多想。”贺景把药全扔进嘴里，用水送了下去。

有一颗药在舌面上停了一会儿，瞬间有股难以言说的苦味从味蕾上散开，他忍不住皱紧了眉头，把杯子里的水全喝了，试图冲淡嘴里的苦。

见他表情不太好，李灿问：“你吃许森阳的醋了？”

贺景咽下最后一口水，歪头看向她：“没，你们都分手了，没什么好吃的。”

这张书桌是在他上初中时买的，现在的他坐起来有些憋屈，膝盖比抽屉高，桌底没办法完全容纳他的双腿，他只能把椅子斜朝向外面，侧着身子坐。

这个角度显得他整个人特别修长，黑色的西裤将他笔直的腿型修饰得恰到好处。

李灿盯着他的腿：“那你刚才走那么快做什么？显你腿长？”

嘴里的苦还是没能淡下去，他表情难看地说：“你爸以前说，他这辈子只会认我这一个女婿。”

“什么时候的事？”李灿完全不知道。

“刚上高一那年。”贺景说，“你和你妈去你姥姥家了，就我跟你爸在家。”

李世良没事的时候爱喝点小酒，但他酒量极差，喝上一小盅白的，就变得脸红脖子粗。不过他酒品不差，唯一的缺点就是喝多了以后嘴会变得很碎，话特密。

关键是他还不敢在徐萍面前说多，只敢挑徐萍不在场的时候放肆。

于是，贺景就成了唯一“受害者”。

当时，贺景刚上完钢琴课回来，校服都还没来得及脱，就被餐桌上的李世良叫了过去。

李世良就着一盘油炸花生米，慢慢喝完了一小盅白酒，顶着一张醺红的脸，拉着贺景开始扯皮。

“小景啊，你这孩子真好，我李世良认定了。”李世良噘挺着嘴，指着贺景，信誓旦旦地说，“只有你才配得上我们家灿灿，以后你必须当我女婿！除了你，老子谁也不认！来一个，我就让他们滚一个！”

那一刻，向来怕老婆的李世良突然在贺景心目中变得无比高大、威风霸道。

谁知道被许森阳一箱茶叶给拿下了。

贺景对李世良同志的言行不一表示非常失望。

李灿笑了：“我爸喝多了就爱画饼，以前他喝多了还说要给我买大别墅呢，结果连个别墅砖头都没见着。”

说到别墅，李灿神色一凛，冲到了贺景面前。

“彩票！”

她一手撑着椅背，一手撑着桌沿，将贺景整个人围住，姿势居高临下。

贺景抬起下巴仰视她，忽而闻到了柑橘清香，身体不自觉地绷紧了。

“之前我让你记下的彩票，你买了吗？”李灿根本没意识到自己的姿势有多么暧昧。

8 懦夫请张嘴

“买了。”

“中了？”

贺景的视线先是停留在她的眼睛上，然后又一点点向下移，落在了她的唇上，最后咽了咽口水。

“没，一个都没中。”

“怎么会没中？”李灿纳闷。

“是号码变了，中奖的人没变，但号码全变了。”贺景说。

“所以你才会认为未来无法改变，就像彩票一样，命运想让某个人获奖，其他人谁也抢不走。”李灿忽然想到了贺景写给她的回信，更加能够体会到贺景当时的无可奈何。

她无声叹息，垂下眼，对上贺景滚烫的视线。

他立马低下眼，将情绪掩住，克制得明显。

“你在想什么？”李灿将身子放低，试图看破他的想法，直到注意到他泛红的脸，连脖子也有些红了。

心思根本藏不住。

李灿眼中闪过一抹狡黠之色，饶有兴趣地重复了一遍："贺景，你在想什么？"

贺景抬起眼皮，眼睛自动锁定了目标似的，一下就盯上了她的唇。

目的性极强。

"想让我亲你吗？"李灿盯着眼前这张人畜无害的脸。

想。

贺景深吸一口气，想说的话说不出，难受得紧。

命运像是在惩罚他曾经不敢开口的懦弱，所以即使他现在想开口也开不了。

他沉吟片刻，说："这个药很苦，我的嘴里到现在还在发苦。"

李灿唇角一弯，直起腰，向后靠在书桌上："那算了。"

贺景眼神闪烁："不是，我说我嘴里有些苦。"

"我知道啊。"李灿耸了下肩，坐在了床边，"就是怕我吃苦，不想亲的意思呗。"

贺景愣了下。不是能一眼看破他的想法吗？怎么现在反而听不懂了？

瞧见李灿嘴角的一抹坏笑，他顿时明白了。

真是憋屈。

"我感觉我好像知道是怎么回事了。"李灿环起双臂，若有所思地说，"你的命运被困在了闭环之中，但我没有，我可以想说什么就说什么，想做什么就做什么，而你身上所发生的事，也会因为我的介入而有所改变。"

贺景认真起来："但我还是要出国……"

他的声音戛然而止，像是被人掐了消音。

"砰！"

贺景猛地从椅子上站起来，椅子和桌沿撞在一起，发出不小的动静。

他向后撸了一把头发，原地徘徊了两圈，无处发怒，最后又泄了气似的坐回椅子上。

相比他，李灿还算冷静。

她说："如果接下来我说的话有一句不对，你就打断我，怎么打断都可以。"

贺景暴躁的情绪顿时被她平复。

李灿："你还是要出国，因为你不出国，我就会出事，我会出什么事？"

贺景只是看着她，没有动静，也没有想打断她的意思。

李灿便开始放心大胆地猜测："该不会跟你一样，出车祸？"

见他没反应，李灿鼻腔中发出一道嗤笑：“没点儿新意。”

她想了想，继续说：“那我这次和你一起出国，订最快的机票。”

李灿甚至已经在心底盘算好了，见到丹尼尔，先冲他脑门来上一脚，再冲他脸颊两边各来九九八十一巴掌。

贺景下意识往坏处想，面上迟疑：“可我们不知道木星三重日食到底会在什么时候结束，如果就在今天呢？”

李灿噤声。

过了一会儿，她开口：“有道理，换个办法。”

见她游刃有余，贺景有些好奇：“你该不会已经想到办法了？”

李灿：“是有个想法，但不确定管不管用。”

话音刚落，像是在迎合李灿心中的想法，桌上的手机突然振了下。

二人的视线不约而同地落在手机上。

贺景拿起手机看了眼，随即摁灭了屏幕，放了回去。

“谁的消息？”李灿问。

“Ava的。”贺景淡淡说，“她问我有没有平安落地。”

“为什么不回？”

“不想回。”

“别啊，关心而已，回个消息又能怎么了。”

李灿顺着床边爬过去，伸出胳膊把手机捞了过来，把屏幕对着贺景的脸晃了下。

面容识别解锁成功。

“我替你回。”

她点开晏云姿的消息，在键盘上打了几个字，结果出来一串都是英文，她想调回中文拼音，却发现手机上所有的文字都是英文。

贺景说：“我忘记改回中文了。”

李灿一脸无所谓：“没事，手机自发明以来，除了能打字回消息，还能语音回复……”

突然，她想到了什么，停顿了几秒，然后凭着习惯找出了视频通话的位置，拨了过去。

贺景有些讶异，但也没阻止她。

响了十几秒后，晏云姿接通了视频电话。

晏云姿的表情同样诧异，显然没有料到贺景会打视频通话过来。

看到贺景身边还有一个陌生女人后，她的表情更是肉眼可见地僵硬了。

李灿把手机放在桌子上立起来，让她和贺景都能出现在画面中。

“嗨！Ava！”李灿大大方方地向她打招呼，“我是李灿。”

晏云姿勉强扯起笑容：“你好，李灿，我知道你。”

李灿打量了下视频里的画面。

背景有显微镜和几台不认识的医学仪器，应该是在实验室。

现在对面的时间是傍晚时分，头顶的灯全是开着的。

视频的右下角好像还有个人在，但只露出了一角白色，不确定到底是不是个人。

“丹尼尔在吗？”李灿直接用英文问。

毕竟也是考过三次雅思口语的人，简单的英文对话她尚且能应付，不需要翻译。

右下角的白色忽然动了一下。

金发碧眼的丹尼尔把脑袋歪了过来，进入了镜头，身上穿着实验服，方才出镜的一角是他的胳膊肘。

他的脸上带着疑惑，绞尽脑汁回忆了一下，但实在对这个叫他名字的女人没有什么印象。

李灿周身瞬间泛起了一股浑然的杀气，连一旁的贺景都感觉到了，气压沉下，房间的温度似乎都降了下来。

晏云姿奇怪：“你知道丹尼尔？”

“当然。”李灿皮笑肉不笑地说，“我可太知道他了。”

丹尼尔站起来，凑近镜头，问：“你是李灿，贺景的朋友？”

李灿点头：“是的。”

丹尼尔：“你找我有什么事吗？”

李灿：“我有些话想对Ava说，并且我需要你在旁边。”

“为什么？”丹尼尔摊开手，耸了耸肩，万分不解，“我跟你很熟吗？”

李灿没搭理他，看向晏云姿，干脆利落地说：“Ava，丹尼尔喜欢你，他是个懦夫，所以一直不敢告诉你。”

此话一出，三脸震惊。

像是听到了多么不可思议的事，晏云姿脸色一变，睁大了眼睛，看向身旁的丹尼尔，张开了嘴却发不出声音。

李灿不给他们反应的时间，憋着一口气继续说了下去：

“丹尼尔还说过，在福利院那段时间是他最快乐的日子，因为那时候你只能依靠他！”

丹尼尔如遭雷击，双手十指插进头发里连连后退，逐渐远离镜头，自胸腔深处发出一道惊天的怒吼：“我从来没有说过那句话！”

晏云姿立在原地，依旧怔怔地看着他，嘴巴还是没能合上。

画面像是卡了。

良久后，丹尼尔放下了手：“好吧，我承认，我的确是喜欢你，但她刚才说的那句话我真的从没说过……虽然……我……呃，我心里的确也这么想过……但是……呃……法克！”

丹尼尔懊恼地看向镜头，百思不得其解：“李灿，你怎么知道我在想什么，难道你有传说中的东方神秘力量？”

李灿看了身边的贺景一眼，忍不住低声吐槽：“这不智障吗？你就让这样的人杀了？”

贺景哑了。

晏云姿似乎难以接受这一突如其来的不算告白的告白。

她用手扶住额头，看向贺景：“等等，我，贺景，你不要误会……”

当晏云姿口中说出贺景名字的那一刻，李灿注意到丹尼尔脸上的表情凝固了。

她什么也没说，只是转头吻上了贺景。

第九章 被撕碎的情书

1 勇敢的人不怕失去

这一吻猝不及防。

贺景眼里满是震惊，但很快便化为一摊柔水，深深沉醉其中。

他的身体向后倚倒在椅背上，双臂顺势环住了她的腰，接着收紧了胳膊，李灿便合他心意地朝着他身上压了过去。

柔软的唇瓣相撞，牙齿磕到了唇尖。

李灿眉头一蹙，旋即一股苦涩的药味在唇齿间漫开，苦不堪言。

“Ava，不要看！”

手机里传出丹尼尔的噪声。

丹尼尔手忙脚乱地捂上了晏云姿的眼睛，又用另一只手拍倒了手机。

一阵闷响传出，手机歪倒，画面只照到了天花板。

贺景吻得忘我，眼神渐渐迷离，李灿却突然毫不留情地抽身离去。

“Ava，别再对贺景执着了。”李灿涨红着脸说，“我劝你早点认清自己对丹尼尔的感情吧，不要等到以后他出了事，永远离开了你，你才意识到丹尼尔对你来说有多么重要！”

手机那边寂静无声。

李灿盯着画面，不禁奇怪：“这是卡了还是挂了？”

下一秒，手机画面恍惚，天花板上的灯光留下了一道残影，随即露出了丹尼尔的脸。

他的五官几乎快要贴在镜头上，左手用力捂住嘴，脸颊都被捏变了形。

“你说什么？”他的眼里闪烁着异样的兴奋，“你让Ava认清对我的感情？是什么意思？她对我有什么感情？”

不等答案，晏云姿一把夺过了手机，挂断了视频通话。

李灿放下手机，悬在心里的一口气松了松。

她看向贺景，见他的表情错愕，便问："被我吓到了？"

"还好。"贺景恢复自然，"只是一时没想到还能这样。"

李灿长叹一声："就算是这样，我还是不觉得解气，可现在的丹尼尔还是个手脚干净的人，我不能对他做什么。说实在的，他敢杀人却不敢向喜欢的人表白，有点变态。"

贺景换位思考了一下，发现无法共情丹尼尔的所作所为，于是赞同地点了点头。

李灿抵在桌沿，安静了几秒，接着又说："在面对不确定的感情时，大家都是懦弱的，而那些勇敢的人其实不是真正的勇敢，只是没那么害怕失去。"

她看着他："你觉得呢？"

贺景笑了笑："你知道的，我向来反驳不了你。"

如果勇敢后换来的是老死不相往来，是终其一生都无法消除的隔阂，那还不如像原本那样隐秘地爱着对方。

外面传来徐萍从一楼发出的喊声：

"花生糖炒好了！已经放凉了，又甜又脆！你们俩快下来吃！"

李灿捏了捏贺景的下巴："正好你嘴里苦得要命，吃点甜的。"

二人一前一后下了楼。

客厅茶几上摆了满满两盘花生糖。

徐萍女士做的花生糖没什么卖相，冰糖严严实实裹住了花生，形状歪七扭八，虽然不像外面那样切得方方正正，但味道却比外面卖的还要好吃。

"这个是加了芝麻的，小景，你爱吃芝麻，吃这盘。"徐萍把其中一盘撒满芝麻粒的花生糖放到贺景面前。

"谢谢阿姨。"贺景顺手把那盘原味花生糖朝李灿面前推了推。

李灿拿起一块小的原味花生糖扔进嘴里，然后发出一道惊叹，竖起大拇指，毫不吝啬地夸赞说："徐萍女士，您的手艺真是不减当年啊！"

"去你的。"徐萍笑着说，"糖还没在嘴里化开，嘴倒是先甜起来了。"

"没，我嘴里现在苦着呢。"李灿瞥了一眼贺景，"贺景，你说是不是呀？"

贺景咬花生糖的动作顿住。

他在盘子里拿起一块大的，塞进了她嘴里："嘴里苦就多吃点甜的。"

李灿"呵呵"笑了两声，用遥控器换到了综艺娱乐台。

于芝晓吃了几块花生糖，有些坐不住了，想去外面走走。

她嘴上刚说完想出去，后脚徐萍已经蹬上鞋在门口站着了。

出门前，徐萍对沙发上边看电视边吃花生糖的两个人说：“你们俩老老实实在家待着，陌生人敲门别乱开啊。”

说完，她关上门走了。

贺景不确定地问：“她刚刚是在跟我们说话吗？”

“不用怀疑，这里没别人，就是在和我们说话。”李灿咬了一口香甜的花生糖，嚼吧嚼吧。

贺景：“她是不是忘了我们已经二十四岁了？”

李灿：“习惯就好，我都三十五岁了，她出门前还这么说。”

裤兜里的手机忽然响了。

李灿叼着花生糖，拿出手机看了一眼。

——李灿，你什么情况？

是陈副总发来的。

不过现在的陈副总还没当上副总，对话框备注是“陈经理”。

李灿一时间没反应过来陈经理是哪位，发出了困惑的声音。

接着，又弹出一条消息。

陈经理：今天怎么没来上班？

她发出一道含糊不清的声音：“啊，我忘了今天周三，还要上班。”

李灿把嘴里的花生糖放到桌上，回了条消息：抱歉，陈经理，我今天家里出了些急事，没来得及请假。

过了一会儿，陈经理回：明天来，别迟到，我给你销假。

李灿咋舌：“难怪他能升上副总呢，这也太会给人方便了，我还没开口，他直接给我销假了，全勤奖这不就水灵灵地保住了。”

说完，李灿觉得自己命有些苦。

都穿越了，居然还在惦记全勤奖。

她懊恼地抓了抓头发：“早知道把这几年彩票的中奖号码全记下来了，偏偏记到2021年就停了。”

贺景轻笑：“说白了，没那暴富的运气。”

李灿扯了扯嘴角，说回了正题：“我记得上次，我是在周五下班路上出了意外，那时候我为了见你，特地打了出租车。”

贺景手心支着下巴，也说不出话，只能安静地看着她，不安的情绪在眼底波澜四起。

“别担心，到周五那天，我不会再出门，如果能成功，那你这次也不用再出国了。”

李灿认真地说："但是事先说好，如果我还是出了事，你不得不出国，到那时，你一定要尽全力保护好自己。"

贺景眨了下眼，意思是好。

2 戴兔耳的李逵

第二天。

李灿到了公司，第一时间找陈经理销假。

推开陈经理办公室的门，看见办公桌前坐着一个拥有浓密黑发的男人，李灿突然有些错愕。

陈副总以前头发原来这么多吗？

陈经理抬起头："来了啊。"

李灿把假条放在他面前："抱歉，陈经理，昨天真的是忘记了，要不然怎么也会跟你请个假。"

"没事没事，你一直都是公司的卷王，你要是不来，那一定是有什么急事来不了。"

陈经理大笔一挥，在销假条上签下洋洋洒洒的两个丑字。

陈涛。

李灿乐呵呵接过了销假条，脱口而出："谢谢陈副总。"

陈、副、总？

陈涛豆大的眼睛"唰"一下瞪大了。

他一拍桌子，故作恼怒："小李，可不兴这么叫啊，干什么呢？还敢乱叫什么陈副总……"他憋笑憋得嘴都歪了，"下回可不能这样叫了啊，再让人听见。"

李灿乐了，开始添油加醋："你当上陈副总那不早晚的事儿，要我说，明年，你就能升职，到时候千万可别忘了请我吃饭啊。"

陈涛使劲"啧"了下："哎呀，你什么时候还学会拍领导马屁了。"

他体型有些肥胖，身体那么一扭捏，脸颊两侧的肉也跟着微微哆嗦，横生一股莫名的喜感。

李灿话锋一转："陈副总，我跟你商量件事呗。"

一听这话，陈涛笑不出来了，脸上肌肉立马绷了起来。他抬起肉手，指了下她："就知道你没憋什么好屁！"

"哎呀，不是什么麻烦事。"李灿说，"你不是负责人事部那边的最终审核嘛，以后要是有个叫许森阳的男的向咱们部门递简历，你直接把他简历扔远点，这对你来说没什么难度吧？”

陈涛眯了眯眼：“许森阳是谁？你仇人？”

李灿：“不算仇人。”

陈涛不解：“那你干吗针对他？”

李灿微笑说：“别八卦了，反正你以后要是把他招进来，那我跟你就是仇人了。”

陈涛龇了龇牙：“怎么跟领导说话呢？”

李灿立马毕恭毕敬地向他鞠了一躬：“陈副总！我先去忙了！”

陈涛一下子没招了，翘起头看了眼外面，压着嗓子说：“你小点声！”

李灿笑眯眯地离开了他的办公室。

她回到自己办公室，在电脑前忙了约莫两个小时，然后拿着打印好的材料走向外面。

在公司其他人的眼里，李灿是妥妥的事业女强人。大学毕业没多久就能拿着自己开发的软件进入光凌，成为光凌有史以来第一个实习期一过就直升主管位置的员工。

虽然她为人亲和，也风趣幽默，但当她踩着高跟鞋从走廊走来时，无形中给所有员工带来一股强烈的压迫感。

“嗒嗒嗒……”

高跟鞋的声音越来越近，众人心里的弦纷纷绷紧了。

他们不约而同地看向不远处正朝这边走来的李灿。

干脆利落的长发披在肩后，脸颊没有一丝多余的碎发，红而不艳的唇，上扬但不张扬的眼线，黑色衬衫的袖口挽起，白净的手上拿着几沓资料。

人怎么能有这么大的区别？

一进入工作状态，完全像变了个人。

“李主管好。”有人开口打了声招呼。

李灿唇角淡然一勾，冲那人点了下头，接着嘴里吐出了冰冷无情的字眼：“所有人，现在开会。”

众人暗暗叫苦，但还是乖乖跟去了会议室。

李灿凭着记忆，把这些年在智跃盒子上踩过的雷全部在会议上重现了一遍，甚至还提出了新的优化方案。

许森阳优化的智跃盒子给了她巨大的灵感，甚至让她在此基础上有了更为强悍的优化思路。

虽然目前光凌的技术不足以维持她的优化思路，但她相信在不远的将来，她的这些想法都能被实现。

她买不了彩票，也做不到拿出一大笔钱去投资未来的红利产业。

比起投机取巧，她更擅长在自己的领域脚踏实地。

会议结束后，所有参会的员工无一不顶着目瞪口呆的表情走出会议室。

“李主管开挂了吧。”一人忍不住感慨，“这一场会议的含金量比我在外面学习一年的含金量还高。”

另一人翻过手里的资料，又看向办公室里专注工作的李灿，花痴地说：“我要做李主管最忠心的狗。”

午休时间，李灿给贺景打了个视频电话。

“吃饭了吗？”她问。

“刚刚吃过。”贺景的脸离手机很近，优越的五官在镜头里无限放大，畸变的镜头完全没有将他的帅气吞没半分。

他的目光时不时落向别处。

李灿奇怪：“你在干吗？现在在哪儿呢？”

“没干吗。”贺景说。

“骗人。”李灿逼问，“你现在肯定不在你家，到底在哪儿？”

贺景无奈，旋转了手机镜头。

画面落在李灿写的那封情书上。

公开处刑。

李灿头皮一阵发麻。

“你怎么跑去我家了？”她用手掌盖住了半个屏幕，遮去了情书。

实在不想看到情书上那几句肉麻的话，她当时怎么能写出这么酸的句子？

结果，贺景直接堂而皇之地念了起来：“和煦的春风轻拂过你的发梢，撩动我脆弱的心间，大家都爱这么写，可我好像从来没有端详过你的脸……”

“贺景！”李灿羞耻地捂住脸，幽幽开口，“如果你再念下去，不需要丹尼尔出手，你会先死在我手里。”

“你才不会。”贺景说，“你才舍不得。”

他把情书夹回语文课本里，放回书架上，然后转头走向他曾经的房间，拿起了床头柜上的兔子夜灯。

“你拿兔子灯干吗？”

“想把它带在身边。”

贺景把镜头翻转过来，对着自己，把兔子灯凑到脸边：“它长得像你。”

李灿顿悟："原来兔子夜灯是你拿走的啊。"

贺景脸上露出一丝疑惑。

李灿解释："我有一次摸黑下床，不小心磕到了脚指头，想把你的小夜灯拿来用，结果没找到，我还以为丢了。"

贺景又把小夜灯放了回去："那不拿了，我可以再买一个一模一样的。"

他在家里转了一圈，最后去厨房拿走了擀面杖和竹盖帘。

李灿："我妈让你拿的擀面杖？"

贺景点了下头："阿姨今晚要包水饺，三鲜虾仁。"

他离开了她家，朝着自己家的方向走。

李灿舍不得挂电话，托着腮帮问："贺景，在你眼里我到底是像李逵还是像兔子？"

贺景笑了笑："像戴了一对兔耳朵的李逵。"

李灿："呃……"

3 青春暗恋偶像剧主演

临下班前半小时，李灿已经收拾好了所有东西，整装待发，连电脑都关机了。等时间一到，她就会立马冲出办公室。

就在这时，蔚岚打来了电话。

李灿接了电话："干吗？"

蔚岚："晚上出来见面。"

李灿："今晚不行。"

蔚岚抓狂："为什么？为什么今晚不行？"

李灿看了眼时间："贺景回来了。"

蔚岚惊诧："什么时候回来的？"

"就前天。"李灿说，"我妈现在在贺景家住着，今晚包了三鲜虾仁水饺，你要来吗？"

"要！"

"那等下了班我去接你。"

说完，想到自己现在还没继承李世良的爱车，李灿连忙改口："你来接我。"

挂断电话后，李灿又看了眼时间。

距离下班还有十分钟。

漫长的十分钟。

李灿已经有些坐不住了，在办公室里来回踱步。

时间一到，她直接拎包冲出了办公室，打卡跑出了公司，只留给员工们一个潇洒的背影。

蔚岚已经在公司楼下等着了。

她坐上了副驾，把包顺手往后一扔，利索地系上安全带："出发。"

蔚岚启动车子，汇入了车流："你天天通勤时间这么长，干吗不买辆车？"

李灿抬起手，伸出了手指："第一，这里堵车严重，有时候开车还不如地铁快；第二，每天我坐地铁只需要几块钱，但如果有了车，保养费和油费会让我更头疼；第三，再过几年，我爸就会把他的车给我。"

她歪头看向蔚岚："所以我不买车。"

蔚岚慢悠悠地补充了一句："第四，抠。"

李灿嘴角一抽："是没你大方。"

七万块的包眼都不眨就送给了未来嫂子，能不大方吗？

车里静了不到一分钟，蔚岚蹦出来一句："我和他分手了。"

李灿大脑宕机了几秒："哪个？"

蔚岚："就那个啊，还能有哪个？"

要说起蔚岚和历届男友都是怎么分手的，李灿掰扯一晚上都掰扯不明白，更想不起来蔚岚十年前谈过的男朋友到底是谁了。

她尴尬地揉捏着耳垂，努力措辞中。

"就那个，你还叫他'摩托哥'呢。"蔚岚脸色一沉："你不会想不起来了吧？"

"哦！我当然记得！"李灿记忆瞬间复苏，"就是一下子想不起来叫什么名字了。"

李灿对摩托哥的印象还算深刻。

她之所以会送此男"摩托哥"的称谓，并非因为摩托哥骑摩托，而是因为摩托哥在跟蔚岚认识之前，和路边一辆十分炫酷的重型摩托车合照，结果车歪了，他那纤纤细腿被车轮压骨折了。

到这儿还没完。

摩托哥拄着拐一蹦一跳地从医院里出来，没走多远，便坐在长椅上休息。

他把另一条好腿伸直，转眼就让骑着摩托经过的蔚岚把脚背给轧了。

据摩托哥本人描述，他先是觉得脚上传来一阵剧痛，然后闻到了一股香气。他顺着香气来源看去，只见穿着机车服的蔚岚踩着马丁长靴，一条长腿落地支住了车。她摘下黑色头盔，露出了一张惊艳的脸。

而香味便是从她飞扬的发丝间传出的。

那一刻，摩托哥脚不疼了，腿也不疼了。

岁月静好，春心荡漾。

…………

蔚岚把车拐进了商场停车场。

“这么久没见了，我不能空手去，给于阿姨和你妈买点礼物带过去。”

“好。”李灿下了车，跟她一起往商场里走，嘴上问，“摩托哥不是挺纯情的嘛，为什么分手啊？”

“我提的。”蔚岚说。

“为什么？”

“他就是个傻×。”

李灿乐了：“你现在才知道？他要是不傻能在同一天让摩托车轧两次？”

蔚岚哀怨地叹了口气。

李灿正经问：“别叹气了，到底怎么回事？他不会劈腿了吧？”

蔚岚摇摇头：“他跟我求婚了。”

李灿惊了。

蔚岚又发出一声叹息：“他比我年纪小五岁，大学都还没毕业就跟我求婚，他不是傻他是什么？”

李灿也忍不住跟着她叹气。

二人在商场里转了一圈，蔚岚给徐萍和于芝晓各买了一副翡翠玉镯，又买了许多营养品，直到拿不下了才离开。

贺景一直在家楼下等着。

他站在台阶上，低头看着手机，高大的体型格外惹眼。

“那是贺景？”蔚岚把车停下，瞪着眼仔细瞧，还是有些不确定，“怎么瘦了那么多？”

“在国外过得不好呗。”李灿解开安全带，反手去拿后座的包。

“可怜。”蔚岚熄了火，“贺景长了一双温柔的眼，一张端正的脸，一颗纯情的心，但有一条操蛋的命。”

李灿看着蔚岚清纯美好的脸，皱了皱眉：“话糙理不糙，但你这话也有点太糙了。”

蔚岚无所谓地晃了下脑袋，开门下了车。

“贺景！”她喊。

贺景抬起头，扬起微笑："好久不见啊，蔚岚。"

"几年不见，你变化也太大了，是不是又长高了……"

蔚岚走到他面前，围着他转了一圈，最后注意到了他无名指的戒指上，脸上露出一丝错愕，但稍纵即逝。

时隔多年，"铁三角"再次碰头，各怀心思。

蔚岚在长辈面前很会撒娇。

她拿着玉镯在于芝晓和徐萍面前讨足了欢心，抹了蜜的嘴把徐萍哄得抡起擀面杖又多擀了几十个饺子皮，包了整整一盖帘的水饺。

吃饭时，蔚岚老忍不住朝贺景那戒指上瞅。

贺景也很难不察觉她的目光。

饭后，贺景去阳台的储物柜里翻找扳手，打算把家里螺丝松了的地方全部上紧。

蔚岚悄无声息地凑近了他。

"有话直说。"

贺景头也没回，手上继续翻找着。

"戒指和谁的？你在国外谈恋爱了？"蔚岚抱着胳膊，目光审视般盯着他。

见贺景没什么反应，蔚岚便当他是默认了。

"贺景，你现在不喜欢李灿了吗？"蔚岚用仅他们两人能听到的音量说。

贺景愣了一下，转头看向她，脸上就差写几个大字：你怎么知道？

蔚岚翻了个白眼："我以前天天跟你们混一起，再看不出来我就是瞎，知道我为什么从不看电视上演的青春暗恋偶像剧吗？因为上学的时候我天天看，知道谁演的吗？"

她自问自答："就是你。"

4 见过，漂亮，就是我

贺景傻眼了。

他握着刚找出来的扳手站起来，一下高出蔚岚将近两个头，脸色阴晴不定。

感受到无形的压迫，蔚岚连连后退。

"你放心，你要是现在喜欢别人了，这事我一定不会再抖出去，过去的就让它都过去吧。"

"蔚岚！你来电话了！"李灿在客厅叫唤。

“来了！”蔚岚跑回客厅，接通了电话。

过了一会儿，她挂断电话，表情有些凝重：“灿灿，你能不能陪我去趟医院？”

斜靠在沙发上的李灿猛地坐直了身子。

“去医院干吗？”

“周澄出事了，现在在医院，我是他紧急联系人，医院联系不上他家里人，就给我打来了。”

说着说着，蔚岚有些哽咽：“我没听清那边说了什么，就听着要动手术，必须有人签字才能动。”

徐萍推了把李灿：“你快陪蔚岚去，她情绪不对，你别让她开车！”

“好。”李灿撸了把散落在脸颊两边的头发，拉着蔚岚准备离开。

贺景扔下扳手，拿上了她们俩的包和手机，跟着一起出了门。

路上，李灿开车，蔚岚坐在副驾驶上一直掉眼泪，后座的贺景默默把抽纸递给了她。

等蔚岚情绪稳定些了，李灿才敢问出憋在心里半天的话：“周澄……是谁？”

“摩托男。”蔚岚擦了把眼泪。

“哦！”李灿舔了下嘴唇，“原来叫周澄啊……你俩不是都分手了吗？还是你提的，怎么你还哭得这么伤心？”

“分手是分手，又不是没有感情了。”蔚岚说。

“什么鬼逻辑。”李灿忍不住嘟囔。

到了医院，三人在急诊室找到了周澄。

护士解释说：“急性阑尾炎，不肯手术，说什么舍不得阑尾，但是他这情况必须要手术，得有人签字啊。”

三人无语。

八月大热天，周澄穿着黑色皮夹克和牛仔裤，染着一头棕金色的头发，耳骨上还戴着银耳钉。

他坐在椅子上，挂着点滴，捂着腹部，唇无血色。

看见蔚岚，他眼神闪烁：“你怎么来了？”

“医院给我打电话我能不来吗？”蔚岚沉着脸，“怎么没疼死你呢？”

她骂了周澄两句，帮忙签了字。

周澄躺在床上被推进了手术室，嘴里喊着：“蔚岚，别走，蔚岚，别离开我！”

蔚岚："傻×。"

三人并肩坐在手术室外的长椅上。

李灿率先开口："没看出来你居然喜欢潮男。"

"狭隘了。"蔚岚淡淡地说，"帅的我都喜欢，管他什么类型。"

李灿又问："你们会复合吗？"

蔚岚想了想："不会，你见我什么时候和前男友复合过？"

晚上吃饺子蘸酱油吃咸了，李灿一直觉得口干，这半天急赤白脸的也没顾上喝口水。

她舔了下嘴唇："没见过。"

始终安静的贺景站起身，朝着医院门口的贩卖机走去。

蔚岚盯着贺景的背影，敏锐地察觉到了什么。

"灿灿。"

"嗯？"

"你知道贺景以前喜欢过你吗？"

李灿僵硬地转头，看向蔚岚："谁说的？"

"没人说，我早就自己看出来了。"蔚岚跷起腿，靠在椅子上，"不管什么时候，他都能第一时间察觉到你的情绪。"

她用下巴点了下贩卖机前的贺景："你看，你刚刚就舔了下嘴唇，他就去买水了。我以我的头发作保，他还喜欢你。"

李灿诧异，她都没意识到自己舔了嘴唇。

她心情顿时有些复杂，问："你既然早知道，这么多年为什么不和我说？"

"因为你对贺景没那意思啊。"蔚岚伸出左右手，比画说，"你是我的好朋友，贺景也是我的好朋友，要是因为我多嘴，导致你们俩的关系变尴尬，那我不就成了罪人？"

李灿不解："那你现在说就不怕我俩关系变得尴尬了？"

蔚岚微笑："这么多年没见，我跟贺景关系早淡了，你们尴尬了正好，这样你就只有我这一个好朋友啦。"

她忽然想到了什么，话锋一转："贺景无名指上有戒指，他跟你提过他有女朋友的事吗？"

李灿："我知道。"

蔚岚忍不住八卦："你见过吗，漂亮吗？外国人？"

李灿："见过，漂亮，就是我。"

蔚岚当场石化。

不远处，贺景用手机扫了贩卖机上的二维码，选了几瓶水下单。

“轰隆！”贩卖机的取物口发出一阵声响。

一个穿着校服的女学生突然插到了他面前，弯腰拿出了矿泉水。

女生盯着手里的三瓶矿泉水，站在原地一动不动，显然也没反应过来。

“这是我的水。”贺景说。

女生回过头看了他一眼。

贺景愣了下。

“轰隆！”

取物口又发出声响。

女生连忙将三瓶矿泉水还给他。

“对不起，我以为出来的是我的东西。”

她转身弯腰，从取物口中拿出了两桶泡面和两瓶矿泉水，走向了住院部。

贺景盯着女生的背影看了一会儿。

直到那身影在视野中消失，他才收回视线，回到了手术室前，把水递给了她们。

蔚岚神色诡异地上下打量着他。

贺景莫名其妙：“你这是什么眼神？”

“你们两个背刺我。”蔚岚用矿泉水瓶指着他，“尤其是你，在家里的时候居然还跟我演戏！”

贺景纳闷地看向李灿。

李灿解释：“她知道我们两个的事了。”

贺景眉梢一挑。

他其实在家的时候想告诉蔚岚来着，但连嘴都张不开。

“知道就知道了，又不是什么不可能的事。”他淡定地坐回椅子上。

在等待周澄手术结束的这段时间，蔚岚对二人的所作所为进行了强烈的批判，小嘴叭叭叭个不停，甚至还翻起了高中时的旧账。

最后，她批判够了，深吸了一口气，语重心长地说：“虽然我说了那么多，但我还是希望你们两个能一辈子在一起，再也别分开了。”

话落，身边的两人都沉默了。

手术室灯灭了。

周澄被推了出来。

他处在半麻醉的状态，神智有些不清醒，蔚岚不得不先在他身边陪着他。

蔚岚一走，中间的位置空了出来，李灿朝着贺景坐近了些，牵上了他的手。

“灿灿。”贺景突然开口，“你跟我去个地方吧。”

5 爱，无须求证

“去什么地方？”李灿不禁奇怪。

“去了你就明白了。”贺景握紧她的手，拉着她朝着住院部的方向走去。

最后，他在一间病房前停下了。

李灿狐疑地向病房里面望去，紧接着，看到了一张不算陌生的脸。

“这不是……张笠吗？”她又惊又喜，转头看向贺景，“这世界未免有点太小了吧，居然会在这里遇见！”

贺景点点头：“刚才买水的时候碰到的，我也觉得很意外。”

他对人脸向来过目不忘，虽然当初只在混乱之下看了那么几眼，但再次遇见，仍能一下子对上号。

病房内，张笠端着两桶泡好的面坐在了床边，将其中一桶递给了身边的小女孩。

他们的位置只能看到小女孩的背影，但不难猜出是张笠的妹妹张琦。

躺在病床上的是个四十岁左右的女人，应该是张笠的母亲。

“我记得张笠的母亲是在她二十二岁那年得了脑梗。”李灿忍不住纳闷，“现在这是什么情况？”

此时的张笠还是个十七八岁的高中学生，她扎着高马尾，将校服外套系在腰上，肥大的裤腿向上挽了几圈，露出纤瘦的脚踝，一手捧着碗，一手拿着塑料叉，吃泡面的动作格外痛快。

“要不要进去问问？她会不会觉得我们神经病？”

李灿嘴上询问贺景的意见，手上已经跃跃欲试握住了门把手，似乎就等贺景一声令下，她便能鼓足勇气直接推门进去。

张笠仰头喝汤，恰好瞥到了门口趴在窗户上朝这儿看的李灿。

她放下泡面，青涩的脸上浮现出一丝警惕。

见状，李灿扯起尴尬的笑容，隔着玻璃冲她挥了挥手。

张笠低头跟妹妹不知说了什么，然后便朝着这边走来。

她拉开门，视线在两个陌生人的脸上来回扫了几次。

“你们有什么事吗？”

“没事。”李灿面带微笑，胡扯说，“我的朋友刚做完手术，就在隔壁病房，我们闲着没事到处逛逛。”

张笠像看怪人一样看着她：“……医院有什么好逛的。”

“这不闲着嘛。”李灿看了眼病床的方向，直奔主题，“生病的是你妈妈吗？”

张笠点点头。

李灿：“严重吗？什么病？”

张笠抿了下嘴，似乎在犹豫要不要和陌生人多说，可看见李灿友好的目光，便稍稍放松了警惕。

“不严重，只是突然心慌，晕倒了。”

李灿面露诧异：“都心慌晕倒了还不严重？”

张笠：“医生说我妈是太累了，她还有颈椎病，可能压迫到了神经。”

在这方面，贺景经验比较多，张笠的话也精准触碰到了他身为医学生该有的“雷达”。

他问：“你妈妈查过血吗？”

张笠点头：“刚到医院就查了。”

贺景：“没有任何问题？”

张笠：“除了血糖有点偏高，没别的问题……怎么了，你问这个干吗？”

李灿抢答：“他也是医生，职业病犯了。”

虽然现在还不是，但当医生那是早晚的事儿。

张笠眼睛亮了亮，忍不住又仔细瞧了瞧贺景的脸。

贺景又问：“还有没有做别的检查？TCD和MRA做过吗？”

话音刚落，腹部遭到李灿一道不痛不痒的肘击。

“说我们能听懂的。”她提醒。

贺景改口：“就是脑部超声和血管造影之类的检查。”

张笠摇摇头，她的双手垂在身侧，揪着校服一角搓捏着：“医生建议查了，但这些查一次就要上千块，我妈不让查，说吃点药睡一觉就好了。”

她的脸上浮出不安，追问：“这些必须要查吗？”

贺景看了眼李灿，欲言又止。

看出他是在纠结，而不是说不出口，李灿微抬下巴，示意他全说出来。

贺景这才开口：“心慌心悸也可能是脑梗的前兆，虽然你妈妈平时看上去没有问题，但是脑梗本身就像定时炸弹，一旦发作就是不可逆的，如果有条件，还是做一次检查吧。”

“没条件也要做，早发现早预防。”李灿掏出手机，“你们家要是条件不允许，我有钱，我借你。”

“不用！我家有钱！”张笠皱起眉，“我爸在外面打工呢，他有钱，等我爸回来，我会让他带我妈做检查的。”

李灿手上动作一顿，意识到她刚才下意识的仗义行为或许伤害到了这位青春期少女的自尊。

她连忙解释：“我没别的意思，只是想帮帮你。”

这时，张琦跑了过来，一把抱住了张笠。

“姐姐……”

李灿看向半大点儿的小张琦，俯身轻问：“小妹妹，你多大了呀？”

张琦说：“过了今天就十岁了。”

“过了今天就十岁？”李灿问，“今天是你的生日？”

张琦点了点头。

李灿瞟了眼放在椅子上的泡面，心里有些别扭：“生日吃泡面多没意思，喜不喜欢巧克力蛋糕？”

张琦又点了点头：“喜欢。”

“小琦！”张笠晃了下妹妹的肩膀，“别乱说话。”

“这怎么能是乱说话，你妹妹只是诚实地回答了我的问题而已。”

李灿直起腰，拿起手机，打算订份蛋糕送来这里。

贺景压了下她的手腕：“这附近就有一家蛋糕店，还在营业，我去买，你在这里等我。”

“好。”李灿放下手机，注视着贺景离开了医院，然后慢悠悠转回视线，看向姐妹俩。

张笠依旧用一种看怪人的目光看着她。

李灿问：“你干吗这么看着我？”

张笠反问：“那你干吗帮我？还要给我妹买蛋糕，你又不认识我们。”

李灿撇了下嘴角：“你就当我闲的，行吗？”

张笠拧着眉抿起嘴。

表情谈不上不高兴，但和高兴更不沾边的，似乎还有几分娇羞。

即使当下身处困境之中，少女眼中仍藏着对未来不可言说的期望。也许是因为尚且年少，所以总以为在不远的将来能够变成心目中理想的大人。

这份纯粹与美好，是三十五岁的李灿所怀念的。

她帮助张笠并非只因为心软善良，更多的是在守护曾经的自己。

李灿伸手飞快地捏了下她的脸颊，咧嘴一笑：“我是看你长得顺眼，等长大了，指定是个大美女。”

她撩了下额前的碎发：“况且我这人，一向人美心善……”

张笠面颊闪过一丝绯色，扭头走回病床前，也不搭理她。

李灿抱着胳膊走过去，用脚尖勾过一个塑料板凳，毫不客气地坐下：“张笠，虽然咱们俩这是第一次见面，但出于人道主义，我还是想跟你说几句。”

“你怎么知道我名字？”张笠惊讶地问。

李灿淡定地指了下她绑在腰上的校服外套。

上面缝着两个字：张笠。

张笠把校服向后拽了拽，挡住了那两个字。

李灿清了清嗓子，端正神色：“张笠，你以后找男朋友一定要擦亮双眼。”

“我才不找男朋友呢。”张笠躲开她的视线，低头抠起了手。

“哼。”李灿不屑地冷笑，“我信你个锤子……呃，反正你就把我这话牢牢地记在心里，找男朋友，一定要找特别特别特别喜欢你的，不光要喜欢你，还要特别善良，不光要对你善良，还要对所有人都善良，这样的人，才是真正的善良。”

似乎是听进了她的话，张笠抬眼看向她：“那我怎么知道谁会特别喜欢我？”

李灿想了想：“这个问题不需要你主动去找答案，等到那个人出现时，你自然会知道。”

未经情事的张笠对她的话感到迷茫，脸上浮现出困惑。

李灿沉吟一会儿，补充说：“就像你爸妈爱你一样，你需要去猜吗？你不需要，你甚至什么都不需要做，你就知道他们爱你。”

张笠似懂非懂地点点头。

李灿单手支着下巴，满意地笑了笑，忽然理解了老人总爱说教年轻人的行为，她现在跟那些话多的老人好像没什么区别。

“反正啊，喜欢这个东西是藏不住的，当有人特别特别特别喜欢你的时候，你一定能够感受到。”

话落，贺景出现了。

他的视线第一时间锁定在了李灿身上，眼中泛起笑意。

“灿灿。”

他迈着长腿风一样走进来，手里拎着三个慕斯蛋糕，将其中一个铺满蓝莓的慕斯举到她面前：“店里只剩慕斯了，我给你也买了一个，选了你喜欢的蓝莓口味。”

李灿歪了歪头，视线越过慕斯蛋糕，看向那双茶色的温眸，唇角微不可察地上扬了。

6 命运啊，请聆听我殷切的心愿吧

还有两个巧克力慕斯，张笠和张琦一人一个。

张琦坐在板凳上，前后晃荡着两条腿，高兴地用小勺挖着吃。

见张笠把蛋糕放在桌上，她问：“姐姐，你怎么不吃？”

“我等下吃，你先吃吧。”张笠用纸巾擦去妹妹嘴角沾上的巧克力。

一旁，贺景把蛋糕托在手里，充当人形茶几，好让李灿能腾出一只手去刷手机。

“我又不是小孩了，干吗还给我买？多浪费钱啊。”说着，李灿挖了一大块奶油塞进嘴里，吃得津津有味。

“我回国那天是你生日，忘记和你说生日快乐了，补给你的。”贺景轻轻说，“灿灿，祝你二十四岁生日快乐。”

李灿挖了一勺奶油喂到他嘴里，用同样轻的声音回答：“不要只是二十四岁的生日快乐，以后每年的生日快乐我都要听你对我说。”

奶油在舌上化开，甜味蔓延开来。

贺景微笑：“一定。”

过了一会儿，蛋糕吃没了，李灿叼着勺，看着手机。

“蔚岚发消息问我们现在在哪儿呢，咱们走吧。”

“好。”

李灿把嘴里的勺拿出来，冲张笠说：“走了啊，记得一定要让你妈检查身体，脑梗！预防脑梗！记住！”

她的语气自然到仿佛她们是认识了很久的熟人。

“记住了。”张笠站起来，目不转睛地看着她，认真地说，“姐姐，我以后要找一个和你男朋友一样好的男朋友。”

李灿愣了下，紧接着“哟”了一声：“那你可要努力了，像我男朋友这样的人可是九九成稀罕物，你不仅要擦亮眼睛，还要打着灯仔细找。”

贺景轻咳一声。

他面上波澜不惊，实则已飘飘然魂飞天外。

离开病房后，两人并肩往回走。

贺景问：“我不在的时候，你和张笠都说什么了？”

李灿浅笑："没说什么。"

贺景扬眉，显然不信："真没说什么？"

李灿："真的，我就是让她以后找男人要擦亮眼睛。"

她顿了顿，感慨一声："孺子可教，张笠还真是一点就透。"

贺景更好奇了："你到底在说什么啊……"

李灿笑呵呵地摇着头，就是不说。

一拐弯，遇上了刚从周澄病房离开的蔚岚。

"你们跑去哪儿了？"蔚岚不乐意地走到他们面前，幽怨地说，"这下可好了，我成铁三角里的电灯泡了。"

"电灯泡怎么啦？电灯泡还有它的价值呢。"李灿勾上她的肩膀，搂着她向外走，"你看外面天多黑啊，你这不就派上用场了吗？"

蔚岚翻了个白眼："李灿，你有时候嘴欠得让我有点想抽你。"

李灿："哟，电灯泡还会抽人呢。"

蔚岚双手开始摩拳擦掌，皮笑肉不笑地说："灿灿，请分别用你的左右脸重击我的手掌，好吗？"

李灿松开蔚岚，跑到了贺景身后，揪住贺景的衣角，嗲声说："贺景，她要打我，害怕——"

蔚岚僵在原地，不可置信地说："李灿，你知道你刚才发出了很恶心的声音吗？"

紧接着，她捂住耳朵，面目狰狞地冲出了医院大门，扶着外面的栏杆，捂着肚子，假装呕吐。

贺景"扑哧"一下笑出了声。

李灿鼻腔中发出一道冷哼，活动了一下筋骨，半蹲，助跑，一个箭步追了出去，吓得蔚岚撒丫子就跑。

半小时后，蔚岚和李灿双双顶着蓬乱的头发坐在汽车后座。

贺景开着车，时不时瞥一眼后视镜里的两尊大佛。

车内鸦雀无声。

他把车停到了蔚岚家楼下，熄火下了车，把车钥匙扔给了蔚岚。

蔚岚接住车钥匙，把脸颊两边的头发捋顺，缓缓地说："君子报仇，十年不晚，你们俩等着。"

方才那场"战役"，蔚岚惨败。

只因贺景当时拉了偏架，居然向着李灿！

李灿本人丝毫没有胜之不武的羞愧，反而一副小人姿态冲她挥了挥手：

“等就等，loser。”

“哼。”蔚岚举起手里的车钥匙，“你们俩真不打算开我的车回家？”

“不用，我们两个打车就好。”贺景说。

“那好吧。”蔚岚收起钥匙，朝楼里走去，抬手挥了挥，“拜拜二位，我这个电灯泡现在要熄灯了，过几天再亮。”

望着蔚岚的背影，李灿深吸一口气，大喊：“蔚岚，你以后找男人给我擦亮眼睛！”

蔚岚吓得一哆嗦，瞪大眼睛回头看着李灿：“你神经病啊，莫名其妙……”

李灿继续说：“以后如果你遇见一个叫瞿子琛的男人，离他远点，他是个有老婆还出轨的超级大渣男。”

蔚岚奇怪：“瞿子琛是哪位？”

“别管，记住是个渣男就对了。”

李灿两手插兜，淡淡地说：“当然，这个世界上还有很多个像瞿子琛一样的渣男，你如果实在避不开，就记得受了委屈一定要来找我，不准自己一个人扛。”

蔚岚眨了眨眼，也不知道听没听懂，拖着懒洋洋的腔调回：“好啦，知道了，你们快走吧，到家记得给我发个消息。”

她转身上了电梯。

在电梯门关上的那一刻，蔚岚忍不住扬起笑容，嘴里嘀咕：“小样，居然还跟我耍帅……”

与此同时，李灿望着紧闭的电梯门，问：“贺景，我刚刚那样说，帅吗？”

贺景故作认真地思考了一会儿，说：“是不是有点帅得太超出了？”

“是吗？”李灿恢复正常，牵起贺景的手，笑着说，“那我们回家吧。”

贺景交叉扣住了她的五指：“好。”

两人沿着人行道，向家的方向走，步伐不紧不慢。

在经过跨河大桥时，偶尔有柔和的微风拂过。

李灿深深吸了口空气：“哇，好清爽的雾霾啊！”

贺景无奈：“多吸几口吧，这可比2032年的空气好多了。”

李灿笑了笑：“你有没有发现你好像可以自由自在地说话了？”

贺景想了想：“好像还真是，会不会是因为你改变了未来？”

“必须是！”李灿扭头看向他的侧脸，“贺景，未来的东西是不是无法带回到过去？”

贺景：“你还记不记得当时你在我胳膊上用油性笔写了很粗的字。”

李灿：“当然记得。”

贺景：“洗了好几次都洗不掉的字，在回到过去以后消失得一干二净，未来的东西，我一样也带不回过去。”

李灿停下脚步，向他伸出手：“把你的手机给我。”

贺景不清楚她要干吗，但还是拿出手机，乖乖交到了她手上。

“未来的东西带不回过去，但过去的东西可以留存至未来。”她边说，边打开了相机，切换到录像模式，开始录像。

镜头中，贺景微微弯下了腰，将身体凑近了她。

“贺景，我爱你！”她笑着，用长而高的声音大喊，“贺景！这次你可千万一定要活下来啊！”

呼喊被风吹散，渐渐消失。

她高举着手机，转头含泪吻上了他。

贺景双手捧住她的脸颊，用力加深了这个吻，眼眶中也泛起了泪。

深夜。

李灿躺在床上，翻来覆去睡不着。

她从床上坐起，拍了下床头柜上的兔子灯耳朵。

兔子灯蓦地亮起，发出暖黄色的灯光。

李灿下床，走到书桌前，抽出了书架上的语文必修课本，拿出了那封情书。

她凑近情书，闻到上面有淡淡的柑橘味道，也不知是什么时候染上的。

接着，她将情书撕碎，碎到看不出原本模样，最后将碎片统统扔进了垃圾桶。

昏黄的灯光在李灿的脸上打下一片阴影，她望着垃圾桶里的情书静滞了许久。

“解脱吧，贺景。”

如果这一次未来仍无法改变，那便不要再让他困在爱而不得的死循环中了。比起拥有过后再失去，不如从未拥有过。

7 送你三千万

次日一早。

李灿还没睡醒，就被徐萍从床上拉着胳膊提溜起来了。

“干吗啊！妈！”

李灿五官痛苦地皱在一起，一副半死不活的模样。

她半夜对着垃圾桶发呆到凌晨五点才好不容易睡着，刚进入深度睡眠，就这么被打断了。

“别睡了，你不是要上班吗？”徐萍把她的被子直接抱走，“今天你于阿姨生日，晚上早点回来，跟我一起上她家给她过生日。”

李灿迷迷糊糊地拿起手机。

今天周五了。

她瞬间清醒，用力揉搓了几下脸，点开了日历。

“于阿姨的生日不是下个月吗？”

“老于之前习惯过公历生日，我决定以后公历农历都给她过。”徐萍嘱咐说，“今晚你买个蛋糕回来，不用太大，八寸的就够，你爸胆固醇高，吃不了奶油，贺景那小子又不爱吃甜。”

李灿瘫回床上：“我今天不出远门，更不会碰任何交通工具。”

徐萍拍了下她肚子：“班也不上了？”

“嗯。”李灿拿着手机向陈涛请了假，“今天不上了，我太累了，想休息。”

“也行，你订个蛋糕让店里送过来，我晚上拿着过去。”徐萍把被子又铺开，盖住了李灿的肚子，“不上班就再睡一会儿吧。”

李灿闭上眼，却再也无法入睡。

她一脚踹开被子，侧过身子，弯曲胳膊支着脑袋，看向客厅的徐萍：“徐萍女士。”

徐萍自顾自忙着手上的事，头也不回：“叫你妈做什么？”

“如果我和于阿姨同时掉水里，您会先救哪个？”

“救你于阿姨。”徐萍甚至都没有丝毫犹豫。

李灿扑腾一下坐起来：“我其实根本不是您亲生的对吧？”

徐萍笑了下：“如果你真的和老于同时掉水里，小景会跑在我前面去救你。”

李灿不吭声了，又瘫回了床上。

过了一会儿，她又叫：“妈。”

徐萍：“又干吗？”

李灿：“您现在真年轻，又年轻又漂亮，我之前怎么没发现您这么年轻漂亮呢？”

“去你的。”徐萍不吃她这套，“是不是又想要什么东西了？”

“不要东西。”李灿慢悠悠地说，“不仅不要东西，我还要送给你东西，送你三千万。”

徐萍终于停下了手上的事，转头看向了她。

李灿依次伸出三根手指：“千万要健康，千万要快乐，千万要幸福。”

徐萍脸一黑：“你赶紧给我从床上滚起来。”

李灿：“好嘞！”

她起床梳妆打扮好，将装有情书碎片的垃圾袋打包，拎着下了楼。

经过垃圾回收处前，她果断把垃圾袋扔了进去，然后径直去了贺景家。

于芝晓正坐在客厅看电视，还不知道徐萍正在为她秘密筹划一场生日惊喜。

“于阿姨，早上好啊，吃早饭了没？”

“吃了，吃的老厨子家的面。”

“阿姨您也知道老厨子啊，这家我特别爱吃。”

“这家店不还是你告诉小景的，我们俩回国那天，家里什么都没有，小景就订了这家面馆的面。”

“哦……原来是这样啊。”李灿向二楼看了眼，没瞧见贺景的影儿，又问，“贺景起了吗？”

“起了，刚才在洗澡，现在应该在房间里。”

于芝晓指了指二楼的方向，低声说：“灿灿，他最听你的话，你把他叫下来，不要让他总闷在房间里。”

“好。”

李灿上了二楼，敲了两下门：“贺景。”

“进来。”屋里传来贺景的声音。

她推开一条门缝，向里面望去。

贺景把上衣套上，整理了一下曲折的衣摆，大步走向门口，拉开了门。

“进来。”

他的头发还是湿的，发梢和脸上挂着水珠，嘴唇被水汽蒸嫩，连一丝唇纹都没有。

李灿勾上了他的脖子，轻轻亲了下他的唇，然后像是做贼似的看了眼一楼的方向。

见于芝晓全神贯注地看着电视，完全没有注意二楼，她再次亲上了贺景，推着他一步一步往房间里走。

牙膏清甜的柑橘薄荷味流窜在温热的气息间。

贺景关了门，顺势将她整个人压在门上，轻吮着她的唇舌，亲着亲着，身体有些燥热了，他便停下来，将脸埋在了李灿的颈间，深深闻嗅着自她身上散发出的橘柚香。

发梢上的水珠滴在了李灿的脖子上，有些凉，发昏的头顿时冷静了下来。

她说："你妈让我把你叫下去，说你总闷在房间里。"

贺景把她鬓边的碎发挽到耳后："等等再下去。"

"今晚给你妈过生日，我订了一个生日蛋糕，晚上我妈会带着蛋糕过来。"

"生日？"贺景以为是自己的记忆出错了，"我妈生日，不是在下个月吗？"

"是我妈的主意，她说以后于阿姨的生日，公历农历都要过。"李灿语气中带着一丝无奈，"她总能把人搞得晕头转向。"

"你不也是？"贺景声音极轻，微微低哑，像是在同她耳鬓厮磨。

他抬起头，撑着门向后稍稍退了退，直勾勾地盯着她。

这么近的距离，李灿甚至能将他眼瞳中的纹路看得一清二楚。

那双温柔的眼睛里藏着秋日的山川沟壑、海边的层叠潮浪，这一切旋涡似的将她吸入，无法自拔。

那一刻，李灿的智商一下子变为负数。

往常早该想出几句新鲜词反驳他，可此刻望着他的脸，大脑却是一片空白。

贺景察觉到她的迟钝与呆愣，聪明如他，很快便猜到这是怎么回事。

他唇角扬起坏笑："就这么好看吗？"

李灿呼吸一滞，脸颊蓦地发烫。

她从他的臂弯下钻出去，胸腔之中心脏狂烈地跳，她语气尽量平静："去客厅吧。"

他拿起床上的毛巾："吹干头发再下去。"

"那我先下去。"李灿转身开门。

贺景一把抓住她的手腕："陪我。"

半晌后，她站在洗手台前，陪着贺景吹头发。

吹干头发后，两人下了楼，去了客厅，陪着于芝晓看电视。

不知不觉到了傍晚，天色渐暗。

李灿和贺景坐在沙发上，时不时看一眼时间，表情都十分沉重。

马上要到六点钟了。

上一次，李灿出意外的时间就在傍晚六点之前。

假设木星三重日食的结束时间和她出现意外的时间一致，那她也会像之前的贺景一样，离开这里，回到她原本该在的时间点。

到那时，她便会知道贺景的结局是否被成功改写。

8 齿轮转动的方向

李灿不知道该怎么形容她现在的感觉。

像极了高考出成绩那天坐在电脑前查成绩的心情。

不，完全不能相提并论。

此刻的心情要远比那时恶劣。

她看见贺景的脸色有些难看，本想开个玩笑缓和一下紧张的气氛，但已经紧张到没有力气开口说话了。

客厅的气氛渐渐低到了冰点，连电视机都不识趣地播放起了主角生离死别的画面。

于芝晓自然感觉到了不对劲，目光在二人身上流转，试探地问："从刚才开始你们就怪怪的，是怎么了？"

李灿牵强地笑了下，但笑得格外难看，还不如不笑。

贺景没反应，始终双眼低垂看着手机。

突然，桌上的手机亮了。

两人不约而同地去拿手机，两手撞在一起，接着都僵在了半空。

2021年8月15日出现的木星三重日食现象已于今日17时44分结束，据测算，下一次木星三重日食要等到2032年才会上演……

"怦怦！怦怦！"

心脏几乎快要跳出嗓子。

两人谁也不敢动弹，都在等着接下来会发生的事。

"嘀哩哩……"

门打开了。

徐萍进了门，一手拎着蛋糕，一手拎着食材，身后还跟着笑眯眯的李世良。

“老于！恭喜你又老了一岁！”徐萍一进门就扯开嗓子喊。

于芝晓难以置信地捂住了嘴，睁大了眼睛。

“啪！”

李世良在后面拉响了一个彩带。

五彩缤纷的彩带飞到空中，缓缓飘落，全部掉在了徐萍的头上……

徐萍剜了李世良一眼：“我都说不要弄这些花里胡哨的小孩子玩意，你非要弄弄弄，幼稚不幼稚……”

“哎呀！多有意思啊！”于芝晓笑着上前，帮她把头上的彩带拿下来，“你还说老李幼稚，你就不幼稚了？多大年纪了还搞惊喜，关键今天也不是我生日啊。”

“农历生日也是生日，以后两个生日都过，把前几年没过的全部补回来！”

徐萍把蛋糕放在茶几上，瞅了眼沙发上表情僵硬的两个人。

“你俩愣着干吗呢？”她晃了晃手里的食材，“来帮忙啊。”

李灿缓缓转过头，看向贺景。

木星三重日食结束了，但她没有发生意外，也没有回去。

意味着未来改变了？贺景也不需要出国了？更不会被丹尼尔杀死了？

两秒后，她发出一声惊喜的尖叫，张开双臂猛地扑向贺景。

贺景也迅速将她揽进了怀里。

其他三人目瞪口呆地看着他们。

徐萍的耳朵被尖叫声聒到，耳膜突突地跳：“小李灿，你突然抽什么风？”

李灿跳起来，跑过去分别给了徐萍和李世良一个拥抱，又跑去牵起于芝晓的手，嘴里兴奋地说着：

“于阿姨，祝您生日快乐！生日快乐！”

她拉着于芝晓原地转圈，嘴里唱起了生日快乐歌。

“你别把老于转晕了！”徐萍又气又笑，拉着李世良进了厨房忙活。

一整晚，李灿都异常亢奋。

贺景上扬的嘴角也一直没下去过。

饭桌上。

李灿脸颊酡红，明明只喝了果汁，却像喝了酒似的疯疯癫癫，时不时摇头晃脑，引得李世良心生疑惑。

他拿过李灿的果汁，倒进自己的杯子里抿了两口。

李灿不解："爸，您不是有酒嘛，喝我的果汁干吗？"

"我瞧你这样，还以为你把酒偷偷掺进去了呢。"

李世良乐呵呵地把果汁还给她，端起自己的酒杯小小抿了一口："你于阿姨过生日，你用不着这么兴奋吧？"

"兴奋怎么了？于阿姨这么多年苦尽甘来，我再兴奋都正常！"说完，李灿看了眼贺景。

二人对视，会心一笑。

李世良目光在两人之间流转，眉毛一抬，端起酒杯又嘬了一口。

"可不就是嘛。"徐萍拉过于芝晓的手背拍了拍，"老于啊，不知不觉五十岁咯，时间过得可真快。"

于芝晓眼角含着泪花："论语里有句话，三十而立，四十而不惑，五十而知天命，可我怎么觉得即便年过半百，仍然有很多我能做的事，胰腺癌那么难治的病我都熬过来了，以后还能有什么是我扛不过来的呢？"

她感慨万千，长长呼出一口气："徐萍，能认识你，是我在这世上最幸福的事了。"

徐萍眼眶一酸："又说这种酸话，你也真是的，每次说的话都让我接不上来……"

她转移话题，对贺景说："小景，去把生日蛋糕切了，拿一块给你妈吃点。"

贺景起身，走向客厅。

生日蛋糕放在茶几上，中央插了两根已经点燃过的蜡烛。

一根是"5"，一根是"0"。

他把蜡烛取下，用刀小心地将蛋糕切开，一块块分到餐盘上。

李灿举着果汁，双脚踩在椅子上，身子一挺直，脑袋险些碰到头顶的灯坠。

"你怎么还站椅子上了，你还要上桌翻天啊？"徐萍不高兴了。

李灿摇摇头："不不不，我有一件非常非常重要的事要宣布。"

闻言，贺景手上的动作一顿。

他抬眼，透过餐厅的玻璃窗看向高高的李灿，猜到她接下来要说什么，忍不住勾起唇角。

"什么重要的事？"

饭桌上的其他三人仰头，好奇地望着她。

茶几上，手机忽然振了下，屏幕亮起。

贺景垂眼看向手机，笑容凝固。

更正一条新闻消息：由于计算偏差，木星三重日食现象结束时间出现了错误，现更正时间为22时22分，很抱歉这次失误给大家带来的困扰……

几乎是同一时间，餐厅响起了玻璃破碎的声音，尖锐刺耳。

“灿灿！”徐萍惊呼。

贺景扔下刀，连忙跑了过去。

餐厅里，果汁洒了一地，玻璃杯四分五裂。

李灿躺在地上，失去了意识。

她白净的手臂压在那堆玻璃碎片上，眨眼间，鲜血从手臂下汩汩冒出。

“灿灿！”

“灿灿！”

…………

医院。

李灿的手臂被厚厚的纱布裹住，双目紧闭，没有半点要恢复意识的预兆。

“患者进入了深昏迷状态，检查没有任何问题，身体各项功能也正常。”

门外，医生拿着病例和各项检查的报告单，表情复杂。

“这种情况罕见，但也不是没有前例，再观察几天，如果还是不醒，就要判定患者状态为植物状态，也就是通俗来讲的植物人。”

徐萍双腿发软，站不太稳，必须要李世良搀扶着才能勉强立住。

“怎么会这样呢？上一秒还好好的呢！”徐萍不停地摇着头，瘫坐在地上哭了起来。

李世良没力气再把她拉起来了，低头用手背抹了几下眼泪，一手握拳重重捶向墙壁。

病房内。

贺景坐在床边，惨白的灯照在他脸上，没有半点血色。

望着熟睡的李灿，他的眼圈泛红，指尖来回摩挲着无名指上的戒指，嘴紧紧抿起。

许久后，他站起来，俯身在李灿的额头上落下一吻，接着头也不回地离开了病房。

当去往异国他乡的飞机穿过上空厚重的云层时，命运停止了它的捉弄，齿轮再次开始艰难转动。

而那枚被李灿剪断的莫比乌斯环戒指和那封被撕碎的情书，改变了齿轮转动的方向。

第十章 这辈子再也不分开

1 一环破，环环破

2032年10月12日。

李灿睁开了眼，先是看到了散落一地的纸星星。

她微微动了下，意识到自己此刻躺在墓碑延展出的台面上，手心还握着断掉的戒指。

阳光灿烂，晴空万里。

光滑的黑色大理石台面却像冰一样冷。

李灿蜷缩成一团，抱住了脑袋，身体像吞了刀片，每一个内脏都在抽痛。

她脑海里随之产生了一个念头。

好想就这么死在这儿。

这样就可以永远陪着贺景了。

不知过了多久，太阳一点点向西方倾斜，日光完全照在她身上。

“阿姨。”

头顶响起一道稚嫩的声音。

李灿死气沉沉地抬起眼，看见身边站着一个五六岁的小男孩。

小男孩眨着一双大眼睛望着她：“你为什么要躺在我爷爷睡觉的地方？”

李灿愣了下。

她立马抬起脑袋看向墓碑。

墓碑照片中，一个浓胡寸发的陌生老头双目睁得滚圆，好像在怒气冲冲地瞪着她，责怪她侵占了地盘。

李灿一个仰卧起坐从地上弹了起来，又仔细瞧了瞧墓碑上刻的字。

是从来没见过的名字。

紧接着，小男孩的父母走了过来。

“哎？哎！你哪位啊？”

男孩的父亲指着李灿，面带怒意："你睡别人家坟前是不是有点不道德？还撒一地垃圾！"

李灿摊开手，握着的只有她的戒指。

贺景的遗物，不见了。

她连忙爬起来，边道歉边把地上的星星拢起装回星星罐，然后疯了似的往墓园外跑。

手机拨出了贺景的电话。

几声响后，传来刻板的女声：

"对不起，您拨打的电话正在通话中……"

她心急如焚，用最快的速度赶到了贺景家。她下车，冲上楼，先是在贺景家门上重重敲了两下，等不及里面的回应，又连忙弯腰去输门锁的密码。

手机一直在不断拨打贺景的电话。

次次得到的都是："对不起，您拨打的电话正在通话中……"

她喘着粗气，视线渐渐被泪水模糊，双手抖得厉害，密码连按了两次都错了。

"咔嗒！"

门从里面被打开了。

"喵……"

一道猫叫突兀地从里面传出。

李灿急忙拉开门，眼前赫然出现了一个高大清瘦的身影。

贺景的手机还贴在耳边，手机界面亮着，屏幕上的备注是"灿灿"。

手机喇叭传出微小的女声："对不起，您拨打的电话正在通话中……"

贺景垂下手。

看着眼圈通红的李灿，他脸上扬起浅笑，张开双臂，轻声说："过来。"

话音未落，李灿扑进了他的怀里。

贺景的皮肤是热的，心脏也在有力地跳动着，身上还透着若有似无的橘香。

那一刻，神经劫后余生般松懈下来，她开始控制不住地号啕大哭。

贺景将她紧紧搂住，宽大的手掌轻抚着她的后脑勺："灿灿，不哭了。

"灿灿，我很想你。"

灿灿、灿灿、灿灿……

仿佛要把这些年没能叫出口的名字说个够。

慢慢地，啜泣声变小了。

李灿满脸是泪，紧抱着他不愿松开。

贺景胸前的衣服被她哭湿了一大片。

她不受控制地倒吸着空气，一下接一下地抽噎，似乎要把刚才哭出去的氧气全吸回来才能停止。

脚踝处忽然有什么毛茸茸的东西缠了上来。

李灿低下头，看见一只胖成球的三花猫正在她的双脚之间慢慢转悠。

“‘第十名’？”

她睁大了眼，蹲下身子想去抱它。

结果“第十名”极不配合，屁股一扭，轻巧地躲开了她的手，走向沙发，窝在了柔软的垫子上。

李灿擦了擦泪，看向贺景：“它长得怎么和‘第十名’这么像？”

“它就是我在国外收养的那只流浪猫，和‘第十名’几乎一模一样，所以它也叫‘第十名’。”

贺景走过去，揪着“第十名”的后颈，把它抱在怀里，走到李灿面前，好让她摸。

“我舍不得它，把它一起带回来了。”

“你是什么时候回来的？”李灿问。

“今天凌晨下了飞机。”贺景说，“到了家就给你打电话，但总打不通，我还以为……”

他没再继续往下说，转移了话题：“灿灿，你要不要听我这几年在国外的事？”

李灿点点头。

她太想知道了，在她记忆空白的那十一年中，贺景到底都经历了什么。

2021年8月17日。

贺景下了飞机，拉着几乎没装什么东西的行李箱走出了机场。

这一次，李灿什么消息都没有传来。

传来的只是于芝晓一条简短的信息：灿灿已经醒了，不用担心，一个人在国外要照顾好自己，等你回来。

贺景试着给李灿发送消息，打字的手指却不出所料地定住。

“嘿！贺景！”

不远处，丹尼尔高举着写有他名字的灯牌，冲他挥舞双臂。

贺景的眼色沉了沉，将手机放回口袋。

"景！欢迎回来！"

丹尼尔一脸兴奋地跑了过来。

他一反常态不说母语，用蹩脚的中文说："我盼星星，盼月亮，终于把你盼了回来！你们国家有句话说得好，小别胜新欢，几天不见，我特别想你。"

贺景心生警惕："你怎么知道我今天回来？"

丹尼尔骄傲地说："我有朋友在机场工作，我有让他留意你的名字，只要你回来，我自然能知道你坐哪个航班。"

他的过分热情让贺景有些不安。

"你为什么要来接我？"

"当然是有事要问你！"丹尼尔深吸一口气，说回了英文，"上次的视频通话，李灿没有把话说清楚。你是李灿的男朋友，你一定知道她说的到底是什么意思？"

贺景沉默了几秒，随即开口："就是你理解的那个意思。"

"真的吗？哈哈哈！"

丹尼尔殷勤地帮他拎着行李箱，拽着他朝车那边走去，自顾自地说："可Ava这几天根本就不理我，她一直躲着我，我……我真的不知道该怎么办了。"

贺景："所以呢？"

丹尼尔眯了眯眼睛，压低了声音，神秘兮兮地说："李灿真的有东方神秘力量吗？她难道远在千里外也能看到别人心里的想法？你可不可以让她帮我画一张有魔法的符咒，让Ava理理我？"

贺景沉默了。

灿灿说得没错。

这不智障吗？他怎么会死在这种人手里？

2 当蝴蝶在南美洲扇动翅膀

贺景回到医学院后，见到晏云姿的次数屈指可数。

他反而更常见到丹尼尔。

因为丹尼尔总是频繁地来找他咨询情感上的烦恼，而晏云姿又似乎在刻意躲着丹尼尔。

有那么两三年时间，只要丹尼尔出现的地方，就看不到晏云姿。

不能与李灿联系的日子里，贺景过得格外煎熬。

还清贷款后，他日夜都蹲守在实验室里，和一堆细胞组织以及实验仪器做伴，试图通过工作和学习分散自己的注意力。

他总是一个人。

经常在实验室一待便是十天半个月，除了吃饭休息，他要么拿着平板记录实验数据，要么就是对着电脑不停地改写论文。

有时候实在撑不住了，他便会找出李灿录下的那段视频，翻来覆去地看。

有一次，他正用显微镜观察培养皿里的癌症细胞。

门突然被推开，丹尼尔抱着一束玫瑰花走了进来。

“Ava终于肯理我了！”

贺景连头都懒得抬：“是吗？恭喜。”

激动归激动，丹尼尔毕竟也是一名医学生，他自觉遵守着不能破坏实验进度的规矩，远远地停在了门口，没有靠近贺景的实验区域，免得污染了贺景的研究对象。

“这是最近这几个月以来，Ava第一次主动跟我说话！”丹尼尔的声音有些颤抖，好像再多说几句，就会忍不住哭出来。

贺景看向他，蒙了。

只见丹尼尔鼻青脸肿，头上缠着厚厚的纱布，纱布上还有深黄色的液体洇出来，不难分辨那是碘液。

“你这是怎么搞的？”贺景忍不住问，“你和人打架了吗？”

丹尼尔笑着摇摇头：“不是，我是被一辆重型大卡车撞了，我和车一起飞进了河里，我在医院昏迷了四天半才醒过来！”

他的语气雀跃到像是在讲什么天大的喜事。

贺景停下手里的实验，把培养皿小心放回冰箱，取下了手套。

难怪这几天耳根子清静了，原来丹尼尔是进医院了。

“你的脑子是被撞坏了，还是进了水？”他不冷不热地问。

丹尼尔没理他，继续自说自话：“Ava是我的紧急联系人，她知道我出了车祸以后，第一时间就跑去医院找了我！”

他说话时动作幅度太大，不慎扯到了伤口，五官瞬间皱成一团。

他捂着肚子，倒吸一口凉气：“我的肚子上缝了十二针，医生说再差一点，脾脏就破了，我就一命呜呼了。”

贺景闷哼一声，虚倚在实验台边，问：“这花是做什么的？”

丹尼尔慢慢地坐在门口的转椅上，疼得龇牙咧嘴：“我今晚要去找Ava，再向她说一遍我的心意。”

他把花放在桌上：“你在这方面一定比我有经验，能不能给我支支招？李灿不理你的时候，你一般都会怎么做？”

贺景一下被问住了。

他想了想，说："李灿没有不理过我。"

丹尼尔难以置信："什么？你们认识了这么久，她居然从来没有生过你的气？"

似乎是才意识到这一点，贺景的表情有些僵硬。许久后，他回过神来，说："她就算生气也从来没有不理过我。"

既像是在回答丹尼尔的问题，又像是在提醒自己李灿原来有多么好。

丹尼尔脸上浮出羡慕的神色："她可真好，如果Ava也能这样就好了。"

他撇了撇嘴角，又反驳自己："不，Ava就算生气不理我也是可爱的。她从小就爱生我的气，可我从来不觉得她讨厌我。"

贺景勾了勾唇角："丹尼尔，你有点烦人。"

丹尼尔满不在乎地耸了耸肩："我以前还觉得你烦人呢，因为自从你来了，Ava总围着你转。"

他顿了顿："但我很喜欢你的女朋友，如果不是她，我恐怕到现在还没有勇气向Ava说明我的心意。看在你女朋友的份上，我才决定开始喜欢你的。"

贺景脸上依旧挂着淡淡的笑意。

"不过话说回来，你最近总待在实验室，有什么新的进展吗？"丹尼尔站起身向前走了几步，想看一看他平板上的实验数据，却瞥到了一旁的手机。

手机上正在静音播放着那段录像。

丹尼尔凑近手机，咧嘴一笑："哇哦，你们看上去真好。"

看着看着，他发现了不对劲："可你们两个为什么在流泪，是喜极而泣吗？"

贺景将手机反扣在桌上："隐私。"

"呵！我才不稀罕，早晚有一天，Ava会被我的真心打动，到那时，我也会录下无数个视频！"丹尼尔摆摆手，抱起花离开了实验室。

实验室安静下来。

几分钟后，手机弹出了一条消息。

——贺景，新年快乐。

他盯着那条消息看了一会儿，然后点开了日历。

还有四年。

2032年6月。

医学院的评委们在选择"史蒂文斯医学奖"的提名对象时纠结了很久。

贺景在十年期间发表了近二十篇论文，这些论文被引用过上千次，其中一篇关于胰腺癌治疗的论文有很大的贡献。

而另一人选——Ava，跟随院长父亲参与过上百场手术，在实际操作中，她的水平远超大部分同龄医师。

前者在理论上有着重大贡献，后者在实操上有着突出表现。

可提名人只能有一个，实在让评委们难以抉择。

在提名人公布的前一天。

晏云姿约了贺景见面，丹尼尔也在。

然而，久违的聚会，气氛十分焦灼。

晏云姿与贺景两人对立而坐，针尖对麦芒。

“贺景，这次的奖项我势在必得。”晏云姿端正地坐着，神情严肃。

“未必。”贺景风轻云淡地回。

“贺景，你都要回国了，不如就把这个奖项让给我女朋友。”丹尼尔抱着胳膊，趾高气扬。

“凭什么？”贺景没有丝毫退让的意思。

丹尼尔自信一笑：“我可以给你开一张支票，数字随便你填。”

贺景忍不住挑眉。

他要是拿着一张巨额支票回去送给灿灿，那她一定会很高兴。

晏云姿不乐意地瞪了丹尼尔一眼：“我让你来不是说这个的，我要赢得公平公正。”

丹尼尔噤声。

他比较害怕晏云姿。

按贺景的话来说，他就是典型的妻管严。

但他很享受这种被Ava控制的感觉，像个受虐狂。

去年，在一个漫天飞雪的冬日，丹尼尔单膝跪地，手捧玫瑰，第199次向晏云姿表明心意。

等来的，是晏云姿一声无奈的叹息。

对失败习以为常的丹尼尔本来就没有抱任何希望，但难免失落。

他垂下眼，看着手里的捧花。

玫瑰花瓣似乎跟他一样，有些蔫了。

紧接着，他听见晏云姿说：“等你第200次向我告白，我再答应你。”

碧蓝的眼睛里顿时有了光芒，丹尼尔站起身，向前走了一步，再次单膝跪地，高高捧起玫瑰花。

“Ava，请、请让我再向你说明我的心意。”

他紧张到有些口吃：“……我喜欢你，在这个世界上，我可以什么都没有，但是我不能没有你，请你做我的女、女朋友！”

晏云姿微笑着点了头。

从那天起，丹尼尔隔三岔五便会发送一段录像给贺景。

几乎全是在秀恩爱，逼得贺景屡次生出想要彻底拉黑丹尼尔的念头。

次日，“史蒂文斯医学奖”提名对象正式公布。

晏云姿的名字出现在了名单上。

四个月后，贺景将所有的工作收尾，订下了回国的机票。

出发前，晏云姿和丹尼尔都来机场送他。

趁着晏云姿不注意，丹尼尔从口袋里抽出了一张空白支票，飞快地塞进了贺景的口袋里。

他悄声说：“我知道是你在最后一刻放弃了史蒂文斯医学奖，这张支票给你，数字随便填，记得抽时间去兑现。你知道的，我最不缺的就是钱。”

贺景没有拒绝。

但他也没有向丹尼尔解释，自己其实根本没有放弃史蒂文斯医学奖。

晏云姿是完全靠自己被选上的。

3 今晚别回去了

在那十一年里，贺景的日子其实并没有太难过。

也许是因为李灿录下的视频激励了他，又或许是早就知道杀死他的人是丹尼尔，所以他在面对未来时十分坦然，也怀揣希望。

唯一折磨他的，只有对李灿的思念。

此时此刻，他坐在沙发上，身子退到了沙发的最里面，腰靠在沙发上，两条长腿大张开，特意在双腿间留下一大片空余。

他将李灿拉到身前，弯起背，圈着她的腰将她搂在怀里，下巴轻抵在她的肩上。

这次没有尼罗河花园的味道，只有淡淡的洗发水香气。

李灿拿着那张空白支票，端详了一阵。

“我可以把这十个空全部填上数字九，然后拿去兑现吗？”她认真地问。

“那丹尼尔恐怕会被你搞破产。”

“那正好，反正我不喜欢他。”

贺景笑了下，手掌握住了她的右手手臂。

手臂内侧有一道大概三厘米长的疤痕，是那时被玻璃碎片割伤的位置。

他的食指指腹缓慢摩挲着那道疤痕，缓缓地问：“疼吗？”

李灿看不到他的表情，但能猜出他此刻在想些什么。

“一点儿也不疼。”她强调，“当时我什么也不知道，现在也不知道，所以我不知道有多疼。”

贺景无奈地苦笑：“心真大。”

李灿握上他的手腕，不让他再执着于那道疤痕。

她用下巴指了下“第十名”，转移话题问：“你妈不是对猫毛过敏吗？为什么把它带回来了？”说完，她这才发现这半晌没看到于芝晓，“对了，于阿姨呢？”

“她这几天不在家，所以我才敢把‘第十名’带回来。”贺景解释说，“上周我妈和你妈一起回老家了，说是后天回来。”

话落。

二人谁都没吭声。

空气诡异地安静了。

贺景手臂收紧了些，让李灿的后背紧密地贴向了自己的身体。

他一字一句地说：“也就是说，现在家里没有别人。”

他的声调很低很轻，惹得李灿没由来一阵酥麻，从上到下。

李灿干咽了下口水。

“灿灿。”贺景叫了她一声，“你穿越回到过去时，仗着我动不了，就随随便便调戏我，这件事，我可一直记到现在。”

“是吗？”李灿有些心虚。

她也不知道自己在心虚什么，她明明可以掌握主动权的。

毕竟她和贺景之间，不管在什么事情上，主导方向来都是她。

可三十五岁的贺景跟她想象中有些不一样了，有着成熟男人的魅力，甚至在气势上由内而外散发出侵略感。

这一切都让贺景显得游刃有余。

她一时难以适应这个变化，所以有些拘谨。

在她还在思考贺景为何会有如此大的变化时，贺景已经按捺不住，用手掰过她的脸，咬上了她的唇。

他的眸子带着隐晦不明的暗芒，似在打量她的反应，好以此来确定吮吸的力度。

李灿勾上他的脖子，接着身后一空，整个人向后倒去，被他压在了沙发上。

他滚烫的手掌抵着她的腰，从她的唇瓣挪到她的唇角，最后星星点点向下移动，落在了她锁骨上的那一点红痣。

他张开嘴，含咬住了她的锁骨，也含住了那一点红痣。

李灿抓住了贺景的手腕，却被他挣脱，反手扣上了她的五指，将她的手压在了沙发上。

“贺景……”李灿的尾音有些颤。

贺景动作一顿。

他咬着牙齿，隐忍着，从牙缝之间吸了一口凉气，撑着身子坐回沙发上，向后撸了一把乌黑的头发，两腿交叠在一起，向后靠在沙发上。

他撤得太干脆。

李灿有些蒙。

她胳膊撑起身子，眼前还覆着一层水雾，长发压得有些凌乱，衣服也是，领子有些歪扭，锁骨上还有淡淡的咬痕。

这样的画面对于贺景来说，无异于火上浇油。

他一声不吭，起身走进了洗手间，几秒钟后，里面传来了一阵水声。

李灿将衣服和头发整理好，端起杯子猛灌凉水，脸颊格外滚烫。

她用双手来回扇着风，试图降温。

过了一会儿，贺景顶着湿漉漉的脸走了出来，问：“你今天是不是一直没吃饭？”

李灿没反应过来，“啊”了一声，然后又点了点头。

“嗯，没吃。”

贺景看了眼时间，已经是下午三点了。

他说：“走，去超市买点菜，回来给你做饭。”

两人去了超市。

贺景推着手推车，有模有样地挑选着蔬菜。

他不像以前那么瘦了，也许在国外有在坚持锻炼，手臂上有明显的肌肉线条，无名指上还戴着那枚戒指，骨节分明的手托着一颗深紫色的圆茄，神情专注认真。

莫名有一种人夫的性感。

他买了很多东西，不止蔬菜，还有许多生活用品。

结账时，他让李灿先去把车开过来。

李灿拿着车钥匙去了停车场，把车开到了超市出口。

不一会儿，贺景拎着两个看上去沉甸甸的袋子出来了。

他把东西放在后备厢，然后上了车。

回家的路上，两人有一搭没一搭地闲聊。

话题多是避重就轻。

谁也不想在值得庆幸的时刻提起那些扫兴的话题。

到了家。

贺景去厨房洗菜，李灿在一旁帮忙。

他将戒指摘下，放到一旁，无名指上的戒痕更加明显了。

“我把你给我买的戒指剪断了。”李灿忽然有些后悔。

“断了就断了。”贺景口吻轻淡，“我再给你买新的，买好的……”

他想了想：“买一个比许森阳送给你的钻戒还要大的戒指。”

李灿笑出了声：“我才不喜欢那种钻戒，戴着别扭死了。”

他嘴角挂着浅笑，手上洗菜的动作没停。

吃完饭时已经快八点了。

前两年，徐萍给两家各添置了一台洗碗机。

贺景终于不用再洗碗了。

他把碗筷放进洗碗机里，扔了个清洁片，按下开关。

“反正家里没别人，今晚别回去了。”他靠在洗手台边，看着面前的李灿。

“这里没有我的东西，住这儿不方便。”李灿忍不住地往别处想。

像是早就知道她会这么说，贺景径直走向客厅，从超市的袋子里拿出了一堆东西。

新牙刷、牙杯，还有毛巾……

直到他在袋子里掏出一身印满车厘子图案的睡衣，李灿惊了。

“你什么时候拿的？”

“你去零食区看零食的时候。”

李灿每次逛超市都会去零食区逛一圈。不买，就纯逛，她看着那五花八门的包装就觉得开心，有时候还会锐评一下哪几样难吃得要死，哪几样又好吃到爆炸。

贺景都习惯了。

4 再也不想和你分开

眼看着东西都齐全，一样都不缺，李灿找不出理由不住在这儿了。

“你小子心眼还挺多……”她调侃他。

贺景也不反驳，认了。

其实她也不想走。

她恨不得二十四小时和贺景黏在一起，再也不分开。

于芝晓买了些盆栽放在阳台，有多肉，也有吊兰，都被养得很健康。

手机放在阳台上，播放着轻松欢快的音乐，但因为阳台在一楼，声音传不到二楼，几乎听不见音乐。

李灿洗完澡，用毛巾包起湿漉漉的头发，穿着车厘子睡衣走了出来。

她不情愿地照了下镜子，然后走向贺景的卧室。

“你为什么要买这种睡衣，还印着车厘子图案，丑死了。”

她原地转了半圈，把后背印着的超大车厘子展示了出来：“谁家车厘子比脑袋还大？”

贺景正在铺床，他动作停了一下，回头看向她，嘴角要扬不扬的，明显在憋笑。

“丑吗？我觉得挺好看的啊。”他忽然笑出了声。

李灿眼皮耷拉下去，开口嘲讽：“这也觉得好看？那你审美还真是一如既往的差啊。”

“呵。”贺景闷笑一声。

他扔下枕头，走到她面前，俯身凑近她，双眼直勾勾地望着她。

“我审美差？”

他握住她的手腕，调笑着说：“能喜欢上你，我审美会差吗？”

李灿“嘶”了一声，连忙改口说：“这审美哪里差了，这审美多顶级啊！”

贺景轻笑，吻了下她的掌心，又说：“我给你吹头发。”

李灿站在镜子前，享受着贺景细致入微的服务。

半晌后，头发干得差不多了，贺景关上了吹风机。

“贺托尼，手法不错，下次还找你。”李灿拍了拍他的肩膀，又说，“你去洗澡吧，被套我来套。”

贺景从毛巾架上抽下毛巾，又凑过来亲了她一口，然后进了浴室，关上了门。

卧室的书桌上，尼罗河花园摆在上面。

李灿套好被罩以后，拿起尼罗河花园在手腕上喷了几下，又抬着手腕在耳后蹭了蹭。

床头柜上放着一个崭新的兔子小夜灯，和她家那个一模一样。

她今天并没有在超市看到同款兔子夜灯，也不知是贺景什么时候买来放在这儿的。

她拍了拍兔耳朵，没亮，兔子尾巴发出微弱的红光，没电了。

她便给它插上充电线，接上了电源，兔子尾巴在感觉到电流后，关掉了红灯。

十几分钟后，贺景出来了。

他头上顶着毛巾，发梢和眼睫上挂着水珠，滴滴答答落在白色T恤上，胸前被濡湿了一片。

李灿坐在床尾看着手机，眉头紧锁。

她在工作群找到了报表文件，看了看智跃盒子最新的数据。

因为她十一年前的那些超前的想法，智跃盒子如今竟然有了脱胎换骨的变化，比起以前上升了不知多少个等级。

贺景吹干头发，把挂在脖子上的毛巾抽下来，顺手搭在衣架上。

“你在看什么？”他走过来，歪头看着她的手机。

“光凌居然打算把智跃盒子做成独立的系统，开发一个全新APP推送上市，我感觉……”

话还没说完，灯“啪”的一声被贺景关了。

屋里黑了。

手机散发出的亮光打在她惊愕的脸上。

贺景一把抽走了她的手机，按灭屏幕，放到了桌上。

屋里彻底没了光线。

“别看了，你个工作狂。”

他环住了李灿的腰，将她从床尾抱到了床头。

“等一下，等一下。”李灿有些没准备好。

不等她继续说，贺景用嘴封住了她的嘴。

起初他的动作很轻柔，像在试探。

察觉到身下人的顺应，便开始放肆地加重动作，牙齿咬了下她的舌尖，带着强烈的占有欲。

他手上解开了她的衣扣。

那身睡衣的扣眼很松，指尖轻轻一挑便开了，毫不费力。

二人气息渐重，呼吸交叠。

黑暗之中，他的发丝划过她的脸颊，向下移动，蹭得她痒丝丝的。

很快，锁骨处传来温热，唇触碰着她身体各处。

蓦地，李灿听到一阵撕扯塑料的声响。

她的手不知所措地向一旁落去，不偏不倚，打到了床头柜的兔子耳朵上。

灯突然亮起，照亮了贺景的半边脸，深邃的五官半明半暗。

他嘴里叼着一个粉色包装的安全套，已经撕开了一半。

昏黄的灯光照在他的茶瞳之中，将眼底本就炙热的情欲映衬得更加强烈。

他的上衣不知什么时候已经脱了下来，露出了腹肌，薄薄的皮脂覆盖着紧致有型的肌肉，肩膀宽阔，腰肢劲瘦。

他另一只手向下扯着裤子，血液逆流，手背上青筋暴起。

“你什么时候买的？”李灿感觉自己整个人都轻飘飘的，好似要人魂分离。

“结账的时候。”

说着，他扯出了套子，忽然想到了什么，眼底闪过一抹异色。

他把东西塞进她手里。

“你帮我。”

李灿愣了下：“怎么帮？”

“我教你。”贺景拉过她的手。

李灿有些紧张，动作也很笨拙。

“灿灿，我忍了这么多年，不想再忍了。”

贺景凝望着她，语气不容反驳，甚至夹杂着一丝急切。

夜灯让他看清了她脸上的每一个表情，一切的一切都在刺激着他身上所有的感官神经，无限放大。

到最后，李灿已经有些不清醒了。

大汗淋漓，刚铺好的床湿了大片。

迷迷糊糊之间，她看见贺景把用过的套打了个死结，扔进了垃圾桶里，又凑过来吻了她一下。

“我帮你洗干净。”

他把她抱进浴室，帮她把身体冲洗干净，又找出了一套干净的床单被罩换上。

睡觉时，她枕在贺景的胳膊上，贺景搂住她，事后味道混着柑橘香，令人很难不感到羞耻。

“灿灿。”

半睡半醒间，听见贺景的声音，她便发出含糊不清的应答声：“嗯？”

“我这辈子再也不想和你分开了。”

他的声音轻到不能再轻，但恰好能让她听到。

5 成千上万次

李灿醒得异常早。

她睁开眼时，有一种不真实感。

昨天还躺在贺景墓前想着干脆就那么死掉去陪他，现在却枕在他胳膊上盯着他安静的睡颜。

贺景顺直的睫毛随着呼吸起伏的身体微颤，温柔的双眸紧闭着，余下的五官显得他的长相有些凌厉。

记忆里，小贺景第一次来她家住的那个晚上，他害怕到不敢上厕所。

偏要拉着李灿，让她站在厕所门外陪他。

这种状况维持了大概有两年，贺景才敢自己上厕所。

当初连厕所都不敢一个人上的小屁孩，现在怎么变得这么像个男人了？

想得入神，眼前人忽然睁开了眼。

贺景眼白充血，布满血丝，窗外光线太亮，刺得他一下子睁不开眼，眉头轻蹙。

环住她腰的手收紧了些。

"灿灿，早上好。"

他将下巴抵在她的头顶："真好，一睁眼就能跟你说早安。"

戴着戒指的手玩弄着她的头发，柔软的发梢缠绕过他无名指，勾在莫比乌斯环戒上。

他的嘴角忍不住上扬。

"贺景。"李灿听着他的心跳。

"嗯？"他慵懒地应了一声。

"你还记得你小时候连厕所都不敢上吗？"

他玩弄头发的动作停住，不愿承认，干脆装忘了。

"有吗？"

"当然有啊，你不敢上厕所，必须要我陪着。"李灿笑了下，"好像上了小学以后才敢自己一个人上厕所吧……"

贺景轻哼一声："那是小时候的事了，谁小时候没个害怕的东西？而且你家厕所墙上以前贴了张外星人海报，大半夜的，两个黑漆漆的眼睛盯着你上厕所，瘆人。"

他顿了下："不过你小时候好像没什么害怕的东西。"

"有啊。"李灿轻声说，"小时候最害怕你哭，你一哭，我就要挨我妈揍。"

贺景忍不住笑出了声，连带身体跟着抖动。

过了一会儿，他支起脑袋："灿灿，你知道我现在最害怕什么吗？"

李灿目露疑惑："什么？"

"怕你哭。"他慢慢坐起来，"尤其最怕你因为我哭。"

他从床头柜上摸了一个新的套，叼在嘴里，双手把上衣扯了下来："但我爱看你像昨晚那样哭。"

"还来？"李灿身上说不出的疲惫，一点儿力气也使不上。

贺景没说话，只挑了下眉，眼底的欲望直白又明确。

他将手臂撑在她身体一侧，单手撕开塑料外壳，将里面的东西取出。

"就昨晚那几次怎么可能够？"

他思忖着，沉吟着："这么多年，要补齐的话，怎么也得做个千上万次？"

"成千上万次……"李灿眯了眯眼，有些怀疑，"你行吗？"

贺景不爽，有种被挑衅的感觉："这么多年都给你存着呢，你迟早能知道行不行。"

李灿脸上一热。

"昨晚教你的，会了吗？"贺景把手里的东西递给她，"再戴一次，我检查。"

话落，屋外传来了一阵大动静。

紧接着，徐萍的声音传来。

"老于，这才拿了二十几包土特产，你就一个劲嫌多，贺景都回来了，你吃不完，那不还有那个饕餮小子帮你解决吗！"

二人皆是一愣。

李灿猛地推开了身上的人，抓过手边的衣服开始往头上套。

贺景扯过她手里的衣服，小声提醒："拿错了，这是我衣服。"

他套上裤子，弯腰捞起地上的衣服，扔给她。

"你不是说她们明天才回来吗？"

李灿慌得像只无头苍蝇一样找不到衣服的正反面，干脆就那么套上。

"说的是明天没错，谁知道她们今天就回来了。"

贺景向后撸了下头发，静下来想了几秒："不对啊，我们为什么要这么躲？我们已经是三十多岁的成年人了，谈恋爱很正常吧？"

"NO！"李灿疯狂在身前比画叉号，"就算她们早晚要知道，也不能是这样知道的！而且我妈好像还不知道我和许森阳分手的事。"

李灿也不知道过去的自己是怎么想的，分手这么久了居然还不把这事儿告诉徐萍。

这下可好，给她留了个大坑。

她原地转了一圈，最后视线落在衣柜上。

“贺景，你先下去。”

说着，她打开衣柜，猫着身子钻了进去，勾上了衣柜门。

贺景把床铺简单整理了一下，忽然想起李灿的鞋子还在楼下，他连忙开门出去。

客厅的地上摆了数不清的特产盒子，还有一堆大大小小的塑料袋，里面装的都是些新鲜海鲜。

徐萍和于芝晓忙得晕头转向，谁也没注意到鞋柜上的那双女士鞋。

“徐阿姨、妈。”

贺景扶住二楼栏杆冲她们打了声招呼。

徐萍一抬眼，看见他，眼前一亮。

“小景！哎哟！变大样了啊！怎么这么帅了！”她向他勾了勾手，“快下来，让我跟你妈好好瞧瞧你！”

贺景下了楼，若无其事地和她们聊天。

“不是说明天回吗？怎么今天就回来了？”说话间，他去客厅茶几下的药箱翻找事先备好的过敏药。

“你妈知道你昨天回来以后，觉都睡不好，嘴里一直念叨着你！”徐萍瞥了眼有些不好意思的于芝晓，“我一看她这样也没心思继续玩了，干脆今儿一早就坐车回来了。”

于芝晓眼角泛泪，张开双臂，笑着说：“小景，抱一下。”

“没洗澡，身上有汗味儿。”贺景向后退了下。

但于芝晓才不在意，用力抱了他一下。

贺景把过敏药塞进她手里：“我带了只猫回来，你先把过敏药吃了，晚点时间我找人把它带走。”

于芝晓点点头，吃了药。

贺景又转头去帮忙收拾东西。

徐萍挥挥手：“小景，你就别插手了，去洗澡吧，好不容易回来，必须休息休息……”

“知道了阿姨。”贺景看向鞋柜。

趁着她们不注意，他走到鞋柜前，拎着鞋上了楼，又把洗漱台上李灿的东西全部收了起来。

他倒了一杯温水，回了卧室。

拉开衣柜门，发现李灿居然睡着了。

衣柜的宽度恰好能容下她伸直双腿，她脑袋靠在一边，脸上透着疲倦。

光滑白嫩的脖颈露出，锁骨周围有错落的吻痕。

贺景小心扶起她的头，在她身后垫了个软枕头，又给她盖了薄毯。

他轻手轻脚关上衣柜门，把水杯放在桌上，在行李箱里找了身干净的衣服便离开卧室，去了浴室。

李灿醒的时候，通过柜门的百叶看见屋里有人影晃动。

确认是贺景以后，她坐直身子。

身后的枕头向下掉了掉。

她这才注意到身后多了个枕头，身上也多了个毯子。

“贺景……”

她推开了一个缝，探出半个脑袋。

贺景正在擦着头发，见她醒了，把桌上的水递给她。

“我刚换的温水，喝点儿润润嗓子。”

李灿徐徐喝了半杯水，顿觉舒坦。

“几点了？”她问。

“刚九点，你才睡了没一会儿。”贺景坐在椅子上，垂眸看着她，“是不是我把你折腾得太累了？”

李灿点了点头，又赶紧摇摇头，装腔作势地说：“嘁，这才哪儿到哪儿。”

贺景勾唇。

忽然，李灿的手机响了。

来电显示，徐萍女士。

二人脸色一变。

李灿连忙挂了电话。

“嘿！好家伙！”

外面传来了徐萍的声音。

“她还把电话挂了，今天是周末，她又不上班，要是没人叫她，我看得睡到太阳照屁股再起！”

紧接着，又传来上楼的脚步声。

李灿连忙拉上柜门，把手机关了静音。

“小景啊？”徐萍停在了贺景屋门前。

“怎么了阿姨？”贺景盯着门口，淡定地说，“我在换衣服。”

“哦，没事，我不进去！”徐萍说，“你等下去把李灿叫来，中午咱们一起吃饭。你好不容易回来，这死丫头也没点数，估计到现在还没起！”

贺景高声回应：“知道了阿姨，我等下就去。”

6 君子报仇，十年不晚

徐萍下楼后，李灿推开衣柜门，发愁地看向贺景。

“怎么办？”

贺景想了想：“要不分头行动？就像以前去班主任办公室偷小说那样。”

李灿：“你说的是哪次？”

贺景：“哪次不都是一样。”

蔚岚在走廊放哨，贺景分散班主任注意，李灿则负责把她被没收的小说悄无声息地带走。

铁三角神偷。

从未失手，战绩可查。

徐萍和于芝晓将买回来的特产一样样罗列好后，拿着满满两袋子海鲜进了厨房。

于芝晓站在水池边，用刷子仔细地刷着生蚝上的泥藻。

“这些都是刚从海里捞上来就被我们包圆了。”

徐萍捞起一个干净的大生蚝，撬开托在手里：“看这生蚝多肥，又大又饱满，再看看这大鲈鱼，多新鲜，等下上锅做个清蒸，还有你们俩爱吃的皮皮虾……”

贺景站在厨房门口，凭借身高体长的优势，将身后严严实实地挡住。

“你们两个能拿着这么多东西回来，实在是厉害……”他嘴上说着，注意力全在身后。

李灿鬼鬼祟祟地下了楼，拎着鞋冲到门口。

她慢慢按下门把手，推开门，正要溜，忽然听到徐萍一声叫唤。

“小李灿！”

李灿连忙带上门，把鞋放在鞋柜上，假装刚进门脱了鞋。

她忍着心虚大声地回：“啊？叫我干吗？”

贺景自觉地撤到了一旁，暂避锋芒。

徐萍手里抓着已经被开膛破肚的鲈鱼，先是上下打量了她一番，然后皱了皱眉。

“你是不是刚起床，连脸都没洗就跑来了？”

李灿松了口气，胡诌说：“家里停水了，下午才能来水，我来这儿洗不也一样嘛……”

“头也好好梳一梳！”徐萍说，“跟个爹了毛的鸟窝似的，也不怕贺景和你于阿姨笑话。”

“知道了……”李灿内心窃喜，穿上拖鞋。

她看向贺景：“你会笑话我吗？”

贺景摇头：“我可不敢。”

李灿满意一笑，上了二楼洗漱。

洗漱完，她才注意到锁骨上的吻痕，心下一惊，连忙从包里翻出遮瑕膏盖了几层。

她再下楼时，感觉到腰部和大腿根酸得厉害。

好像身体这才完全苏醒过来，每一份不适感都在不断提醒她昨晚的放纵。

沙发上，贺景优哉游哉地择着盆里的荷兰豆，气定神闲。

李灿心生不平，握着拳头对着他的胳膊来了那么一下。

力道不算很重，更像是在给他按摩。

贺景蒙了，抬眼看她：“怎么了？”

李灿坐在他身边，拿起荷兰豆掐头去尾，小声嘟囔：“浑身疼——”

尾音拖了一阵。

比起抱怨，听上去更像在撒娇。

贺景嘴角有些压不住了。

他放下手里的荷兰豆，一本正经地说：“我给你按一按。”说话间，抬手向着她腰后按去。

李灿激灵了一下，躲开了他的手，惊恐地看了一眼厨房的方向。

“还有人在。”

“那就等没人的时候再给你按。”他重新拿起荷兰豆择起来。

徐萍围着围裙从厨房出来，嘱咐说：“灿灿，你爸等一下就来了。收拾完荷兰豆下楼去买点饮料，多买点，家里就只有一桶果粒橙了。”

李灿奇怪：“我爸只喝白水和酒，你和于阿姨又不喝饮料，一桶果粒橙够我和贺景喝了。”

徐萍：“不光你爸，还有个人来。”

沙发上的两人默契地向她投去目光。

“是一个漂亮姑娘。”徐萍意味深长地笑了笑，“贺景到现在还没个女朋友，今天我就多管一次闲事，牵个线，搭个桥，万一能成，我也算是立了大功一件，圆了老于一个心愿。”

李灿和贺景蒙了。

他们异口同声：“谁？”

徐萍卖起关子：“等下你们就知道了，放心，我介绍的，绝对靠谱！”

她嘴上情不自禁地哼起了歌，美滋滋地回了厨房。

于芝晓对此也同样毫不知情，她悄声问：“谁啊？”

徐萍胳膊轻轻捣了下她：“放心，这姑娘你绝对喜欢，而且人家姑娘对小景早就有意思了。”

客厅里，李灿碰了下贺景的腿。

“怎么办？”

“还能怎么办？”贺景说，“实话实说。”

从来没什么小动作的李灿突然开始啃起了指甲。

“荷兰豆没洗，别啃手。”他安慰说，“没什么好担心的，不是还有我陪着你呢。”

“不行不行，你又不是不了解我妈。”

李灿扶额，垂眸思忖片刻，说：“先不要提咱们俩的事，等我把我和许森阳分手的事告诉她，让她缓两天，再提咱们俩的事。”

“怕阿姨一时接受不了？”

“不是，我是怕我一下子承受不住。”

择完荷兰豆后，他们出了门，买了两桶饮料就原路返回了。

楼下，李世良的车已经到了。

一辆通体散发着银光的油电混动车。

就是为了它，李世良抛弃了他的宝马。

他们上了楼，打开门，第一眼便瞧见一道靓丽的背影。

藕粉色西装连衣裙，白色皮鞋，一条棕色古驰细腰带将腰部束起，勒出小蛮腰，深棕色的大波浪垂泄腰间，头上还戴着一顶白色千金小礼帽。

甚至还没看到对方的正脸，李灿的脸色就已经垮了下去。

贺景第一眼没认出来这是谁，只觉得莫名熟悉。

直到对方转过身，他才后知后觉露出了和李灿差不多的表情。

李灿幽幽开口：“蔚岚，别告诉我，你就是我妈要给贺景介绍的那个漂亮姑娘。”

蔚岚眨了眨她的卡姿兰大眼睛，温声细语地说：“是呀，灿灿，阿姨难道没有告诉你吗？”

她双手交叠在身前，手里拎着小皮包，像极了大家闺秀。尤其是那一身从头到脚的打扮，完全是照着于芝晓年轻的模样打扮的。

“回来啦！惊不惊喜！”徐萍拍着巴掌走了过来，“我说的那姑娘就是蔚岚，而且你们仨还是朋友，知根知底的，再好不过了。”

她把贺景拉到了蔚岚的面前：“俗话说得好，有缘自会相见，你们俩这么多年没见，关系难免生疏了，不如借这个机会热络热络，朝着那方面发展发展……”

“妈。”李灿打断她，“有缘自会相见可不是这么用的。”

徐萍白她一眼：“人家的事儿，哪有你插嘴的份儿，我都没催你和小许结婚，你就知足吧。”

“哎呀！”蔚岚脸上浮现惊讶，“灿灿，原来你和许森阳还在一起呢，我还以为你俩早就分手了呢……”

不等李灿开口，徐萍率先解释：“灿灿跟人家小许好着呢，分手那是压根不可能的事儿。”

蔚岚抿了抿嘴，差点没憋住笑。

“行，菜马上就好了，你们年轻人好好聊。”徐萍转头进了厨房，和于芝晓窃窃私语起来。

也不知聊了什么，总之于芝晓始终在笑，看样子对徐萍的自作主张很是满意。

李世良大智若愚，坐在沙发上盯着电视，面上对他们的话题一点儿也不感兴趣，其实心里头门清。

李灿勾上蔚岚的肩膀，低声说：“平时不是穿着紧身裤就是露脐装，怎么今天还装上了呢？”

蔚岚嘴皮子几乎不动，从牙缝里挤出字来：“还记得贺景第二次出国之前，我们一起去了医院吗？当时你们两个一起欺负我，那仇我记到现在……”

李灿哑口无言。

这丫头也太能记仇了。

第十一章 永远期待下一次的见面

1 灿灿的男朋友是我

李灿一直认为，蔚岚是个长得像天使一样美丽又善良的……疯子。

善良到只是看到路边衣衫褴褛的老人乞讨便会泪流满面，又或是对曾经伤害过她的人们不计前嫌、洒脱面对。

这样的蔚岚，却会把李灿被涂满胶水的椅子换走，会把那个骂过贺景“娘炮”又扇过李灿巴掌的男生针对到转学……

还会把十一年前的“仇”记到现在……

饭桌前，蔚岚和徐萍、于芝晓她们有说有笑。

“岚岚，你长这么漂亮，身边追求者应该不少吧？”于芝晓好奇地问。

“其实也没有很多，我平时工作接触不到什么男人。”蔚岚装模作样地叹了口气，“所以也没太多恋爱经验。”

这话李灿听了都想笑。

她边听边吃，倒想看看蔚岚到底要闹哪样，甚至看着蔚岚做作的表演，反而吃得更欢了。

徐萍问：“我记得以前你有个前男友，做阑尾手术的那个，你们俩在那之后，就没联系了？”

“做阑尾手术？”蔚岚没什么印象了。

她仔细想了想：“哦，那个啊，我跟他在那之后就没联系过了，现在连他在哪儿都不清楚。”

于芝晓轻轻戳了下身边的贺景，提醒说：“给蔚岚夹块鱼，太远了，她够不到。”

“哦。”贺景拿起筷子准备夹鱼，余光瞥见李灿在夹荷兰豆，下意识地把手伸到了她筷子下面。

像是有了预知能力，其中一片荷兰豆果不其然从李灿筷子里滑落，直直掉在了他手上。

李灿低头一看，连忙捂住自己的白衬衫，心有余悸地说：“好险。”

“夹菜记得托着碗。”贺景把荷兰豆放桌上，用纸巾擦了擦手心的油渍，转头把夹鱼的事儿忘了。

蔚岚似笑非笑地问：“贺景，我的鱼呢？”

贺景反应过来，用筷子夹了一块鱼放进她盘子里。

“贺景，谢谢你。”

蔚岚压根不爱吃鱼。

她没动筷子，喝了口果汁，又笑眯眯地看向李灿：“灿灿，最近好久都没听你提和许森阳的事了。”

“有什么好提的。”李灿坐直了身子，把筷子放下。

憋了这么半天，对面终于开始发力了。

见李灿没有要坦白的意思，蔚岚又问：“没什么好提的说明恋爱谈得顺风顺水，那你们为什么还不结婚？”

“你不也没结？”李灿舔了下嘴角，伸出了手。

徐萍看了眼她悬在半空的手，心生奇怪：“伸手干什么？手上什么都没有，要是许森阳给你戴个戒指，你伸出来炫耀炫耀还差不多。”

这时，贺景从手边抽出两张纸巾，放在了她手上。

“什么戒指不戒指的，就擦个嘴。”李灿擦干净嘴角，清了清嗓子。

注意到李灿和贺景之间的默契，于芝晓慢慢吸了口气，默不作声地打量了起来。

徐萍很好奇为什么李灿一直不提结婚的事，但又清楚现在年轻人都以事业为重，便不好多开口催他们。

再加上许森阳家大业大，事业繁忙，即使十年间从未再来过她家，徐萍也没往分手那方面想过。

现下蔚岚开了这个头，徐萍便顺着问：“灿灿，你说正经的，和小许到底怎么回事？你天天嚷着搞事业，难道小许就一次都没提过结婚的事？”

李灿指尖蹭了蹭额头，有些为难。

她不太想在人这么多的情况下坦白，尤其是还有于阿姨在，她还想在于阿姨面前保留一点形象呢。

“灿灿，不会是许森阳那边有问题吧？”蔚岚添了把火，幸灾乐祸。

李灿幽幽看了她一眼，眼神显然想“刀”了她。

见状，徐萍觉得不对。

她拿出手机，去翻找许森阳的号码：“行，你不说，我自己问小许。”

李灿服了。

她把徐萍手机夺过来，把许森阳的号码直接删除，然后反扣在桌上。

“妈，不用打了，我跟你说实话吧，我和许森阳早就分手了。”

徐萍愣住：“什么时候分的？因为什么？”

李灿挣扎着说：“……2021年的时候就分了……我提的，没什么特别的原因……”

说话间，徐萍已经站起来了。

她面无表情，视线在屋里上下左右寻找了一番，最后看向了离她最近的一捆大葱。

李灿“噌”地从椅子上站起来。

“妈，你冷静，听我解释。”

几乎不给她反应时间，徐萍拿起大葱就朝她身上挥：“十一年前就分了，现在才说？”

李灿拽住贺景的衣服，躲在了他身后：“妈，不是我不想告诉你，是我没办法告诉你！”

“你嘴是让人给缝上了，还是声带让人家给割了？这种事儿你不早跟我说，憋了十一年，你把你妈当傻子！”

徐萍更恼了，挥葱的动作一下接一下。

绿油油的葱叶在空中挥舞着，一下不落地抽在了贺景身上。

李灿：“妈！我已经三十多岁了，给我点面子！”

徐萍：“三十多岁我也是你妈，你八十了，敢骗人我也照样打！”

贺景一边紧紧护着李灿往客厅退去，一边试图躲过大葱的攻击去安抚徐萍。

“阿姨，灿灿说的是真的！她一定不是不想说，是说不了！”

“你还帮她说话？你也早知道她分手的事？”徐萍睁大了眼，不可思议地瞪着他。

一大捆葱的葱叶所剩无几，她把大葱调了个方向，继续用葱根揍。

虽然早听说徐萍女士的赫赫大名，但蔚岚还是第一次亲眼见识到。

她站在餐厅门口，对身后的李世良说：“叔叔，我是不是该上去帮忙劝劝？”

李世良坐回饭桌前，端着手里的酒杯，淡定地说：“我劝你什么也别做，不然你也跟着一块挨葱甩。”

蔚岚沉默了。

“小许那么好，打着灯笼都找不着，你为什么跟人家分手！”徐萍手上一直没停，似乎这样都没办法解气。

她涨红着脸说：“分手了你就该早点跟我说，一直瞒着我跟你爸，是把我们俩当外人了？”

于芝晓在一旁劝：“老徐，别打了，快停下吧！”

徐萍：“老于，不要拦着我教育孩子！她敢一件事瞒我十一年，以后就敢把事情瞒一辈子！”

又教训女儿：“小李灿，你都三十多岁了，同龄人都成家立业了，你倒好，混得连男朋友都没了！”

“别打了，阿姨！”贺景挡在身前的胳膊猛地放下，高声说，“其实灿灿现在的男朋友是我！”

话落，空气安静了。

徐萍好像被人从天灵盖重重敲了一下，整个人僵在原地，手里的葱都掉了。

2 生命温暖的底色

“什么意思？”徐萍怔怔地望着他们。

“我和灿灿2021年的时候就在一起了。”贺景认真地说，“阿姨，我和灿灿一直互相喜欢。”

“该不会……灿灿是因为你才和小许分的手？”徐萍脸一白，“李灿，你劈腿了？还是和小景？”

“不是！妈，您想哪儿去了！叫你少看点狗血电视剧！”

还没说完，她胳膊又结结实实挨了一巴掌。

“啊！”李灿心头顿时涌上委屈。

她红着眼睛说：“您能不能不要一直怪我！从小到大不管发生了什么您都会先怪我！明明不是我的错您也怪我！我到底是不是您女儿！”

徐萍喘着粗气：“小李灿，我今天跟你没完，你别躲，你给我过来。”

“行了！”餐厅里，李世良一声呵斥，“像什么话？”

徐萍动作停住，回头看过去。

李世良背着手走出来，脸颊醺红，面带愠意：“灿灿跟你待在一起的时间比我多多了，可你还不如我了解女儿。但凡你心细一点，早该知道灿灿和小景这两个孩子互相喜欢了！”

徐萍愣了。她看见于芝晓表情复杂，又好像暗暗松了口气。

似乎大家早就知道李灿和贺景的事，就她还傻不拉叽地被蒙在鼓里。

气氛忽然有些凝重。

片刻后，徐萍吸了下鼻子，点头说："行，你们什么都知道，只有我什么都不知道，我一点也不了解自己的女儿，我不配当妈！"

她走到门口，穿上鞋，推门离开了。

李灿垂下眼，飞快地用手背抹了把快要掉下来的泪。

"灿灿。"李世良冲李灿招了招手，"来，跟我出去溜达溜达。"

父女俩在小区里头转悠了一圈，最后在埋葬"第十名"的地方停下了。

李灿蹲在"第十名"的墓碑前，低着头，把上面长出的野草一根一根揪下来，力气很大，像是在撒气。

"看看，这里头都长满草了。"李世良坐在绿化带的石阶上，"要不是刻了这个碑，我都找不到'第十名'埋在哪儿了。"

李灿冷哼一声："那你也比我妈强，我妈都不知道我养过'第十名'。"

李世良："那还不是因为你没跟她说，所以她才不知道的？"

李灿撇撇嘴："跟她说了也没用，她只会让我离猫远点，别搞这些没用的。"

李世良："她就算那么说，也是怕你毛毛糙糙让猫给抓了。"

李灿不吭声了。

"你妈这人啊，刀子嘴豆腐心，神经也大条。"李世良笑了笑，"你是不知道你妈到底心有多大，当年我对你妈表白了，我害羞，所以说得比较委婉，结果你妈愣是没听懂。"

李灿停下薅草的动作，好奇地看向他："您说的什么？"

李世良："我说过年想去她家吃饭，见见她爸妈，结果你妈真以为我是去吃饭的，痛痛快快就说行。我以为她答应跟我在一起了，结果你猜怎么着，我跟你妈在一块儿三个月，我想拉下手，结果挨了你妈一巴掌，说我不要脸，我这才明白是怎么回事。"

"哈哈！"李灿笑出了声，"真的假的？这么尴尬啊？"

李世良咋舌："这还能有什么假？"

他顿了下，又说："我看着你和贺景从小一起长大，心里头一直觉得你俩在一起那也是早晚的事，反正，我看好你俩。"

"我妈要是能有您这么通情达理就好了。"

李灿拍了拍手上的草叶，坐在了石阶上："小时候贺景自己摔倒了，我妈也怪我，说我跑得快，把贺景带歪了。”

“因为你是她亲闺女，她干什么你都不会恨她，但外人就不一定了。”

李世良冲她挤了挤眼：“行了，我大闺女，别难受了，你妈估计现在心里也难受着呢，等会儿咱俩哄哄她去？”

李灿点点头：“行，但是得等她消消气。”

“那必须的，现在回去那不往枪口上撞嘛。”

李世良歪了下身子，从裤兜掏出了他的车钥匙：“走啊大闺女，反正也没什么事，我开车带你上超市买点好吃的去。”

“爸，我现在已经不那么爱吃零食了。”

李灿胳膊肘撑在膝盖上，托着腮望着前方：“还有，您喝酒了，别再想着开车了。”

李世良又默默把车钥匙塞回了兜里。

与此同时。

于芝晓在厨房收拾碗筷，贺景拿着扫把清理客厅的垃圾。

蔚岚在客厅帮忙收拾，不安地问：“我是不是把事情闹大了？”

“也不全是你的责任，就算你不搞这一出，这件事也早晚会发生，你只是把它提前了。”

贺景一抬眼，从电视机里看见自己的倒影。

他扫地的动作停下，抬手把挂在头发上的葱叶拿了下来，扔进了垃圾桶。

感觉身上像被大葱腌过，带着浓浓的葱味。

“灿灿不会和她妈因为这个事关系破裂吧？”蔚岚懊恼地抓了抓头发。

“你还是先担心担心你自己吧。”他说，“灿灿不会放过你的。”

她脸上的血色褪了几分，嘴唇微微颤抖：“冤冤相报何时了……”

“不过她们俩也不是第一次这样了，我保证，用不了一天，她们就会和好，像什么都没发生过一样。”贺景说。

“那就好。”蔚岚脸色好了点，“我在你家再待一会儿，看看情况。”

于芝晓从厨房出来，看了眼贺景，欲言又止，接着又对蔚岚说：“吃完晚饭再走。”

蔚岚也不推辞，立刻挽上于芝晓的手臂：“于阿姨，今天的事，真对不起……”

“有什么好对不起的。”于芝晓偷笑，“要不是你，我还见不到贺景这么窘迫的样子呢。想想他刚才为了保护灿灿被揍的模样就好笑，早知道我该用手机拍下来。”

贺景扔下扫把："妈……这对吗……"

父女俩在楼下坐了快一个小时才敢回家。

李灿进门时，徐萍正坐在客厅生闷气。

一见她回来了，徐萍立马偏过头，不去瞧她。

李灿磨磨蹭蹭地进门，尴尬得要命，回头想拉一把李世良。

结果李世良"砰"一下把门关上了，没进来。

李灿哑了。

她转过身，局促地挠了挠脸颊："呃……"

"呃"了半天，也没"呃"出下半句。

"呃什么？"徐萍抬头，看见她头上插着半根葱叶，眼神一变，嘴角肌肉抽搐了几下，板起脸，"有什么话就直说。"

李灿走到沙发另一边坐着："这些事我想跟您说，但还没想好怎么说。"

徐萍胳膊交叉抱在胸前："这还需要想吗？一句话的事，有什么好说不出口的？"

李灿支支吾吾："其实我和许森阳分手的主要原因呢，是因为我们俩不是一路人，他从小到大和我生活的环境就不一样，而且我也对他……"

"李灿。"徐萍打断她，"我不是因为你和小许分手才生这么大气，我是气你分手了这么多年却不告诉我，你把我这个当妈的置于何地？"

李灿抿起嘴，垂眸不语。

这一点，她只能认栽。

她没法向徐萍解释这都是因为那挨千刀的命运。

说实在的，她连改变命运以后发生了什么都不记得，只能靠着身边一点一滴的事物慢慢填补过去的空白。

"还有。"徐萍盯着桌子，也不瞧她，"你和贺景互相喜欢，就应该早点说，那我也不会把蔚岚叫过来说什么介绍儿媳妇，这样你心里能好受吗？"

说着说着，她的声音有些哽咽："贺景出国那几年你天天不高兴，我都没往那方面想，还总骂你半死不活的……"

徐萍揩去眼角的泪："连你爸都能看出来，我却什么也不知道。"

李灿鼻尖一酸，连忙抽了两张纸巾凑上去。

"哎哟喂，多大点儿事啊，我现在不挺好的吗？"她给徐萍擦了擦泪，"徐萍女士，有句话说得好，知错能改，善莫大焉。"

"我去你的。"徐萍含着泪瞪了她一眼。

李灿笑了笑。

她搭上徐萍的肩膀倚靠过去，正经下来说：“妈，您不用自责，我爸有我爸的优点，您也有您的优点，虽然您心大还老骂我，但好在我爸心细啊。”

徐萍：“我怎么觉得你这话不像夸我的？”

“……哪有。”李灿乐呵呵地说，“我爸心细，我一伤心他就安慰我，而您乐观，大事不放在心上，小事更是滚一边去，您和我爸互补了对方身上不存在的东西，所以才能把我养得这么好啊。”

“我看你这嘴皮子也是随你爸了。”

徐萍歪头看她，哼笑一声，伸出手把插在她头发里的葱叶揪了出来。

李灿蒙了。

她这半天就一直顶着个葱叶说话？

李世良同志也没给她提个醒？

“你和小景……”徐萍犹豫了一会儿，“真不是你脚踏两只船？”

李灿脸一黑：“我在您心里是这种人吗？”

徐萍安心了：“不是就行。”

李灿和贺景能在一起，她心底里其实很欣慰。

她看着贺景从小长到大，这孩子样样都好，长得帅，又孝顺，多才多艺，还善良。更重要的是，还是于芝晓的儿子。

“刚才我打你，小景就没从你身前离开过，他以前就这样护着你，现在还护着你，要是能这样护你一辈子，也不错。”

徐萍沉吟一会儿，又说：“我之前一直没往那方面想，其实是觉得小景应该看不上你，小时候他都让你欺负成什么样了……”

“我有魅力呗。”李灿大言不惭。

徐萍看了她一眼：“小景这孩子不会有受虐倾向吧？”

李灿：“……妈？我请问呢？我真是您亲生的吗？”

3 祝，友谊地久天长

傍晚。

李灿接了贺景的电话，说在楼下等她。

她下了楼。

贺景站在她的车前，换了一身灰色的休闲装，头发蓬松地落在额前，应该是洗过了澡，此刻正垂眼看着手机。

听见声响，他抬眼，把手机放进兜里，张开了胳膊。

李灿上去抱了他一下，仰头微微踮脚去凑近他。

他也低下了头，亲了亲。

“咳咳咳！”蔚岚从车后面站了起来，“还有别人在。”

李灿嘴角一沉：“你知道你现在出现在我面前，意味着什么吗？”

下一秒，蔚岚从身后掏出了一个东西。

“小羊皮？妈呀！”李灿松开贺景，冲到蔚岚面前，拿过小羊皮，难以置信地问，“买给我的？”

“对啊。”蔚岚说，“本来我还想买来送给我未来嫂子，但是觉得送她可惜了，不如送你。”

李灿起疑：“你不会是怕我要你命才临时起意送给我的吧？”

蔚岚摇摇头：“不是，我要走了。”

李灿蒙了：“去哪儿？”

蔚岚：“先去巴塞罗那跳伞，然后去斐济外岛看海，再去珠穆朗玛峰滑雪，总之，周游世界。”

“你不上班了吗？”

“辞了。”

“辞了？”

李灿不敢相信自己的耳朵：“这公司可是你当年挤破头才进去的，就这么辞了？”

“管它呢，就是不想干了，想要自由。”蔚岚淡然地说，“至于其他事，等我坐在巴塞罗那的飞机上再想吧。”

“那你跳伞的时候记得和我打视频。”李灿心里有点舍不得。

蔚岚笑了：“离谱……你和阿姨和好了吗？”

“嗯。”李灿点头，“本来也不是什么大事。”

蔚岚倚在李灿的车上：“先说好，我可不后悔今天搞这么一出，我不会道歉的。”

“道歉？道什么歉啊？我压根没怪你。”李灿满意地抚摸着手中的包。

“你当然不能怪我，我觉得你还应该感谢我。”蔚岚有些小得意，“要不然以你的性格，估计拖到明年都不会跟阿姨坦白。”

李灿沉吟两秒，问：“我什么性格？”

“别扭性格呗，尤其是在贺景的事情上。”

蔚岚向前探出脑袋，看向贺景：“贺景你说是不是？”

贺景不语。

蔚岚咧嘴一笑：“哦，差点忘了，你也是个别扭的人，你比李灿还别扭。要是你俩但凡有一个人不别扭，能白白错过那么多年？”

她拍了拍胸口：“你们应该学学我，洒脱一点。”

“蔚岚，可你有点洒脱过头了。”李灿吐槽，“难道就没有一个男人让你分手的时候稍微有那么一点留恋吗？”

蔚岚望着天空想了想：“应该有吧，但记不清是哪个了。”

李灿：“呃……”

三个人并肩靠在车上，看着夜景晃了一会儿神。

蔚岚开口问：“灿灿，你之后打算做什么？”

李灿脱口而出：“做光凌产品发布会的主讲人。”

蔚岚：“那你在台上的时候记得给我打视频。”

她又看向贺景：“你呢，你在国外待了那么久，回来打算做什么？”

贺景想了想：“我打算每天都和李灿待在一起。”

蔚岚嘴角一抽：“恋爱脑。”

“我只是不想再浪费时间了。”贺景看向李灿，“我们已经三十五岁了。”

李灿比谁都懂他的意思，心里忽然一阵酸涩，转身抱住了贺景。

贺景收紧肩膀，将她抱得更紧，似乎恨不得将她揉进身体里。

蔚岚翻了个白眼，不过，也颇为感触。

她缓缓拖着腔调，说：“我这个电灯泡终于又亮了……”

上次分别前随口一句的“过几天”，没想到一过就是十一年。

分开固然难过，但永远更期待下一次的见面。

祝，我们的友谊地久天长。

一个月后。

贺景进了市直属医院肿瘤科。

至于为什么选市直属，有很大一部分原因是李灿的公司就在附近。

这样一来，即使两个人都忙得焦头烂额，仍然能挤出时间来见面。

有那么两周左右的时间，李灿因为智跃盒子即将发布的问题废寝忘食。

她坐在办公室里，捧着一杯浓茶，面对电脑，整理发布会上需要的数据。

陈涛推门进来了。

他最近瘦了不少，面颊上的肥肉没了，整个人看上去很有精神，据说是年末体检查出了脂肪肝，他老婆逼着他硬是减掉了快四十斤。

“李副总，这都饭点了，还忙着呢？”陈涛走过来，一看见杯子里的茶叶，忍不住疑惑，“怎么改喝茶叶了？”

李灿靠在椅背上：“我已经对咖啡免疫了，喝多少都困，不如喝浓茶提神。”

“行，你这么干下去，我看你再要不了几天，就爬我头上了。”陈涛调侃。

“那哪能啊？您都半只脚踏进管理层了，眼看用不了一年就当上CEO了，我这还是个副总监，越级升职有点难吧……”李灿半开玩笑地说。

“你真能吹，CEO哪是说当就能当的……”陈涛禁不住夸，忍笑歪嘴，“不过借你吉言，上次你说的就成真了，你说话准，我信你。”

李灿：“行啦，说正事儿吧，开会决定得怎么样？”

陈涛一拍巴掌：“稳了！”

李灿欣喜：“真稳了？”

陈涛：“十拿十稳，这次联合海外的AI产品发布会，主讲人就定下是你了。”

李灿面上镇定：“哟，这多亏了陈总您为我争取。”

“我争取个屁，我话都没说呢，上层早定下来了，开会只是为了宣布这事。”陈涛指了指她，“我告诉你，智跃盒子能进化到现在的程度，你功不可没，没人比你更了解这个产品了，要我说，就该你去。”

门口传来敲门声，一个下属推门进来。

“副总，策划案写好了，您看看有没有别的问题。”

“好，拿来吧。”李灿伸手去接策划案。

陈涛说：“行，你忙，我先撤。”

他离开后，下属走到她办公桌前，指了下策划案上的几个重点。

李灿看过以后，把策划案放在一边：“行啊，小刘，这策划案你自己一个人做的？”

被称作小刘的下属点了点头：“毕竟你是主讲人，我当然要好好做。”

李灿诧异：“你听说我是主讲人了？”

“大家全知道了。”小刘说，“他们已经开始商量奖金发下来以后去哪儿聚餐了。”

李灿笑了笑：“不带我一起商量？把我扔下了呗。”

“怎么会扔下你呢。”

小刘沉吟片刻，说：“灿灿姐，中午我请你吃个饭呗。”

4 我要和你妈妈离婚

李灿看了眼时间："午饭点都快过了，你还没吃？"

小刘："没吃，等你呢。"

李灿想了想："不用等我了，快去吃吧，我中午不打算吃了，早忙完早下班。"

小刘连忙说："那我晚上请你吃饭！"

李灿愣了一下。

她看着小刘满怀期待的脸，后知后觉地意识到了不对劲。

这不是下属对上司该有的殷勤。

没等到她的回答，小刘低声忐忑地问："……可以吗？"

"灿灿？"

门口，贺景不知什么时候进来了。

他手里拎着饭盒，面带微笑。

"啊？"李灿又惊又喜，"你怎么来了？"

这还是第一次贺景到她公司里来。

之前他们为了节省时间尽快碰面，都会选择在距离折中的餐厅吃午饭。

"我给你打了电话，没打通。"

李灿看了眼手机："啊……没电关机了，我一直忙，没注意。"

"知道你一定忙到没吃午饭，给你送饭。"贺景举起手里的饭盒。

饭盒用米色布织保温袋装着，提手上面还系了一条丝巾。

这风格指向性有点太明显了。

除了于芝晓，还有谁会在饭盒保温袋上系一条漂亮的丝巾呢？

"我妈做的，送来了医院，让我和你一起吃。"贺景用余光睨了一眼那男下属，又说，"下班我来接你，今晚去我家里吃饭，你妈也从老家来了。"

小刘蒙了。

你妈？

我妈？

一起吃饭？

晚上去家里？

他嘴角扯出一抹牵强的笑："灿灿姐，这位是？"

李灿笑着说："忘了介绍了，这是我男朋友。"

她向小刘挥了下手，有赶人的意思："别傻站在这儿了，你也快去吃饭吧。”

“……好的，灿灿姐。”

小刘木讷地离开了办公室，回到了自己的工位。

同事见他失魂落魄，便问：“怎么了？让灿姐骂了？”

小刘摇摇头：“不是，我见到灿姐男朋友了。”

此话一出，周围同事全一窝蜂围了上来。

“刚才从外面进来那大帅哥不会就是咱们副总男朋友吧？”

小刘点点头：“没错，就是他。”

“我还在想什么样的男人才能配得上咱灿姐，这下有答案了。”

其中一人“啧啧”称奇：“妈呀，怎么长那么高，我还以为是超模呢，那腿快赶上小刘肩膀了吧……”

“滚蛋，哪有这么夸张……”小刘坐回位置上，自闭了。

和他关系比较好的一个男同事走过来，拍了拍他，安慰说：“别伤心，副总就算有了男朋友也不妨碍你做她最忠心的狗。”

小刘心塞。

贺景打量了办公室一圈。

“你办公室冷冰冰的。”

没有任何装饰，只有最基础的桌椅沙发，还有几个放文件的柜子，连出挑的颜色都没有，清一色黑白灰。

“别管，我这是在下属面前立人设，这样显得我精干。”李灿说。

“那看来你的人设立得很成功。”贺景挑眉，“你的下属很崇拜你，甚至还想请你吃晚饭。”

“没办法。”李灿厚着脸皮说，“没有人会不喜欢一个超级漂亮又能干还随和的女人。”

贺景压下眸子，皮笑肉不笑：“……你说得对。”

李灿狡黠一笑：“怎么，吃醋了？”

“嗯，天知道我有多想把你放在我眼皮子底下。”

他牵起她的右手，在她空荡荡的无名指上轻轻落下一吻，说：“我该尽快再给你买枚新戒指了。”

“那我还要莫比乌斯环戒，但必须是开口的。”李灿强调，“你也一样，换成开口的。”

说着，她从贺景饭盒里夹了一筷子土豆丝放进嘴里。

贺景：“你不也有？”

李灿：“可我感觉你的比我的好吃。”

“那换？”贺景把饭盒放到她手里。

李灿：“不用，换了就不好吃了。”

贺景又把饭盒拿回来。

李灿问：“阿姨怎么突然会想到做饭送到你医院？”

“可能是想弥补我。”贺景把菜里的花椒挑了出来，淡淡地说，“毕竟我以前没怎么吃过她做的饭。”

李灿：“那你以后多麻烦麻烦她。”

贺景不解：“为什么？”

“让阿姨觉得你需要她。”李灿解释说，“她心里对你有亏欠，想弥补你但可能会不知道该怎么做，所以你就主动找她帮一些小事，这样她也不会太累。”

贺景不语，若有所思。

他不太懂得怎么去处理和于芝晓之间的关系，总觉得应该保持礼貌才对，更不用说去主动麻烦她了。

傍晚，李灿坐了贺景的车回去。

他确定去医院工作的那天就把新车提来了。

有的时候贺景值班，李灿便自己开车回去，但只要能在差不多的时间下班，两人一定会坐一辆车回家。

李灿跟徐萍开玩笑说这是为了省油。

他们在路上买了些水果，到家，停车，贺景把几袋水果都拎在手里。

李灿跟在他后面，身上就背了一个小羊皮包，包里揣着手机。

二人一前一后上楼，贺景刷了指纹，打开了门。

李灿迈步要进去，却发现身前的人站着不动了。

“怎么不进去？”她抻着脖子朝里面瞧，接着也是一愣。

贺逢宁坐在客厅里，于芝晓沉着脸坐在另一侧，徐萍坐在她旁边挽着她的胳膊，脸上带着怒意。

看见贺景，贺逢宁的神色变得有些复杂，有不悦，有尴尬，唯独没有愧疚和身为父亲该有的关心。

他似乎并不想在这种情况下见到贺景。

“你来做什么？”贺景瞬间像变了个人似的，语气冰冷，“经过我同意了吗？你就来？”

徐萍有些讶异地看向贺景，她不清楚他们之间到底发生过什么，但从眼下的气氛能够看出父子两人的关系已经差到极点。

“我办完事情就走。”贺逢宁冷静地说。

他的打扮依旧是那么一丝不苟，白衬衫黑西裤，头发抹了发胶。

明明已经六十出头的年纪了，但还像个四十多岁的壮年人。

不过李灿觉得，这都归功于那一头茂密的头发和没有发福的身材。

“办什么事？”贺景进了门。

李灿把他手里的东西接过来放在一旁的柜子上，接着又把门带上。

“我要和你妈妈离婚。”贺逢宁说。

这么多年来，于芝晓与贺逢宁从来都是貌合神离，他们维持着表面夫妻关系。到后来，于芝晓患癌出国治疗，再到现在回来，他们一直是分居的状态。

可他们谁也没有主动提起过离婚，至今在法律上，他们仍然是夫妻关系。

于芝晓脸色难看极了，坐在那儿，眼帘低垂，一言不发。

徐萍张了张嘴想要说话，却被李灿一个眼色制止了。

贺逢宁缓缓地说：“我和婉心打算结婚，领养一个孩子，所以需要和你妈妈先办离婚。”

婉心，就是那个情妇。

5 滚出去

当贺逢宁说出他要领养一个孩子时，李灿注意到贺景的眼睫颤了颤。

试问贺逢宁真的尽过父亲的责任吗？

好像也有。

在贺景小时候给够了物质保障，在和同学打架出事的时候出面解决。

仅仅如此。

可时至今日，贺景所经历的一切不都是贺逢宁一手导致的吗？

贺逢宁把他和于芝晓的婚姻搞得破败不堪，以至于贺景到最后父爱得不到，母爱也几乎没有。

出国以后，贺逢宁反而做了甩手掌柜，把刚成年没多久的贺景扔下，让他在一个人生地不熟的地方照顾重病的于芝晓。

之后贺景遭受的一切，归根结底都是在补贺逢宁凿出的缺口。

贺景又做错了什么。

可如今贺逢宁没好好当过父亲，却要再领养一个孩子。

“呵。”贺景讥嘲一笑，“我跟我妈在国外那几年你不闻不问，现在有需要了，知道来找我们了。”

“这是我和你妈的事，你不要多嘴。”

贺逢宁看向于芝晓，说：“芝晓，我们体面一点，离婚，我会给你一大笔抚养费，从此我们两不相欠。”

于芝晓苦笑：“体面？这么多年了，我们的婚姻还不够体面吗？当初就是为了守着这个所谓的体面，我扔下了小景，对他不管不顾那么多年。”

贺逢宁皱紧眉头：“当初是你说要工作，不愿意照顾孩子……”

“如果你没和冯婉心那个女人在一起，我会对你那么失望吗？我会不愿意照顾孩子吗？”于芝晓咬牙切齿，“是你先让我觉得恶心！是你！”

贺逢宁脸色暗下，但口吻依然平静：“我来不是和你翻旧账的，那些事已经过去了，我不想再提，你也不要再执着过去。”

茶几上放着一份离婚协议和一支笔，他说：“我来只有这一件事，签了字，我再也不会出现在你们面前，但如果不签字……芝晓，你知道我是律师，我不想做到那一步。”

“贺逢宁，出去。”于芝晓指向门口，怒吼，“滚出去！”

贺逢宁看着离婚协议，面上闪过一丝不悦，没有离开的打算。

“你是聋了吗？我妈让你滚出去你没听见吗？”贺景冲上去，揪着贺逢宁的领子把他向门口拖去。

他力气很大，把贺逢宁干脆地拉扯到了楼梯上，接着回身，伸出腿把门一脚踹上，隔断了屋里人的视野。

门发出一声重响，李灿吓得一抖。

“我出去看看！”她连忙开门跑了出去。

贺景把贺逢宁往楼梯下拽。

“贺逢宁，你知道你有多恶心吗？你知道当年你和情妇出现在我眼前的时候，我有多恶心吗？”

他猛地松开手。

贺逢宁踉跄着坐在了地上。

“我妈在国外化疗的时候受了多少罪你知道吗？我为了凑医药费都干了些什么你知道吗？”

贺景气红了眼，狠狠给了贺逢宁一拳。

“贺景！”李灿叫了他。

贺景举到半空的手顿住。

他几乎从牙缝里挤出字眼：“贺逢宁，我真希望你去死，死得越远越好。”

李灿拉住了贺景的手，挡在他身前，免得他再冲动伤到自己。

她瞪着贺逢宁，紧紧抓住了贺景。

贺逢宁从地上爬起来，整理了被揪皱的衬衫，拍了拍沾了尘土的裤子。

“小景，你对我有怨气很正常，你打我这一拳我也认了，你是我儿子，我不会跟你计较。”

他长长叹了口气，好像有多么无可奈何似的，又说：“让你妈妈考虑考虑，过两天我再来，我知道你妈妈会做出正确的决定。”

贺景浑身肌肉一紧，又要往前冲。

李灿一把环抱住他：“贺景，没必要为这种人伤到自己。”

他呼吸急促，胸口起伏得厉害，过了好半晌，才渐渐平复下来。

“灿灿。”他沉声说，“我想自己待会儿。”

他回了家，上了二楼，把自己关进了房间里。

客厅里，于芝晓一直在掉眼泪。

徐萍轻抚着她的后背，帮她擦眼泪，骂骂咧咧地诅咒贺逢宁那孙子早日下地狱。

李灿坐在她们对面，拿起桌上的离婚协议看了看。

内容很简单也很清楚。

贺逢宁没有在协议里动什么手脚，真就只是为了离婚。

李灿把协议放回去。

晚饭谁都没吃。

徐萍今晚准备留在这儿，于是陪着于芝晓回了卧室。

李灿回了家，洗澡换了身衣服。

到了十二点多的时候，她实在放心不下，又去了一趟贺景家。

一开门，看见于芝晓关着灯坐在客厅沙发上，面对着茶几上的离婚协议，就那么静静坐着。

她抬眼，看见李灿，嘴角勉强勾了下。

“怎么这么晚了还过来？”

“我放心不下你和贺景。”

李灿看了眼二楼，贺景的屋门紧闭，不见有光亮透出，也不知睡没睡。

她轻声问：“阿姨，睡不着的话，想不想出去走走？”

于芝晓点点头。

她们沿着小区外沿转悠，不知不觉走到了小区附近的陷泥河。

“阿姨，您打算签字离婚吗？”李灿问。

于芝晓望着前方，长吁一口气：“已经到了这个地步了，不离还能怎么样？其实早该离了，只是拖拖拉拉了这么多年。”

她停下了脚步，坐在小道旁的石椅上：“可是我感觉胸口像是憋了一口气，心里堵得慌。”

李灿坐在她身边，盯着陷泥河的方向：“阿姨，心里堵就该把气撒出来，撒出来心就不堵了。”

于芝晓苦笑摇头：“今天该骂的都骂了，该发的火也都发了，还能怎么撒呢？”

李灿突然疑惑：“您……什么时候骂了？”

于芝晓说：“我让他滚了，也说了很多，贺景也打了他。”

李灿缓缓抿起了嘴唇。

的确，对于芝晓来说，“滚”已经是攻击力最大的词了。

可好歹也是和徐萍女士做朋友的人，怎么能不会骂人呢。

过了一会儿，她开口：“阿姨，您骂人的方法不对，所以才没办法把气撒出来，我教您吧。”

于芝晓好奇地看向她：“骂人还有方法？”

“当然了，你好好听，好好学。”

李灿双臂交叉在胸前，挺直了腰板，清了清嗓子。

“贺逢宁，你就是有爹生没爹养的大傻×，跟你结婚真是倒了我祖宗十八代的血霉！

“你跟你那不要脸的小情妇干的那些不要脸的勾当，给我滚一边去吧！

“多大的人了，还一天天还往头发上抹猪油真当自己赛潘安，还拿律师身份威胁人，全世界就你一个律师，真当自己是个人物了，真是给脸不要脸￥%￥%@！#@#%%&……”

于芝晓震惊地捂住嘴。

“灿灿……这样会不会有些太脏了？”

李灿喘了口气，说：“阿姨，这些话跟贺逢宁干的那些事儿比真是干净多了，而且有句话说得好，把脏话说出来，心就干净了。”

于芝晓迟疑：“可我从来没说过这种话，我恐怕不行……”

“没说过不代表不行，贺逢宁最在乎的是什么？面子！你到时候就把他和他情妇约出来，给他们劈头盖脸一顿骂，把他干的那些龌龊事全骂出来！”

李灿笃定地说：“你信不信骂完以后，他能记一辈子，觉睡一半都能气得坐起来，死的时候棺材板都合不上……”

于芝晓沉默不语。

李灿挠了挠下巴："那、那我还继续说吗？"

于芝晓想了想："说！我可以学！"

李灿又吸了口气，对着空气又是一顿输出。

"你人老就算了，还成精了，六十多岁的人了还想领养个孩子，是你不行了还是你家婉心不能生了，是不是觉得自己做人做得失败**&%￥#%%……"

6 你对象教的

第二天一早，李灿买了四个人的早餐去了贺景家。

贺景的状态看上去好些了，但似乎还没完全好。

他下了楼，抱了抱李灿，懒懒地说："灿灿，早啊。"

"早啊。"李灿开口回应，嗓子格外沙哑。

贺景愣了愣："你嗓子怎么了？跟藏了只鸭子似的。"

李灿摆摆手："上火。"

她走进餐厅，把早餐摆好。

四个人坐在餐桌前吃着早饭。

于芝晓先开口说："我打算今天约贺逢宁和冯婉心出来见一面，把婚离了。"

徐萍不放心地问："想好了？"

于芝晓点头："嗯，想好了。"

"阿姨，需要我陪着您去吗？"李灿开口问。

她怕于芝晓一个人应付不来。

"不用，小景陪我就够了。"于芝晓说。

徐萍奇怪地看向李灿："你嗓子怎么了？"

李灿艰难地说："没怎么，我就是把鸭子藏我嗓子眼里了。"

徐萍："……多喝点水。"

李灿："哦。"

吃过早餐，李灿去了公司。

临走前，她拉着于芝晓的手，说："阿姨，别怕，就算贺逢宁是律师又怎么了，我有钱，我能给您找更好的律师，咱不怕他。"

于芝晓信心十足地和她击了个掌："尽管放心，不让你昨晚白教。"

贺景开车带着于芝晓出发去了市里一家咖啡厅。

于芝晓今天打扮得十分漂亮。

穿着古典素净的中式长裙，外面套了一件针织外套，头发梳得顺直，戴了一顶白色圆帽，脚踩一双高跟皮鞋。

路上，贺景忍不住问："为什么去咖啡厅？"

于芝晓向来不喜欢人多眼杂的地方，尤其今天要解决的还是离婚的事。

对她来说，实在不体面。

"小景，不管我和你爸之间怎么样，都不是因为你，你没有任何错。"于芝晓答非所问。

贺景安静了一会儿，说："我知道。"

咖啡厅播放着美声音乐《春之声圆舞曲》作为背景音乐。

贺逢宁和冯婉心坐在一起，手挽着手。

一个穿着衬衫配西装马甲，黑皮鞋油光锃亮；另一个穿着深红大衣，脖子上还戴着绿油油的翡翠珠宝项链。

贺景只进门看了那么一眼，就觉得反胃。

他咬了咬牙，担心地看了眼于芝晓："妈，实在不行，您签完字，我帮你拿过去，没必要非和他们见面。"

"不用，你在这儿等我。"于芝晓走过去，坐在了他们的对面。

贺逢宁本还在和冯婉心说笑，可看到于芝晓以后，笑容立马收敛了。

"你来了。"贺逢宁淡淡地说，"只是离个婚而已，怎么叫婉心和我一起来？"

"自然是有些话，想要和你们好好聊聊。"于芝晓微笑着，"协议书我已经签了，我答应离婚。"

冯婉心对这个结果并不意外。

这么多年过来了，于芝晓的性子，她还能不了解嘛，做什么都慢条斯理的，性子也懦弱，成不了什么气候。

她笑着说："于姐姐，这么多年，您还是一如既往的善解人意。"

"我们没差几岁，不用喊我姐姐，而且我们也没有亲近到姐妹相称的地步。"

于芝晓端起面前的咖啡闻了闻："这咖啡挺香的。"

贺逢宁不愿搭理，直接说："我知道你也没那心情喝咖啡，把协议书给我，要说什么赶紧说，我们忙着呢。"

"的确没那心情。"于芝晓优雅地将帽子摘下，放在一旁。

接着，她端着咖啡的手优雅地朝前一泼……

咖啡精准无误地泼在了贺逢宁的头上、脸上，棕黑色液体顺着皮肤流到他整洁干净的衣服上。

于芝晓迅速放下杯子，将他们二人面前的两杯咖啡端起。

一杯泼到冯婉心脸上，一杯又泼向了贺逢宁。

她边泼边骂：

“贺逢宁，跟你结婚真是倒了我祖宗十八代的血霉！你跟你那不要脸的小情妇就应该一起下地狱**&%￥#%%……

“贺逢宁，你个臭不要脸的，婚后每天夜不归宿还隔三岔五地出差，别以为我不知道你是个管不住自己裤裆的狗东西，和这个贱女人出去做那些龌龊事**&%￥#%%……

“你人老就算了，还成精了，六十多岁的人了还想领养个孩子，是你不行了还是你家婉心不能生了，是不是觉得自己做人做得失败**&%￥#%%……”

…………

咖啡厅的背景音乐已经播到了后半段。

不知是谁调大了音量，还是后半段的音乐本身就有着极高的音调。

那高昂的美声与不堪入耳的谩骂声相结合。

优雅。

实在是不入流的优雅。

到最后，贺逢宁的脸色已经黑到不能再黑。

他从未受过这般奇耻大辱，颤颤巍巍地站起来，指着于芝晓的鼻子想要骂回去，却被她直接甩了一张离婚协议书在脸上。

“贺逢宁，跟你离婚我真是太痛快了！”

说完，于芝晓面不改色地戴上了她的白帽子，昂首挺胸，大步向门口走去。

贺景惊呆了。

他怔怔地望着于芝晓从眼前经过，一时间忘了自己接下来该做什么。

直到于芝晓停下来对他说：“儿子，快走。”

咖啡厅内所有人的目光都落在狼狈不堪的二人身上。

贺逢宁擦着身上的咖啡渍，气得面目狰狞。

他看向前面正在举着手机拍他的人，怒道：“不要拍了，信不信我起诉你！”

…………

回去的路上，于芝晓嘴角的笑容一直没落下过。

“真是解气。”她缓声感慨。

此刻于芝晓已经恢复了往日的优雅，与刚刚在咖啡厅里的判若两人。

她回想了一下自己刚才的表现，抬手掩住嘴，不好意思地笑了：“第一次做这种事，还有些生疏呢。”

生疏？

能做到泼三杯咖啡都没溅到自己身上一滴，高强度输出把对方骂到无地自容，自己却毫发无伤全身而退……

这叫生疏？

贺景宕机的大脑慢慢开机。

他张了张嘴，一时间不知该说什么才好，措辞半晌后，发自内心地感慨：“妈，您真厉害。”

“厉害吗？还行吧。”于芝晓轻抚着胸口，“虽然有些不体面，但实在解气，憋在我心里这么多年的气，突然就顺了。”

贺景还是觉得有些不可思议，疑惑地问：“您什么时候这么会骂人了？”

于芝晓看向正前方的路，轻笑着说：“你对象教的。”

贺景蒙了：“我对象？她教您这个？什么时候教的？”

于芝晓：“昨晚上。”

贺景：哈？

第十二章 真的有东方神秘力量吗

1 我有的选吗

傍晚。

李灿坐在客厅地上，背靠沙发，对着电脑整理发布会演说用的讲稿。

手机放在阳台播放着轻快的歌曲。

过了一遍讲稿后，她看了眼时间，已经八点多了。

从下班回家以后，她就在整理讲稿，一直没有在意时间。

她连忙起身走向阳台，这才注意到外面下雨了。

是小雨，但似乎已经下了很长时间了，地面积了几处小水洼。

李灿拿起手机，点开了和贺景的对话框。

没有新消息。

最后一条消息是说他和于芝晓刚到咖啡厅。

李灿拨了个电话过去。

门口突然传来一阵手机铃声，紧接着，又传来一阵轻微的碰门声。

李灿去开门，看见贺景左手拎满了东西，嘴里咬着雨伞挂绳，右手去口袋里掏正在作响的手机。

二人目光对视。

“我打的。”李灿挂断了电话。

贺景口袋里的声响也停住了。

他抽出手，把雨伞拿在手里，进了门：“怎么了？”

李灿看了眼袋子里的东西，几乎都是些她爱吃爱喝的东西。

“外面下雨了。”她说，“我怕你心情不好。”

“今天……心情没有不好。”

贺景把湿掉的雨伞敞开挂在阳台的晾衣杆上，转身抱住了她：“一想到可以见到你，所以心情很好。”

李灿问：“今天你带你妈去见贺逢宁，情况怎么样？”

贺景不吭声，下巴抵在她肩上。

李灿推开他，观察他脸上的表情。

贺景垂眸，眼睫掩去了情绪。

“情况不好？到底怎么了？”李灿心生不安。

“不是不好，是很不好。”贺景慢悠悠地说，“贺逢宁和冯婉心不太好。”

说完，他嘴角勾起一抹狡黠。

李灿气笑了：“你吓我一跳，我以为……”

“以为白教了？”贺景重新把她抱进怀里，拖延着腔调轻喊，“李老师？我以前怎么没发现你还有教人的本事呢？”

李灿闷在他怀里哼笑一声：“有没有录下来？”

“没。”贺景说，“我都看蒙了，做梦也想不到我妈会说出那些话，她还泼了贺逢宁两杯咖啡，冯婉心也没落下，骂完以后，我妈直接把离婚协议甩在了贺逢宁脸上，他们脸都绿了。”

李灿“哟”了一声：“举一反三。”

贺景的手掌顺着她的后颈，包住她的脖子：“听你说话不哑了，嗓子好了？”

“嗯。”李灿抽身转头回了客厅，“今天一整天没怎么说话，喝了很多水，自然而然就好了。”

贺景从袋子里拿出一个盒子：“我给你买了梨膏，还是你妈回老家之前特意叮嘱我买的这个牌子，说你小时候挑得很，哑嗓子只喝这个。”

“你小时候哑嗓子不也只喝这个牌子？”李灿不服。

她拿过梨膏，拧开挖了一勺含进嘴里，冰凉的膏体瞬间在舌尖上化开，散发出淡淡的梨香，蜜一样甜。

贺景反问：“我有的选吗？”

李灿讪笑，转移了话题：“贺景，我饿了。”

“还没吃饭？”贺景有些意外。

“一直在写讲稿，没吃。”

他看了眼时间：“给你煮个面吧。方便面还是挂面？”

“挂面，不要蛋，要虾滑和紫菜。”

“虾皮呢？”贺景从袋子里拿出新买的挂面，向厨房走去。

李灿想了想：“不要了，也不要太多盐，我怕明天水肿。”

贺景烧上水，撕开挂面袋子放在一旁，拿出整条虾滑用勺子挖成一颗颗滚圆的形状。

“明天就开始发布会的彩排了？”他问。

“对。”李灿想了想，“就是有点担心提问环节，毕竟这个不能彩排，怕他们会问出刁钻的问题。”

“你反应这么快，还怕他们？”贺景笑着说，“我更怕你把问题拧到一块再给他们扔回去，让他们连话都说不出来。”

“这又不是打辩论。”李灿嘟囔，“我有点担心外国人的提问。”

“没有翻译吗？”贺景把面抽出了一小把，放进了滚沸的水中。

“有是有，万一翻译不到点子上怎么办？”李灿已经闻到虾滑的香气，她咽了下口水，往前凑了凑。

“我可以帮你临时突击。”贺景盖上锅盖，侧身挡住了锅，让她没办法去看锅，只能看着他。

李灿盯着他的脸：“你教我英文吗？”

贺景：“毕竟你都教我妈骂人了，我没什么好报答你的，只能教教你英文了……”

李灿琢磨了一下，接着蹙起眉：“你是不是在损我？”

“你想多了。”贺景转身把火关小，“面等下就好了，去把你衣服换了。”

李灿意识到自己还穿着工作的衣服，快步回了卧室，换了件深色T恤。

刚出锅的面很烫。

她把面放一旁，指着讲稿上的内容，向贺景简单介绍了一下智跃盒子。

“智跃盒子用了最新的算法，在此基础上增加了更多情景模式……总之智跃盒子既要做到全知全解，也要做到和人一样。”

李灿滔滔不绝地跟他解释：“智跃盒子有三千亿参数，是目前现有智能软件参数的0.5倍，我们决定在这款软件正式上线之前，对它进行训练，如果能……”

贺景扼住她的下巴，把她的头转向面条：“吃饭，再说下去面要坨了。”

“哦。”李灿拿起筷子吃面。

见贺景开始翻看她的讲稿，她忍不住问：“我和你说这些你能明白吗？”

“差不多，之前写论文的时候也接触过一些。”贺景顿了顿，又补充说，“人工智能完全代替人类做精密手术。”

李灿想了想：“……早晚的事儿。”

她不再说话，专心把面吃完，把碗筷收进了厨房。

贺景还坐在她电脑前，偶尔敲几下键盘，不知在整理什么。

李灿干脆去洗澡。

洗完澡以后，发现他还在敲键盘，便开始刷牙。

“如果是你提问，你会问什么？”他忽然问。

李灿沉吟一会儿后，把牙膏沫一吐，说了几个问题。

贺景又开始敲键盘。

等她刷完牙后，贺景也从电脑前离开了。

“我把所有可能会遇到的问题整理成了英文，比较偏向口语化。”贺景说着，将上衣脱下。

李灿愣了一下，视线定在了他的腹肌上。

“我去洗澡。”他说。

“啊？”李灿还盯着他的腹肌，“你今晚不回家了？”

“你想让我回？”贺景又把衣服慢吞吞往回穿，“也行，我可以明天早点来。”

李灿不语，只是一把抢过他的上衣，抱着回了电脑前。

贺景眉梢一挑，转身进了浴室。

2 如果早点说喜欢

李灿浏览着电脑上贺景刚才整理的那些问题。

有三十多个，除了她刚才说的那些，还有贺景自己想到的。

几个专业性的词汇专门用不同的颜色加了标注，还备注了音标，甚至还在音标的旁边加了中文的谐音音译。

李灿忍不住撇嘴。

用谐音……有点太瞧不起人了吧。

“Dimensionality Reduction and……（维度缩减和……）”李灿低声念着，“嗨婆婆梅特儿……”

“是Hyperparameter Tuning（超参数调整）。”

贺景头上顶着毛巾出来了，身上穿着白T恤和李灿给买的纯棉睡裤。

明明特意买了全套睡衣来着。

“怎么没穿配套的上衣？”李灿问。

“我不喜欢系扣子的睡衣。”贺景把毛巾扯下，搭在一旁，走到她身边。

“我怎么不知道你不喜欢？”李灿不禁奇怪，“以前你不就是穿带扣子的睡衣吗？别告诉我睡衣你也没得选。”

“只是现在不喜欢了。”贺景端起杯子喝了口水，又说，“穿和脱都麻烦。”

李灿抿了抿嘴。

这话听上去有点羞耻。

贺景抬了抬下巴：“这些问题可以吗？”

“当然可以，我能想到的也就只有这些。”李灿沉吟一会儿，“反正已经做好充分的准备了，就算遇到刁钻的问题也不会太慌乱。”

“要不要我给你念几个，你回答一下？”他问。

“要，全部念一遍！”

李灿已经很久没有听到贺景说英文了，记得当初上学的时候他念起英文就很流利顺畅。

“全部？”贺景看着电脑上三十多个问题，又看了一眼时间，“好吧，但我给你念过一遍后，你最好全部给我记下来。”

“So easy！”李灿自信地比了个“OK”手势。

贺景缓缓念起了问题：“Miss Li, in the case of multiple languages, how will the Zhiyue box ensure that its algorithms can quickly and accurately recognize different languages and various local dialects?”（在多种语种的情况下，智跃盒子将如何确保算法能够快速准确地识别不同语种和各地方言？）

他的语速不快，可以清楚地听清每一个单词，念起英文时的语调比平时要低缓，也许是在国外待久了，有着一口正宗的英伦腔。

“呃，智跃盒子收集了……30万小时的语音样本，这些样本的提供者分别来自不同性别、年龄、语速和说话风格的……”

贺景面色疑惑：“怎么磕磕绊绊的？”

李灿深吸一口气，目光落回电脑：“没事，你继续。”

贺景接着又念了几个问题。

他斜靠在沙发上，单手支着头，发音时喉结微微震动，眼皮放松地低垂着，视线在电脑上游走。

“算了，你别念了，我抽时间自己读。”李灿合上了电脑。

“为什么？我念得不好吗？”贺景看向她。

下一秒，嘴唇就被死死封住。

李灿亲了他。

方才二人之间隔着些距离，只能闻到若有似无的柑橘清香，此刻香气却在他们之间清晰地流窜。

贺景结结实实靠在沙发上，环住她的腰，与她唇齿纠缠。

吻了很久，李灿觉得缺氧，双手撑在沙发边缘将身子支起，调整呼吸。

“贺景，你知不知道你说英文的时候……”李灿想了想，“……有点儿涩。”

“是吗？”贺景眼底闪过一丝得逞，勾唇，“我故意的。”

李灿顿觉被耍，狠狠咬了一下他的嘴唇。

“嘶……”贺景倒吸凉气，扯过她的双腿盘在腰上，起身去了卧室，把她扔在了床上。

李灿柔软的长发散落在床单上，脸上泛着淡淡的红晕，红嫩的唇微微张合吐息。

这一切对贺景来说，无疑是一种强烈的视觉刺激。

他眼底闪烁着异常兴奋的光芒。

星星点点的吻落在李灿的脸颊上、嘴角上、耳垂上、脖子上、锁骨上，继而缓缓向下……

从小到大，贺景都是个温柔的人，对李灿百依百顺，什么都听她的，不敢伤了她，更不敢让她疼。

这时候的贺景不一样，他像变了个人，但又好像没变。

他的动作野蛮粗暴，却又恰到好处不会伤到她。

李灿在他心里永远是第一位，甚至优先于他自己，在这件事上也不例外。

必须要等她先快乐过以后，他才会停止。

不知不觉，到了凌晨三点。

洗过澡后，李灿整个人已是疲惫不堪。

她靠在贺景肩上，闻着他T恤上淡淡的香味，嗓子沙哑地说：“你刚才念英文的时候，让我想起以前你帮我预习英语课文的时候。”

贺景勾着她的发尾，试图将她的发尾绕着戒指缠一圈。

李灿继续说：“那时候你都会先把课文读一遍，然后我照读。”

“没错。”贺景懒洋洋地应下，“你简直就是语言白痴，你如果英语不偏科，我相信你早就不会是第十名了。”

话落，一声猫叫从床下响起。

李灿打了个激灵。

贺景明显感觉到怀里的人抖了一下。

“第十名”不知何时翘着尾巴走了进来，滚圆的眼睛看着床上的两个人，又叫了一声，接着趴在了化妆台旁的猫窝里。

前几天，李灿把“第十名”抱回了家。

反正徐萍女士也不住在这里了，没人会管她养不养猫。

只是她还有些不习惯家里突然多了只猫，刚才被那一声猫叫吓了一跳。

她说回刚才的话题：“就算穿回高考前，我也不觉得我的英语会突飞猛进，我现在甚至连基本的语法知识点都还给老师了。”

李灿忽然想到什么，闷哼一声：“而且你以前会在我面前突然拽两句英文，装死了，你个装货。”

“我没装。”贺景无奈一笑，“是你没听懂，而且我明明只说过一次。”

李灿好奇：“你当时说了什么？”

贺景轻声说：“……I am a planet wandering aimlessly in the universe, while you are the brilliant sun. Every time I look at you, the distance between us will shorten a little. Until the gravitational force completely pulls me into your orbit, I will start revolving around your existence forever.”

这次他的语调正常了些，没有刻意压低，但还是有一种若有似无的……诱惑。

李灿听得一知半解：“星星和太阳？你看我？”

“意思是，我是宇宙中一颗居无定所的行星，而你是灿烂的太阳，每当我望向你一次，我们之间的距离便会缩减一些，直到万有引力将我彻底拉入属于你的轨道，我便开始永远围绕着你的存在而转动。”

贺景静静地望着她，垂眸吻向了她的手背：“灿灿，你永远是我的太阳。”

李灿心里忽然有些酸。她盯着他好看的眼睛，问：“你当时应该用中文说的。”

“是啊，我为什么不用中文说呢。”贺景忍不住苦笑。

他仔仔细细将她的五官反复看，想将这张熟悉到不能再熟悉的脸再一遍遍刻进心里。

“早点说喜欢的话就好了。”他说。

“现在也不晚。”

3 塔上的灯

“那我现在就说。”贺景清了清嗓子，“我喜欢你。”

李灿微笑：“我也喜欢你。”

“我喜欢你要更久。”

“不不不，我喜欢你才更久。”

“我十三岁就意识到自己喜欢你了。”

“我六岁。”

“六岁？你六岁幼儿园都没毕业就知道什么叫喜欢了？”

“我不管，反正我喜欢你的时间比你久。”

“就算你喜欢的时间比我久，那也一定是我喜欢的比你多。”

“贺景。”

“嗯？”

“你说，为什么我们要比较谁爱谁更多，谁爱谁更久呢？”

贺景想了一会儿：“我也不知道。”

第二天李灿差点没能起来。

她像摊烂泥一样黏在床上，直到贺景把她从床上扛起来，带进浴室，帮她洗了澡，她才渐渐清醒。

“睡了不到四个小时。”李灿坐在沙发上，揉着眼下的乌青，“救命啊……”

“抱歉，都怪我昨晚没刹住车。”贺景把买来的豆浆和蒸包放在她面前。

“不怪你，是我不知好歹，自作自受，贪得无厌，不懂得浅尝辄止……”李灿一边絮叨，一边把笔记本装进包里，“今天我会去发布会现场排练，中午不和你约饭了啊，你自己记得按时吃饭。”

“你也是。”

贺景开车送李灿去了排练的会场。

路上，李灿眯了一会儿。

到了会场，贺景把她叫醒。她醒过来，还是有些迷迷糊糊。

见状，贺景干脆解开安全带，将她压在副驾驶位上亲。

李灿立马瞪大眼睛，把他推了回去。

“被人看见怎么办？”

“有精神了就行。”贺景慢条斯理地系上安全带，按开车锁，“晚上见。”

李灿拿起包，下了车，关上车门走了。

没走几步，她折回来，打开驾驶座的门飞快亲了回去：“晚上见。”

望着她的背影，贺景抿紧嘴，脸上难掩愉悦。

之后的几天，李灿都在抽时间去会场参加排练。

除了要提前熟悉整个流程，她还要和所有的工作人员对接好，并预先防备直播当天可能会发生的意外状况。

天气入秋，气温渐凉。

贺景也变得忙碌了起来，他一整个月里排了很多台手术，只要打不通电话，就说明是在做手术。

两人见面的次数也少了些。

发布会当天。

工作人员在帮李灿调试耳麦。

她抽空给贺景打了个电话，但没接，估计又是在手术。

于是她传了条消息给他：我要上台了，祝我们一切顺利。

她把手机放进包里，拿起讲稿念起来。

这时，一名工作人员走过来，面色为难地说："灿姐，你的翻译突然有事来不了了。"

李灿纳闷："怎么会来不了？"

"翻译昨晚吃坏了东西，食物中毒，上吐下泻……"工作人员话锋一转，"您要是不介意，我这有个人，能顶一下。"

公司特意找了懂行的翻译，为的就是避免出现错误。

李灿不放心地问："是行内人吗？"

工作人员摇头："虽然不是，但她能力很强……"

眼下也没别的办法，李灿只能点头答应："有比没有强，你把人叫来，我有几点比较重要的东西需要说一下。"

不一会儿，一阵高跟鞋的声音从外面传来。

李灿循声抬眼，看到来者，吃了一惊。

"……张笠？"

张笠穿着一身干练的西装，化着精致淡雅的妆容，梳着低马尾，面带微笑。

"没想到你还记得我叫什么。"她脸上笑意更深，"姐姐。"

李灿猛地从椅子上站起来："天啊，我果然没看错，就说你是个大美人坯子！"

张笠腼腆一笑："夸张了。"

李灿还想多问几个问题，可眼看时间快到了，她指了下讲稿："等下再闲聊，我有几个问题需要跟你说一下。"

张笠认真地点头："好，你说。"

李灿："如果有外国人提问时提到了这几个问题，你一定要注意是否存在歧义……"

二人讨论了约莫十分钟。

场上一道类似喇叭的声音响起，面前的几台摄像机亮起红灯，直播正式开始了。

大荧幕上播放了一段长度约一分钟的产品介绍视频。

视频结束时，李灿在聚光灯中，伴随着台下的掌声走上台，心情难免激动。

站到台中央时，她看了眼站在侧前方的张笠。

两人目光交接，互相给了对方一个令人放心的眼神。

"各位下午好，在向各位介绍智跃盒子之前，我想先问大家一个问题……"

李灿拿着遥控笔，在台上表现得有条不紊，甚至因为多了观众的互动，效果比排练时还要好。

在提问环节，张笠的翻译也没有出现任何问题。

将近两个小时的发布会顺利结束。

李灿和张笠一前一后回到后台。

"你现在在做什么？"李灿问，"翻译官？"

张笠点头："对，满世界出差。"

李灿扬眉："行啊，比做怨妇强……你妈妈呢？她身体怎么样？"

"她已经去世了。"张笠说，"两年前脑出血，没抢救过来。"

"抱歉，节哀。"李灿沉默了两秒，又问，"没做检查吗？"

"做了，头颅内血管有点问题，也治了。"张笠无奈一笑，"但是这种事不是预防就能完全避免的。"

二人边聊边收拾东西，向会场外走。

李灿："你妹妹呢？"

张笠："还在读大学，非要学医。"

李灿："学医挺好，学医的人……都比较充实。"

话落，她看见了贺景。

他穿着一件深棕色大衣，站在车旁，双手交叉抱在胸前，半眯着眼，微微歪头望着她的方向。

"灿灿姐，我是听说主讲人是你，才主动想来做翻译的。"

张笠并未注意到路边的贺景。

她停下脚步，看着李灿的侧脸："我挺想再见你一次的。"

“那你应该感谢那个吃坏了东西、食物中毒的不靠谱翻译。”李灿幽幽地说。

张笠愣了下：“啊？”

李灿咧了咧嘴：“开个玩笑。”

张笠又说：“好不容易见面，要不要一起吃个饭？”

闻言，李灿伸手指了指不远处的大高个：“想是想，可我男人来了，我跟他好几天没正儿八经地约会了，咱们改天再约。”

张笠顺着她指的方向看去，眼前一亮：“居然还是那个。”

“你这话什么意思？”李灿发出疑问声，“什么叫居然还是那个……”

张笠尴尬地笑了笑，说：“只是觉得不可思议，你们在一起都十多年了吧……”

“十多年而已。”李灿淡淡地说，“我们都认识三十多年了。”

其实，那十一年里的大部分时间，他们都是分开的。

但李灿觉得即使是空白的，也该算进他们在一起的时间，因为他们对彼此的想念是真实存在的。

见张笠表情颇为诧异，她笑着问：“你呢，有没有找到一个像我男朋友一样的男朋友啊？”

张笠望着远处，沉吟了一会儿：“应该找到了。”

“谁啊？”李灿不放心地问。

只见她指了下贺景的方向。

在贺景的车后突然多了一辆车，从驾驶座上下来了一个清秀的男人，他挥舞双臂向张笠挥了挥手，瞧着十分面善。

张笠也抬手回应：“和我一样是翻译官，不过是我的上司。”

李灿忍不住咋舌：“办公室恋情，啧，有意思，上下属，啧，有意思……”

张笠笑了：“姐姐，这么多年你还是没变，有点神经。”

李灿：“……有吗？”

“有。”

4 改变我命运的是你

贺景和张笠简单打了个招呼以后，便和李灿一起上了车。

他脸上有些倦意，唇色很淡，没了往常的红润。

“我来开车吧。”李灿说，“你这几天连着手术，休息下吧。”

贺景没拒绝，下车和她换了位置。

“张笠怎么会在这儿？”他后脑勺靠在车枕上，语调带着一丝懒怠，仿佛下一秒就能睡过去。

“我的翻译食物中毒了，张笠临时来帮我翻译。”李灿说。

贺景讶异：“她现在是做什么的？”

“翻译官。”李灿忍不住感慨，“真牛。”

“你当了光凌产品发布会的主讲人，实现了目标，你也牛。”贺景轻笑，“要不要庆祝一下？”

李灿飞快地瞥了他一眼：“要。”

贺景揉了揉眼睛，眼白泛起了血丝，他问：“想怎么庆祝？”

李灿：“最近新出了个不错的电影，陪我一起去看，我想看很久了。”

贺景：“除了看电影，还有吗？”

李灿想了想：“看完电影再说。”

她到了电影院，买了两张电影票，选了靠后的位置。

影院冷清得很，只有他们两个。

直到电影开始放映，也没见再有人进来。

“不是说电影不错吗，怎么被咱俩包场了？”贺景不解。

“估计因为今天不是周末吧，而且现在这个时间还早，大家都还没下班。”李灿坦然说。

“是吗……”贺景没再继续问，安静地看起了电影。

电影播到第十几分钟，李灿捧着一大杯可乐徐徐喝着，半边肩膀忽然向下一沉。

她歪头看去，是贺景睡着倒在了她的肩上。

他睡得很沉，身体跟随均匀的呼吸小幅度地起伏，电影荧幕上不断变换的光线打在他的脸上，他无意识地蹙起了眉头。

于芝晓之前送给她一条藏青色的白纹丝巾，她平时不怎么戴丝巾，就系在了自己的小羊皮包上做装饰。

她把丝巾解下来，盖在了他的头上，遮住了他的眼。

不一会儿，贺景的眉头舒展开来。

李灿无聊地看着电影，捧着可乐继续喝。

她选了一部又臭又长的文艺片，四个小时。

整部电影讲了一个画家追求艺术的故事，其中有长达三十分钟是画家拿着板子在调颜料。

镜头对着调色板，一把刷子在调色板上搅搅搅，过了一会儿，画家挖出一块颜色诡异的颜料拍在板上，继续搅搅搅。

最后调出了一坨……

“屎。”李灿忍不住吐槽。

她原本还试图解读这个镜头所包含的深意。

是想表达作家在试图用色彩填满空虚的精神世界呢，还是在隐晦地反映当下社会百态？

琢磨半天以后发现这段剧情就是……一坨屎。

要不是想让贺景补个觉，给她钱她都不看。

电影最后，画家怀里抱着一张空白的画板，躺在涂满颜料的地板上，面无表情地直视镜头长达五分钟。

李灿盯着荧幕上那双无神的眼睛，尴尬地挠了挠脸。

电影结束，肩上的人动了动。

贺景睁开眼，看见屏幕上滚动的演职人员表，立马坐直了身子。

头顶的丝巾也飘下来，落在了他的腿上。

他拿起丝巾，错愕。

“……我睡着了……”贺景脸上闪过一丝慌乱，“对不起。”

“没关系，你这几天太累了，睡一觉正好。”

李灿把喝空的可乐杯塞进他手里：“我上厕所，你拿上东西在外面等我。”

说完，她冲出影厅，一路狂奔跑向洗手间。

回家的路上，贺景问她电影都讲了什么。

李灿捂着嘴静静思忖了一会儿，然后决定放弃思考，总结说：“三言两语说不清，简直是经典之作，我建议你有空的时候沉下心来认真看一遍，到最后有惊天反转。”

贺景当真了。

后来贺景在一次值夜班的时候想到了这部电影，于是找出来看了一遍。

他耐着性子看到最后，忍住想把平板摔掉的冲动，给李灿打了电话。

当时李灿正在睡梦中，她半梦半醒接了电话。

只听贺景在电话那边沉默良久后蹦出来七个字：

“简直就是一坨屎。”

回到家后，贺景去洗了把脸，倦意全无。

因为补了四个小时的觉，他精神恢复了不少。

反而是李灿看上去被吸了精气似的。

她躺在沙发上，面色有些憔悴，满脑子都是电影的片段。

“晚上吃什么？”贺景揉了揉她的头，力道不轻，把她的头发直接揉炸了毛。

“我不饿，我喝可乐喝饱了。”李灿盯着他，“你吃点什么？”

“我也不饿，晚点再说吧。”

贺景双手按在她的肩上，轻轻揉捏着：“闭眼，你肩颈的肌肉很硬，我帮你按一会儿。”

李灿乖乖合上眼。

贺景先是帮她按摩肩膀，接着又帮她按摩手臂和手指。

“灿灿。”他轻轻叫了她一声。

李灿舒服到懒得搭腔。

“睁眼。”他又说。

李灿不情不愿地睁眼，看见贺景与她五指相扣。

无名指上赫然多了枚新戒指。

开了口的莫比乌斯环戒，两端平行重叠，但不相交。

她睁大了眼，发现贺景的旧戒指也换成了新的。

“你什么时候买的？”

“前几天，托人帮忙买的。”贺景浅笑，“喜欢吗？”

“嗯，太喜欢了。”李灿笑着说，“你知道我为什么一定要开口的吗？”

“为什么？”

“因为闭合的莫比乌斯环象征循环往复，因果相连，但开口的恰恰相反。”

她用指尖抚摸着戒指上的开口：“两端没有终点，无限向外延伸，意味着一切皆有可能。”

当莫比乌斯环没了连接，那稍稍一扭转，便会成为一条平铺的线，没有循环，没有终点，只有直白的过去和未知的未来。

“我喜欢你这个解释。”贺景淡淡说。

“你说……到底是什么改变了你的命运？”李灿侧过身子倚在沙发靠背上，撑起脑袋，压住贺景的手背，看着两个人的戒指。

不等贺景回答，她开始自问自答：“是木星三重日食吗？一年连着发生了两次，史无前例……这么一说，木星和那三颗卫星真是四个大好星。”

“是你。”贺景反手握住了她的手。

“灿灿。”他强调说，“改变我命运的是你。”

贺景的神情格外认真。

李灿唇角忍不住上扬，她勾上他的脖子，使劲亲了他脸颊一下。

他半眯起眼：“就亲脸？”

他指着刚才被她亲过的位置：“这里离嘴就只有两厘米不到，为什么要亲脸？”

李灿捧着他的脸，又笑着亲了下他的嘴巴。

“就一下？”贺景尾音上扬，“亲都亲了，就亲一下？”

李灿索性不亲了，起身要走。

贺景勾上她的腰一把将她拽了回来，臂弯收紧，半张脸埋在她的肩颈处，嘴唇若有似无地碰着她的锁骨。

“灿灿，我想。”

他声音很低，拖着软长的腔调，有些勾人。

李灿感觉到她的腿上压着什么东西。

“想什么？”她明知故问。

贺景拉着她的手去碰。

接着，便听见他倒吸了一口凉气，又断断续续地把气吐出来。

两人亲着吻着，从客厅到卧室。

手机铃声忽然响了。

李灿推开贺景，去客厅拿起手机。

“是蔚岚打的视频。”

她忽然想到什么：“坏了，估计是问罪来了。”

贺景走出卧室，抵在墙边，目光幽怨。

她接通视频，看见蔚岚戴着防风镜，笑容满面。

那边还是白天，晴空万里。

“灿灿！我跟你讲，我遇见了一只穿山甲！活的！”

蔚岚举高手机，镜头照进了一旁的一只可爱的穿山甲。

贺景凑了过来。

“真是穿山甲。”李灿连忙截图，“蔚岚，把它抱回来。”

蔚岚沉默了两秒：“这里的人允许持猎枪，你是想让我死在这儿吗？”

李灿忍不住笑了，又注意到蔚岚身上绑了很多东西，便问：“你背上那些绳子是什么？”

“哦，这个啊。”

蔚岚扯过背后的东西给她看：“我今天跳伞了，刚跳完，现在正往回走呢。”

说完，她诡异地安静了几秒，继而开口：“跳伞的时候忘了给你打视频了。”

“多大点儿事。”李灿洒脱一笑，转口说，“我今天开发布会也忘了。”

“那扯平了。”蔚岚表情松下来，又注意到李灿和贺景的头发都有些凌乱。

她一把捂住嘴：“我是不是又亮了？啊啊啊！”她发出尖叫，“我这就灭了我自己！”

下一秒，电话挂了。

李灿：“……你有没有觉得蔚岚有病？”

贺景：“跟有病的人玩久了，当然会被传染。”

李灿：“你嘲讽我……”

“那你打我吧。”贺景一把抱起她，走向卧室。

李灿缠住他的脖子，拉着他一起倒在了床上。

两人继续刚才没做完的事，渐入佳境，突然又有一阵手机铃声传来。

李灿歪了下头。

贺景把她的头按了回来：“别管了。”

“好像是你的手机。”李灿说，“接吧，万一是医院打来的呢。”

贺景沉着脸去了客厅，拿起手机一看来电显示，脸更黑了。

李灿跟在后面：“谁？”

“丹尼尔。”

他接了电话。

“嗨！景！我想你！我来看你了！”电话那边传来了丹尼尔兴奋的声音，“Ava想来看望于阿姨，我和Ava刚下飞机，你能不能来接我们？”

紧接着，手机里传来晏云姿充满歉意的声音。

“贺景，我们第一次来这里，我的手机找不到了，丹尼尔的手机也快没电了，我们不知道该怎么办才好，这里我们只认识你。”

贺景咬牙切齿：“在哪个机场……”

5 竹马与天降

深夜的机场没什么人。

丹尼尔和晏云姿站在机场门口，一个金发碧眼的外国人立在那儿，格外显眼。

贺景把车缓缓停在他们面前，打开车窗。

“贺景，你终于来了！”

丹尼尔说着说着，看到副驾驶位的李灿，有些激动，便把脑袋整个从车窗伸了进去。

“李灿！能见到你真是太好了！你好，我是贺景的朋友！我是丹尼尔，你还记得我吗？Ava是我的女朋友。”

他又把胳膊伸进车窗，去和李灿握手。

贺景被他挤得不得不扳动座椅向后，不高兴地说：“丹尼尔，你真的要这样打招呼吗？”

接着，晏云姿揪着丹尼尔的衣领，把他从车里拽了出来。

“礼貌！”晏云姿皱着眉提醒他。

丹尼尔比了个“OK”的手势，乖乖把行李箱搬上后备厢，坐进了车的后座。

“时间不早了。”贺景发动车子，“我把你们先送到酒店休息，有什么事情明天再说。”

“好，麻烦你了，贺景。”晏云姿客气地说。

到了酒店以后，晏云姿在行李箱里翻找，最后在箱子的最底下找到了她的手机。

她拿着手机疑惑地看向丹尼尔。

丹尼尔心虚地说：“还不是因为你最近总是在忙工作，难得出来玩，我希望你不要再去看工作了……”

晏云姿哭笑不得。

四人约下了明天的晚饭后，李灿和贺景便离开了酒店。

回去的路上，李灿迎着窗外的凉风愣神。

贺景关上了窗户：“现在已经不是夏天了，这么吹会感冒。”

李灿回神，看向车前的景色。

“你在想什么？”贺景忍不住问。

“在想晏云姿和丹尼尔。”

李灿缓缓地说：“在调查局的那次，晏云姿明明是更在意丹尼尔的，可为什么在那之前她对你那么执着呢？既然对你执着，干吗又偏偏到最后一刻才意识到自己对丹尼尔的感情呢？”

“人的感情是很复杂的，不到最后一刻，连自己都看不清自己。”贺景思忖几秒，又说，“我想Ava之所以对我执着，是因为新鲜感。”

李灿挑眉：“新鲜感？”

“嗯。”贺景说，“她和丹尼尔相处了那么久，久到几乎忘记了丹尼尔也是一个有感情需求的男人，久到分不清他们之间是亲情还是爱情。在这种时候，身边忽然出现一个和丹尼尔截然相反的我，很难不注意。很多人会把新鲜感错认为是喜欢，Ava或许就是这样。”

“就像竹马和天降。”李灿若有所思地说，“好多电视剧里的竹马都敌不过天降。”

车子开进了小区，贺景把车停在了车位上，拉下手刹，解开了安全带。

他撑着方向盘侧身去看她：“灿灿，假设我们这三十年来没有分开过，一直都在一起，然后突然有个特别的人出现在你我之间，你会不会被那个特别的人吸引？”

“那要看有多特别了，要是帅出天际，我也不是不可以。”

李灿纠结了一会儿：“可你也很帅，我能不能两个都喜欢？”

贺景一声不吭地下了车。

李灿下车追上他，牵住他的手：“你不会因为一个假设就吃醋吧？”

贺景自嘲：“是我嘴欠。”

李灿笑出了声。

她的手将他握紧了些：“贺景，你知道我是个念旧的人，小时候的玩具到现在还留着，小时候喜欢的人到现在还喜欢。我不会分不清亲情和爱情，我从以前就知道我对你的感情是男女之间的喜欢。”

她的语气平而缓，贺景不说话，只是静静地听着。

“没人能让我不爱你，连命运也不能。”李灿加快脚步走到他身前，拦住了他，“除非……你永远都不可能喜欢我，那么我就会试着努力去喜欢别人。”

“没这个可能。”贺景语气笃定地说，“到死我都会喜欢你。”

“你不准说这种话。”李灿笑不出来，皱起眉，“如果你死了，我就会去喜欢别人，把你忘了。”

“是吗？”贺景扬眉，“那我要活得比你久。”

丹尼尔一直嚷嚷着说要吃中餐，贺景便抽时间选了家之前和李灿一起吃过的中餐厅，是李灿严选。

李灿和贺景到达餐厅时，他们已经到了。

丹尼尔正翻看着菜单，嘴里念着：“This, This, This, This, All!”

服务员眼都冒光了，听到的都是提成、提成、提成、提成、奖金翻倍！

“停。”晏云姿制止了他，“吃不完，浪费可耻。”

丹尼尔只好收敛着点了几道菜。

他从口袋里掏出钱包，抽出了几张面值一百的美元，微笑着递给了服务员。

李灿视线飞快在那几张小费上扫过，心里头数着：“一二三四五……五百乘七点……”

她忍不住暗暗感叹。

丹尼尔家里到底什么条件？

“今天我和丹尼尔去拜访过于阿姨了。”

晏云姿微笑着说：“她现在的气色比以前好多了，我父亲也一直挂念着她的身体，让我给她带了很多东西，但行李太重，我没办法带来，只能寄过来了。”

贺景淡笑：“多谢，替我向你父亲问好。”

菜很快上齐，几人闲聊着几句。

“我们要玩满一周再回家，然后我和Ava就要举办婚礼了。”丹尼尔拉起了晏云姿的手，显摆起手上的戒指，“这次戴的是求婚戒指。”

他看着他们，又问：“你们呢？打算什么时候结婚？”

贺景侧脸看向李灿。

李灿想了想：“明天就去民政局登记，晚些时候办婚礼。”

“哇哦！”丹尼尔睁大了眼，“这也太棒了，明天是你们这里的周末，你们以后的结婚纪念日都可以在周末过了！太幸福了！”

贺景睨了眼李灿，用只有二人能听见的声音问：“什么时候民政局周末也上班了？”

李灿：“我刚才定的。”

贺景能说什么呢。

吃完饭后，服务员撤了桌，上了围炉茶桌和一些水果点心。

李灿喝着花茶，听着贺景和晏云姿在交流医学方面的经验。

丹尼尔忽然向她坐近了些。

“李灿，你是不是对我有什么意见？”他疑惑地问，“你有时候看我的眼神冷冷的。”

“哈哈哈！”李灿掩嘴轻笑，“怎么会呢，你想多了。”她拿起包翻找，转移话题，“对了，丹尼尔，我有个东西要给你。”

丹尼尔期待地看着她：“什么东西？是能让Ava黏着我一辈子的符咒吗？”

下一秒。

一张写满数字九的支票被李灿用力拍在了桌上。

“贺景还是觉得应该把这张支票还给你，他并没有让出史蒂文斯医学奖……”

话没说完，只见丹尼尔一把抓过支票往兜里藏，接着又想到自己衣服没兜，便把支票揉成一团塞进了嘴里。

晏云姿愣了下，旋即脸上浮出一丝愠色。

“丹尼尔！我看见了！不要再藏了！”

丹尼尔把湿乎乎的支票吐进了垃圾桶，心虚地冲Ava咧嘴一笑。

“Ava，你听我解释，我只是……”

“我不需要你做这种事也可以获奖！”晏云姿愤怒地说，“你这样做是不相信我的能力！”

“Ava，我只是想让你高兴。”丹尼尔拉住她的手，不停地解释，“我没有别的意思，可贺景的确是个很强的竞争对手，我我我……”

晏云姿甩开他的手，生气地离开了餐厅。

丹尼尔飞快地拿起晏云姿的包和东西，拍了拍贺景的肩膀：“bro（哥们），情况紧急，我先走了。”

说完，他口中不停喊着Ava的名字，大步追出了餐厅。

李灿幸灾乐祸地笑着，一扭头，对上贺景探究的目光。

她笑容敛了下：“这么看我干吗？我不杀了他已经是仁至义尽了。”

贺景压根不在意丹尼尔。

他问：“你不想跟我结婚？”

“想啊，刚才那不是应付丹尼尔嘛，他懂个锤子。”李灿反问，“我妈和你妈最近在对着皇历挑吉日，你不知道？”

贺景诧异：“……原来她们是在给咱们挑日子？”

李灿：“不然你以为呢？”

贺景：“我前两天听见她们说结拜，我以为她们是在为自己结拜异姓姐妹挑日子。”

“哇……”李灿忽然想到什么，面色凝重，“如果她们结为了姐妹，那我们算不算近亲？”

有那么两秒，贺景竟真的开始思考起她这句话来，但很快便觉得这事儿真离谱，于是轻轻咂了下舌：“神经。”

“嗯？”李灿蒙了下，“你说谁神经？”

贺景脱口而出：“我说我自己。”

李灿顿悟：“你果然是在说我。”

贺景拽起外套就走。

丹尼尔和晏云姿回国之前，李灿和贺景去送了他们。

临走前，丹尼尔勾着贺景的肩膀，发出了一声长长的叹息：“我哄了Ava三天，她真的太能生气了，你知道我最后怎么把她哄好的吗？”

贺景摇头。

丹尼尔：“我答应在婚礼上穿裙子，还是粉色的，骚气十足的亮粉色。”

过了一会儿，他耸了耸肩膀：“不过我还挺喜欢粉色的。景，你说我是不是该刮下腿毛？不然穿裙子不漂亮。”

贺景：“听我的，不刮Ava会更开心。”

丹尼尔琢磨琢磨，随即点点头：“你说得对。”

他抱了下贺景，又去抱了下李灿：“李灿，你真的有东方神秘力量吗？”

李灿：“有，我能算出你三分钟后的命运。”

丹尼尔信以为真，瞪大了眼睛：“什么？”

李灿：“你再跟我们这么聊下去，三分钟后你就会误机。”

丹尼尔连忙拎起行李箱，拉着晏云姿的手跑向了进机口。

“贺景！李灿！我还会再来的！下次见！”他边跑边喊，头也顾不上回。

贺景对着他们的背影摆摆手，幽幽地说：“别来了。”

6 没关系，现在补上

2032年眨眼间步入尾声。

元旦跨年那天，贺景开车带着李灿和于芝晓去了老家。

回去的路比较远，两人在服务站换了一次位置，后半程路是李灿开的。

因为冷空气，今年的冬天特别冷，据说持续的时间也会比以往久。

前几年李灿只需要在羽绒服里穿一件薄打底衫就够了，可今年她必须在打底衫外多加一件毛衣才能撑住。

本来还在纠结是不是年龄越来越大的问题。

可贺景连羽绒服都没穿，一件黑色羊毛大衣套在毛衣外面，系了一条白色围巾，在外面的时候被冷风吹着仍然面不改色。

“你不冷吗？”李灿忍不住问。

“车里有暖气，不冷。”贺景把手放在面前的空调口上，“你冷？”

“我也不冷。”李灿说，“我的意思是你在外面的时候不冷吗？”

“我没你那么怕冷。”贺景将手轻轻贴在她握着方向盘的手上，“手还这么凉。”

时不时有爆竹的声音从远处响起。

后座的于芝晓望着远边的天，嘴角挂着浅笑。

“日有熹，月有光，富且昌，寿而康，新春嘉平，长乐未央。”

也许因为是文学教授，又或许她天生就带有书香灵气，于芝晓在念起诗词来非但不突兀，反而有一种空灵感，仿佛她真是从过去而来的古人。

她继续缓缓念着：“愿除旧妄生新意，端与新年日日新。”

“这是谁的诗？”李灿问。

“这一句是詹初的。”于芝晓解释说，“寓意在新的一年里能够摒弃旧的错误和偏见，生出新的意念。”

后半路，于芝晓打开了话匣子。

李灿和贺景好像又上了一堂语文课，梦回高中。

到了老家，李灿把车停在了李世良的车后。

贺景下车去后备厢把带的礼物全部拎了下来。

他们上了楼，敲开了门。

李世良围着围裙把门打开，手上沾满了白面粉。

“你说你们，来就来，还拿着这么多东西，多见外啊。”

说着，李世良的目光敏锐地在那一堆礼物中锁定了一箱纯酿白酒。

“哟，这家伙，这酒可不便宜。”李世良回头瞥了眼厨房的徐萍，小声对贺景说，“就你小子最知道我喜欢什么，快藏起来，别让你徐阿姨瞧着。”

一旁，李灿把东西往地上一放：“妈！贺景给我爸买了一箱酒！”

贺景和李世良的脸上不约而同地扬起了一丝惊恐。

“多少？”

徐萍大嗓门从厨房里头传出来，带着怒音：“一箱？小兔崽子，一瓶还不够，买一箱？”

“放心，老婆，不多喝，就一盅。”李世良讪笑着回了厨房，继续帮忙包饺子。

于芝晓洗了洗手，围在餐桌前帮忙包饺子。

李灿和贺景在客厅帮忙备菜。

电视上播着跨年晚会。

李灿剥着桌上的橘子往嘴里塞，忍不住调侃：“要不要换台，找个电视剧看？”

贺景瞟了眼电视：“不想看晚会？”

“感觉不如小时候好看了。”李灿盯着电视。

“听个响呗。”贺景淡淡地说。

他垂下眼，继续削着土豆皮。

“再切几片冬瓜，火锅煮冬瓜和土豆一样好吃。”李灿把橘子皮贴在鼻尖上，闻着浓烈的橘皮香气。

“你倒是会使唤人。”贺景起身去厨房找冬瓜。

过了一会儿，他拿着一段切好的冬瓜过来。

见她一脸陶醉地闻着橘子皮，他忽然心生一计。

“灿灿。”

他把橘皮拿过来，一本正经地说：“你知不知道橘子皮上有一万个橘子细胞？”

“橘子细胞？”李灿还是头一次听说，“那是什么？”

贺景凑近她，把橘子皮表面上的密集纹路小点展示给她。

“你看，就是这上面的东西，你知道它们可以听见人类的尖叫声吗？”

李灿聚精会神地盯着橘皮，余光瞧见贺景手指轻轻一捏……

橘皮顿时喷出雾一样的水汽，扑进了她的眼里。

“啊！”她捂着眼发出惨叫，直挺挺地倒向沙发。

厨房里包饺子的三人听到喊叫，纷纷停下了手上的动作，向客厅看去。

只见李灿把贺景摁在了沙发上，面色狰狞地向他挥舞着手中的抱枕。

三人习以为常，转回头包饺子，继续着刚才的话题。

“那他俩的结婚的日子就定在年后呗。”徐萍说。

于芝晓附和：“是啊，我觉得咱俩选的那天是明年最好的一天。”

李世良有点发愁：“那是不是得给之前的亲戚写个请帖，得把我年轻时候随走的份子钱收回来啊……可我都忘了以前给谁随过份子钱了……”

徐萍：“写什么请帖啊？人家年轻人现在都不流行请帖了，一个电子请帖轻轻一点，全能发到大家手机上……”

李世良：“那我得去订套西装，我之前那套都瘦了，现在估计是穿不下了。”

客厅里。

贺景笑着求饶：“灿灿，错了，再也不敢了。”

李灿也解气了，放下抱枕，整理了下奓毛的头发，坐回沙发上。

“灿灿。”贺景撑起身子，贴向了她。

“干吗？”

“亲我一下。”他小声说。

“滚开啊，贱男人。”

贺景闷笑一声，低头切起了冬瓜，边切边说：“这招我可是跟你学的，以前一有橘子皮你就朝我脸上捏，我可从来没因为这个生过你气。”

他这么一提，李灿全想起来了。

她装傻：“是吗？我怎么不记得？你记错了吧？”

“我才不会记错。”贺景慢悠悠地说，“关于你的事，我可从来都不会记错。”

李灿帮忙把切好的土豆片摆进盘子里：“可不是只有你一个人记性好，我记性也挺好的。”

贺景撇了下嘴，一脸不信。

“不信？”李灿笑了笑，“小时候有一次，我妈带咱们俩去澡堂……”

贺景把手里的冬瓜片一扔：“李灿。”

李灿左右摆了摆手指：“不，我要说的不是那件事，是另一件。”

“什么？”贺景好奇地看着她。

“那时候你才刚来我家没多久，我妈想要带着你一起去澡堂，但你从来没去过澡堂，躲在外面一直哭，怎么也不肯去。这件事你还记得吗？”

贺景脸上闪过迷茫：“还真没什么印象了。”

“不过最后你还是进去了，你知道是因为什么吗？”

李灿压低声音，轻轻说：“我亲了你，你就不哭了。我问你还想不想要，你点头，我说那你和我一起去澡堂，我就再亲你一下，你就乖乖去了。”

贺景不可思议地笑了。

他小时候就这么不要脸了？

“那去过澡堂以后你亲了吗？”他问。

“好像应该是没有吧……”李灿有点记不太清了。

她正苦苦回忆，贺景突然凑上来，猝不及防地亲了她一下。

他嘴角挂着淡淡的笑意：“没关系，现在补上。”

尾声

当我爱你时，你恰好也爱我

1 新年快乐

跨年饭是水饺和火锅，水饺包了两种馅，一荤一素。

本来徐萍没打算煮火锅，想着炒几个菜，但经过李灿强烈反对后，改成了火锅。

火锅摆在了最中间。

李灿和火锅离得不远，但贺景还是一直在给她夹菜。

“你想展示你优越的臂长吗？”李灿调侃。

“就当我是吧。”贺景心甘情愿。

李灿吃了几个水饺以后，便一门心思吃起了火锅里的菜，甚至还突发奇想把水饺扔进了火锅里煮。

“啪！”

一道巨响，餐桌震了两震。

吓得李灿小手一抖。

刚从火锅里夹出来的水饺倒在了桌上，又“刺溜”一下滑到了地上。

她脸色一沉，看向制造噪声的始作俑者。

是李世良同志喝酒喝嗨了，把酒杯猛地放在了桌上。

那酒杯还是她以前亲手给李世良捏的父亲节礼物，这么大力气也不怕把杯子震碎了……

李世良的酒量真是极其差的。

就那一小盅酒，把他喝得那叫一个面红耳赤。

他意识还是清醒的，只是那喝醉酒以后的话匣子，马上要关不住了，也不管徐萍在不在了，也不怕挨老婆骂了。

他目光扫了一圈桌上的人，最后定格在了贺景身上。

“小景啊，我当初说什么来着？”

他不等贺景回答，开始自问自答："我就说你能当我女婿，我就知道你这小子争气！除了你，别人再想当我女婿，我徐世良第一个不同意！"

"我滴个妈呀……"徐萍一脸嫌弃，拿起一个新杯子，给他倒了一杯水，重重放在他面前，"两口小酒给人干得连自己姓什么都不知道了，什么狗屁酒量啊……"

"小景，你就说我说得对不对。"

李世良抓着贺景的胳膊："你从小就和灿灿一起长大，你们两个的感情我看在眼里，虽然说早些年看见你跟灿灿关系好，我这个当爹的有点嫉妒，甚至还想过偷偷背着老徐和老于把你给卖了……当然啊，就是想了一下，不可能卖啊！这样可不对！"

贺景反抓住李世良的胳膊，面带微笑，语气古怪地问："叔叔，你不喜欢灿灿前男友送的母树大红袍吗？"

李世良赫然睁大了眼睛，仿佛突然一下子过了酒劲，变得无比清醒。

"哎呀，你说那，那哎呀，你要提这个可就没意思了，哎呀，那、那，你说说，你说哎哟喂……这能跟你比吗……哎呀你这话说的……

"大红袍什么玩意，我我我不，一点也不那什么……不喜欢，不如酒好……一点不那个……"

向来口条清晰的李世良变得越来越磕巴，半晌没说出一句完整的话。

到最后他干脆闭上了嘴，默默喝起了徐萍倒的水。

"爸，怎么不继续说了呢？"李灿乐呵呵地说，一脸看戏。

"没什么好说的了，都过去了。"李世良讪笑，"再说了，我那时候哪知道未来的事儿啊，要是早知道，我铁定不喜欢那大红袍，我直接一把全给它扬河里咯……"

李灿抬起下巴指了指头顶的柜子："爸，您现在扬也不晚啊，这都新年了，请河里的鱼喝喝茶呗。"

李世良脸色一变，心疼地说："那玩意儿老贵了，真扬啊？"

见他当真了，李灿又发出一阵狂笑。

吃喝说笑间，电视里响起了倒计时的声音。

倒数结束，零点时分，漆黑的夜空瞬间被无数烟花照亮，缤纷绚烂。

李灿和贺景跑到楼下看烟花。

她双手插兜，呼出的气体都变成了白雾。

"手给我。"贺景向她伸出手。

她抽出手握住他。

贺景抓着她的手，揣进了自己的大衣口袋。

里面格外暖和。

他望着她的侧脸，笑着说："灿灿，新年快乐。"

李灿深吸一口气，望着天上的烟花，大声回应："贺景，你也新年快乐！祝我们大家都新年快乐！"

贺景把她抱在怀里，将她另一只手也握着放进了口袋。

两人就这么抱了一会儿，直到徐萍打开窗户叫他们。

"大冷天的，你两个憨货，别刚进入新的一年就感冒了，上来！"

李灿不把她的话当回事儿，乐了，结果突然打了个喷嚏，立马变了脸色，拉着贺景跑回了家。

老家只有两间卧室，另一间给了于芝晓。

李灿和贺景两个年轻人只好在沙发上对付着睡了一晚。

到了第二天，他们吃过中午饭才回去。

刚回去没多久，贺景便接了一台手术，赶回了医院。

李灿闲来无事，也回了公司。

年初公司并不忙，尤其是智跃盒子已经顺利发布，近期只需要做好维护工作，确保智跃盒子不会出现崩溃的情况。

李灿开了一整天的会。

无非光凌上下所有部门聚集在一起，轮流上去说一些新一年的计划。

虽然许多部门都是在画大饼，但是这些饼看着也的确好吃得很，连李灿都忍不住跟着咽口水。

到了下班时间，李灿看了眼手机，却发现贺景还是没回消息，从中午到现在，一直没动静。

猜到他一定是在做手术，李灿便直接开车去了贺景工作的医院。

她问过值班的护士，得知贺景有一台脑肿瘤手术已经做了快九个小时了。

李灿坐在手术室外走廊的长椅上等着。

看着手术室门前的显示屏上，贺景的名字在右下角亮着。

主刀医生：贺景。

李灿盯着那个名字看了很久。

她很喜欢在一些地方看见贺景的名字。

比如黑板上、书本上，又或是每次考试后公布的年级排行榜上。

贺景的名字对她有一种莫名的吸引力。

只要这个名字存在的地方，李灿就会有一种莫名的安全感。

如同许多年前那几个令人恐惧的夜晚，贺景在她床边一遍遍喊着她的名字一样，温暖而踏实。

她静静地等了一个多小时。

显示屏上的字忽然变换。

“手术中”三个字不见了，取而代之的是一个“空”字。

不久后，贺景出来了。

看见李灿，他脚步顿了下，抬手摘了帽子和口罩，鼻梁上有淡淡的红色压痕，脸上的疲倦肉眼可见。

“你什么时候来的？”他坐在长椅上，和她隔了两个座位，整个人明显松懈下来。

“一个小时前。”李灿说。

他的后背被汗水浸湿了大片。

“是个比较难的手术，恶性肿瘤，在脑干附近，神经太多了。”

贺景哑声说：“不过手术很成功，接下来，只要患者清醒过来，就是大成功了。”

“辛苦了，贺医生。”

李灿有些心疼，可没有别的办法。

当贺景选择做医生的那一刻，她能做的只有支持。

换句话说，不管贺景选择做什么，只要是他选的，她都会无条件支持。

“我之后没事了，等我去换身衣服，然后我们回家吧。”

“好。”

2 我们之间的共同点

回去的路上，贺景靠在副驾驶上，头发因为手术帽戴久了，有些蓬乱，于是便戴了一顶黑色鸭舌帽遮着。

帽檐压得很低，阴影打在他半张脸上，但因为头歪向了另一侧，所以能看见他此刻轻阖着眼，淡色的唇紧紧抿住。

李灿开车向来平稳，不会有急刹和突然加速。

尤其是贺景坐在副驾驶上的时候，她总是慢慢的。

到了家，她将车停下，贺景也睁开了眼。

他解开安全带，下车伸了个懒腰，慢慢走过去拉住李灿的手，嘴角含着浅淡的笑。

“你笑什么？”李灿忍不住问。

“有女朋友接下班的感觉……真好。”他从背后搂住她，语调懒洋洋的。

忽而有一阵很淡的消毒液的味道飘过来。

电梯门打开。

李灿说：“别抱了，到家了。”

贺景不肯撒手，推着她走出了电梯，亦步亦趋朝着家门口走过去。

他说：“我的同事说他每次手术完，会回家抱着老婆充电，充一会儿就能恢复活力。”

“那样管用吗？你现在恢复活力了吗？”李灿边问，边打开门，磨磨蹭蹭地进去。

贺景反手勾住门把手，将门带上：“有点用，但估计要充很长时间，所以该多抱会儿。”

他带着她坐在沙发上，闻着她身上的香味，忍不住说：“灿灿，你身上好好闻。”

“之前谁说一股烂橘子味儿来着？”李灿不禁想笑。

“我收回那句话……真想抱着你闻上一辈子。”

半晌后，贺景不情不愿地松开了她：“我身上有汗味，先去洗个澡，等下再充电。”

“晚上吃什么？”李灿问。

“煮个面吧。”贺景说。

“要蛋吗？”

“要，两个。”

他拿着毛巾和换洗的衣服进了浴室。

李灿则卷起袖子去厨房煮面。

不一会儿，面好了，贺景也洗完了澡。

他的头发还没吹，顶着湿软的头发走过来吃面。

他似乎是饿极了，吃得很快，吃了两碗。

吃完以后，他把李灿面前的碗一起收进了厨房，放进了洗碗机里。

吃饱喝足，李灿叼着牙刷，进了浴室。

洗到一半时，她听见外面突然传来一阵不小的声响。

似乎是什么掉在了地上。

她关上水，听了一会儿外面的动静。

没再听见声响，她不放心地喊了一声：“贺景？怎么了？你没事吧？”

“我没事，只是箱子歪了。”贺景回应，声音听上去有些远。

李灿没多想，继续洗澡。

等她洗完澡出了浴室，却看见杂物间的灯亮着。

贺景在杂物间翻找，原本封起来的几个箱子全部敞开了。

刚才的声响显然也是从这里发出来的。

其中一个箱子里的高中课本全被翻了出来，乱而有序地摆在了地上。

反应过来他在找什么，李灿心下一紧。

“灿灿。”贺景蹲在箱子前，停下了翻东西的动作，抬头看向她，“你写的那封情书呢？之前在语文课本里夹着，怎么现在没有了？”

屋里安静了几秒。

李灿看着他的眼睛，做了有那么两秒钟的思想准备，才开口说：“被我撕了。”

贺景愣了愣：“什么时候撕的？”

李灿老实说：“我穿越回到过去的那次。”

他从地上站起来：“你为什么要撕掉它？”

其实他心里已经隐约有了答案。

李灿眉头皱了下。

她张了张嘴，却不知该怎么解释。

该怎么说贺景才不会太难过呢？

仔细想想，不管怎么说，好像都没有满分的答案。

贺景眼睫微颤，喉结上下滑动了一番，他问：“如果未来没有办法改变，我还是死了，你撕掉情书是想要做什么？”

仍是没有得到她的回答。

“是不打算让我知道你喜欢我？不打算再遇见我？”

贺景走到她面前，双手抓住她的肩膀：“只有你一个人什么都记得，什么都知道，你不觉得你这样太坏了吗？”

情书一撕，贺景便永远不会知道李灿喜欢他的事，也不会买下那枚莫比乌斯环戒指，更不会留下什么所谓的遗物。

或许，也不会再有十八岁的他穿越而来，遇见三十五岁的李灿，更不会有后面的种种……

可那样一来，只有李灿什么都记得。

记得十八岁的他，记得他有多爱她，记得他买下的戒指，记得他为她流下的眼泪，说过的话。

只有她什么都记得。

最后的最后，承受着加倍思念与痛苦的人，只有李灿一人。

贺景甚至不敢去想如果他死了，李灿的后半辈子会怎么过。

他现在心里怕得要死。

“灿灿，你这样做，让我该怎么办才好。”贺景突然觉得无力，忍不住红了眼眶。

李灿长长吐出一口气，咽下了喉头的酸涩，笑着说：“那你以后每天都多爱我一点吧。”

她向他张开双臂：“刚才不是还没充完电吗，要不要继续？”

贺景垂下眼，上前抱紧了她。

他抬手摸上李灿那只带有伤疤的手臂，那粗糙的触感让他尤为清晰地感觉到了此刻的真实。

“再说了，你这不好好活着嘛，而且我情书里写的什么，你应该都能背下来了吧？”李灿语气轻松地说。

“我当然记得，想忘都忘不了。”贺景停顿了一下，又开口徐徐说，“贺景，你好，现在是北京时间2015年1月20日晚上8点……”

李灿用手捂住他的嘴：“好了，你自己记得就好，不要念出来。”

贺景扣住她的手腕，压了下去，继续说：“于阿姨说今天是大寒，要我多穿些衣服，还说大寒至，霜雪降，寒气之逆极。霜雪降，可大雪在前天已经下过了，寒气之逆极，可我也不觉得今天有多么冷，反而觉得今天格外燥热。昨晚我踩着雪经过琴房，听到了二楼传来的琴声，我知道是你在弹琴……”

李灿想捂住耳朵，可两只手都被他死死握住。

她屏住呼吸，忍着羞耻瞪着他，面颊越发滚烫。

“也许在我们认识的十五年里，我看向你的每一眼，都是在试图将你的模样刻在心里。我的情书也许不是你收到的情书里文采最好的那个，但一定是最特别的那个。哦，对，这是一封情书，贺景，这是我写给你的情书。”

念到这儿，贺景唇角勾起，他注视着她的眼睛：“灿灿，最后那句话，我想听你说。”

他的视线过于直白，李灿的心跳忽然变得异常快。

她嘴唇轻启，说出了她十八岁那年在情书中写下的最后一句话。

“我喜欢你，贺景，喜欢你好多年了。”

话音未落，贺景吻上了她，吻得很深，吻到她快要窒息才停下。

他抱着她，亲了下她的脖子，将下半张脸埋进她的肩颈之中。

李灿听见他低声说：“灿灿，下辈子我还要先和你做朋友。

“然后等我们长大了，我就会告诉你，我喜欢你。

“再之后，我们会在一起一辈子。”

许久后，李灿夹着一丝哽咽回答了他：

“好，我们再也不分开。”

贺景，我曾努力寻找过我们之间的共同点，以此拉近我们之间的距离，可却一直都没能找到答案。

但此时此刻，我握着你的手，望着你的脸，感受着你的心跳与呼吸，我的心里似乎有了答案。

我想，也许我们之间的共同点是……当我爱你时，你恰好也爱我。

但是灿灿，我想让你知道，我们之间从来都没有距离，我们永远都是彼此心中最亲近的那个人。

-正文完-

出版番外

九万九千九百九十九颗星星

婚后，李灿和贺景搬了家。

新家离李灿的公司很近，非常近，近到在阳台上就能看见公司大厦。

贺景在买房子的时候就看中了这一点。

因为有一次闲聊，李灿随口提了一句，上下班堵车太久了，好烦。

李灿说完就忘了，贺景却记在心里了。

住到新家的第二天，贺景打算开车去医院，顺道把李灿捎去公司。

李灿站在车旁低头看手机，没有要上车的打算。

她今天穿着宽松的白衬衫和长裤，柔顺的长发一丝不苟地披在肩后。每当阳光灿烂时，她的头发会在阳光的照射下，被一层淡淡的金黄色笼罩。

贺景看在眼里，是难以形容的明媚。

他的灿灿，永远比太阳更加耀眼。

此刻，李灿眼帘低垂，眉毛蹙起，眼中透出几分严肃。

贺景以为出什么事了，按下车窗："怎么了？"

"我决定了。"李灿无比认真地看向他，"我今天要走路去上班。"

"你没睡醒？"贺景奇怪，"有车不坐你走路？"

"我想知道步行多久能到公司。"她把手机举到他面前，指着地图上的一条路线，"有一条近道不需要过马路，步行十五分钟，但我觉得以我的腿长，十分钟就能走到。"

"呵，你太谦虚了。"贺景面不改色地谄媚，"以你的腿长，迈两步就到了，根本用不了十分钟。"

"小贺子，言之有理，赏你一丈红。"李灿向他挥挥手，正经地说，"你先走吧，路上注意安全，下班见。"

她按下计时，朝着公司的方向走。

没走多远，她听见身后响起关车门的声音，继而是略快的脚步声。

李灿没有回头，但嘴角已经忍不住扬起。

“看在今天天气好的份上，和你一起走路去上班。”贺景拉住她的手，与她并肩，调整了步伐，和她同频。

“可你比我远。”李灿握紧了他的手，“远了三公里。”

“三公里算什么？我腿更长，一步就到了。”贺景说。

二人一路调侃，步速不自觉放缓，把十五分钟的步程硬生生拉长到了半个多小时。

看着手机计时器上的三十八分钟，李灿沉默良久。

傍晚，李灿下了班，独自步行回家。

到家楼下，她看了眼计时器上的时间，给贺景发消息：走了二十分钟。

贺景正在值班，看到这条消息，直接乐了，回复：腿短。

李灿气笑了。

不一会儿，贺景又发了一条消息：以后坐我副驾，零步就到。

在新家住了一段时间后，李灿换了一套新的生活用品。

其中还有两套藏青色睡衣。

她一套，贺景一套。

除了尺码不同，其他的都一样。

但很快，李灿就意识到买同样的睡衣简直是大错特错。

某个休息日的清晨，操劳了一夜的贺师傅睡醒了。

他顶着蓬乱的头发，扯过被无情扔在床头柜上的睡衣，套在了身上，下床去洗漱。

过了一会儿，他折回来，拍了拍李灿的肩头：“今天要去机场接蔚岚。”

李灿醒了，但没完全醒，她努力把眼睁开，失败了。

“让她自己回。”她嗓音中是浓浓的困乏，“她又不是不认路。”

贺景：“她刚刚在群里发消息，说她买了你之前喜欢的2033年早春秀场款SG羊皮革……”

“哈！”李灿一个鲤鱼打挺从床上坐起来，“人平安回来了就好，买什么包啊！”

她一脚踢开被子，抓起床头柜的睡裤套上，套了一半发现不对，裤腿长出一截。

“嗯？”她盯着盖住脚面的裤脚看了一会儿，大脑飞速运转。

她反向发育了？还是她裤子二次发育了？

再不然就是有人趁她睡着给她裤子多缝了一块布。

几个念头短短一秒内在大脑中闪过，她扭头看向站在门口的贺师傅。

只见贺景三分之一的小腿露在裤子外面，窗外有微风拂来，裤脚微微轻荡。

“你……穿的是我的睡裤。”李灿幽幽说。

贺景微微一愣，低下头，静止不动了。

裤子都能穿错，看来昨晚睡前真是肆无忌惮，累到脑子都不清醒了。

刷牙的时候，李灿一直盯着贺景的腿看。

贺景身高189cm，她不过也就比贺景矮了17cm，她的裤子穿到他腿上至于短那么多吗？

难道这人17cm全长腿上了吗？

察觉到一道炙热的目光，贺景铺床的手停下，转脸看向李灿，发现她一直盯着自己的腿。

“我真的不是故意穿你裤子的……”他说。

李灿愤然洗脸。

“我记得你以前和我差不多高来着。”洗漱完的李灿凑在镜子前，边化妆边说，“你怎么突然就长这么高了。”

贺景眯了眯眼：“你说的以前，是多久以前，三十年前？”

“也没那么前。”李灿说，“高一的时候你还和我差不多呢。”

贺景安静了一会儿，嘴里蹦出来一个：“扯。”

李灿闷哼：“你小时候为什么不再多吃两口饭，直接蹿到两米呢。”

“我当年要是再多吃点，你家饭缸就可以退休了。”贺景说，“我就可以当你家饭缸了。”

“那徐萍女士一定特别高兴。”李灿语气做作地说，“家里突然多了个帅气的大饭缸呢——”

“我真是服你了。”贺景哭笑不得。

去机场接蔚岚的路上，李灿买了一屉小笼包，朝自己嘴里塞一个，然后朝正在开车的贺景嘴里塞一个，自己喝半杯豆浆，再递到贺景嘴边让他也喝两口。

两人就这么把早餐解决了。

到了接机口，等了小半天，蔚岚才出来。

她戴着大墨镜，架势风风火火，看见他们，老远就开始喊：

“李灿！贺景！我跟你们讲！我刚才遇见了一个超级无敌大帅哥！”

她摘下墨镜，双眼大睁，生怕他们不知道有多帅：“帅得惊天动地、惨无人道、天崩地裂、人神共愤！”

“显摆你会成语呢。”李灿饶有兴趣地问，“然后呢？加好友了吗？”

“没有。”蔚岚笑容一收，戴上墨镜，故作高冷，“其实我不喜欢帅得这么过分的。”

上车以后，李灿和蔚岚坐在后座。

两人许久未见，凑在一块儿，热火朝天扒拉着蔚岚旅游时拍的一堆照片。

“这个，是我在英国吃了一口就掉地上的炸鱼薯条，最后它被路过的狗叼走了。”

蔚岚指着照片一个个介绍。

她指着下一张照片，里面只有一个人的后脑勺：“还有这张，是我爬山拍的日出，可惜拍的时候没注意，下山才发现最后照片定格到人家脑袋上了。”

李灿呵呵笑了两声，继续往后翻了几张。

黑乎乎不知道是什么的食物、五官畸变的自拍、构图丑陋的风景……

虽然不是第一天知道蔚岚拍照技术差，可是突然看到这么多具有冲击力的照片，还是有些难以接受。

“蔚岚，人怎么能拍出这么难看的照片。”李灿吐槽。

一听这话，贺景把车停在了路边车位上，一拉手刹，转过头：“我看看有多难看。”

蔚岚自闭了。

三人一块儿下了个馆子，吃了顿饭。

李灿忽然想到什么，拍了拍蔚岚：“我问你个问题，高一的时候，贺景是不是和我差不多高？”

蔚岚思绪放远，仔细回忆。

“你不需要问。”贺景斩钉截铁，“我高一就一米八了，你失忆了。”

“不可能，我记得很清楚，那时候我和你视线高度差不多。”李灿也十分笃定，“你绝对是到高二才突然长高的。”

“我的身高我自己还不清楚？”贺景好胜心上来了，他把筷子一放，往椅背上一靠，“升高一之前我们还一起做过体测，一米八，一米八！”

“你高一要是一米八，我把碗吃了。”李灿指着装米饭的碗。

蔚岚托着腮帮，看着两人拌嘴，忽然梦回高中。

“你敢不敢打赌？这道题要是选C，你说怎么办吧！”十八岁的贺景指着数学卷子，神情激动。

十八岁的李灿一拍桌子："我算了八百遍了，答案都是A，不可能选C！"

"你别扯这些没用的。"贺景把手里的笔往桌上那么一放，"如果选C，你说怎么办？"

李灿想了想："如果选C，你就把试卷吃了。"

乍一听还真没什么毛病，贺景差一点就要点头说行。

"答案是C，为什么我吃试卷？"他费解，"不应该你吃吗？"

"少废话。"李灿转移话题，"听听蔚岚大学霸的答案。"

二人齐刷刷看向蔚岚。

"蔚岚！你说！这道题的答案到底选什么？"

"蔚岚！你说！到底是不是一米八？"

十八岁的蔚岚回答说："选B。"

三十六岁的蔚岚微微一笑："两米。"

李灿、贺景：哈？

因为智跃盒子的爆火，李灿办公桌牌子上的字从"副总监"变为了"总监"。

李灿早看那个"副"字不爽了。

但中间没了很多记忆，智跃盒子技术又是千变万化。

说实在的，李灿适应的过程有些吃力。

有那么一段时间，李灿为了找到新的技术突破点，加了很长时间的班，回到家也在查资料。

贺景下班回来，见她窝在沙发上看着笔记本电脑，二话不说脱下大衣走过去，凑到了李灿面前，圈住她的腰，硬贴她。

细闻，她身上有一股淡淡的橘柚香。

"我闻到你身上的消毒水味了。"李灿歪头，"今天不是没手术吗？"

"临时加了一台。"贺景垂眼，轻轻亲了她一下，将脸埋在她怀里，闷声说，"你好香。"

"不是烂橘子味儿了？"李灿挑眉。

贺景厚着脸皮说："当时我十八，说话不经大脑，人又好面子，童言无忌。"

"去你的。"李灿笑了，"十八岁还童言无忌？"

贺景抬起头，眯了下眼："你记仇记得也太久了吧？"

“我这叫记忆力好。”李灿合上电脑。

脚边的“第十名”轻轻一跃，跳上了桌子，踩在了她的电脑上。

“喵！”

“第十名”胖墩墩的屁股往那儿一坐，圆溜溜的双眼直勾勾地看着他们，毛绒蓬松的长尾巴轻轻在桌上扫了半圈。

“‘第十名’。”李灿伸手摸了摸它的小下巴，轻声说，“你对你自己的体重有点认知好吗？坐坏了我的电脑，扣你猫条。”

“第十名”像是听懂了，一脸傲娇地站起身，身子悠悠一转，尾巴甩过她的手，力道不轻。

“哟，有脾气。”李灿收回手。

贺景看着“第十名”的尾巴，眼底情绪流转：“我给你写回信的时候，‘第十名’就像刚才那样趴在我手边……你知道那时候我在想什么吗？”

李灿安静地盯着“第十名”，甚至连问“在想什么”都开不了口。

那段日子于她，于贺景而言，都太黑暗了，是再也不想提起，却永远无法忘记的存在。

“我在想，你不会看到我的回信，我也再也见不到你了。”贺景缓缓地说，“但我叠了九万九千九百九十九颗星星，所以它实现了我的愿望。”

事到如今，已经分不清让他们冲破死亡结局的，到底是反复无常的木星三重日食、剪断的莫比乌斯环戒指，还是贺景抱着执念叠下的那九万九千九百九十九颗星星。

抑或李灿对贺景的愧疚与温暾深刻的爱。

命运怜爱李灿，见她马上就快要被她的爱反噬致死，所以带她回到了过去，那快要将李灿杀死的爱，最后反而成了贺景的救赎。

望见她湿润的眼眶，贺景连忙又将话题扯开：“吃不吃夜宵？我给你煮，面加紫菜和虾滑？”

不转移话题还好，一见他小心翼翼的模样，李灿彻底绷不住了，她嘴角往下一撇，眼泪止不住地掉。

她从不敢轻易提起有关于贺景死后发生的一切。

不论是与十八岁的贺景在一起的，还是与二十四岁的贺景在一起的，快乐的表象下都藏着快要令她快要呕血的痛苦。

李灿抱住贺景，哭着说：“多放虾滑……呜呜呜……少放点盐！”

“好好好……”贺景用纸巾给她擦了擦眼泪，起身去了厨房，袖子一挽，开始煮面。

李灿就趴在厨房门口盯着他忙，时不时吸下鼻子。

“灿灿。”贺景轻笑说，“你爸要是知道我把你惹哭了，估计又不想要我这个女婿了。”

李灿哭意顿消，她举起手掌，口吻隐隐带着几分威胁：“你要是敢提那件事……”

说起那件事，贺景能笑出泪来。

他们是年后举行的婚礼。

婚礼那天，李灿穿着一身洁白华丽的婚纱，长发挽起，美丽动人。

回看婚礼录像，整个过程中，贺景的视线压根就没离开过李灿，几次三番合不拢嘴，那一口白牙出镜率极其频繁。

徐萍女士用胳膊捣了下身边的李世良同志，发出锐评：“妈呀，瞅小景那没出息的样儿。”

一转脸，李世良同志哭得鼻涕一把泪一把。

台上的李灿看见她爸哭了，上一秒还乐呵呵地嘲笑李世良同志，下一秒嘴一咧，也哭了。

司仪站在台上誓词都没说完呢。

李灿跑下台去和李世良同志抱头痛哭。

贺景紧跟在后边，一直帮忙提着婚纱，生怕她一脚踩婚纱摔地上去，从教堂直接干到医院。

“我不要女婿了！”李世良哭得脸红脖子粗，他指着贺景，情绪激动地说，“我不要你这个女婿了，我就要我闺女！”

那一刻，李世良刚在贺景心目中树立起来的伟岸形象再次崩塌。

贺景小脸一白。

徐萍两眼一黑。

后来经过徐萍女士的贴心安慰，李灿顶着一张即使哭花但仍旧美丽的脸，对贺景说：“我愿意。”

冷静下来后，李灿仔细回忆当时的情况，只觉得脸掉悬崖底下，再也捡不回来了。

如果说小时候贺景去女澡堂洗澡这件事，是贺景的“黑历史”。

那么婚礼上不顾形象和亲爹抱头痛哭，便成了李灿的“黑历史”。

从此之后，各有各的把柄。

贺景抓了一小把挂面放进沸腾的锅里，看着李灿一副威胁的嘴脸，心动得要命，遂忍不住转身抱着她猛亲了两口，接着一脸淡定地回到灶前煮面。

被亲蒙的李灿倒吸一口凉气，她摇摇头："不对。"

"哪儿不对？"贺景嘴角含笑。

"都不对。"李灿认真地说，"我威胁你，你应该还是要说出来，然后我们打一架，这才对。"

毕竟她就是这么对贺景的。

"打架？可以啊。"贺景不紧不慢地用勺子把虾滑团成圆，向锅里放，"那你等我把面煮好，你吃饱了，再和我打架，不然我怕你明天起不来……"

李灿秒懂。

她戳了戳贺景的腰侧，轻声说："多下一把面呗，你也吃点？免得力气不够，第二天累到浑浑噩噩，又把裤子穿错了……"

贺景闷哼一声，颇为不服，手上却乖乖多放了一把面。

两人吃过饭，贺景收拾好碗筷，然后去阳台给火焰鸟巢蕨浇水。

李灿吃饱喝足，坐在沙发上玩手机，时不时去骚扰一下正在窝里睡觉的"第一名"，把"第一名"烦到抬起爪子想要揍她。

"灿灿。"

阳台突然传来贺景的声音。

"干吗？"李灿朝阳台探了探头。

贺景蹲在鸟巢蕨面前，正拿着水杯慢慢浇水，他轻飘飘地说："没事。"

李灿习以为常，收回视线，继续挑逗第一名。

空气安静了几秒。

"老婆。"

李灿拖着长腔，懒洋洋地应："又干吗？"

"没事，就叫叫你。"

空气又恢复了短暂的安静。

"灿灿。"

之前最多莫名其妙喊她两次便见好就收了，这次居然没完了，李灿冲向阳台，跑到贺景面前，喊道："干吗？"

"我爱你。"